Michael Moritz, 1968 in Freiburg geboren und am Kaiserstuhl aufgewachsen, schreibt und produziert seit zwanzig Jahren Theaterstücke und Kurzfilme. Als Schauspieler war er an den großen deutschsprachigen Bühnen (Staatstheater Stuttgart, Schauspielhaus Zürich, Burgtheater Wien) engagiert, im Fernsehen gibt er meist den Bösewicht und den üblichen Verdächtigen (»Tatort«, »SOKO Köln«, »Die Sitte«, »Postmortem«). Am Max Reinhardt Seminar und am Konservatorium der Stadt Wien unterrichtet er Schauspiel. Im Emons Verlag erschienen »Tod in der Rheinaue« und »Roter Regen«.

MICHAEL MORITZ

# Tod in der Rheinaue

DER BADISCHE KRIMI

emons:

MIX
Papier aus verantwortungsvollen Quellen
FSC® C083411
FSC
www.fsc.org


Umschlagzeichnung: Heribert Stragholz
Umschlaggestaltung: Tobias Doetsch
Druck und Bindung: CPI – Clausen & Bosse, Leck
Printed in Germany 2010
ISBN 978-3-89705-718-0
Der Badische Krimi
Originalausgabe

Unser Newsletter informiert Sie
regelmäßig über Neues von emons:
Kostenlos bestellen unter
www.emons-verlag.de

Für meine Mutter Gabriele

*»On rencontre sa destinée souvent par des chemins*
*Qu'on prend pour l'éviter.«*

*(Man trifft sein Schicksal oft auf den Wegen,*
*die man nimmt, um ihm auszuweichen.)*

Jean de la Fontaine

# EINS

Killian kauerte in seinem Faltboot und hielt den Atem an. Es war bereits sein vierter Versuch. Diesmal musste er den richtigen Moment erwischen, sonst wäre der ganze Tag zum Teufel.

Der Nebel riss auf und gestattete einigen wenigen Sonnenstrahlen, direktes Licht auf die alten Grabsteine zu werfen. Killian drückte ab, der Motor seiner Nikon feuerte unaufhörlich Belichtungszeiten auf das NASA-Objektiv und fing alles ein, was sich in Peilrichtung befand.

Killian war Moshe auf ewig dankbar, dass er ihm diesen fein geschliffenen Kristall besorgt hatte. Zwar war er Moshe dafür einen Gefallen schuldig, den dieser sicherlich auch irgendwann einlösen würde, aber bis dahin erfreute er sich wie ein Kind an seinem Spielzeug. Er lächelte bei dem Gedanken an Moshe in sich hinein. Wenn der wüsste, dass er hier die alten Gräber eines vergessenen jüdischen Friedhofs befeuerte, würde er ihm mit Sicherheit den Mossad an die Fersen hängen.

Aber Moshe war weit weg, und das war gut so. Nachdem Israel das Gegenfeuer am Gaza eröffnet hatte, war Killians Telefon nicht mehr stillgestanden. Obwohl er seine Nummer geändert hatte, wusste er, wer dran war, und hatte sich geweigert, den Anruf entgegenzunehmen. Killian hatte die Schnauze voll. Nach zwanzig Jahren Kriegsreportage war er leer. Er hatte alle Varianten, den Tod zu fotografieren, für sich erschöpft. Er selbst sah sich nur noch wie einen Totenschädel durch das Okular starren. Ein Schädel fotografierte Schädel.

Er suchte das Leben, den Tod kannte er in- und auswendig. Deswegen war er vor einem halben Jahr an den Kaiserstuhl zurückgekehrt. Er hoffte, in der badischen Wiege seiner Kindheit die Wurzeln seines Lebens zu finden. Bislang nur mit mäßigem Erfolg.

Es war einfach so gekommen, Killian hatte es noch nicht einmal geplant. Aber als er in Oberrotweil vor dem ehemaligen Lager der Raiffeisenbank gestanden war und gesehen hatte, dass der

Schuppen zu vermieten war, war ihm der Gedanke gekommen, hier an Ort und Stelle ein Atelier zu eröffnen. Ernähren würde er sich von Kalenderfotografie und drittklassiger Regionalwerbung, hauptsächlich würde er sich aber der Fotografie des Naturlichts widmen, um so die eigene Dunkelheit zu erhellen. Mit seinem Ersparten würde er fünf Jahre auskommen können, das brauchte hier aber niemand zu wissen. Man war den Badenern sofort suspekt, wenn man nicht für sein tägliches Brot arbeitete, also war es besser, er kümmerte sich um ein paar Alibi-Jobs. Da ihn hier kaum mehr jemand kannte, wussten die meisten auch nur, dass es einen neuen Fotografen im Ort gab.

Killian war in Bötzingen aufgewachsen, einem Dorf am Fuße des Kaiserstuhls, von Oberrotweil rund acht Kilometer entfernt. Mit wenigen Schritten war Killian auf den Schelinger Matten, die ihm das Gefühl gaben, sich in den Highlands von Schottland zu verlieren. Dort stieg er oft und gerne hoch, um im Schutz der ungeschorenen Gräser dem Lied des Windes zu lauschen.

Heute früh hatte er sich gegen die Wiesen entschieden und war zur Fotojagd in die Rheinauen gefahren. Er hatte das Faltboot in seinen alten Defender geschmissen und war losgezogen. Schon in der Nacht hatte er gerochen, dass der Morgen ein besonderes Licht werfen würde, und seine Nase hatte ihn nicht im Stich gelassen.

Die Grautöne, die sich im Nebel brachen und durch die Wasseroberfläche nochmals reflektiert wurden, übertrafen alles, was er sich ausgemalt hatte. Er war wie im Rausch. So musste es einem Wildschwein ergehen, das plötzlich in ein Feld weißer Alba-Trüffel stolpert.

Er paddelte zurück und feuerte erneut auf die jüdischen Grabsteine. Er schoss blind, wie er es im Krieg gelernt hatte. Er wusste, dass alle Einstellungen stimmten. Es ging jetzt nur noch darum, den Moment zuzulassen.

Killian stieß einen Schrei der Befreiung aus. Auf ein solches Gefühl hatte er lange Zeit warten müssen. Und fast hatte er ein schlechtes Gewissen, dass es ihm zum ersten Mal seit drei Jahren gut ging. Er schluckte den Schrei auch sofort hinunter, aber dann brach es aus ihm heraus, und er begann heftig zu schluchzen.

Er wusste, dass dieses Weinen seinen Buckel, den er mit sich herumschleppte, nicht mit einem Mal würde abtragen können, aber es war ein Anfang. Die Trauer musste schmelzen, und jeder Tag, der dazu beitrug, war ein guter Tag.

Er löste sich von seinen Tränen und blinzelte zu den alten Grabsteinen, die sich am Ufer des versteckten Rheinarmes aus dem Morast reckten. Der Nebel hatte den Sonnenschlitz wieder geschlossen, die Magie war verschwunden. Aber er hatte sie eingefangen. Er freute sich schon auf den Nachmittag, wenn er die Beute im Atelier sezieren durfte. Er würde die Fotos nicht für einen Kalender verbraten. Dafür waren sie ihm zu kostbar. Lieber würde er sie in sein Lichtprojekt einbauen oder in eine Reportage über die jüdische Gemeinde im 17. Jahrhundert.

Allerdings schrieb er nicht gern. Es kostete ihn Überwindung und Stunden vor leerem Papier. So schnell er auch ein Bild schießen konnte, das genau aussagte, was er beabsichtigte, so schwer tat er sich mit Worten. Er sah immer gleich das ganze Bild; es in Worte zu kleiden glich dagegen einem Puzzle mit zehntausend Teilen.

Killian überlegte, ob er wieder zu der Stelle zurückpaddeln sollte, an der er den Defender geparkt hatte, oder ob er sich noch eine Weile ins Unterholz wagen sollte. Kalt war ihm noch nicht, und vielleicht gelang ihm noch ein Raureif-Foto, das er im Kalender unterbringen konnte. Ein plötzlicher Ruck nahm ihm die Entscheidung ab. Irgendetwas hatte das Faltboot abrupt abgebremst. Killian vermutete erst einen Holzstamm, dann erkannte er, dass es sich um den Arm eines toten Menschen handelte.

***

Hauptkommissar Belledin war bedient. Schon zwischen Weihnachten und Neujahr hatte er nicht freigehabt, da sollte ihm wenigstens die knappe Woche vom Jahresanfang bis zu den Heiligen Drei Königen gegönnt sein.

Er hatte sein Frühstücksei sauber geköpft und beruhigt festgestellt, dass es seiner Frau Birgit gelungen war, das Ei genau so lange zu kochen, dass er den Dotter genießen konnte, wie er ihn mochte: Wachsweich musste er sein, damit er die Butterbrezel darin eintauchen konnte.

Jetzt tropfte der Dotter von der Brezel auf den Tellerrand, weil Belledin in der anderen Hand das Telefon hielt, durch das er die Information über eine Leiche in den Rheinauen bekam. Eine Wasserleiche hatten sie lange nicht mehr gehabt. Aber auch das war für Belledin kein Grund, das wachsweiche Ei sich selbst zu überlassen. Trotzig löffelte er es aus. Vor allem weil die Leiche in Mackenheim lag, also im Elsass. Da hatten sich die französischen Kollegen drum zu kümmern.

»Wie, an uns abgegeben? Seit wann geht das so einfach? Was? Ja, verstehe ... Ein Fotograf hat die Leiche gefunden? Für wen arbeitet der, etwa für die Badische? Ich komme. Haltet den Kerl fest, bis ich da bin.« Er drückte den Anrufer weg und warf sich das Reststück Brezel in den Mund.

Birgit kam gerade mit Nusskuchen herein.

»Tut mir leid, Biggi, aber die Toten haben keinen Respekt vor wachsweichen Eiern«, grunzte er und stibitzte sich ein dickes Stück Nusskuchen vom Teller.

Biggi seufzte, aber Belledin wusste, dass es ihr eigentlich egal war, ob er zu Hause oder unterwegs war. Sie war Hausfrau und hatte darüber hinaus keinerlei Ambitionen. Es war ihr über die dreiundzwanzig Jahre Ehe gelungen, aus ihm, dem einstigen sportlichen und schönen Bello, einen gemütlichen Schmerbauch zu machen, mehr Kompliment konnte man der badischen Küche nicht zollen.

Und dass er das dickste Stück Kuchen vom Teller genommen hatte, würde sie vollauf zufriedenstellen. Er musste nun mal Verbrecher jagen, so wie sie noch zwei Kuchen für den Hausfrauenbund zu backen und die Wäsche zu bügeln hatte. Was war daran verkehrt? Urlaub kannte sie als Hausfrau ebenso wenig wie er als Polizist. Worüber sollte sie also klagen? Schließlich hatten sie ein wunderschönes Haus, wenngleich es viel Arbeit machte, es sauber zu halten. Und wenn Biggi sauber sagte, dann meinte sie auch sauber. Hätte Belledin den Staubsauger mitgenommen, wäre sie vielleicht unruhig geworden, aber da nur er verschwand, stellte sie den Teller mit dem Nusskuchen neben dem halb gelöffelten Ei ab und blickte durch die Terrassentür in den vom Raureif überzogenen Garten.

***

Belledin saß in seinem Audi und hörte Heinrich Heine: »Deutschland. Ein Wintermärchen«. Er hatte das Hörbuch von seiner Tochter Annette zu Weihnachten geschenkt bekommen. Sie studierte Germanistik und Literatur, der Teufel wusste, was sie damit einmal anfangen wollte. Aber Belledin hörte sich das Zeug an. Der Sprecher hatte etwas Beruhigendes, und Belledin glaubte, seine Stimme aus einer Bierwerbung zu kennen.

Von Merdingen bis nach Sasbach würde er ein Weilchen brauchen, etwa vierzig Minuten. Dort würde er über den Rhein setzen. Er hatte keine Lust zu rasen. Tote liefen nicht davon, und Zeugen waren selbst schuld, wenn sie sich in die Arbeit der Polizei einmischten. Er ärgerte sich über die Franzosen. Nur weil es sich bei der Leiche um einen Deutschen handelte, kehrten sie dem Fall sofort den Rücken. Manchmal wünschte er sich wieder feste Grenzen. Diese Binnenmentalität, wenn es ums Verschieben der Drecksarbeit ging, kotzte ihn an.

Belledin lebte erst seit zwei Jahren in Merdingen. Manchmal vermisste er sein Heimatdorf Bötzingen. Aber das Haus in Merdingen war ein richtiges Schnäppchen gewesen. Es hatte einem ehemaligen Radprofi gehört, der in seinen großen Zeiten dort sein Lager aufgeschlagen hatte. Nachdem aber erst die private Beziehung und dann auch noch die sportliche Karriere den Bach runtergegangen waren, hatte der Radfahrer keine Lust mehr gehabt, im verträumten Merdingen zu logieren. Böse Zungen behaupteten, dass Belledin den Zuschlag für das Haus bekommen hätte, weil er dem in Dopingverdacht geratenen Radprofi geholfen habe, ein paar Epo-Fläschchen unauffindbar zu machen.

Aber an dem Gerücht war nichts dran. Belledin hatte noch nie Kapital aus seiner Position geschlagen, zumindest nicht bewusst. Er war integer und gerecht, jedenfalls sich selbst gegenüber. Er war stolz darauf, neben seinem Beruf auch im Gemeinderat von Merdingen zu sitzen und sich für liberale Politik einzusetzen.

Und »liberal« bedeutete auch »ohne Tempolimit«. Denn obwohl er sich vorgenommen hatte, langsam an den Tatort zu fahren, ertappte er sich doch wieder dabei, wie er die Nadel seines Tachometers über die Hundertvierziger-Marke trieb. Eigentlich keine Geschwindigkeit für ihn, aber er befand sich nicht auf der A5 nach Karlsruhe, sondern auf der kurvenreichen Landstraße zwischen Wasenweiler und Ihringen. Und es war Januar.

Belledin wurde durch zahlreiche Kreuze, die an der walnussbaumgesäumten Strecke standen, an einige alte Weggefährten erinnert, die es von dieser Rennbahn geputzt hatte. Er selbst hatte mit achtzehn an Rennen teilgenommen, war aber immer mit einem blauen Auge davongekommen. Dafür war er allerdings auch immer nur Zweiter gewesen. Sein Überlebensinstinkt hatte ihm geflüstert, dass es besser wäre, rechtzeitig den Fuß vom Pedal zu nehmen.

Viele Helden, die bei den Mädels höher im Kurs gestanden hatten, weil sie im Gegensatz zu ihm echte Draufgänger gewesen waren, weilten nicht mehr unter den Lebenden. Allein im Sommer '89 hatte es drei Lokalmatadore von der Piste gefegt. Zwei davon waren direkt im Grab gelandet, der dritte, Jürgen, saß seitdem im Rollstuhl.

Belledin war das damalige Nachtrennen auch mitgefahren, hatte auf dem vierten Platz gelegen und keine Promille im Blut und wurde am Ende Sieger. Gefeiert hatte ihn aber niemand. Der Schock der Dreier-Karambolage hatte ihm den Siegesjubel verwehrt. Dafür waren aber auch mit einem Schlag drei der heißesten Bräute frei geworden. Eine davon war Biggi gewesen.

Belledin hatte zwar alle drei getröstet, doch die anderen beiden hatten schnell begriffen, dass er eine Nummer vier war und das auch bleiben würde.

Nur Biggi hatte seine Sachlichkeit nicht gestört. Sie war froh, dass sie ihn hatte und es ihm schon genügte, dass ihre Brüste größer als sein Kopf waren. Was hätte sie wohl getan, wenn sie die Freundin von Jürgen gewesen wäre, und nicht von Günther, den es direkt erwischt hatte? Wie hätte sich Biggi von einem Freund trennen können, der im Rollstuhl saß? Heidrun hatte das eiskalt fertiggebracht. Aber die war auch nach Köln gezogen.

Biggi hatte in der Heimat bleiben wollen, und da hatte ihr nichts Besseres passieren können, als von Belledin abgegriffen zu werden. Auch wenn sie kurz nach der Heirat auseinandergegangen war wie ein Hefezopf, ihre Brüste waren noch immer größer als Belledins Kopf, und sie war die beste Hausfrau des Landfrauenbunds. Dreimal hintereinander hatte sie sich die begehrte Medaille geholt. Manche munkelten zwar, dass man die Wahl aus Respekt vor dem Hauptkommissar immer zugunsten der Gattin ausfallen ließ, aber Belledin hörte nicht auf das Geschwätz. Er wusste, dass sie gut war und was er an Biggi noch immer hatte.

Deshalb nahm er den Fuß vom Pedal und drosselte in der Kurve, in der Günther sich einst um die Leitplanke gewickelt hatte, den Motor des Audis auf bescheidene achtzig Stundenkilometer. Dann wechselte er die CD, da der Sprecher ihn allmählich einzuschläfern begann. Radio mochte er auch nicht. Also legte er eine Scheibe ein, auf der der Männergesangsverein Merdingen zu hören war. »Ich hatte einen Kameraden« war passend, die frostige Landschaft und sein Gemütszustand konnten dieses Pathos verkraften.

***

Killian blickte auf die aufgedunsene Wasserleiche. Die Spurensicherer zogen den Reißverschluss über den Toten und ließen ihn abtransportieren.

»Der Kommissar wird gleich hier sein. Wollen Sie einen Tee?«

Killian nickte stumm, der Beamte reichte ihm einen Plastikbecher mit dampfendem Aufguss. Killian schlürfte und atmete tief durch. Damit, dass der Tee so hochprozentig war, hatte er nicht gerechnet.

Der Beamte lachte: »Mirabell, selbst gebrannt. Vom Tee allein wird einem nicht warm bei der Kälte.«

Killian rang sich ein Lächeln ab und nickte zustimmend. Ihm war nicht nach Smalltalk.

Der Beamte schien dafür aber keine Fühler zu haben und fuhr in seinem Slang, der ein Gemisch aus Urbadisch und hart erarbeitetem Hochdeutsch war, fort: »Hab das Brennrecht geerbt. Schon vor sieben Jahren. Bin aber nie dazu gekommen. Dieses Jahr hab ich dann mal angefangen, und für den ersten Selbstgebrannten ist der gar nicht mal so schlecht, oder?«

Er erwartete eine Antwort. Killian gab sie ihm, indem er die Lippen schürzte und stumm nickte.

Das war der Vorteil, wenn man in Baden war. Man konnte, aber man musste nicht reden. Es genügte, wenn man das Grundalphabet der stummen Mimik beherrschte. In Köln oder Hamburg wäre man damit sofort ein Ausgestoßener, ein Mundfauler, in Baden gehörte gerade das zum guten Ton. Lieber ein Wort zu wenig als hundert zu viel. Der Badener war im Stande, Gedanken so zu lesen, wie er sie für richtig hielt. Missverständnisse ergaben sich daraus zwar zwangsläufig, aber die wurden ebenso stillschweigend ausgeräumt, wie sie entstanden waren.

Der Beamte war zufrieden und schenkte Killian noch mal nach. An Gastfreundschaft sollte es nicht mangeln.

Und dies war eines dieser Missverständnisse. Killian wollte keinen zweiten Trunk, aber er nickte dennoch ab. Es lag nun an ihm, den Tee langsamer auszutrinken als den ersten, um nicht völlig abgefüllt zu werden. Immerhin hatte er noch nichts gefrühstückt, und der Anblick der Leiche war nicht appetitlich gewesen.

Leichen waren für ihn zwar ebenso Alltag wie für den Forensiker, aber diese Leiche unterschied sich von all den namenlosen Soldaten, Müttern und Kindern, die er zwischen Kosovo, Sambia und Afghanistan abgelichtet hatte.

Denn diese Leiche war für ihn kein Unbekannter, sondern hatte einen Namen: Bernd Ambs.

Killian hatte ihn zuerst gar nicht erkannt. Erst als die Beamten seine Papiere aus der Jacke gefischt und den Namen genannt hatten, hatte Killian in dem entstellten Gesicht seinen alten Schulfreund wiedererkannt. Er hatte Bernd zuletzt vor über zehn Jahren gesehen, bei einem kurzen Abstecher in die Heimat, weil seine Mutter mit Metastasen in Leber und Lunge im Krankenhaus gelegen hatte. Während er gerade einen Preis für eine Fotoreportage im Kosovo erhalten hatte und mit Konterfei durch die Presse gereicht wurde, weil er die beeindruckendsten Bilder der Massengräber geschossen hatte, hauste Bernd noch immer in seinem Jugendzimmer und versorgte neben einem Wellensittich auch noch seinen kranken Vater. Der Krebs der Eltern schien ihn und Killian für den Moment zu verbinden.

Bernds Mutter hatte sich abgesetzt, weil sie nicht mit einem Pflegefall leben wollte. Sie fühlte sich noch zu jung und lebenslustig, als dass sie mit einem nach Tod riechenden Mann die kostbare Zeit vergeuden wollte. Also feierte sie im Rheinland den Karneval ihrer Wechseljahre, während Bernd versuchte, seinem Vater die letzte Würde zu erweisen. Er war damit völlig überfordert gewesen, aber er hatte es durchgestanden, während Killian froh darüber gewesen war, gleich wieder an die Front fliehen und seine Mutter den Ärzten überlassen zu dürfen.

Bernd hatte die Krankheit seines Vaters wiederum als Alibi benutzt, sich gehen zu lassen. Beim Anblick seines nun erfolgreichen Freundes Killian hatte er sich verschämt dem Wellensittich zugewandt, ihn mit Jod-S11-Körnchen gefüttert und leise gesagt: »Weißt, ich bin halt ein Loser ...«

Der Wellensittich hatte nichts darauf erwidert, Killian auch nicht; zu bedrückend war die Stimmung in der Wohnung gewesen. Aus dem Wohnzimmer drang die Stimme eines Fernsehrichters, dann hörte man den Vater nach Bernd rufen.

Das war das Zeichen für Killian gewesen, zu gehen. Sie hatten sich wortlos verabschiedet, und jetzt waren sie sich wortlos wiederbegegnet.

Killian fühlte sich elend. Vielleicht hätte er etwas erwidern sollen, als sich Bernd selbst zum Loser ernannt hatte. Aber er hatte es mit so viel Überzeugung gesagt, dass kein Blatt Papier, geschweige denn ein Wort, dazwischen gepasst hätte.

Was war seitdem passiert? Wie waren die zehn Jahre für Bernd verlaufen? Wie hatte er gelebt, bis er so starb? Killian fühlte plötzlich eine Verpflichtung, sich Bernds anzunehmen. Wenn er sich schon nicht um den lebenden Freund gekümmert hatte, so wollte er doch posthum den Toten verstehen.

Ein Bild nach dem anderen tauchte aus seinen Erinnerungen auf. Wie sie vor einem zähnefletschenden Boxer zusammen durch die Maisfelder geflüchtet waren, beim Kirschenklauen in den Obstplantagen, wie sie im Bötzinger Freibad auf dem Dreimeterbrett mit prahlerischen Sprüngen um die Mädels gebalzt hatten. Fußball, Disco, Schule schwänzen, erste Zigarren, erster Vollrausch, Fummeln in der Möhlinhütte. Ein Bild jagte das nächste, und am Ende der Diashow blitzte immer wieder Bernds totes aufgedunsenes Gesicht auf.

Killian hatte während seiner internen Diashow unmerklich den Becher mit dem Mirabell-Tee-Gemisch erneut geleert, und der Beamte hatte das als Aufforderung empfunden, noch mal nachzufüllen. Man nickte sich wieder einvernehmend zu und schlürfte auch den dritten Becher.

Mitten in den Schluck hinein bretterte ein silbergrauer Audi. Der Wagen lag viel zu tief, aber es schien den Fahrer nicht zu stören, dass Geäst und Steine gegen den Unterboden trommelten. Er bremste nah am Tatort ab und stieg aus dem Wagen. Es war Belledin.

»He nei!«, stieß er in tiefstem Badisch aus. »Lebsch du au noch?« Er streckte Killian seine behaarte Pranke entgegen und drückte kräftig zu.

Killian war gewappnet. Er wusste noch aus früheren Tagen um den Schraubstockgriff Belledins. Irgendwo musste der mal gelesen haben, dass Männer mit solchem Handschlag Zupackende wären. Er unterstrich den Händedruck, indem er fragend die buschigen Augenbrauen hob, solange er zudrückte. Damit war die Begrüßung erst einmal beendet.

Belledin wandte sich von Killian ab und ging seiner Arbeit nach. Zeit für einen Plausch war später immer noch. »Un, weiß ma scho, wer's isch?«, fragte er in die Runde.

»Der Tote heißt Bernd Ambs«, antwortete der Beamte, der Killian mit Mirabell versorgt hatte.

Nach einem längeren stummen Nicken brummte Belledin: »Das musste ja irgendwann mal so kommen. Fremdeinwirkung?« Unwillkürlich war auch er jetzt in den Badisch-Hochdeutsch-Slang gefallen, den sich die Beamten dieser Gegend zu eigen gemacht hatten.

Der Beamte schüttelte den Kopf. »Der Doc sagte, er sei ertrunken. Genaueres kann er aber erst nach der Autopsie sagen.«

Belledin nickte wieder, dann drehte er sich zu Killian. »Der gute alte Ambs. Völlig heruntergekommen in den letzten Jahren. Zuletzt war er bei BPD in Umkirch, hat dort Pakete umgeladen. Ich war zweimal dort, weil in dem Schuppen Hehlerware gehandelt wurde. Allerdings ohne Erfolg. Die Bande haben wir nie drangekriegt.«

»Hatte Bernd was damit zu tun?«, fragte Killian.

Belledin schüttelte den Kopf. »Der hatte mit gar nichts mehr was zu tun. Hat mit keinem mehr geredet, nur zu Hause gehockt, vor dem Computer, und seine Mutter gepflegt.«

»Seine Mutter? Ich dachte, die wäre abgehauen?«

»Nach dem Tod von seinem Vater ist sie zurückgekommen. Zwei Jahre später wurde sie auch krank, aber Ambs hat sie gepflegt und trotzdem sein Studium fertig gemacht. Alle dachten, jetzt würde er endlich die Kurve kriegen. Aber dann, mit einem Mal, war er bei BPD und hat mit niemandem mehr ein Wort gewechselt.«

»Und seine Mutter?«

»Lebt noch. Scheiße, ich hab keine Lust, es ihr zu sagen. Wagner, das machst du.«

Mit Wagner war der Beamte gemeint, der die Lizenz zum Schnapsbrennen besaß. Er nickte und goss sich nach.

Belledin hatte Ambs fast genauso gut gekannt wie Killian. Auch er war aufs Martin-Schongauer-Gymnasium in Breisach gegangen. Man kannte sich hier: Die Schule war klein, der Kaiserstuhl ebenfalls. Und gewisse Platzhirsche waren zu gewissen Zeiten dominant und bestimmten in einem kleinen Zeitfenster die Szene. Das war mit Belledin und Jürgen nicht anders gewesen als mit Ambs und Killian. Wer Persönlichkeit hatte, ragte sofort heraus und spielte seinen Part. Die Provinzbühne lebte davon.

Belledin wollte sich per Handschlag von Killian verabschieden, aber der hielt demonstrativ den Becher in der rechten Hand, sodass er um einen zweiten Schraubstock herumkam.

»Wagner, du nimmst den Bericht von Killian auf, ich muss weiter.«

Wagner nickte wortlos, Belledin stakste durch den Raureif, stieg in den Audi und bretterte davon. Für ihn war die Arbeit offenbar erst einmal erledigt. Wahrscheinlich fuhr er nach Hause zum Mittagessen. Seine Statur ließ jedenfalls einen Dauerhunger vermuten. Ob er immer noch mit Biggi zusammen war?, überlegte Killian.

Wagner blickte ihn jetzt auffordernd an. Aber Killian stellte sich dumm.

»Wollen Sie mit aufs Revier?«, wurde Wagner dann deutlicher.

»Haben Sie kein Diktafon?«, fragte Killian in der Hoffnung, weiteren Schnäpsen aus dem Weg zu gehen; außerdem hatte er keine Lust auf Beamtenräume, ihm war nach Natur. Zu oft hatte er in den letzten Jahren Verhören beigewohnt oder über sich selbst ergehen lassen müssen.

»Batterie ist leer. Ich benutze das Ding selten. Und irgendjemand hat es angelassen beim letzten Mal.«

In Baden gab es immer irgendjemand, der schuld an etwas war, nur man selbst hatte stets ein reines Gewissen, wenigstens nach außen hin. Im Inneren zerriss es die meisten nach einer gewissen Zeit der äußeren Reinheit. Entweder sie begannen zu saufen, wurden fett vom mächtigen Essen oder erhängten sich im Novembernebel.

»Ich hab Batterien dabei«, versuchte sich Killian zu retten.

»Aber ob sie die passende Größe haben?«, unkte Wagner, kramte aber trotzdem das Diktafon aus der Jackentasche.

Killian kannte das Modell. Er hatte auf seinen Reisen einige davon verschlissen. Ein Diktafon war besser als Schreibzeug. Man konnte seine Gedanken festhalten, während man fotografierte. Das hatte manchmal eine andere Direktheit als das Schreiben im Nachhinein; die Redakteure nannten das »Authentizität«. Killian verabscheute dieses Modewort, das immer und überall gebraucht wurde, wenn man etwas als besonders wertvoll stempeln wollte.

Wagners Modell war noch recht groß, es musste aus den frühen Neunzigern stammen. Solche Teile hatte man im Kosovo noch gehabt, aber schon im letzten Irakkrieg waren es nur noch kleine Mikrofone gewesen, die das Gesprochene über Funk in den Rechner speisten und die Sprache über ein Transferprogramm in Texte umwandelte. Ein ungeheurer Luxus, den Killian ebenfalls Moshe zu verdanken gehabt hatte.

Schon wieder war ihm Moshe in den Sinn gekommen. Er sollte verflucht sein!

Killian fingerte eine Batterie aus seiner Ersatzkamera heraus, die in das Diktafon passte, und übernahm den Austausch auch gleich selbst. Er wollte auf Nummer sicher gehen. Am Ende rutschte Wagner die Batterie noch aus den Fingern und landete im Bach. Und eine solche Schuldfrage wollte er Belledins Hilfssheriff nicht aufbürden.

Die Batterie passte, das Aufnahmelämpchen blinkte, und Wagner konnte mit seinen Fragen beginnen.

***

Noch zwei Zigaretten lugten aus Swinthas zerknülltem Päckchen. Sie fingerte eine davon heraus, steckte sie sich zwischen die Lippen und zündete das Zippo. Der Tabak glomm sofort, und die Rauchwolke zeichnete sich deutlich in der frostigen Luft ab.

Schon eine halbe Stunde wartete sie vor dem verschlossenen Atelier auf Killian; in der Zeit hatte sie bereits zwei Zigaretten gequalmt. Eigentlich sollte das die Ration für einen Tag sein, aber sie hatte nichts zu lesen dabei, und im Dorf herumlaufen wollte sie auch nicht. Sie hatte keine Lust, irgendwelchen Idioten zu begegnen, mit denen sie übers Wetter reden musste. Noch schlimmer wären alte Kollegen von der Schule, die bei ihrem Anblick »ABI 08!!!« grölten in der Hoffnung, sie würde den stumpfsinnigen Schlachtruf erwidern.

Swintha war die Außenseiterin in ihrer Klasse gewesen. Aber nicht nur in der Klasse, die ganze Schule war ihr fremd erschienen. Wie ein Alien war sie sich immer vorgekommen, missverstanden vom Rest der Welt. Allein schon der westgotische Name, den sich ihr Vater für sie ausgedacht hatte. Was hatte sie sich alles anhören müssen. »'s isch Winter, Swintha«, war noch einer der einfallsreicheren Reime gewesen. Swintha hätte ihren Vater gern gefragt, wie er auf so einen Namen kommen konnte, aber der hatte sich vom Acker gemacht, ehe sie sprechen konnte.

Seitdem sie ihre roten Haare zu einem Pagenkopf geschnitten hatte, wirkte sie noch spitzbübischer, die brennende Kippe im Mundwinkel rundete das Bild, das sie von sich zeichnen wollte, vollends ab. Sie hatte sich mit dem Fahrrad von Breisach nach

Oberrotweil geschwungen und sich dabei fast die Finger abgefroren. Aber ihre Mutter Bärbel wollte ihr das Auto nicht geben, und auf die Bahn hatte sie keine Lust gehabt.

Ihre Mutter wollte auch nicht, dass sie zu Killian ging, denn Killian war Bärbels Jugendliebe. Seitdem er wieder zurück war, hatte es kein anderes Thema mehr gegeben. Jeden Tag hatte Bärbel von Killian und ihren früheren Polit-Aktionen erzählt. Durchdacht und zielgerichtet sei alles gewesen, immer mit dem Blick auf politische Aufklärung, niemals aus dumpfem Vandalismus. Vier Jahre waren Bärbel und Killian *das* Paar an der Schule gewesen, hatten die Schülerzeitung aufgemischt, er mit Fotos, sie mit messerscharfen Texten.

Warum es dann plötzlich auseinandergegangen war, hatte Bärbel nie erzählt. Tja, und dann war Sven gekommen, der blonde Engel aus Schweden, und hatte Swintha ihren Namen gegeben.

Sie hatte sich aber nicht Bärbels Geschichten wegen die Mühe gemacht, sich mit dem Fahrrad durch die Kälte zu kämpfen, sondern aus ureigenen Beweggründen. Vor fünf Jahren, sie war gerade vierzehn geworden, steckte sie in der Krise ihres Lebens. Die Hormone der Pubertät schienen es mit ihr besonders hart zu meinen. Von einer Laune wurde sie in die nächste geschleudert, niemand, aber auch gar niemand war in der Lage, sie auch nur annähernd zu verstehen. Lehrer waren von Grund auf blöde, Bärbel war überhaupt die allerdoofste Kuh, und die Freundinnen kümmerten sich nur noch um Frisur und verpickelte Mopedfahrer.

In dieser lebensbedrohlichen Zeit, die sich in Südbaden vor allem zwischen November und Februar zur Suizidhölle auswachsen konnte, war Swintha auf einen Bildband gestoßen, der ihrem Leben Halt und Bedeutung gab. Es war an einem Sonntag gewesen. Bärbel war auf einer Wahlveranstaltung für die Grünen, der Montag lauerte unerbittlich vor der Tür, und Swintha hatte sich heimlich mit einer Flasche Wodka auf den Dachboden verzogen, um sich mit einem einsamen Komasaufen allem zu entziehen. Als sie die Flasche halb geleert hatte, war ihr Blick auf einen verschlossenen Karton gefallen, der in der hinteren Ecke des Dachbodens stand.

Swintha schien der Karton ebenso einsam und verlassen wie sie selbst, deswegen war sie auf ihn zugerobbt und hatte ihn erst tröstend gestreichelt, um ihn dann zu öffnen. Er war voll von Fotos. Fotos von Bärbel zwischen sechzehn und zwanzig, Fotos von Demonstrationen, vom Martin-Schongauer-Gymnasium und von alten Bauern und Handwerkern aus der Region. Klare Gesichter, Menschen mit Würde und Haltung, trotz ihrer Einfachheit.

Und dann war da dieser Bildband gewesen. »Momente des Lichts – zwischen Kosovo und Simbabwe«, KILLIAN. Swintha war schon vom Foto des Einbandes fasziniert gewesen. Als sie das Buch aufgeschlagen hatte, war sie von der Magie der Fotos mehr berauscht gewesen, als es drei Wodkaflaschen vermocht hätten. Es war, als würden die Bilder Swinthas Seele entspringen, als würde sie selbst die Fotos geschossen haben.

Swintha vergaß den Wodka und begann bitterlich zu weinen. Alles, was sich in ihr angestaut hatte, platzte aus ihr heraus. Sie musste aufpassen, dass sie die Fotos nicht mit ihrem Rotz und ihren Tränen versaute, aber es gab kein Halten mehr, alle Dämme waren gebrochen. Heiser vor Schluchzen lag sie auf dem Dachboden und fühlte innerliche Befreiung.

Dann hatte sie sich den Bildband noch mal richtig angesehen. Wieder und immer wieder, bis jedes einzelne Foto zu einem Teil ihrer selbst geworden war. Von da an begann sie zu schreiben. Und jeder Text, den sie zu Papier brachte, entsprang einem Impuls, den ihr der Bildband gegeben hatte. Aber sie gab die Texte niemandem zu lesen. Ohne die Fotos waren sie nur halb. Das Gegenstück fehlte, um die Kunst ganz zu machen. Da Bärbel den Bildband nicht vermisste, hatte Swintha ihn an sich genommen. Und immer wenn ihr die Hormone ins Gehege kamen, meditierte sie über den Fotos und setzte ihr eigenes Leben wieder in Relation zu anderen Lebensentwürfen.

Und jetzt stand sie hier, vor dem Atelier jenes Fotografen, den ihre Mutter früher geliebt hatte und der Swintha durch seine Fotos das Leben gerettet hatte. Es hatte sie viel Mut gekostet, hierherzuradeln. Und sie hoffte bei jeder Zigarette, die sie anzündete, dass Killian noch nicht kommen möge. Wenn sie die letzte geraucht hätte und er noch immer nicht hier wäre, würde sie wieder fahren. Dann hätte das Schicksal ihre Zusammenkunft eben vertagt.

Swintha warf die aufgerauchte Kippe auf den Boden und trat die Glut mit der Spitze ihres Stiefels aus. Sie blickte in die Schachtel und pokerte mit sich. Sollte sie noch ein paar Minuten warten, ehe sie die letzte Zigarette anzündete, oder sollte sie sie sofort nachschieben, um es hinter sich zu bringen?

Sie entschied sich, zu warten. Sie wollte die Begegnung nicht verschieben, sie wusste nicht, ob sie noch mal den Mut aufbringen würde, hierherzukommen. Jetzt war sie hier, jetzt sollte es sich entscheiden. Sie hatte sich vorgenommen, Killian nicht zu sagen, wer ihre Mutter war. Da sie den Nachnamen ihres Vaters hatte, würde sie noch nicht einmal lügen müssen.

***

Wenn ihn die Streifenpolizei anhalten würde, wäre der Lappen weg, das wusste Killian, aber Wagner hatte keine Gnade gekannt. Zwei weitere Mirabell waren nötig gewesen, um das Verhör ordentlich auf das Diktafon zu bringen.

Der Defender holperte über den Feldweg aus dem Rheinwald und wuchtete sich auf die Straße. Der Wagen hatte sich bereits auf der Hinfahrt häufiger verschluckt, irgendetwas war wohl mit der Benzinpumpe nicht in Ordnung. Killian würde nach Heilige Drei Könige zu Hilpert gehen, damit der sich die Mucken näher betrachtete.

Der Wagen war noch ein Relikt der Blauhelme aus dem Kosovo. So schnell, wie sie ins ehemalige Jugoslawien gekommen waren, so schnell hatten sie sich auch wieder zurückgezogen, nachdem Milosevic das Lied vom Frieden geträllert hatte. Für Killian war es eine günstige Gelegenheit gewesen, sich so eine Kiste zum Schnäppchenpreis zu sichern. Jetzt war der Wagen schon etwas in die Jahre gekommen, soff zudem viel zu viel Sprit, aber Killian wollte sich nicht von ihm trennen. Hier schien er ihm fast noch wichtiger als an der Front. Das Auto schützte ihn vor den Angriffen allgegenwärtiger Dorfverschönerung, weil es ihn an härtere Realitäten erinnerte. Hätte er gedurft, wäre er am liebsten mit einem Panzer durch die Gegend gefahren, um ja niemanden an sich ranzulassen.

Als er seinen Wagen durch die flurbereinigten Reben steuerte, fragte er sich ernsthaft, warum er überhaupt wieder hierhergekommen war. Brauchte es erst fünf Mirabell-Schnäpse, um wieder klar zu sehen? Was hatte sich hier denn geändert, seitdem er den Kaiserstuhl verlassen hatte? Nichts, aber auch gar nichts. Die Dörfer waren von einfallslosen Architekten mit Spießbürgerlichkeit und Ökoschick zugekleistert worden, sodass kaum mehr ein Strauch atmen konnte, darunter lag noch immer die ständig lauernde Missgunst und Bigotterie, frei nach der Bibel: Misstraue deinem Nächsten wie dir selbst. Killian merkte, wie er seine Gedanken in einen Zornesstrudel jagte, und bremste sich ein. Er war ungerecht. Seine Heimat besaß auch viel Schönes: die Weinberge, das warme Licht, die strotzende Fruchtbarkeit des Vulkangesteins und Menschen, die trotz ihres chronischen Misstrauens, mit dem sie allem Neuen und Fremden begegneten, eine herzliche Verbindlichkeit entwickeln konnten, die dann für alle Ewigkeit galt.

Und einer dieser Menschen war Bernd Ambs gewesen. Killian hatte oft an ihn gedacht, hatte ihn besuchen wollen, es aber immer wieder verschoben; aus Angst, Ambs wäre möglicherweise noch tiefer in Selbstzerfleischung gefallen.

*Wenn der Prophet nicht zum Berg kommt, kommt der Berg zum Propheten*, stichelte Killian zynisch gegen sich selbst. Bernd Ambs hatte nun ihn besucht, in Form eines Alptraums.

Er kurbelte das Fenster runter und hielt seinen Schädel in den eisigen Fahrtwind. Er wollte einen klaren Kopf bekommen. Es konnte nicht angehen, dass der Tag sich von ihm verabschiedete, nur weil er ein paar Schnäpse gekippt hatte. Der Wagen bockte erneut. Killian verzichtete auf den Umweg durch die Reblandschaft und lenkte das Gefährt auf dem kürzeren Weg über die Landstraße. Bis nach Hause würde er noch kommen. Und bis Bötzingen würde es am Mittwoch auch noch reichen.

Sein Handy begann zu brummen. Er zog den Kopf wieder ins Wageninnere, griff mit der rechten Hand in die Innentasche seiner Kutte und blickte auf das Display: »Unbekannter Anrufer«. Killian ließ es brummen. Er hatte keine Lust auf unbekannte Anrufer. Es konnte Moshe sein, und dem war er momentan nicht gewachsen. Nach dem Tod von Ambs, den Schnäpsen und der Flurbereinigung hätte der alte Fuchs leichtes Spiel mit ihm gehabt. Ehe er auch nur begriffen hätte, was Moshe von ihm wollte, wäre er bereits im Flieger nach Tel Aviv gesessen, um zwölf Stunden später mit den ersten Bodentruppen zwischen Kugelhagel und Raketendonner exklusive Bilder zu schießen.

Das Brummen hörte auf, kurze Zeit später blinkte das Handy, dann begann die Mailbox-Abfrage mit regelmäßigem Piepsen zu nerven. Killian entschied sich, sie zu erlösen, und hörte die Aufnahme ab.

»Hier ist Wagner. Ich wollte nur sagen, dass vor der Ortseinfahrt Oberrottweil unsere Kollegen stehen. Vielleicht ist es besser, Sie fahren von anders herum ins Dorf.«

Killian staunte nicht schlecht. Das war ein feiner Zug von Wagner, aber der erste Schritt zur Vetternwirtschaft. Und gerade der wollte Killian endlich entkommen. Es genügte, dass er mit allen Geheimdiensten dieser Welt auf der Ebene der Gefallen und Gegengefallen Schlittschuh lief, da wollte er nicht auch noch einem drittklassigen Dorfpolizisten etwas schuldig sein. Aber seinen Führerschein wollte er auch nicht verlieren. Ohne Auto war er hier aufgeschmissen. Also riss Killian das Lenkrad herum und fuhr über einen holprigen Feldweg zum Atelier, auch wenn er dabei riskierte, dass sich die Benzinpumpe nun völlig verschluckte.

Doch der Defender hielt durch und erreichte bald teerigen Untergrund. Killian steuerte ihn durch einige enge Gassen und landete endlich vor der Laderampe des alten Raiffeisenlagers, wo ihn bereits ein hübsches rothaariges Mädchen erwartete.

***

Swintha hatte sich gerade die letzte Zigarette aus dem Päckchen gefischt und war im Begriff, sie anzuzünden, steckte sie aber wieder zurück. Eigentlich hatte sie sich Killian rauchend vorgestellt, aber man konnte nie wissen. Die militanten Nichtraucher waren mittlerweile in der Überzahl, Bärbel war ein Paradeexemplar dieser Spezies. Da Killian aus derselben Epoche kam, konnte auch er einer von ihnen sein.

Killian zog die Handbremse an und stieg aus dem Auto. Obwohl ihm das rothaarige Mädchen nicht entgangen war, kümmerte er sich nicht groß um sie, sondern widmete sich seinem Equipment. Er hatte heute Morgen tolle Fotos gejagt, davon war er überzeugt, und die wollte er jetzt endlich sichten. Da konnten die Queen von England, die Frau Kanzlerin oder Moshe persönlich neben ihm stehen, die Kunst ging vor. Er blickte kurz auf, nickte und schlug die Tür des Defenders zu. Dann stieg er mit den Fototaschen die Treppe des Ateliers hoch und öffnete die große hölzerne Schiebetür des ehemaligen Lagers.

Die junge Frau schwang sich auf und versperrte ihm den Weg. »Können Sie einen Lehrling gebrauchen?«, brach es aus ihr heraus.

Killian trat einen Schritt zurück und musste dabei aufpassen, nicht von der Rampe zu fallen. Er musterte den roten Pagenkopf und das hübsche Gesicht und fühlte sich an irgendjemanden erinnert. Auch diese Dreistigkeit kam ihm bekannt vor. Nicht uncharmant, nur ungewohnt.

»Ein Model könnte ich eher gebrauchen. Machst du auch Akt?«

Er konnte wirklich ein Fiesling sein. Er wollte nur testen, wie weit sie war. Die Farbe ihrer Haare schien ins Gesicht abzufärben, und Killian lächelte zufrieden. Es war ihm nicht nach Sex, und mit so jungen Frauen schon zweimal nicht. Was konnte man mit Mädchen anschließend reden, wenn es vorüber war? Und es war immer viel zu schnell vorüber, und dann hörte man naives Zukunftsgeplapper von jungen Gören, die noch immer von zu Hause Taschengeld bekamen, einem aber erklären wollten, wie das Leben funktionierte.

Die mutige und zugleich schüchterne junge Frau schien aber anders geschnitzt zu sein. Jedenfalls plapperte sie nicht gleich drauflos, um sich auf sicheres Terrain zu retten, sondern hielt die Gesichtsröte geduldig aus.

»Ich kann keinen Lehrling gebrauchen. Ich bin kein Meister, ich darf nicht ausbilden, tut mir leid. In Breisach kenne ich aber jemanden, der immer wieder Lehrlinge sucht.«

»Ich weiß, aber ich will keine Hochzeitsfotos machen, ich will richtige Fotos schießen«, entgegnete das Mädchen und hielt Killians Blick stand.

»Dann kauf dir eine Kamera und leg los. Heute geht das alles ganz einfach. Digital, anschließend eliminierst du die Fehler mit irgendeiner Software.«

»Ich will Fotografie lernen, nicht fotografieren«, erwiderte das Mädchen, und ihre Stimme hatte Nachdruck erhalten.

Killian hob die Brauen. Wer solche Sätze von sich gab, von dem wollte er noch mehr hören. »Wollen wir reingehen? Ich war heute schon viel zu lange in der Kälte. Wir trinken einen Tee, du erzählst mir was von dir, und dann werde ich sehen, was ich für dich tun kann.«

Er ging vor, knipste das Atelierlicht an und sagte dabei: »Stromverschwendung, ich weiß. Aber ich mag keine Dunkelheit, und das Tageslicht fällt hier nur spärlich ein.« Dann warf er seine Fototaschen auf ein Barocksofa und ging in die Küche, um Wasser aufzusetzen. »Tut mir leid, Kaffee habe ich nicht, ich trinke sonst nur heißes Wasser.«

»Ich trinke auch heißes Wasser«, antwortete das Mädchen.

»Mit Roibusch oder schwarzem Tee?«, fragte Killian nach.

»Schwarzem Tee und Zitrone«, kam es wie aus der Pistole geschossen.

Killian grinste in sich hinein. Er genoss die Unsicherheit seines Gastes, wollte daraus aber kein Kapital schlagen. Das Wasser dampfte rasch im Tauchsieder, der Tee war flugs serviert. Das Mädchen tropfte sich die Viertelzitrone in die Tasse und nippte daran.

»Keinen Zucker?«, fragte Killian.

Sie schüttelte den Kopf.

Die Art und Weise, wie sie den Kopf bewegte, erinnerte ihn wieder an jemanden. Aber er wollte nicht darauf kommen. Es war eines jener verflixten Déjà-vus, die einem den Schlaf rauben konnten.

»Wie heißt du?«, fragte er. Vielleicht kam er ja über den Namen auf die Person, die ihn gerade innerlich foppte.

»Swintha.«

Killian blickte sie stumm an und ließ den Klang des Namens noch eine Weile durch das Atelier schweben, ehe er ihn sanft in seinem Hirn zu landen erlaubte. Dann nahm er einen Schluck heißes Wasser und sagte:

»Mataswintha, einzige Tochter des Westgoten-Königs Eutharich und der Amalaswintha, etwa 518 geboren. Dafür siehst du mir noch recht frisch aus.«

Das Eis schien gebrochen. Swintha lächelte befreit.

»Und mit Nachnamen?«, fragte Killian.

»Andersson.«

»Andersson? Swintha Andersson? Mit dem Namen musst du Model werden«, lachte er. »Entschuldige, aber der Name ist wirklich großartig. Kein Jenne, Bühler, Maier, sondern Andersson, Swintha Andersson. Das ist wirklich klasse, Kompliment.«

Swintha lachte nun ebenfalls und ein schallendes Glucksen brach aus ihr heraus.

Killian erschrak. Er kannte nur einen Menschen, der ähnlich herzerfrischend lachen konnte, aber dieses Lachen hatte er seit zwei Jahrzehnten nicht mehr gehört. Er kniff die Augen zusammen, blickte auf die Grübchen, die roten Haare und wurde mit einem Mal todernst.

»Andersson? Nicht vielleicht doch Engler?«

Swinthas Lachen verstummte sofort, wieder trieb es ihr die Röte ins Gesicht.

Der Blick, mit dem Killian sie musterte, war eindeutig. Er hatte sie als Tochter seiner alten Jugendliebe Bärbel Engler erkannt.

Wie sollte das einem so geschulten Blick entgehen? Auch wenn sie charakterlich so verschieden waren, einige Ähnlichkeiten waren nicht zu leugnen.

»Ich heiße Andersson, meine Mutter heißt Engler.«

Killian nickte. »Verstehe. Hätte ihr wenigstens einen Doppelnamen zugetraut.« Er setzte einen kleinen spöttischen Lacher hinterher. Dann schwieg er und blickte Swintha stumm an.

Swintha schien die Musterung unangenehm. Sie stand auf und nahm ihren Mantel, den sie zuvor über die Lehne des Sofas gelegt hatte.

»Du willst schon gehen? Aber wir haben doch noch gar nichts besprochen.«

Swintha war irritiert. »Ich dachte, wegen meiner Mutter, da gäbe es nichts mehr zu besprechen …«, stotterte sie, obwohl sie sonst nie stotterte.

»Das tut nichts zur Sache. Wenn wir einen gemeinsamen Nenner finden und du ein Gefühl für den Moment hast, kann ich dir vielleicht etwas beibringen. Aber eine Lehre ist nicht drin, das ist außerhalb meiner Kompetenz. Ich kann dir auch nur wenig bezahlen. Und ob ich dich als Praktikantin nehme, stellt sich erst heraus, wenn ich dich geprüft habe. Und wenn du jetzt gehst, kann ich dich nicht prüfen.«

Sie legte den Mantel wieder ab und sah Killian offen ins Gesicht. »Also, prüfen Sie mich.«

Killian lächelte.

Er packte seine Fototasche aus, warf den Mac an und verband die Kamera mit dem Computer. Es dauerte dann eine Weile, bis die Fotos vom Morgen als Thumbnails auf dem Bildschirm auftauchten. Er klickte einige an, die nacheinander aufsprangen und den Bildschirm bevölkerten.

»Komm her. Du siehst sie dir in Ruhe an und sagst mir anschließend, welche dir am besten gefallen – und warum. Lass dir alle Zeit, die du brauchst. Du kannst es mir in fünf Minuten sagen, aber auch erst in zwei Stunden, das bleibt ganz dir überlassen.«

Swintha setzte sich auf den Bürostuhl vor den Rechner und schob die Maus über die Matte, um sich die Fotos anzusehen.

Killian zog sich in die Küche zurück. »Magst du Curry?«, rief er Swintha zu, die bereits staunend vor einigen Bildern saß.

»Ja, ich mag Curry«, erwiderte sie abwesend und klickte weiter durch die Bilder.

Killian freute sich darüber, nicht allein mittagzuessen. Er liebte es, zu kochen. Es war nicht die raffinierteste Küche, aber es schmeckte immer, zumindest ihm selbst. Er freute sich auch über Swintha und hoffte fast, dass sie das richtige Auge hatte. Er brauchte einen zweiten Blick, nachdem er sich so leer geschossen hatte. Und Swintha trug dieses Frische, Unverbrauchte in sich, das ihn selbst früher so frei und unabhängig gemacht und ihm das Gefühl geschenkt hatte, die Welt zu erobern.

Und sie erinnerte ihn an Bärbel.

***

Belledin hatte gekleckert. Allerdings war es auch unmöglich, bei diesem Essen nicht zu kleckern. Biggi hatte ihm den Teller randvoll gepackt mit Rehrücken, Kartoffelbrei, Rotkraut und eben jener schweren Pilzsahnesoße, die er so sehr mochte, mit einem Schuss Zitrone und gerösteten Zwiebeln. Dass ein Teil davon nun auf seinem frischen Hemd klebte, entlockte ihm lediglich ein kurzes Brummen, dann schaufelte er weiter Kartoffelbrei in sich hinein, den er besonders schätzte, weil er sich dabei nicht mit Kauen aufhalten musste.

Er war bequem geworden in der letzten Zeit. Ob das ein Zeichen einer bevorstehenden Midlife-Crisis war? Der Gedanke ging, wie er kam, denn erneut spritzte die Soße. Diesmal aber auf die weiße Tischdecke.

Biggi stieß einen Seufzer aus, lächelte ihn dabei aber nur liebevoll an. Sie wusste, dass er nervös war, aber sie fragte nicht nach. Nicht aus Desinteresse, sondern weil sie schon sehr früh in ihrer Ehe abgemacht hatten, dass der Polizeifunk vor der Haustür blieb. Lediglich wenn größere Karriereentscheidungen anstanden, wurde Biggi zu Rate gezogen. Aber Mord und Totschlag sollten außerhalb der Ehe bleiben.

Belledin schenkte den Klecksen auf der Tischdecke keine weitere Beachtung. Er nagte das zarte Fleisch vom Gebein des Rehs und dachte an die Zeiten, als er körperlich noch in Form gewesen war. Auch diese Gedanken waren dezente Hinweise auf eine lauernde Midlife-Crisis. Belledin war einst die Hoffnung des deutschen Zehnkampfes gewesen; ein Athlet vor dem Herrn, griechisch-römischer ging es nicht mehr. Ende der achtziger Jahre war er im Stande gewesen, ohne härteres Training achttausend Punkte zu sammeln und dabei immer noch zu lächeln. Der VFB Stuttgart wollte ihn abwerben, aber für Belledin kam es gar nicht in Frage, nach Württemberg zu wechseln. Er war Badener und über seine Groß- und Urgroßväter tief im vulkanischen Lössboden der Rheinebene verwurzelt. Hätte er sich verpflanzen lassen, er wäre eingegangen wie ein Weinstock in der Antarktis.

Auch als man ihm vor zwei Jahren angeboten hatte, eine SOKO in Stuttgart zu leiten, hatte er ohne mit der Wimper zu zucken abgelehnt. Das wäre Prestige und um einiges mehr an Geld gewesen.

Da aber für Belledin jeder zweite Schwabe von vornherein ein Verbrecher war, wäre er nur mit Verhaftungen beschäftigt gewesen. Hier, in der Heimat, wusste er, das Gesetz vom Leben und Lebenlassen haarscharf auszulegen; in Stuttgart wäre er ein orientierungsloser Elefant im Porzellanladen gewesen. Er hätte kurz drei Stufen nach oben genommen und wäre dann hoffnungslos abgestürzt. Da arbeitete er lieber mit den Elsässern zusammen. Die Grenze zwischen Baden und Frankreich schien ihm überwindbarer als der inländische Schritt zu den bigotten Häuslebauern. Auch wenn er noch immer mit den französischen Kollegen haderte, dass sie die Leiche in Mackenheim grußlos an ihn weitergereicht hatten.

Erneut spritzte es. Diesmal reichte Belledins Soßenschwung sogar bis hinüber auf Biggis Bluse. Ein Champignon landete im Ausschnitt ihrer Bluse und machte beim Aufkommen mit einem kleinen Klatschgeräusch auf sich aufmerksam. Biggi sah auf den Fremdling hinunter, so gut es ihr Doppelkinn zuließ.

Auch Belledin blickte auf den verirrten Champignon. Er fokussierte lediglich die beiden großen Wölbungen und den Pilz, den Rest blendete er aus. Sie waren schon dreiundzwanzig Jahre ein Paar, da musste man manche Dinge ausblenden, um noch etwas voneinander zu haben. Belledin gelang es mit dieser Technik sehr gut, sich in Erregung zu bringen. Er war satt, nun bekam er Appetit.

Und er wusste, dass Biggi das, war ihr bevorstand, nicht unangenehm war. Sie liebte es, wenn ihr Bello sich an ihr verausgabte und sie noch den Zehnkämpfer von einst in ihm erkannte. Das brachte ihr selbst und Belledin die Zeiten zurück, in der ihre Hüften noch schmaler und die Haut straffer gewesen waren.

»Bello«, gurrte sie kokett und zog den Atem dabei tief in die Brust, damit sich ihre Ungeheuer noch mehr in seinen Blick fraßen.

Der Rest war eine Routine, mit der sie es immerhin fast bis zur Silberhochzeit gebracht hatten.

***

Swintha war noch nicht weit gekommen mit der Sichtung der Bilder. Sie nahm sich Zeit, wollte sich nicht entscheiden, aus Angst, nicht die richtigen auszusuchen. Aber sie war auch gefesselt von jedem einzelnen Bild. Obwohl es immer wieder dieselben Motive waren, barg doch jedes Bild eine andere Stimmung, eine andere Geschichte. Swintha hätte sofort wieder mit Schreiben beginnen können, aber sie wagte es nicht, sich zu offenbaren.

Killian kehrte mit zwei dampfenden Schalen aus der Küche zurück; Reis mit Curryhuhn.

»Das ging aber schnell«, staunte Swintha, der die Pause gelegen kam.

»Hatte ich gestern schon vorbereitet. Mag es immer gerne, wenn das Curry durchzieht.« Er reichte Swintha eine Schale, dann setzte er sich auf das Barocksofa und begann das Curry zu gabeln.

Swintha tat es ihm nach und verzog nach dreimaligem Kauen den Mund. »Ist das scharf!«

Killian lachte. »Im Kühlschrank ist Joghurt, bedien dich. Löffel sind in der blauen Tasse …«

Swintha war sofort aufgesprungen und in die Küche geeilt. Rasch versorgte sie sich mit Joghurt, dann kehrte sie zurück.

»Aber sonst ist es lecker.« Sie grinste, dass sich ihre Grübchen in die Wangen bissen, und setzte ein Glucksen hinterher.

Für Killian war es wie eine Pawlow'sche Klingel, die ihn mehr als zwanzig Jahre zurück in die Vergangenheit warf. Was hatte er mit Bärbel für einen Spaß gehabt! Jeden Blödsinn, den man sich vorstellen konnte, hatten sie gemeinsam durchgezogen, und dann war es auf einmal aus gewesen. Wie so vieles auf einmal aus gewesen war. Die Freundschaft mit Bernd Ambs zählte auch dazu. Bernd war tot. Bärbel lebte noch, und vor ihm saß ihre Tochter, die eine Magierin der Zeit zu sein schien.

Killians Gedanken konnten sich im Augenblick nicht zwischen Bernd und Bärbel entscheiden, also versuchte er zu ergründen, warum damals auf einmal alles so anders gekommen war. Bärbel hatte in Freiburg mit dem Studium begonnen, Bernd war zur Bundeswehr gegangen, weil es ihm für seine Wirtschaftskarriere wichtig erschien, und er selbst hatte sich für zwanzig Monate dem Zivildienst verschrieben.

Jeder von ihnen war in einer neuen Welt gelandet, die ihre eigenen Anforderungen hatte. War man auf dem Gymnasium noch die Beste in Geschichte und Geografie, so musste man sich an der Uni nun mit ganz anderen Schlaumeiern messen, die Adam Smith genauso gut vertreten konnten wie Bärbel den Marxismus. Wer hier punkten wollte, musste sich mehr ins Zeug legen als im Leistungskurs.

Bernd war in Pfullendorf bei den Kanonieren gelandet, wo mehr gefressen und gesoffen wurde als sonst etwas. Als er zum ersten Heimurlaub nach Bötzingen gekommen war, hatte ihm seine Freundin Anke direkt den Laufpass gegeben. Daraufhin war er gleich wieder nach Pfullendorf gefahren, um sich das freie Wochenende mit den neuen Kameraden um die Ohren zu schlagen.

Killian selbst musste zusehen, wie er die Eindrücke des Zivildienstes verarbeitete.

Man konnte sich entscheiden, wie man wollte, manchen Aufgaben im Leben konnte man nicht entrinnen. Er war als Kriegsdienstverweigerer gestartet und am Ende ein Elitesoldat der ganz besonderen Art geworden. Zwar schoss er nicht mit echter Munition, aber er feuerte Belichtungszeiten, um den Tod einzufangen.

Während man bei der Bundeswehr am Modell lernte, wie man auf effiziente Weise Menschen tötete, sah Killian beim Zivildienst echte Menschen sterben. Er nahm sogar so weit Kontakt mit dem Tod auf, dass er ihn schon riechen konnte, wenn er ein Zimmer betrat. Um sich mit schwarzem Humor aus der emotionalen Bedrängnis zu retten, schloss er mit seinen beiden Zivi-Kollegen sogar Wetten ab, wie lange es der jeweilige Kunde noch machen würde. Supervision gab es nicht, eine vorbereitende Einschulungszeit fehlte ebenfalls. Man wurde ins kalte Wasser geschmissen und musste schwimmen.

Bärbel war zu sehr mit ihrem Studium und den neuen Freunden in Freiburg beschäftigt, um zu merken, wie er sich immer mehr mit dem Tod anfreundete und ihn um Audienzen bat, damit er ihn fotografieren konnte. Politische Veranstaltungen und Demos gingen ihm mittlerweile am Arsch vorbei, waren ihm nur noch aufgeblasene Wichtigtuerei wohlbehüteter intellektueller Schwätzer, die betroffen Kerzen anzündeten und sich Händchen haltend anschwiegen, während in den Häusern der eigenen Dörfer der Familienkrieg tobte.

Killian erhielt durch seine Arbeit Einblick hinter die Kulissen und sah sich vor gähnenden Abgründen wieder. Die feine Bankangestellte, deren Mann an fortgeschrittener multipler Sklerose litt und die ihre Maske des ewigen Lächelns zu Hause gegen die Fratze boshafter Häme tauschte. Der Metzger, der durch Hirnschlag ans Bett gefesselt war und den die Frau, die ihn scheinheilig pflegte, auf das Heftigste beschimpfte, wenn sie glaubte, dass niemand dabei war, weil er ihr dreißig Jahre lang das Leben zur Hölle gemacht hatte. Oder der alte Kopfschütze Kempowski aus Stalingrad, der Killian immer »Kamerad« nannte, wenn er ihn badete. Die arbeitslosen Söhne hockten vor dem Fernseher, während Killian den alten Kämpfer aus seiner Pisse holte. Man wartete auf das Krepieren des Alten, weil dadurch ein Acker zu erben war, der Bauland zu werden versprach.

Killian unterbrach sich selbst und hakte die Zeit mit einem zynischen Lächeln ab. Er blickte jetzt auf Swintha, die das Curry artig mit Hilfe eines großen Bechers Joghurt geleert hatte und sich wieder ans Sichten der Gräberfotos machte.

Konnte er in seiner momentanen emotionalen Situation überhaupt guten Gewissens eine Praktikantin für sich arbeiten lassen? Wäre es nicht besser für sie, wenn sie seiner gezeichneten Seele nicht zu nahe käme? Er würde sie mit seinem Zynismus belästigen, und dazu hatte er kein Recht. Er entschied sich, sie nach Hause zu schicken, und erhob sich vom Sofa, um es ihr zu sagen.

Swintha spürte offenbar die Bewegung in ihrem Rücken und drehte sich auf dem Stuhl herum. »Hier sind meine Favoriten. Es sind fünf Stück.« Sie machte Killian Platz, damit er auf dem Bildschirm sehen konnte, für welche Fotos sie sich entschieden hatte.

Killian vergaß, dass er Swintha nach Hause schicken wollte, und starrte auf die Fotos. Er hatte zwar den Rest der Ablichtungen noch nicht gesehen, aber besser als die ausgewählten fünf konnten sie nicht sein. Killian war von sich selbst beeindruckt. Es war lange her, dass er mal wieder einen solchen Lauf mit nach Hause gebracht hatte.

Er brannte die fünf Bilder in sein fotografisches Gedächtnis ein, drehte sich vom Bildschirm weg und ging in die andere Ecke des Ateliers. Er brauchte Bewegung, um sich mit seinen Fotos auseinanderzusetzen, weil er sie auch aus der Bewegung heraus schoss. Außerdem war er unvermutet zutiefst gerührt und wusste nicht, wovon: von den Fotos selbst oder von der Erkenntnis, dass da eine junge Frau saß, die ihn im Tiefsten seines Inneren verstand.

»Foto Nummer eins, warum hast du es ausgesucht?«, fragte er.

»Die Komposition des Nebelstreifs, die mit dem Bachlauf einen Rahmen bildet und dadurch das Grab betont, obwohl es nicht zentriert steht, gibt dem Ganzen eine Dynamik der Ruhe. Es hat den Anschein, als warte das Grab auf jemanden und wäre dafür an den Bildrand gerückt, um ihm Platz zu machen.«

Killian nickte stumm und murmelte: »Du hast recht, aber auf wen? Bernd?« Er schob den Gedanken beiseite und konzentrierte sich auf Foto Nummer zwei. »Und das Zweite? Ist es nicht langweilig?«

»Nur auf den ersten Blick«, antwortete Swintha. »Erst scheint es blass und konventionell, aber je länger man es betrachtet, umso mehr beginnt sich der Nebel um das Grab zu bewegen. Es ist, als ob die Nebelschwaden die Toten umschmeicheln wollten, damit sie aus ihren Gräbern kommen, um mit ihnen zu tanzen. Es erinnert mich an Goethes ›Totentanz‹, kurz bevor der Türmer hinunterklettert, um das Laken zu klauen. Aus der scheinbaren Langeweile bricht das Fest hervor …«

Killian stand noch immer abgewandt und ließ Zeilen des Gedichts aus seinem Mund purzeln: »›Der Türmer, der schaut zu Mitten der Nacht, hinab auf die Gräber in Lage; der Mond, der hat alles ins Helle gebracht, der Kirchhof, der liegt wie am Tage …‹«

Swintha fuhr fort: »›Da regt sich ein Grab und ein anderes dann: Sie kommen hervor, ein Weib da, ein Mann, in weißen und schleppenden Hemden …‹«

Killian war das plötzlich alles zu viel. Er kannte diese junge Frau nicht, und doch schien sie ihm so nah wie lange kein Wesen mehr zuvor. Er schüttelte heftig den Kopf, er wollte seinen Zähler auf null zurückstellen. *Das ist nicht Bärbel, sondern ihre Tochter, du bist nicht mehr zwanzig, sondern gefühlte achtzig. Mach dich nicht zum Narren*, zischte er sich selbst ins Hirn und hoffte, dass es Wirkung zeigte.

Aber er war neugierig, er wollte wissen, warum Swintha das dritte Foto gewählt hatte. Er setzte zur Frage nach Foto Nummer drei an, da klingelte das Telefon.

Killian wollte nicht drangehen. Es konnte nur Moshe sein oder Wagner, der ihm einen Schnaps andrehen wollte. Und beide waren zerstörerisch für den heiligen Moment, in dem Swintha und er sich soeben befanden.

Er ließ es läuten, bis der Anrufbeantworter ansprang, es piepte, und die Stimme der Anruferin ertönte: »Hallo, Killian, ich bin's, Bärbel ... Falls meine Tochter bei dir vorbeigekommen ist, so solltest du wissen, dass das gegen meinen Willen geschehen ist. Ich glaube nicht, dass du ihr guttätest. Aus alter Freundschaft bitte ich dich, sie nicht als Praktikantin anzunehmen, auch wenn sie Talent hat. Wenn sie gut ist, schafft sie es auch ohne dich, vielleicht sogar noch besser. Nimm es mir bitte nicht übel, aber ich bin ihre Mutter, und da ist es erlaubt, sich Sorgen zu machen.«

Bärbel legte auf, das Band spulte zurück, und sowohl Swintha als auch Killian schwiegen. Endlich unterbrach Killian die Stille.

»Du hast es selbst gehört, ich tu dir nicht gut. Wer sollte das besser wissen als deine Mutter?«

»Aber ich bin erwachsen, ich kann selbst entscheiden, was gut für mich ist und was nicht«, gab Swintha ruhig zurück.

»Entscheiden tue ich, das war die Verabredung.«

»Waren die ausgesuchten Fotos denn nicht gut?«, fragte Swintha.

»Nicht wirklich«, log Killian.

»Aber es sind noch drei übrig, die wir nicht besprochen haben.« Swintha begann um jeden Zentimeter zu kämpfen.

»Alles Kitsch. Gerade mal gut für einen Tankstellenkalender.« Killian bohrte sich mit diesem Satz selbst die Harpune ins Fleisch und drehte sie einmal herum.

Swintha stiegen die Tränen in die Augen. »Das ist gelogen. Die Fotos sind gut, sie sind sogar sehr gut. Du lügst, du sagst das nur, damit du mich nicht nehmen musst. Sag, dass die Fotos gut sind und dass du mich nur wegschickst, weil sie es will.«

Killian gab sich Mühe, seine Haltung beizubehalten, obwohl er sich dabei elend fühlte. Aber es gelang ihm, wie es ihm schon oft gelungen war, das Schwein zu geben, nur weil es höhere Umstände erforderten. Er zuckte mit den Achseln und wiederholte:

»Leider Kitsch. Ich wünschte selbst, ich würde bessere Fotos schießen. Aber die Zeiten sind wohl vorbei.« Das Selbstmitleid rettete ihn, sich selbst als Vollarschloch zu sehen, und er hoffte, dadurch ein wenig von dem Schmerz, den Swintha gerade empfand, auf sich zu nehmen.

Swintha atmete tief durch, sie kochte innerlich, aber sie begann nicht zu weinen. Den Gefallen wollte sie weder Killian noch ihrer Mutter tun. Sie griff ihren Mantel, warf ihn sich über und steuerte auf die Schiebetür zu. Mit einem heftigen Ruck schob sie sie zur Seite und trat ins Freie.

Die kalte Luft tat gut, aber der Schnee, der zu fallen begonnen hatte, spie ihr ins Gesicht, dass sie sofort wieder einen Schritt nach hinten geworfen wurde. Der Schneesturm, der zu toben begonnen hatte, deckte sich mit ihrer inneren Aufgewühltheit.

»Ich fahr dich nach Hause. Bei dem Wetter holst du dir den Tod«, bot Killian an.

»Vielleicht komme ich ihm ja dann näher und kann das nächste Mal bessere Fotos aussuchen«, gab Swintha trotzig zurück und verschwand im Schneegestöber.

Killian machte keine Anstalten, ihr hinterherzugehen. Mit Trotzköpfen kannte er sich bestens aus, da war nichts zu machen. Er ließ die Tür aber noch eine Weile offen, damit Swintha sehen konnte, dass sie eine Wahl hatte.

Doch Swintha pfiff auf die Wahl. Sie war davon überzeugt, die besten Fotos der Serie ausgesucht und obendrein die richtige Begründung für ihre Wahl geliefert zu haben. Auch die noch fehlenden drei Fotos waren Extraklasse, da konnte ihr niemand etwas vormachen. Oder hatte sie sich doch geirrt? Mit einem Schlag war sie wieder verunsichert.

Doch, die Auswahl der Fotos war richtig. Es lag an Bärbel. Warum war Killian ein so höriges Arschloch? Was war er ihrer Mutter schuldig? Swintha kochte über vor Fragen und der Demütigung, die sie gerade erfahren hatte.

Der Schnee wagte es nicht, sich auf Swinthas Haar zu setzen, er schmolz wegen ihrer Hitze bereits zehn Zentimeter über ihr. Swintha schob das Fahrrad aus der Bruckmühlenstraße zur Hauptstraße in der Hoffnung, dass die Schneefahrzeuge dort bereits unterwegs wären. Aber diese schienen sich Zeit zu lassen, sodass sie schieben musste. Wenn das so weiterging, würde sie zwei Stunden unterwegs sein. Es war ihr egal, sie wollte sowieso nicht nach Hause. Sie hatte nicht die geringste Lust, Bärbel zu sehen. Vielleicht würde sie sich zwischenzeitlich sogar überlegen, irgendwo zu erfrieren. Dann wäre sie dem Tod näher, als Killian es je gewesen war, und hätte ihre Genugtuung.

Killian hatte die Schiebetür wieder geschlossen und setzte sich mit einer Tasse heißem Wasser vor den Mac. Es ärgerte ihn, dass er Swintha fortgeschickt hatte. Aber er wollte seinen Frieden mit Bärbel und nicht alte Wunden wieder aufreißen. Schließlich war er zurückgekommen, um die Wunden zu lecken, die ihm geschlagen worden waren, da dienten neue Fronten wenig. Sollten Swintha und Bärbel die Angelegenheit unter sich austragen. Wie er Swintha einschätzte, würde sie Bärbel schon noch dazu bewegen, dass sie bei ihm anfangen durfte.

Jedenfalls hoffte er, dass über die Jahre auch bei Bärbel eine gewisse Altersweisheit eingetreten war und sie ihre Dickköpfigkeit hin und wieder gegen Einsicht tauschte. Aber sie war noch immer bei den Grünen, das hatte er ihrem bösen Leserbrief über den Gazakrieg in der Badischen Zeitung entnommen. Wenn es danach ging, hatte sie sich keinen Schritt in Richtung Besonnenheit verändert, sondern schien mit den Jahren noch bissiger geworden zu sein. Killian vermisste bei aller Schärfe, den dieser Brief hatte, den Humor, den Bärbel früher in scheinheilige Polemik verwandeln konnte. Das hatte sie damals ausgezeichnet und unangreifbar gemacht.

Aber die Jahre hatten wohl auch bei ihr Spuren hinterlassen. Schließlich hatte auch sie immer davon geträumt, auszuziehen, um die Welt zu verändern. Erst war es Greenpeace gewesen, dann lautete die Parole Nicaragua. Bärbel hatte es nie bis dorthin geschafft, trotz zahlreicher Spanischkurse. Bis Barcelona war sie gekommen, aber da war es schon wieder unschicklich, wenn man die Sprache der Eroberer beherrschte, sich aber nicht auf Katalanisch solidarisieren konnte.

Und welche Perspektive boten schon die Grünen? Nicht dass Killian etwas gegen die Umweltschützer und ewigen Gutmenschen hatte, aber dieser chronische Mangel an Humor machte die gesamte Truppe so unsexy.

Und Bärbel war sexy gewesen, zumindest vor zwanzig Jahren. Der radikal-kommunistische Ansatz mit einem Hauch Boheme hatte ihr gut gestanden, es war immer ein Augenzwinkern, *un coup d'œil* bei ihren sozialistischen Pamphleten zu spüren gewesen, die den Gegner erst einlullten, um ihn dann ordentlich auseinanderzunehmen. Im Grunde war sie zwanzig Jahre zu spät geboren. Bärbel hätte wunderbar in das Paris der Existenzialisten gepasst. Die Sprache von Sartre gemischt mit dem *savoir vivre* von Yves Montand und Simone Signoret. Kaffeehaus-Sozialisten, die bis aufs Blut mit Tinte spritzten, sich aber dennoch lieber den roten Burgunder unter die Nase hielten, als auf die Barrikaden zu gehen, und zu Chansons von Boris Vian summten.

Bärbel würde ihre Gründe haben, warum er angeblich der falsche Umgang für Swintha war, und er nahm sich vor, dies zu respektieren, obwohl es ihm schwerfiel, diesen aufgeweckten Wildfang so einfach zu vergessen. Zumal Swintha ihm seine Bilder interpretiert hatte, als sei sie eine Simultanübersetzerin seiner eigenen Gefühle.

Er versuchte Swintha aus seinem Kopf zu verbannen, was aber geradezu unmöglich war, da er jetzt die letzten drei Fotos betrachtete, zu denen sie ihm noch nichts gesagt hatte. Killian schämte sich für einen Moment, aber er konnte sich nicht dagegen wehren: Er war von seinen eigenen Fotos überwältigt.

Selbst vor Rohinas Tod hatte er nicht mehr solche Fotos geschossen. Das letzte Mal, dass ihn die eigene Kunst mit fortgerissen hatte, war in Simbabwe gewesen. Dort war ihm mit einem Mal alles egal gewesen, und er war blind über Minenfelder gelaufen und hatte abgedrückt, während um ihn herum die Bürgerkriegler bei jedem falschen Tritt in der Luft zerfetzt wurden. Er hatte gehofft, mit dem nächsten Schritt, den er machte, selbst von einer Tellermine zerrissen zu werden, damit endlich mit allem Schluss war. Schon die Massengräber im Kosovo hatten ihn gerufen, sich in ihnen verscharren zu lassen, aber dem Irrsinn in Simbabwe konnte er nur noch mit ebensolchem Irrsinn begegnen. Doch der Tod lehnte seine Anbiederungsversuche ab und belohnte ihn mit Momentaufnahmen, für die er anschließend mit Preisen überhäuft wurde. Auch dort hatte er nicht durch den Sucher geguckt, auch dort war es die Bewegung gewesen, die es geschehen ließ. Die Zen-Buddhisten würden wohl sagen, *es* fotografierte.

Umso schwieriger war es anschließend für Killian gewesen, das Abgelichtete in Worte zu fassen. Dass Swintha diese Kunst beherrschte, wollte ihn einfach nicht loslassen. Es war nicht richtig gewesen, sie gehen zu lassen. Er würde mit Bärbel reden müssen, auch wenn er Angst davor hatte, sie nach so langer Zeit wieder zu sehen. Schon ihre Stimme zu hören hatte ihn aufgewühlt.

Killians Blick fiel auf das fünfte Foto. Irgendetwas stimmte nicht damit, aber er wusste nicht, was es war. Es hatte Kraft und sprang ihn sofort an, aber irgendetwas störte. Es musste so etwas Kleines wie ein Fliegenschiss auf der Großleinwand des Cinemaxx sein, etwas, das nicht offensichtlich auffiel, aber dennoch störend wirken konnte.

Zu gerne hätte er jetzt Swintha bei sich gehabt. Es war verrückt. Er kannte diese junge Frau kaum, und dennoch schien sie ihm bereits unentbehrlich. Killian musste sich bremsen. Schon zu viele Menschen, die er sich seelisch einverleibt hatte, hatten später fürchterliche Wunden davongetragen. Entweder sie waren seiner Arbeitswut nicht gewachsen gewesen oder sie hatten das Gefühl, mehr als er riskieren zu müssen, um ihm ebenbürtig zu sein, und hatten diesen Einsatz mit ihrem Leben bezahlt. Rohina war es so ergangen, und deswegen fühlte sich Killian auf ewig schuldig.

Er beschloss, selbst auf die Ungereimtheit zu kommen, die dem letzten der fünf Fotos etwas Unwirkliches gab. Er klickte zwischen den fünf Fotos hin und her, wurde dabei immer schneller, kniff die Augen zusammen und achtete auf die Lichtstimmung der Serie. Jetzt sah er es. Das letzte Foto hatte einen leichten schattenhaften Schleier, obwohl der Nebel zerrissen war und die Sonne auf den Grabstein hätte fallen müssen. Woher kam der zarte Schatten? Einer Wolke über dem Nebel?

Killian suchte anhand der Nummerierung die vorangegangenen und nachfolgenden Fotos zusammen. Sie waren auch nicht schlecht, aber nicht so aussagekräftig wie die fünf Bilder, die Swintha ausgewählt hatte. Er staunte erneut über das begnadete Auge seiner Beinahe-Praktikantin.

Noch mehr wunderte er sich aber, dass die Fotos, die um das Schattenbild herum geschossen worden waren, keinen Schatten auf dem Grabstein aufwiesen. Vielleicht war es ein Vogel gewesen? Wie hatte Swintha so schnell den Unterschied der Zehner-Serie wahrnehmen können? Durch den Schatten erhielt das Foto etwas Mysteriöses. Killian dachte wieder an Goethes »Totentanz« und begann laut vor sich hin zu sprechen: »›Der Türmer, der schaut zu Mitten der Nacht, hinab auf die Gräber in Lage; der Mond, der hat alles ins Helle gebracht, der Kirchhof, der liegt wie am Tage …‹«

Weiter wusste er nicht mehr. Die Ballade war noch länger, mindestens fünf Strophen, so weit erinnerte er sich. Er ärgerte sich jetzt darüber, dass er die Klassiker vor einiger Zeit entsorgt hatte. Kein Goethe, kein Schiller, nicht einmal Brecht hatte er mehr.

Im Netz würde er die Zeilen sicherlich irgendwo finden, aber er verzichtete derzeit auf das Internet. Er wollte vom globalen Weltgeschehen verschont bleiben und hatte keine Lust auf Kriegspostille, noch weniger auf Bildnachrichten. Entweder überkam ihn die Übelkeit bei der Dreistigkeit, mit der Fotos die scheinbaren Tatsachen kommunizieren sollten, oder ein ehrliches Foto kitzelte ihn in seinem Jägerinstinkt und stachelte ihn dazu an, es doch wieder selbst anzugehen. Der Hauptgrund aber war, dass er keine Lust verspürte, irgendwann Moshes vorwitziges Gesicht auf dem Bildschirm zu sehen, das ihn mit seinen drei Goldzähnen angrinste. Noch nicht einmal mit dem Handy ging Killian ins Internet. Je weniger Kommunikationsmittel er benutzte, umso sicherer war er vor der Nervensäge.

Aber Killian wollte nun unbedingt wissen, wie die Ballade weiterging. Er ahnte, dass er darüber auf die Lösung des Fotos kommen konnte.

Es half alles nichts, er musste Swintha einholen.

***

Swintha stieben die Schneeflocken ins Gesicht. Mittlerweile war sie so weit abgekühlt, dass sich der Schnee für einige Sekunden in ihrem roten Pagenkopf einnisten konnte, ehe er zu Wasser schmolz. Es waren kleine, aggressive Flocken, die vom Wind durch die eisige Luft gewirbelt wurden. Swintha gab den Versuch auf, sich auf dem Rad zu halten. Sie stieg ab und schob den Drahtesel wieder.

Hin und wieder fuhr ein Auto an ihr vorbei. Auch die Landstraße war zugeschneit. Die Allrad-Jeeps walzten darüber und bahnten eine Spur, in der Swintha leichter vorankam. Heimlich hoffte sie, dass jemand mal nicht an ihr vorbeifuhr, sondern sich ihrer erbarmte. Aber niemand dachte daran, eine junge Frau mit Fahrrad im Schneegestöber mitzunehmen. Aber hätte sie jemand mitgenommen, hätte sie womöglich aus Dankbarkeit mit dem Barmherzigen reden müssen. Und es war ihr nicht nach Konversation, dafür aber nach einer Pause.

Sie entdeckte eine kleine Rebhütte, die ihr Windschutz bot, und stellte sich mit dem Fahrrad unter. Dann nestelte sie mit halb verfrorenen Fingern in ihrer Manteltasche und zog das Zigarettenpäckchen hervor. Mühsam fingerte sie die letzte Zigarette heraus und stellte frustriert fest, dass der Tabak völlig aufgeweicht war. Sie warf das Päckchen in den Schnee und dachte reflexartig an die Stimme ihrer Mutter: »Wenn das alle täten, würden wir nur noch im Müll waten.«

Na und? War sowieso alles nur Müll, also was soll's!

Aber lange hielt sich der Zornesgedanke an Bärbel nicht, denn Swintha folgte dem Tanz der Schneeflocken und fotografierte mit ihren Augen die heimlichen Konferenzen, die diese wundersamen Wasserkristalle miteinander abhielten. Hätte sie sich selbst sehen können, wie sie den Schneeflocken zusah, dann hätte sie einen wahrlich wunderbaren Ausdruck an bildhafter Poesie gesehen.

Killian erfasste ihn sofort und drückte durch das heruntergekurbelte Fenster mehrere Male ab. Wie eine verzauberte Hagebutte stand sie dort unter dem von Wind und Wetter angegrauten Akazienholz der Hütte. Eine tschechische Märchenfee, die einem drei Wünsche versprach, dachte er.

Er nahm seine Nikon vom Auge und stieg aus dem Wagen in der Hoffnung, dass ihn die Fee nicht plötzlich in einen Eiszapfen verwandelte. Er näherte sich mit langen Schritten durch den knarzenden Frischschnee.

Swintha kam durch das Geräusch der Schritte aus der Welt der Schneeflocken wieder ins Hier und Jetzt. Insgeheim freute sie sich, dass Killian ihr nachgefahren war. Sollte er nur ein schlechtes Gewissen haben, er hatte sich beschissen verhalten. Im Grunde hätte es ihr genügt, dass er gekommen war, schließlich war er noch immer ihr Idol. Aber sie wollte es ihm nicht so leicht machen, deshalb verzog sie kein Gesicht, als er ihr endlich gegenüberstand, und wartete, bis er etwas sagte.

Killian wusste, dass er in der Pflicht war, und löste sie auch ein. »Tut mir leid, das war blöd von mir. Die Bilder, die du ausgesucht hast, sind wirklich die besten, und deine Begründung – besser könnte ich es nie formulieren.«

Swintha schwieg.

»Wenn du magst, fahre ich dich nach Hause und spreche dann mit deiner Mutter«, setzte Killian aus der Stille nach.

Jetzt klopfte das Herz unter Swinthas Mantel richtig. Das hätte sie Killian nun doch nicht zugetraut. Es war für ihn sicherlich nicht leicht, nach all den Jahren mit Bärbel zu reden. Diese Direktheit kannte sie zwar von seinen Fotos; dass er sie aber auch im Alltag einsetzte, war bemerkenswert. Er hatte ihr Talent erkannt, und irgendetwas schien ihn zu beschäftigen, was er mit ihrer Hilfe zu lösen gedachte. Ob es privater oder künstlerischer Natur war, konnte sie nicht sagen, aber sie wusste, dass sie in ihm eine Saite angeschlagen hatte, die allmählich zu ihr zurückzuschwingen begann.

Sie wartete, bis Killian voranging, aber der dachte gar nicht daran, sich zu bewegen. Seine Augen hatten etwas entdeckt, das ihn gefangen hielt. In den Reben hingen einige Muskatellertrauben, die die Winzer für den Eiswein zurückgehalten hatten. Sie hatten kleine weiße Kapuzen auf und drängten sich in kleinen Grüppchen zusammen, um nicht zu erfrieren.

»Ich bin gleich wieder da«, sagte er und lief zurück zum Defender. Als er zurückkam, hatte er seine Nikon im Anschlag. Er blickte mehrmals durch den Sucher, kniete sich in den Schnee, um den geeigneten Winkel zu finden, und brach dann ab, ehe er fotografierte. Er blickte zu Swintha und reichte ihr die Kamera.

»Willst du?«

Swintha nahm die Nikon zögerlich entgegen. Sie kannte die Kamera nur aus Prospekten. Das Geld hatte nie gereicht, sie hatte die kleinere Variante von Canon, mit der sie hin und wieder Fotos schoss.

»Es ist alles eingestellt, du brauchst nur den richtigen Moment zu erwischen und abzudrücken«, ermutigte sie Killian.

Swintha kniete hin und nahm die Eisweinzwerge in Augenschein. Es war nicht wie sonst. Diesmal wurde sie vom Meister des Moments beobachtet. Wenn sie den richtigen Augenblick erwischte, würden sie vielleicht gleichzeitig atmen. Davor hatte Swintha Angst, dem war sie nicht gewachsen. Irgendwann drückte sie einfach ab, obwohl sie wusste, dass sie den Augenblick verpasst hatte. Es klickte viel später, als ihr Impuls es gefordert hatte. Aber es war ihr egal. Killian würde nicht davon ausgehen, dass sie gleich beim ersten Mal einen Volltreffer landete.

Der Scheibenwischer hatte es nicht leicht mit dem stärker werdenden Schneefall. Killian musste sich konzentrieren, um auf der Straße zu bleiben. Zwar war es erst vier Uhr nachmittags, aber es begann bereits zu dämmern. Obwohl er das Zwielicht sonst mochte, empfand er es beim Autofahren als Qual. Er kniff die Augen zusammen, als würden die Schneeflocken nicht auf die Windschutzscheibe, sondern direkt auf seine Bindehaut klatschen.

»Willst du eine Zigarette?«, fragte er und blickte für einen Moment vom Schneegestöber zu Swintha hinüber, die sich ihre durchgefrorenen Finger am Gebläse wärmte.

Sie stutzte kurz, dann entfloh ihr ein Glucksen, das sie zu spät hinunterschlucken wollte. Es brach heraus und landete bei Killian. Er blickte irritiert nach vorne, um nicht von der Bahn abzukommen. Sie fuhren bereits an der Zentralbadischen Weinkellerei vorbei.

»Was gibt es da zu lachen? Du rauchst doch?« Er kam sich vor wie ein Pennäler, der das Wort Kondom falsch betont hatte.

»Tut mir leid, aber ich dachte, weil du ein alter Freund von Bärbel bist, dass du auch militanter Nichtraucher bist.«

»Ist sie das?« Killian schüttelte ungläubig den Kopf. »Obwohl, ihrem Leserbrief nach zu urteilen war eigentlich klar, dass sie nicht mehr raucht. Manche Menschen geben schlechte Gewohnheiten auf und legen dabei gute Eigenschaften mit ab. Bei den Nichtrauchern fällt mir das besonders auf. Als sie noch rauchten, sprühten sie vor Toleranz, sobald sie aber auf die andere Seite wechselten, nahmen sie auch deren Militanz an.«

Swintha gluckste wieder. »Das ist politisch ziemlich unkorrekt und entbehrt jeder sachlichen Studie«, legte sie unter einen weiteren Gluckser, »aber ich würde es unterschreiben. Was hast du für welche?«

Killian nestelte in seiner Jacke und grub ein Päckchen Gauloises ohne Filter aus. Er schubste sich selbst eine heraus, die er zwischen den Lippen fing, und reichte ihr das Päckchen. Sie bediente sich ebenfalls und zückte ihr Zippo, um erst ihm, dann sich selbst Feuer zu geben. Sie nahmen schweigend einige Züge, und Killian kam endlich zur Sache:

»Wir haben doch vorhin über Goethes ›Totentanz‹ gesprochen. Weißt du noch, wie die anderen Strophen gehen, ich kann nur die erste.«

Swintha nahm einen kräftigen Zug von der Zigarette, dann ließ sie die Worte mit dem Rauch aus ihrem Mund purzeln:

*»Der Türmer, der schaut zu Mitten der Nacht*
*Hinab auf die Gräber in Lage;*
*Der Mond, der hat alles ins Helle gebracht;*
*Der Kirchhof, er liegt wie am Tage …«*

Killian lauschte den Versen und genoss die Bilder, die durch Swinthas Rezitation die Schneelandschaft verdrängten. Der knarzende Scheibenwischer tat sich schwer damit, dem dramatischen Rhythmus der Ballade zu folgen, die jetzt ihrem Finale entgegenflog.

*»… Das Hemd muss er haben, da rastet er nicht,*
*Da gilt auch kein langes Besinnen,*
*Den gotischen Zierrat ergreift nun der Wicht*

*Und klettert von Zinne zu Zinnen.*
*Nun ist's um den armen, den Türmer getan!*
*Es ruckt sich von Schnörkel zu Schnörkel hinan,*
*Langbeinigen Spinnen vergleichbar.*
*Der Türmer erbleichet, der Türmer erbebt,*
*Gern gäb er ihn wieder, den Laken.*
*Da häkelt – jetzt hat er am längsten gelebt –*
*Den Zipfel ein eiserner Zacken.*
*Schon trübet der Mond sich verschwindenden Scheins,*
*Die Glocke, sie donnert ein mächtiges Eins,*
*Und unten zerschellt das Gerippe.«*

Die Asche an Swinthas Zigarette war lang geworden; sie öffnete den Aschenbecher und knipste sie ab.

Killian schwieg. Sie hatte das Gedicht so vorgetragen, wie es jemand tat, dem Sprache in Blut überging. Wieder hatte sie für ihn übersetzt. Diesmal anders herum. Hatte sie im Atelier noch Worte für seine Bilder gefunden, so hatte sie ihm nun aus Worten Bilder gezaubert. Was hatten diese Bilder nur mit dem letzten seiner Fotos zu schaffen? Er kam nicht drauf und ließ ab. Er wusste, dass man das Hirn in so einer Situation nicht zwingen konnte. Er war sich nur so sicher, dass sein Gefühl bestätigt wurde, aber die logische Essenz, den Reim auf die Reime, konnte er sich nicht machen. Noch nicht.

»Wo wohnt ihr eigentlich? Noch am Münsterberg?«, fragte er irgendwann.

»Nein, schon lange nicht mehr. Nach dem Tod von Oma hat Bärbel das Haus verkauft, und wir sind in die Wohnung über dem Bahnhof gezogen.«

»Oh, das ist eine schöne Wohnung, die kenne ich auch noch. Durch den Bahnhof hat es etwas von Großstadt …«

»Willst du mich verarschen?«

»Nein, nein, für mich war es da früher so. Wenn dort Party war, haben wir immer aus den Dachfenstern auf die Schienen geguckt und uns ausgemalt, wie wir in Breisach in den Zug steigen, um erst wieder im Gare du Nord in Paris auszusteigen.«

»Wer ist wir? Bärbel und du?«

Killian nickte und zog an seiner Zigarette.

»Und, habt ihr es getan? Wart ihr dort?«

Killian inhalierte tief und ließ sich Zeit, den Rauch auszustoßen.

»Zusammen waren wir nie dort. Ich war häufig da, ich mag die Atmosphäre. Das letzte Mal war es weniger schön. Das war vor etwa zwei Jahren, im März. Es hatte Krawalle mit der Polizei gegeben, Plünderungen, fast einen kleinen Bürgerkrieg. Und Auslöser war ein Schwarzfahrer. Ich war zufällig dort, weil ich einige Fotos in den Banlieues schießen wollte. Ich erinnere mich noch, wie die damalige Präsidentschaftskandidatin der Sozialisten sagte, dass irgendetwas falsch laufen müsste, wenn ein banales Ereignis wie eine Fahrkartenkontrolle derart aus den Fugen gerät. Sarkozy sah das anders und wurde gewählt.«

Auf dem Ortsschild von Breisach lag eine dicke Schneeschicht und wartete darauf, mit zunehmender Masse abrutschen zu dürfen. Der Defender bog in die Bahnhofstraße ein, Killian parkte ihn an der Bushaltestelle und stieg aus. Den Motor ließ er weiterlaufen. Er schnippte die gerauchte Kippe in den Schnee und zerrte Swinthas Fahrrad aus dem Laderaum.

»Mensch, machen Sie die Karre aus, wenn Sie parken! Ist sowieso eine Zumutung, dass mit solchen Benzinschleudern überhaupt noch jemand rumfährt!«

Die Stimme war aus einem der oberen Fenster des Bahnhofs abgefeuert worden, und obwohl Killian den Klang in Natura seit zwei Jahrzehnten nicht mehr gehört hatte, wusste er, wem die Stimme gehörte.

Er blickte nach oben, aber der dichte Schneefall ließ nicht zu, dass er ein Gesicht erkennen konnte. Killian wurde plötzlich vom Teufel geritten, stieg in den Defender und trat einige Male kräftig auf das Pedal, sodass der Karren sicherlich einen Liter Sprit aus dem Auspuff jagte. Der Motor war zwar laut, aber das Krachen der Fenster übertönte das Geheul noch.

Swintha blickte ihm besorgt ins grinsende Gesicht.

»Am besten man setzt bei einer alten Liebe dort an, wo man aufgehört hat. Auf hohem Emotionsniveau.« Er lauschte und hörte, wie die Tür der Bahnhofswohnung knallte. Jetzt war es Zeit, das Pedal noch mal bis zum Anschlag durchzudrücken, um Bärbels Emotion über Betriebstemperatur zu heizen.

Die Fahrertür wurde aufgerissen, und zwei funkelnde grüne Augen starrten ihm ins Gesicht. Bärbel stemmte die Fäuste in die Hüften, schloss die Lippen zu einer Schnute und schwieg beim Anblick des Provokateurs.

»Du wirst dich nie ändern!«, schoss es dann aus ihr heraus. Er drehte den Motor aus. »Tut mir leid, das war ein blöder Scherz.«

Bärbel schwieg, dann brummte sie unwillig. Aber Killian glaubte gesehen zu haben, wie sie ein Lächeln unterdrückte.

Sie war noch immer attraktiv, aber auch an ihr waren die letzten zwanzig Jahre nicht spurlos vorübergegangen. Die Lippen waren schmaler geworden, das rote Haar nicht mehr ganz so feurig, wobei Killian nicht erkennen konnte, ob es Schneeflocken oder echtes Grau waren, was das Feuer dämpfte. Kleine Fältchen umspielten ihre Augenwinkel, aber das Grün darin funkelte noch immer, und Killian musste sich zusammennehmen, nicht zu lange hineinzusehen.

Er hatte Glück. Bärbel wandte selbst den Blick ab und sah auf Swintha, die noch immer auf dem Beifahrersitz hockte und sich die Lippen blutig gebissen hatte, um die Situation durch ihr berstendes Glucksen nicht völlig außer Kontrolle zu bringen.

Bärbel wusste nicht, was schlimmer war: Killian zu sehen oder Swintha neben ihm. Sie konnte gar nicht anders, sie sah sich selbst mit einem Mal in Killians gelbem Passat, mit dem sie nach dem Abitur nach Schweden gefahren waren, um eine Foto-Dokumentation über den Holzraubbau in Skandinavien zu machen. Ferien und Arbeit miteinander zu verbinden, das war ihr Traum gewesen. Aber mit Sven und den plötzlichen Veränderungen ihrer Lebenswege hatte sich alles schlagartig gewandelt.

»Willst du einen Tee?«, hörte Bärbel eine fremde Frau sagen. Wer war das? Woher kam die Stimme? Handelte es sich um eine Art Navigationsgerät für konventionelle Interaktion oder war es die Bärbel, die auf dem Beifahrersitz des Passats neben Killian saß? Es war vorerst keine Zeit, um das herauszufinden. Sie hörte nur:

»Sehr gerne.«

Und das war die Stimme Killians. So sehr Bärbel es sich auch wünschte, es war nicht mehr rückgängig zu machen: Killian war wieder in ihrem Leben. Sie wusste, was das bedeuten konnte. Alle Therapien wären umsonst gewesen. Aber er war besser als jede Therapie, allerdings auch brandgefährlich. Killian war wie das Atomkraftwerk von Fessenheim. Man konnte gegen ihn demonstrieren, vor ihm warnen, aber das war auch schon alles.

# ZWEI

Das penetrante Klingeln des Telefons schreckte Belledin aus seinem Nickerchen. Nach Orientierung suchend blickte er im Esszimmer umher. Zufrieden stellte er fest, dass er Biggis Brüste von dem Champignon befreit hatte, und zog sich die Boxershorts hoch, um sich in Richtung Telefon zu bewegen. Auf dem Display erkannte er, dass Wagner ihn nerven wollte. Er nahm den Anruf entgegen, während er bereits den männlichen Hunger danach in seinem Magen verspürte.

»Was gibt's? … Na, ist doch wunderbar. Damit ist der Fall erledigt … Und Wagner, bitte tun Sie mir den Gefallen und stören Sie mich bis Mittwoch nicht mehr, ja?«

Belledin unterbrach das Gespräch und legte das Telefon auf den Küchentisch. Er sah zu Biggi hinüber, die auf dem weißen Plüsch lag wie ein großes gestrandetes Tier. Dann blickte er an sich herunter, klopfte auf seine Wampe und dachte kurz über eine Diät nach, bevor er über die Wendeltreppe nach oben in eines der drei Badezimmer des Hauses ging.

Die Anzahl der Badezimmer war es gewesen, die ihn überzeugt hatte, das Haus des Radsportlers zu kaufen. Außerdem fühlte er sich noch immer dem Sport verbunden, auch wenn er selbst sich nicht mehr aktiv daran beteiligte. Allein dass diesem Haus der Geist des Sports innewohnte, bewirkte, dass Belledin sich selbst sportlicher fühlte. Im Hobbyraum hatte der Radprofi ein Fahrrad-Ergometer zurückgelassen; Belledin hatte sich spaßeshalber mal draufgesetzt und ein paar Kilometer getreten. Das Teil war mit allerlei Schnickschnack ausgestattet. Wenn man wollte, konnte man Simulationen aller Art einstellen, sogar die Alpe d'Huez war freihändig möglich. Vielleicht sollte er sich vermehrt mit dem Tretapparat beschäftigen, demnächst. Heute hatte er schon genug gerackert. Es war nicht einfach, ineinanderzudringen, mit all den Speckgürteln.

Aber Belledin war zufrieden, und er wusste, dass auch Biggi ein wenig Lust dabei empfunden hatte. Er zog am Hebel der Dusche und stellte den Wassermischer so, dass es ihm angenehm heiß über Halbglatze und Rücken floss.

Wagner hatte ihm am Telefon erzählt, dass die Forensiker nichts gefunden hätten, was auf einen Tod durch Fremdeinwirkung zurückzuführen sei. Bernd Ambs hatte Reste von Alkohol und der Droge Spice im Magen und außerdem zu viel Wasser in der Lunge. Dieser Idiot, warum musste er sich auch so zudröhnen, dass er in den Rheinauen ersoff?

Ein ehrgeiziger Kommissar, dem an einem Mordfall gelegen gewesen wäre, hätte sich gefragt, wie Ambs dazu gekommen war, ausgerechnet dort draußen vollgedröhnt zu ersaufen. Wie war er da überhaupt hingekommen? Ein Auto hatten sie nirgends entdeckt. Also zu Fuß? Bei dem Wetter? Als Naturfreund war er nicht bekannt, und selbst Killian, dieser Schnösel von Weltenbummler, war mit dem Auto dort rausgefahren.

Aber eigentlich stand Belledin nicht der Sinn danach, sich diese Fragen zu stellen, auch wenn er seinen Beruf durchaus erfolgreich machte. Denn genau das war sein Erfolgsrezept: zu wissen, wann sich Arbeitsaufwand lohnte und wann nicht. Ambs war aus Versehen ersoffen oder hatte sich selbst ertränkt; es gab keinen Grund, sich von ohnehin verlorenen Seelen, wie er eine war, die Ruhe rauben lassen. Belledin wollte das sportliche Ambiente seiner drei Badezimmer genießen, den wöchentlichen Ritt mit Biggi und in der Kommunalpolitik Karriere machen.

Wenn da nicht diese Spice-Reste in Ambs' Magen gefunden worden wären …

Wie war Ambs an diese Modedroge rangekommen? Wenn das Zeug jetzt auch hier im Umlauf war, galt es aufzupassen. Belledin wollte die Rheinebene sauber halten von solchen unsauberen Drogen. Wenn die Leute Rausch wollten, sollten sie sich an den Weinschlauch hängen, das käme wenigstens den regionalen Winzern zugute. Aber an Spice verdienten andere. Aus London kam der Dreck, angeblich sollte es nur eine harmlose Kräutermischung sein, tatsächlich hatten die Chemiker darin aber synthetische Cannabinoide gefunden. Daraufhin war jede Form der unerlaubten Herstellung, des Handels und des Besitzes der berauschenden Kräutermischung untersagt worden. Aber Ambs hatte das

Zeug in seinem Wanst. Belledin hätte wieder BPD in Umkirch stürmen können, aber dafür hatte er nichts in der Hand. Schon zweimal hatte er sich dort zum Deppen gemacht, und einige Lokalreporter hatten ihn ohnehin schon auf dem Schirm wegen seiner liberalen Ansichten.

Während er sich das Apfelshampoo über das dichte Brusthaar seifte, entschied er sich, vorerst abzuwarten. Vielleicht hatte sich Ambs ja ein Probepäckchen übers Internet kommen lassen, dann wäre der Fall erledigt. Bestimmt war es so. Belledin führte den Hebel ruckartig in Richtung Kaltwasser und begann zu schnaufen, als der heftige Temperaturwechsel seinen Kreislauf in die Höhe jagte. Es gab Ärzte, die meinten, so etwas könnte zum Herzinfarkt führen. Belledin glaubte nicht an solchen Unsinn. Er hatte sich seit seiner Zeit als Zehnkämpfer nicht mehr um sportliche und medizinische Neuerungen gekümmert und verachtete das Spektakel, das im Fußball und auch in anderen Sportarten wegen neuer Methoden gemacht wurde. Vor allem Fragebögen, die nach dem Reiss-Profil den Motivationshebel der Sportler erfassen sollten, waren ihm suspekt. Am Ende musste man ein Siegertyp sein, um an die Spitze zu kommen. Bei Warmduschern halfen auch keine mentalen und psychologischen Streicheleinheiten.

***

Wagner brummte der Schädel. Das lag aber nicht an dem selbst gebrannten Mirabell, sondern rührte von dem Schlag her, den er auf den Kopf bekommen hatte.

Er war vor der offenen Tür der Wohnung von Frau Ambs gestanden und hatte mehrmals vergeblich nach ihr gerufen, als ihn plötzlich von hinten der Schlag ereilte. Jetzt betastete er die dicke Beule am Hinterkopf, aus der Blut quoll, das sein dichtes Haar verklebte. Er versuchte aufzustehen, musste sich aber, von einem Schwindelgefühl ergriffen, gleich wieder an den ungehobelten Lattenzaun der Kellerparzelle lehnen, an den man ihn mit seinen eigenen Handschellen gekettet hatte.

Schwarze Ringe wechselten sich mit hellen Punkten ab und

tanzten vergnügt vor Wagners schielenden Augen. Er tastete mit der freien Hand nach seiner Brille und fand sie neben seinem rechten Knöchel. Eines der Gläser war beim Aufprall gesprungen, das andere war noch heil. Wagner setzte sich das lädierte Gestell auf die Nase und versuchte mit einem Auge herauszubekommen, wo er war.

Allmählich setzte die Erinnerung wieder ein, und seine Auffassungsgabe kam ins Kombinieren. Er musste noch in Bötzingen im Spielweg 2 sein. Er kannte die Keller der alten Arbeiterhäuser. Auch in Offenburg hatte man in den sechziger Jahren so gebaut. Durch ein Kellerfenster leuchtete die Straßenlaterne, unter der er seinen Wagen abgestellt hatte. Der Schnee fiel in schweren und nassen Flocken durch den Lichtkegel der Laterne. Als er bei Frau Ambs geklingelt hatte, um ihr vom Tod ihres Sohnes zu berichten, war es noch hell gewesen.

Wagner griff an das Gelenk der linken Hand, das mit der Handschelle gefesselt war, und schob den Ärmel seiner Jacke zurück. Acht Uhr schon! Er musste seit über vier Stunden hier unten liegen. Er kramte nach seinem Mobiltelefon, wurde aber in seinen Taschen nicht fündig. Sie hatten es ihm weggenommen. Aber wer waren sie? Wer hatte ihm den Schlag versetzt und ihn nach hier unten geschleppt? Und warum?

Wagner begann um Hilfe zu rufen. Erst verhalten, dann immer lauter. Es war ihm klar, dass Belledin ihn auslachen würde. Und nicht nur er. Das ganze Amt würde sich über den Dubel aus dem Ortenaukreis lustig machen. Aber das war ihm jetzt egal. Er hatte Angst, dass die Typen zurückkommen könnten und es nicht bei einer Beule beließen.

Wagner hatte sich seinen Beruf nicht ausgesucht, um den Helden zu geben, sondern um überhaupt einen Job zu haben und weil er Krimis liebte. Bisher waren es auch immer nur kleine Delikte gewesen, an denen er selbst aktiv gearbeitet hatte. Er hatte nicht den Ehrgeiz, in der Schusslinie zu ermitteln.

Viel lieber saß er im Büro und führte die Akten. Beim Abtippen der Berichte kam er sich immer vor wie im Kino. Er identifizierte sich mit den Figuren, löste im Nachhinein die Fälle noch einmal, aber er war auf dem trockenen Sessel. Nur weil der nasskalte Winter eine gigantische Grippewelle ausgelöst hatte, war er überhaupt in den Zwang geraten, selbst im Außendienst anzutreten.

Jetzt verfluchte er seinen Mirabell, denn dem schrieb er es zu, dass er nicht wie all die anderen krank geworden war. Mirabell war Medizin, das hatte schon sein Großvater gewusst. Aber das nützte ihm im Moment wenig, also setzte er sein Rufen um Hilfe fort.

Es schien ihm, als habe er die ganze Nacht hindurch geschrien, als endlich das Kellerlicht angeknipst wurde und ihm ein türkischer angegrauter Schnauzer entgegenblickte.

»Ich gleich Nachtschicht. Warum bisch so laut?«

Türkischer Satzbau traf auf badischen Dialekt. Ob die Vorwurfshaltung aus Anatolien eingeführt worden war oder ob Erdogan sie sich in jahrelanger Assimilation draufgeschafft hatte, war in dem Moment nicht auszumachen. Erdogan brummte noch ein: »He, so ebbis.« Und: »Des ich noch nie erlebbt.«

Wagner rüttelte vehement mit dem gefesselten Arm am Holzgitter und rief gleichzeitig in jener Weise dem Türken zu, in der man hier mit den Türken sprach, damit sie bloß nicht in die Verlegenheit kamen, die Sprache besser zu lernen: »Ich Polizei! Du mich lossägen … weisch, Säge! Ritschratsch!«

Dabei gestikulierte er mit der freien Hand und stellte recht ordentlich einen pantomimischen Fuchsschwanz dar. Dann deutete er wieder auf sich und wiederholte:

»Ich Polizei!«

Erdogan kniff seine buschigen Augenbrauen zusammen, funkelte ihn an, deutete dann ebenfalls mit dem Finger auf sich und erhob nun seine Stimme: »Ich Nachtschicht!«

Es wäre wohl noch eine Weile so hin- und hergegangen, wenn nicht ein junger Türke hinzugekommen wäre und den armen Wagner endlich von seiner Holzlatte befreit hätte. Der junge Türke war es auch, der Wagner sein Handy borgte, damit er Belledin anrufen konnte.

***

Belledin hatte den Klingelton seines Handys ausgestellt. Der Stammtisch im Engel war ihm heilig. Zu Fuß brauchte er von zu

Hause aus keine fünf Minuten bis hierher, und das war gut so. Hier kamen doch einige Viertele zusammen, wenn man sich erst einmal in Schwung geredet hatte. Und die Themen waren heiß. Zwar wurde auch hier erst einmal der Fußball vom Lokalbereich der Kreisklasse bis hoch zur Champions League abgehandelt, aber man war sich durchaus bewusst, dass man anschließend zur Sache kommen musste.

Und die Sache war die nächste Kommunalwahl. Man hatte bereits in der Landtagswahl der Hessen sehen können, dass freiheitliches Denken wieder auf dem Vormarsch war. Auf wen sollten sich die Bürger in Sachen Wirtschaft auch verlassen können, wenn nicht auf die Liberalen? Irgendwie schien dabei aber niemand zu bemerken, dass es gerade die radikale neoliberale Wirtschaftspolitik des hochmütigen Kapitalismus gewesen war, die nun die Verstaatlichung der Banken zur Folge hatte. Den liberalen Mittelständlern, die den Stammtisch bevölkerten, war dieser Gedanke jedenfalls ziemlich fremd, sie wollten sogar noch mehr Kapitalismus wagen.

Und mittendrin hockte Belledin, der mit Wirtschaft zwar nicht viel am Hut hatte, aber dennoch mit den Liberalen paktierte, weil die auch Recht und Ordnung auf die Fahne ihres neuen Programms schrieben. Außerdem plädierte man für das Deutschsein, freilich in einem liberalen und nicht in einem nationalistischen Sinne. Bärbel hatte einmal gesagt, Nazis werden nur die, die sich den Liberalismus finanziell nicht leisten können. Belledin fand das überzogen, aber er kannte Bärbel gut genug, um zu wissen, dass Polemik zu ihrem Geschäft gehörte, auch in der Kreisklasse der Politik.

Belledin schwor die Runde noch mal auf das morgige Dreikönigstreffen der Liberalen ein. Er ging die einzelnen Punkte durch, wer wann sprach und ob man die kleinen Geschenke an den Wähler bereits am Anfang des Festes oder erst nach der Segnung der Heiligen Drei Könige verteilen wolle. Einige waren dafür, die Werbegeschenke gleich zu Anfang auszugeben, damit die Wähler nicht dachten, die Heiligen Drei Könige hätten die Geschenke mitgebracht, schließlich wäre es so auch in der Bibel gestanden. Das könnte zu Missverständnissen führen, und am Ende hätten sie nur

Ausgaben, die sie zwar abschreiben könnten, aber keinen Stimmengewinn. Die anderen, zu denen auch Belledin zählte, waren der Ansicht, dass man mit den Geschenken bis zum Ende der Veranstaltung warten sollte, damit sich die Leute nicht nur die Geschenke abgriffen und sich dann wieder gleich vom Acker machten, ohne die Reden zu hören.

Die Kellnerin stellte vier Flaschen Merdinger Bühl auf den Tisch, und die Runde bediente sich selbst; der politische Teil war beendet, der gesellige Part des Abends begann. Man prostete sich zu, das Akkordeon wurde ausgepackt, und aus den rotweingeölten Kehlen erklangen heimatverbundene Lieder. Die fröhliche Stimmung schwappte vom Stammtisch auf den Rest des Lokals über. Wer den Text konnte, stimmte mit ein, die anderen summten die Melodie oder klatschten den Rhythmus auf die Zwei und die Vier. Nur einige wenige, die mit sich selbst haderten, standen weiterhin am Tresen und stierten missmutig in ihre leer getrunkenen Gläser in der Hoffnung, sich selbst am Grund des Bodens wiederzufinden.

***

Wagner hatte es mittlerweile aufgegeben, Belledin zu erreichen, und gab dem jungen Türken das Handy zurück. Er überlegte, ob er direkt aufs Revier fahren sollte, damit er sich mit einem Ersatzschlüssel die Handschellen vom Gelenk lösen konnte, oder ob er nicht doch noch mal bei Frau Ambs nachsehen sollte. Vielleicht war ihr auch etwas passiert? Wagner erschrak bei dem Gedanken. Säße er nun an seinem Schreibtisch, wüsste er, was zu tun war, aber hier in freier Wildbahn fühlte er sich orientierungslos.

Sein Kopf schmerzte noch immer. Eine Leiche im Morgengrauen, das konnte man verkraften, aber eine Beule am eigenen Kopf, da wurde es schon persönlicher. Wagner entschied sich dennoch, erneut die Stufen in den zweiten Stock hochzusteigen.

Diesmal war die Wohnungstür von Frau Ambs verschlossen. Wagner klingelte. Dann hörte er Schritte hinter der Tür und erschrak. Er wollte seine Dienstwaffe ziehen – und griff ins Leere. Nun erschrak er erst recht. Hastig drückte er sich neben den Türrahmen. Wenn der Dieb seiner Dienstwaffe nun in der Wohnung wäre und nur darauf wartete, bis er ihm vor die eigene Pistole lief? Er sollte besser Verstärkung rufen.

Die Tür öffnete sich, und eine Frau Mitte sechzig mit dunkelviolettem Haar blickte ihn an. Ihre Augen waren verheult, und sie wischte sich den dick geschminkten Kajal mit einem Papiertaschentuch über die Tränensäcke.

Wagner atmete erleichtert auf.

»Entschuldigung, Frau Ambs, Wagner, Kriminalpolizei. Darf ich einen Moment hereinkommen?«

Frau Ambs blickte ihn verdutzt an, als er ihr mit der Hand, an der noch die Schellen baumelten, seinen Dienstausweis zeigte, öffnete die Tür aber weit genug, dass er passieren konnte. Wagner hatte rasch kombiniert und schloss aus den verheulten Augen der armen Mutter, dass sie bereits um den Tod ihres Sohnes wusste.

Frau Ambs führte ihn ins Wohnzimmer und schaltete den Fernsehapparat ab.

»Tut mir leid, ich weiß, dass es Kitsch ist, aber ich muss bei diesen Schnulzen immer heulen. Vielleicht liegt es daran, dass man selbst von der Liebe so enttäuscht wurde.« Sie lächelte ihn verkrampft an.

Sie wusste es also noch nicht, dachte Wagner voller Panik. Er würde ihr jetzt die Wahrheit offenbaren müssen. Und da sie sich auch nicht anschickte, mehr zu sagen, sondern in ihrem verkrampften Lächeln darauf wartete, dass er ihr den Grund seines Besuches mitteilte, blieb ihm schließlich nichts anderes übrig, als direkt mit der Sachlage herauszuplatzen.

»Ihr Sohn ist tot. Wir haben ihn heute Morgen in den Rheinauen gefunden. Er ist dort ertrunken.«

Frau Ambs reagierte nicht. Sie verharrte in ihrem Lächeln, das einzufrieren drohte.

Wagner erinnerte es an den leblosen Ausdruck ihres Sohnes, aber er verscheuchte diesen Gedanken und versuchte, auf das umzulenken, das ihn hergeführt hatte. Erstens käme er dann vielleicht weiter mit der Ursache seiner Beule, und zweitens würde es Frau Ambs aus der Gesichtslähmung helfen.

»Wer war heute um vier Uhr nachmittags bei Ihnen?«, fragte er.

»Bei mir? Niemand, ich war gar nicht da. Ich war beim Friseur. Sieht man das denn nicht?«

Wagner starrte auf das toupierte Dunkelviolett. »Doch, doch, sehr schön ... Darf ich mich mal in der Wohnung umsehen?«

Frau Ambs war wieder ins Lächeln gefallen. Ob des Kompliments, das er ihr wegen der Frisur gemacht hatte, oder um mit Hilfe einer Übersprungshandlung die Todesnachricht ihres Sohnes zu fassen, war Wagner nicht ersichtlich. Er durchschritt die Wohnung, aber nichts Ungewöhnliches fiel ihm auf. Er hatte sich herausgerissene Schubladen erhofft, Ordner, aus denen wichtige Dokumente entfernt worden waren. Aber er sah nichts, was einem Kriminologen wie ihm einen deutlichen Hinweis auf Einbruch hätte geben können.

Irritiert verabschiedete er sich von Frau Ambs und frischte ihr Lächeln noch mal mit einem »herzlichen Beileid« auf. Er zog die Tür hinter sich zu und wettete mit sich, wie lange Frau Ambs noch so da stünde, ehe sie sich einer weiteren TV-Schnulze zuwenden würde. Vielleicht würde darin der Sohn der Gutsbesitzerin sterben, und das Lächeln durfte sich endlich in Trauer verwandeln. Für irgendetwas waren also auch diese Schnulzen gut.

***

Es war ein äußerst gespaltenes Gefühl für Killian, wieder in der Bahnhofswohnung zu sitzen. Das Interieur hatte sich seit damals freilich verändert, trotzdem konnte man von der Küche noch immer auf die Schienen sehen, und die versprachen nach wie vor den Gare du Nord in Paris.

Bärbel stellte Tee und Plätzchen auf den Tisch, Swintha zog sich wortlos in ihr Zimmer am Ende der Wohnung zurück.

»Es ist merkwürdig«, begann Bärbel, als sie Killian den Yogitee in die Tasse goss. »So viel Zeit ist vergangen, und dennoch ist so vieles unausgesprochen.«

Killian nippte am Tee. »Das ist hier so Sitte.« Er lächelte.

»Vielleicht finden wir ja mal Zeit dazu.« Jetzt versuchte sich auch Bärbel an einem Lächeln.

»Wenn dir daran liegt. Ich bin jetzt hier«, sagte Killian ernst.

»Ich wollte es erst nicht glauben. Was hat dich dazu gebracht, zurückzukommen?«

Killian zuckte mit den Schultern. »Alte Liebe?« Er grinste breit und sah Bärbel wie ein Dackel an.

»Hör auf mit dem Quatsch. Das hat mich immer an dir genervt. Du konntest jedes ernsthafte Gespräch mit einem Mal, nur weil du ausweichen wolltest, ruinieren. Ich habe dich dafür gehasst, und ich werde dich wieder hassen, wenn du mit solchen Nummern ankommst.« Bärbel war sofort in Fahrt.

Killian genoss es, wie schnell er seine alte Freundin auf die Palme bringen konnte. Dennoch beeilte er sich, den Dampf wieder herauszunehmen, schließlich wollte er sein Ziel, Swintha als Praktikantin zu gewinnen, nicht gefährden. »Tut mir leid, ich wollte dich damit nicht ärgern. Ich weiß selbst noch nicht, warum ich wieder hier bin. Aber der Rest der Welt gefiel mir auch nicht mehr. Ich war über zwanzig Jahre unterwegs, vielleicht wird man da sentimental und sucht die Wurzeln seiner Kindheit.«

»Du bist nicht mal zur Beerdigung deiner Mutter gekommen, so viel zu deiner Sentimentalität.«

»Ich war zu der Zeit auf der Beerdigung von dreihundert Tschetschenen und habe dort mein Gebet gesprochen.«

»Wie zynisch du geworden bist.«

»Nicht ich bin zynisch, die Welt ist es. Und du? Bist du so verbittert wie deine Leserbriefe, oder ist es auch hier die Weltgeschichte?«

Bärbel atmete tief durch. Killian wusste, dass sie ihn früher immer als Streitgegner geschätzt hatte, weil sie sich ebenbürtig gewesen waren. Er bezweifelte allerdings, dass sie sich auch heute noch gern mit ihm maß. Er war in die Welt hinausgezogen, aber sie hatte nicht seinen Mut gehabt, sondern unterrichtete heute an derselben Schule, an der sie früher die Bank gedrückt und verwegene Pläne gesponnen hatten.

»Du hast den letzten gelesen?«, fragte sie.

Er nickte schweigend und atmete dabei schwer aus. Das war wieder eine dieser badischen Gesten, die alles offenhielten. Es lag nun an Bärbel, wie sie das Schwert weiter führen wollte.

Sie entschied sich für Frieden. »Du hast recht, er war verbittert.

Aber irgendwann kommt dir einfach die Galle hoch. All diejenigen, die damals in Wyhl die großen Atomkraftgegner waren, sitzen heute bonzig in Ämtern und honorigen Positionen und scheren sich nur noch um ihre Doppelhaushälfte und den Zweitwagen. Großkotzig plädieren sie für Bio-Diesel, dabei ruinieren sie damit die Regenwälder vollends. Niemand will begreifen, dass es nicht nur um Alternativenergien geht, sondern vor allem ums Einsparen von Energie.«

Killian war kurz davor, den Schnarchenden zu spielen, aber dann wäre alles aus gewesen. Bärbel mochte recht haben mit ihren Argumenten, aber sie waren aus seiner Perspektive so weltfremd wie alles, wovon sie als Pennäler geträumt hatten. Auch er wusste nicht, was tatsächlich gespielt wurde, aber es hatte nur wenig mit dem zu tun, woran sich Bärbel aufrieb. Er war mittlerweile in den fragwürdigen Genuss gekommen, hinter manche Kulissen zu blicken, daher wusste er, dass sich die Drahtzieher des Globus über solche besessenen Gutmenschen, zu denen er selbst früher gehört hatte, ganze Witzbücher schreiben ließen. Killian versuchte aber, Bärbel so aufmerksam wie möglich zuzuhören, während er überlegte, wo er einhaken konnte, um das Gespräch endlich auf Swintha zu lenken. Aber es war schwer, Bärbels Umwelttirade zu unterbrechen. Es schien, als übe sie gerade ihre Wahlkampfrede.

Also trank er rasch seinen Tee leer in der Hoffnung, dass Bärbel ihn fragen würde, ob sie ihm nachschenken solle. Den Trick hatte er von Moshe, und er funktionierte.

»Möchtest du noch Tee?«, fragte Bärbel.

Killian grinste in sich hinein und dachte kurz an die billige Küchenpsychologie seines israelischen Hetzhundes. »Gerne. Wieso möchtest du eigentlich nicht, dass Swintha bei mir ein Praktikum macht?« Er wollte Bärbel auch nicht den Hauch einer Chance lassen, sich wieder ins Grünenthema festzubeißen. »Sie hat ein unglaubliches Auge und kann sofort in Worte fassen, was sie sieht und wie sie es sieht. Es wäre schade, wenn sie dieses Talent nicht nutzen und fördern würde.«

»Sie kann hier zu Ferruggio«, versuchte Bärbel abzulenken.

»Den gibt es noch?«

»Sein ältester Sohn hat den Laden jetzt, Claudio.«

»Claudio? Diese Pappnase? Du willst Swintha zu diesem Blinden schicken? Warum? Ihr geht es um Fotografie, um den ästhetischen Blick, nicht um Weichzeichner über großporige Brautgesichter! Herrgott, deine Tochter ist talentiert! Wenn sie ein Jahr bei mir hospitiert hat, kann sie auf jede Hochschule in Europa! Und das weißt du genau.«

»Ja, eben, das weiß ich genau! Du wirst ihr Ideen ins Hirn setzen, sie wird in die Welt ziehen und ihren Kopf riskieren, genauso wie du.«

»Warum überträgst du deine Angst auf sie? Sie hat keine, und du hattest auch keine, du warst sogar viel mutiger und extremer als ich. Und dann plötzlich war deine Wildheit weg, mit einem Schlag, keiner wusste, warum. Vielleicht erfahre ich das ja jetzt?«

Bärbel schwieg. Sie hielt sich an der Teetasse fest und blickte auf den Tassenboden, als könnte sie darin die Entscheidung lesen, ob sie sich ihm erklären sollte oder nicht. Schließlich blickte sie auf und sah ihn eindringlich an.

»Gut, wenn sie mag, kann sie bei dir anfangen. Ich könnte es ihr ohnehin nicht verbieten.«

»Hättest du es dir verbieten lassen?«

Bärbel lächelte nun tatsächlich, dann schüttelte sie grinsend den Kopf. »Versprich mir aber eins. Sag ihr, wie es dort draußen wirklich ist, und dichte keine billigen Romane, abgemacht?«

Killian nickte, dann schob er ein »Abgemacht« hinterher.

Bärbel schenkte sich selbst noch mal Tee ein. »Ich nehme in Geografie gerade die Zersplitterung der ehemaligen UdSSR und die daraus resultierenden Konflikte durch. Nächste Woche wäre der Schwerpunkt Tschetschenien. Du warst doch unten und kanntest auch Anna Politkowskaja. Hättest du nicht Lust, einen kleinen Vortrag zu halten? Am besten natürlich mit Fotomaterial.«

Das konnte Killian nun gar nicht gebrauchen. Aber er war ihr den Kuhhandel schuldig. Es gab eben nirgendwo etwas umsonst. Ob es bei Moshe war oder hier bei Bärbel, das Leben war ein einziger Teppichmarkt.

Er nickte und fragte: »Mit Überblendtechnik?«

Bärbel gluckste. Da war sie endlich – die unbeschwerte Seite Bärbels. Killian war stolz, ihr das Glucksen entlockt zu haben.

Manchmal waren seine Scherze eben doch zu was nütze. Bärbel und er hatten sich damals die Schwedenreise mit anschließenden Diavorträgen refinanziert, und der Marketing-Slogan, mit dem sie auf ihren Plakaten geworben hatten, lautete: »Mit Überblendtechnik!« Das war seinerzeit schick gewesen und sollte die Statik des Vortrags auflockern. In Zeiten, in denen Schüler bereits bei Powerpoint-Präsentationen einschliefen, würde die Überblendtechnik allerdings kaum mehr jemanden beeindrucken.

Killian nahm den letzten Schluck aus seiner Tasse und rutschte unruhig auf dem Stuhl hin und her. Er sah die Zeit gekommen, den Bahnhof der Erinnerungen wieder zu verlassen.

»Also gut, der Pakt gilt. Dass man von dir auch nie etwas umsonst kriegt!« Er grinste.

Bärbel war froh, dass Killian wieder aufbrach. Er strahlte trotz des traurigen Blicks, den er mit sich herumschleppte, noch immer diese Wärme und innere Gelassenheit aus, die ihn damals zum Schwarm der Oberstufe gemacht hatte. Und sie befürchtete, dass sie noch vor dem Schnee, der vor der Tür lag, dahinschmelzen würde, wenn er noch sehr viel länger blieb. Das wäre noch fataler als die Gefahren, die sie in Swinthas Praktikum vermutete. Bärbel hatte vor langer Zeit sich selbst verloren, jetzt hatte sie Angst davor, einen Fetzen ihrer selbst durch Killian wiederzufinden.

»Es wird entweder nächsten Mittwoch oder Donnerstag sein, ich ruf dich an«, bestätigte sie den Deal noch mal.

Killian nickte, dann warf er einen Blick aus dem Küchenfenster. Die Laterne zeigte den Schneeflocken den Weg auf die Schienen. Sie tanzten wie kleine neckische Gespenster und versuchten sich so lange wie möglich von den Schienen, die ihr Grab bedeuteten, fernzuhalten.

»Du hast doch bestimmt einen Gedichtband von Goethe, oder?«, fragte er unvermittelt.

Bärbel stutzte und befand sich sofort wieder auf sicherem Terrain. Als Deutschlehrerin kannte sie ihre Pappenheimer, und Killian war bekannt dafür gewesen, dass er sich, wann immer es ging, für das freie Thema entschieden hatte. »Seit wann stehst du auf Goethe? Ich erinnere mich noch gut, wie du dich über Werther und all die jämmerlichen Gefühlsdussel lustig gemacht hast, die sich aus Liebeskummer das Leben nehmen wollten.«

»Ich wusste eben nicht, was Liebeskummer ist«, grinste er frech. »Aber Prometheus habe ich immer geliebt.«

»Weil er sich gegen die Götter gelehnt hat? Du warst doch nie wirklich ein Revoluzzer.«

»Nein, weil er den Menschen das Feuer gebracht hat. Das erste Licht, das von der Sonne unabhängig machte. Das erste Kunstlicht, wenn man so will. Der erste große Schritt zur emanzipierten Fotografie.«

Bärbel brummte und ging in ihr Arbeitszimmer. Sie griff in das volle Bücherregal und zog einen hellblauen Band mit sämtlichen Gedichten und Balladen des berühmten Hofrates hervor. Killian wollte es nehmen, aber sie zog es wieder zurück.

»Keine Eselsohren, keine Sudeleien, ist das klar?«

Sie kannte Killians Schlampigkeit. Wenn er ein Buch las, sah es danach aus, als hätte sich die Schlacht auf den Blättern selbst und nicht in der Fiktion abgespielt. Zigarettenasche, umgeknickte Ecken, Notizen in unterschiedlichen Farben, eingekreiste Worte, fette Ausrufezeichen und comicartige Zeichnungen, ein Horror, vor allem, wenn es sich nicht um Reclam-Hefte, sondern um Erstausgaben handelte.

Killian nickte stumm und streckte die Hand nach dem Buch aus.

»Welches Gedicht interessiert dich denn?« Die Neugierde der Germanistin blitzte bei Bärbel durch.

»›Die Bürgschaft‹«, sagte Killian trocken.

»Das ist aber nicht Goethe, das ist Schill… Mist, ja, du hast mich drangekriegt. Ich will es auch gar nicht wissen.« Sie hielt ihm das Buch hin und kämpfte gegen ein Glucksen an. Manchmal bräuchte sie tatsächlich ein wenig mehr Killian. Früher hatte sie doch auch witzig sein können, wo war das nur alles geblieben? Hatte sie das Leben als alleinerziehende Mutter, Gymnasiallehrerin und engagierte Bürgerin so abgeschliffen?

Killian nahm ihr das Buch aus der Hand. »Ich verabschiede mich noch von Swintha.«

»Geradeaus, dann ganz hinten links.«

Killian ging den großzügigen Flur entlang und klopfte an Swinthas Tür.

Ein abwesendes »Ja« drang zu ihm, und er trat ein.

Swintha saß vor ihrem Schreibtisch und hatte einige beschriebene Blätter neben sich. Mit schnellem Schwung beendete sie gerade noch einen Satz, dann drehte sie sich zu Killian um. In ihrem Mundwinkel hing eine qualmende Gauloises, sie musste das rechte Auge zukneifen, weil ihr der Rauch hineinzog. Killian wusste, dass sie mit dieser gespielten Coolness ihre Aufregung bezwingen wollte, und sie tat es gut. Sie hätte in dem Moment eine gute Duras abgegeben, grobes Korn, Schwarz-Weiß.

»Wir sehen uns dann übermorgen um neun Uhr früh, einverstanden?«

Swintha fiel beinahe die Kippe aus dem Mund. Killian lächelte ihr zu und verabschiedete sich per Handzeichen. Beim Rausgehen rief er noch über die Schulter: »Die Kippen ziehe ich dir vom ersten Lohn ab«, dann schloss er die Tür hinter sich.

Bärbel stand an der Wohnungstür. Die Begrüßung hatte sich glücklicherweise wie von selbst ergeben, die Verabschiedung dagegen gestaltete sich nicht so einfach. Per Handschlag war irgendwie blöd, weil man doch so eine intensive Geschichte miteinander hatte. Aber sich drücken und küssen wie mit neunzehn, das ging auch nicht. Vielleicht französische Küsschen? Was man sich doch manchmal für einen Kopf machte!

Schließlich drückte er sie leicht an sich und flüsterte ihr beim zweiten französischen Küsschen ins Ohr: »Färb dir die Haare.« Dann zwinkerte er ihr zu und war schnell die Holztreppe hinunter und aus dem Haus, ehe sie etwas auf diese Frechheit antworten konnte.

Der Schnee hatte mittlerweile eine dicke Schicht auf Dach und Fenster des Defenders gepackt. Killian kramte einen Handfeger aus dem Wagen und bürstete die weiße Pappe mit raschen Armbewegungen weg. Er nahm es nicht so genau, es genügte ihm völlig, dass er aus der Scheibe hinausgucken konnte. Dann sprang er in den Wagen und zündete ihn.

Während er langsam auf die Straße rollte, kramte er in einer Fotokiste nach einer CD und schob sie in den Schlund seiner Anlage. Nach kurzer Zeit erklang Miles Davis' Trompete aus Louis Malles Noir-Klassiker »Fahrstuhl zum Schafott«. Killian blies innerlich mit. Er selbst spielte keine Trompete, dafür aber Klarinette. Jedenfalls hatte er das früher mit großer Leidenschaft im Bötzinger Musikverein getan. Als er später in Israel gewesen war, war er über die Klezmermusik wieder zur Klarinette gekommen. Er würde zu Hause ein wenig spielen. Wenn er schon keine Zigaretten mehr hatte, brauchte er etwas anderes im Mund.

Er wollte gerade vor Ihringen in Richtung innerer Kaiserstuhl abbiegen, da begann der Motor wieder mit seinen kleinen Aussetzern. Killian ahnte Übles. Nach genau fünf weiteren Rucklern bestätigte sich seine Vorahnung. Der Wagen blieb stehen und machte keinen Mucks mehr; Killian konnte ihn mit Glück noch auf den Fahrradweg rollen lassen, damit er wenigstens von der Straße weg war.

Er überlegte kurz, fand, dass es wenig Sinn hatte, im Schneegestöber selbst Hand anzulegen, und wählte die Nummer von Hilpert. Die hatte er zum Glück noch im Kopf. Und sie hatte sich seit zwanzig Jahren nicht geändert. Nach kurzem Läuten ertönte am anderen Ende der Leitung: »Autohaus Hilpert?«

»Hallo, Hans, ich bin's, Killian, ich habe ein Problem. Ich lieg mit meinem Wagen kurz vor Ihringen, schätze, es ist was mit der Benzinpumpe.«

»Wartsch grad ä Augeblick. Ich muss jetz 'nem Kunde noch ä Reife wechsle, denn hol ich dich grad mit 'm Schlepper ab. Des isch kei Problem, in zwanzig Minute bin ich unte.«

Auf Hilpert war einfach Verlass. Zwar konnte es gut sein, dass aus den zwanzig Minuten eine Stunde wurde, aber er würde kommen, selbst wenn es Mitternacht wäre. Als sie sich vor zwei Monaten zum ersten Mal seit langer Zeit wieder begegnet waren, hatte Hilpert bereits einen unkenden Blick auf den Defender geworfen. Schon die ersten Mühlen, die Killian gefahren hatte, waren regelmäßig bei Hilpert auf dem Hof gestanden. Einmal hatte Killian den Autoschlüssel seines R4-Kastenwagens verloren und sich mit einem Lichtschalter und einem Klingelknopf eine Zündung gebastelt. Das hatte Hilpert schwer beeindruckt, und seitdem war Killian so etwas wie ein Ehrenkunde.

Außerdem hatte Hilpert es schon früher geliebt, wenn Killian Geschichten erzählte. Und es waren immer abenteuerliche Geschichten gewesen, die Killian erlebt haben wollte. Selbst einen einfachen Spaziergang zum Steinbruch hatte er so ausmalen können, dass ihm eine Sprengung beinahe Kalksplitter ins Fleisch gejagt hätte, wäre er nicht rechtzeitig in Deckung gegangen. Und wenn sich jemand mit Explosionen auskannte, dann war es Hilpert. Vor zehn Jahren war ihm ein Gasofen in der Werkstatt um die Ohren geflogen, weil er ihm mit dem Schweißgerät zu nahe gekommen war; er hatte mit viel Glück überlebt. Sein Gesicht war für immer gezeichnet von den Verbrennungen, aber das hinderte ihn nicht daran, weiterhin an Autos zu schrauben und mit dem Schweißgerät locker umzugehen. Er litt darunter, dass es kaum mehr Autos gab, an denen man ohne Computer etwas machen konnte. Deswegen mochte er auch den Defender, obwohl er Killian eigentlich raten müsste, das Gefährt endlich auszusondern. Aber es war eine Kiste aus dem Kosovo-Krieg, und das beeindruckte den geschichtsbewussten Hilpert.

Es gab aber noch etwas, das Hilpert und Killian enger verknüpfte: die Klarinette. Sie hatten zusammen im Musikverein gespielt, oft schräg und falsch, aber immer mit viel Einsatz. Solche Erinnerungen verblassten nicht.

Und deswegen war Hilpert auch tatsächlich nach dreißig Minuten mit seinem Schlepper vor Ort. Er sprach kein Wort, winkte nur fröhlich zur Begrüßung und machte sich an die Arbeit. Zum Reden war später noch Zeit.

Killian blieb im Wagen sitzen und genoss die seltsame Szene: Hilpert, der Schlepper, die Scheinwerfer, die den Schnee durchschnitten – alles untermalt von Miles' Trompete. Killian zückte seine Nikon und schoss aus der Stimmung heraus ein paar Fotos. Er versuchte, die Musik mit einzufangen, und hoffte, dass es ihm gelingen würde.

Schließlich stieg Hilpert in seinen Schlepper und zog langsam an. Es ruckelte im Defender, und der kleine Konvoi trat die Reise über Ihringen und Wasenweiler nach Bötzingen an, wo Hilperts Werkstatt lag.

Zum ersten Mal, seit Killian wieder in der alten Heimat war, überkam ihn das Gefühl tiefer Verbundenheit. Er dachte kurz nach, woran das liegen mochte, und kam dann zu dem Ergebnis, dass es der Schnee war, der ihn so versöhnlich stimmte. Die weiße Decke verhüllte die architektonischen Sünden der letzten Jahrzehnte. Irgendjemand hatte sich ausgedacht, dass Pflasterstein eine Verschönerung sei, tatsächlich raubte er dem Boden den Atem; vor allem, wenn er überall auftrat, in Reih und Glied, uniformiert und plan. Ob auf Bordsteinen oder zwischen Rosenbeeten, in Innenhöfen und auf Spielplätzen. Das Pflaster herrschte und kaschierte die Wunden, statt sie an der Luft trocknen zu lassen. Killian fühlte sich durch die weiße Decke an Christos Verhüllungskünste erinnert. Jetzt lag ein Verband über dem Pflaster. Doppelt kaschiert. War das besser? Aber der Schnee würde bald wieder schmelzen, dann würden die konfektionierten Verschönerungs-Legos wieder zum Vorschein kommen. Killian versuchte, nicht daran zu denken, genoss die Fahrt und wünschte sich dabei, irgendeine Jeanne Moreau mit seiner Klarinette zu beglücken.

Hilpert und Killian schoben den Defender in die Werkstatt und begrüßten sich erst einmal ausgiebig mit einem kurzen »Salli«. Hilpert gab sich keine Mühe, badisches Hochdeutsch zu sprechen. Er sprach alles Badisch aus, auch Englisch und die paar Brocken Portugiesisch, die ihn später an der Algarve überleben lassen sollten.

»Bruchschs Auto heut noch? Oder bliebsch in Bötzinge?«

»Wär scho gut, wenn i noch heim könnt.«

Mit Hilpert sprach sogar Killian im heimatlichen Dialekt. Es ging einfach nicht anders.

»Wo wohnsch jetz? Z' Rottwiel?«

Killian nickte wortlos. Je weniger er sich mit der Mundart herumschlagen musste, umso besser. Mit Hilfe des Fernsehens hatte er sich in jahrelanger Arbeit hartnäckig Hochdeutsch antrainiert, und mit der Zeit war es ihm zum Medium geworden, viele Dinge rationaler zu betrachten. Im Dialekt war sofort die Emotion mit im Spiel, und der wollte er sich schon immer entziehen. Hochdeutsch war für ihn eine Kunstsprache, und nur in der Überhöhung glaubte er, seine Identität zu finden. Es war paradox, aber er fühlte sich in seinem Heimatdialekt verloren. So wie es ihn vom Ort fortgetrieben hatte, um in der Ferne Heimat zu finden, so war er auch konsequent in der Sprache. Selbst hier hielt er es die meiste Zeit durch, aber bei Hilpert war einfach nichts zu machen. Das wäre für den guten Hans, wie wenn man ihm auf Altgriechisch einen Witz erzählen würde.

»Weisch was? Des mache ma grad jetz noch gschwind. Wie spät hemmers? Halber zehni ... Hä, des geht noch, wenn's nix Größers isch ... Ich ruf grad noch gschwind de Frau a, damit sie weiß, dass es e wing länger dauert.«

Hilpert verschwand in seinem kleinen Büro und telefonierte, während sich Killian in der Werkstatt umsah. Die Geräte hatten sich verändert, hielten Schritt mit den technischen Anforderungen. Aber die Patina des alten Öls und der Auspuffgase war noch immer die alte. Killian summte innerlich die Trompete von Miles und stellte sich vor, wie sich sein Defender in einen Citroën DS verwandelte. Alles wurde schwarz-weiß, auf dem Beifahrersitz rauchte Jeanne, und Killian selbst hätte es eilig, weil ihnen der Kommissar auf den Fersen war. Der Wagen würde rasch umgespritzt werden, die Nummernschilder getauscht, aus Hans würde Jean, dem man beim Rausfahren ein kurzes »Salut« zurief. Jean würde ihnen nachgucken, sich mit einem ölverschmierten Lappen die Hände abwischen und dann das Rolltor mit der Hand herunterziehen.

Hilpert kam zurück. In der einen Hand hielt er eine Flasche Weißherbst und zwei Zehntelgläser, die man sich auf den hiesigen Weinfesten gerne um den Hals hängte, damit man die Hände freihatte, um sich abzustützen. In der anderen Hand befand sich ein schwarzer Koffer, und Killian ahnte bereits, was drin war. Hilpert stellte Wein und Gläser auf einem Werkzeugkarren ab, den schwarzen Kasten reichte er Killian.

»Hesch Luscht? Während ich de Karre reparier, spielsch was, he?«

Killian öffnete den Koffer und blickte auf eine Böhmklarinette, die noch ein Mundstück aus gehärtetem Kautschuk besaß. Im Gegensatz zu der deutschen Klarinette, deren Klang rein, sonor und warm wirkte, war die Böhm-Klarinette schärfer, flexibler und obertonreicher. Hilpert hatte den Kappellmeister früher immer damit geärgert, dass er sich weigerte, auf einer deutschen Klarinette zu spielen. Das hatte weniger mit politischer als vielmehr mit musikalischer Haltung zu tun. Während die deutsche Klarinette für Klassik und Volksmusik stand und daher vor allem in Deutschland und Österreich die Musikvereine diktierte, behauptete sich das Böhm-System vor allem im Jazz.

Killian konnte auf beiden spielen, obwohl auch er aus Solidarität zu Hans und zu Miles im Musikverein die Böhm-Klarinette vehement verteidigt hatte. Da aber ausgerechnet die Klezmerspieler auf einer deutschen Klarinette musizierten, hatte er sich vor Jahren auch in das andere Lager gewagt.

Vorsichtig nahm er die Einzelteile aus dem grünen Samt und steckte das Instrument zusammen. Es handelte sich um eine normale B-Klarinette, die trotz des Böhm-Systems jederzeit auch bei der Volksmusik mitträllern konnte. Killian feuchtete das Mundstück an, setzte einige Male an, spielte ein paar Probeläufe, regulierte an der Birne noch die Feinstimmung und blickte dann fragend zu Hilpert.

»Kannsch noch ›Rhapsody in Blue‹?«

Killian zog die Brauen hoch, wog skeptisch den Kopf und begann zu spielen.

Hilpert kniff die Augen zusammen. »Do hät einer heimlich g'übt. Sauber.« Dann widmete er sich zufrieden der Benzinpumpe des Defenders, während Killian in Gershwins Musik versank. Einmal verspielte er sich kurz, weil er bei der Vorstellung lachen musste, dass Miles für Jeanne spielen durfte und er nur für Hans.

***

Belledin stapfte durch den tiefen Schnee nach Hause. Er war froh, dass er es nicht weit hatte. Reflexartig sang er »Jingle Bells«, obwohl Weihnachten längst vorbei war. Aber wenn es schneite, sang hier jeder »Jingle Bells« oder »White Christmas«. Belledin hatte sich neulich öffentlich dagegen ausgesprochen, dass man jetzt auch englische Lieder in der Kirche sang, er wollte das deutsche Liedgut schützen. Es hatte dafür viel Beifall im Gemeinderat gegeben, außer von den Sozis, die ihm zwar erst zustimmten, weil sie den allgegenwärtigen Amerikanismus ebenfalls ablehnten, dann aber mit dem Vorschlag aufwarteten, doch auch mal italienische, portugiesische oder afrikanische Lieder zu singen. Da war Belledin der Kragen geplatzt. Er wollte eine weiße Weihnacht mit deutschen Liedern und keine schwarze Weihnacht mit afrikanischen Liedern. Dieses Argument hatte ihm dann auch die Lacher und die Stimmen eingebracht.

Jetzt aber, da er in den Schnee pinkelte, wollte ihm kein deutsches Weihnachtslied einfallen. Sein betrunkenes Hirn hatte einfach auf Englisch gestellt und war nicht in der Lage, die Schlaufe zu verlassen. Als er mit der Entleerung seiner Blase fertig war, lallte er noch: *»Don't eat yellow snow«*, lachte dann selbst über den alljährlich wiederkehrenden Kalauer und machte sich weiter auf den Heimweg.

Er wäre weiter bei »Jingle Bells« geblieben, aber er hatte sein Handy wohl doch nicht auf lautlos gestellt, sondern auf Brummen. Und so störte nun das Brummen der Mailbox seinen Rhythmus. Er nestelte in seiner Jackentasche und zog das Blackberry hervor. Die Telefonnummer auf dem Display war ihm unbekannt. Er hörte die Mailbox ab, aber es hatte niemand draufgesprochen. Gut so. Er war im Urlaub, obendrein stockdicht, und morgen wartete eine wichtige Versammlung auf ihn.

Er steckte das Handy wieder ein und freute sich darüber, dass er es durchgesetzt, hatte, die Werbegeschenke erst nach den Wahlreden zu verteilen. Kurz überlegte er, ob er Biggi heute noch mal rannehmen sollte. Er war gut in Fahrt, und der Merdinger Bühl half ihm immer, seinen Höhepunkt lange herauszuzögern. Aber dann gemahnte er sich zur Askese, da er in irgendeiner TV-Doku über chinesische Medizin gehört hatte, dass zu viel Sex das Nieren-Yang schwächte. Er hatte zwar keinen Schimmer, was das war, ahnte aber, dass er sein Nieren-Yang bei der morgigen Wahlveranstaltung nötig haben würde.

Mittlerweile war er vor seinem Prachthaus angekommen und besah es sich wohlwollend. »Hier wohnen Sieger!«, erhob er pathetisch die Stimme.

Dann öffnete er das Gartentor und wunderte sich kurz darüber, dass auf den Granitplatten kein Schnee lag. Vermutlich hatte Biggi schon alles weggefegt. Sie war schon eine Hammerfrau, seine Biggi. Mit ihr hätte man Berlin nach Kriegsende in zwei Wochen wieder hochziehen können. Überhaupt sähe die Hauptstadt heute ganz anders aus, wenn genügend Badener dort Hand angelegt hätten. Aber so war es nun mal nicht gewesen, und deshalb sah Berlin eben aus wie Berlin und Merdingen wie Merdingen.

Belledin war zufrieden mit seinem philosophischen Ringschluss und stocherte mit dem Schlüssel im Haustürschloss herum. Zweimal verfehlte er, beim dritten Versuch half ihm Biggi von innen. Wie beim Sex, grinste Belledin in sich hinein. Er mochte Witze auf seine Kosten, aber nur, wenn er sie selbst machte. Biggi hatte schon alles parat, um ihn vom Schnee zu befreien. Flugs war der Mantel aus, standen die Hauspantoffeln da, wurde Belledins Borsalino mit einem Tuch von hartnäckigen Flocken befreit. Es soll Verpackungsmaschinen geben, die Erdnüsse in ähnlicher Geschwindigkeit in Plastiktüten füllen und versiegeln, dachte Belledin und wehrte sich nicht. Er wusste, was er seiner Biggi schuldig war.

»Ich glaube, ich gehe ins Bett«, sagte er. Wenn er angetrunken war, war er immer versucht, noch klareres Hochdeutsch zu sprechen. Vergebens, der Singsang blieb.

»De Wagner hät agrufe«, schob Biggi ein. »Du sollsch ihn bitte dringend im Büro zurückrufe, er schriebt noch an neme Bericht.«

Belledin überlegte kurz, ob er sich nochmals eine Wechseldusche geben sollte, falls er tatsächlich erneut gezwungen wäre, aus dem Haus zu gehen, verwarf dann den Gedanken aber und ließ sich von Biggi das Telefon reichen. Sie hatte die Nummer schon angeklickt und drückte auf den Wählknopf, dann reichte sie ihm den Hörer weiter.

Was Belledin von Wagner zu hören bekam, gefiel ihm gar nicht. Der Fall Bernd Ambs war für ihn bereits eine blitzsauber abgelegte Akte gewesen. Dass Wagner jetzt mit seiner Beule ein Fass aufmachen musste, passte ihm gar nicht ins Konzept. Er brummte nur Unverständliches in den Hörer in der Hoffnung, Wagner würde mit dem Geplapper endlich aufhören. Aber Wagner nahm sich wichtig. Immerhin war das einer seiner wenigen richtigen Einsätze im Außendienst gewesen.

Belledin hätte sich ohrfeigen können, dass er diesen Clouseau zu Frau Ambs geschickt hatte. Lieber hätte er selbst die Beule am Kopf, dann hätte er nämlich entscheiden können, ob die Kopfschmerzen es wert waren, den Fall Ambs weiterzuverfolgen oder ob man sie einfach als Betriebsunfall in Kauf nahm und den Karton zumachte.

So aber war er gezwungen, weitere Ermittlungen in dem Fall vorzunehmen, auch wenn er wusste, dass es nur verschwendete Zeit war. Aber Typen wie Wagner, Bürohengste, die ihr ganzes mangelndes Heldentum durch Berichteschreiben kompensierten, waren in so einem Fall nicht leise zu kriegen. Sie vermuteten gleich eine Weltverschwörung, nur weil vielleicht ein Liebhaber ungesehen aus Nachbarins Wohnung entwischen wollte. Alles schon da gewesen, aber Wagner schien durch die Kopfnuss zum echten Detektiv mutiert zu sein. Er plapperte ununterbrochen irgendwelche Theorien und Thesen in den Apparat, dass Belledin allein davon schon hätte besoffen werden können.

Irgendwann gelang es ihm, in Wagners Monolog einzugreifen: »Gute Idee, denken Sie weiter darüber nach und bleiben Sie dran, wir sehen uns am Mittwoch.« Dann drückte er den aufgescheuchten Kollegen mit dem Daumen aus der Leitung.

Belledin atmete tief durch. Eigentlich hatte er sich ins Bett legen wollen, um morgen frisch auf der Versammlung anzutreten, aber er brauchte jetzt noch irgendeinen Zwischenschritt, um Wagners Stimme aus seinem Ohr zu entfernen.

»Bello«, hörte er auf einmal Biggi säuselnd rufen, und er befürchtete, dass sie womöglich noch Lust auf mehr hätte. Als er aber in ihre Richtung blickte, war er erleichtert. Sie hielt ein Cognacglas in der Hand und goss gerade einen Remy Martin ein. Wenn Biggi eine Verbrecherin wäre, Belledin hätte keine Chance, sie zu fassen. Sie dachte einfach immer einen Schritt voraus.

***

Killian hatte nach Gershwin zu Benny Goodman gewechselt und beendete gerade »Flying Home«. Er musste selbst über den Titel staunen, mit dem er sein kleines Konzert abschloss. War er wirklich zu Hause? Jetzt mit dem Schnee und bei Hilpert in der Werkstatt hatte es etwas davon.

Hilpert tauchte unter der Motorhaube auf, kletterte auf den Fahrersitz und zündete den Wagen. Er spielte ein wenig mit dem Gaspedal, um die Mühle zu testen, dann stellte er den Motor wieder ab. Zufrieden ging er zum Werkzeugwagen, auf dem er den Weißherbst mit den Gläsern abgestellt hatte, und öffnete die Flasche. Er schenkte sich und Killian ein, man blickte sich während des Anstoßens mit hochgezogenen Brauen in die Augen und sprach ein chorisches: »Wohlsein.«

Dann wurde genippt, gekaut, gespült und endlich geschluckt. Man nickte dem Tropfen wohlwollend zu, und Hilpert sagte: »Ka ma trinke.«

Damit war das Ritual beendet, und andere Gespräche waren möglich.

Aber erst einmal schwiegen sie. Es war kein Schweigen, weil man sich nichts zu sagen hatte, sondern ein Schweigen des Wohlbefindens. Manchmal tat es gut, gemeinsam nichts zu sagen.

Irgendwann brach Hilpert die Stille und nickte zur Klarinette, die Killian wieder im Samt verstaut hatte. »Bisch echt gut worre. Ich kumm ga nimmi dezu. Ich hab sie jetz mol mit runtergnumme, damit i in de Mittagspaus vielleicht emol zwei, drei Tön spiel … 's fehlt ma schon … kannsch aber nix mache, Arbeit geht vor, un de Staat kassiert.«

Jetzt war Hilpert bei einem Thema, auf das Killian gar keine Lust hatte. Die Polemiken über den Steuerzieher Staat und über die faulen Drückeberger, die es vorne und hinten reingeschoben bekamen, hatte Killian noch nie ertragen können. Er wusste, dass es aus der Perspektive Hilperts so aussah, aber die Reduktion auf Schwarz und Weiß ohne irgendeinen Grauton war Killian schon als Bildästhet zuwider.

Er leerte den Weißherbst und stellte ihn auf dem Werkzeugkarren ab. »Du musch bestimmt morge wieder früh schaffe, do will ich dich nit länger störe«, rang er sich ab.

»Morge isch Feiertag, do schaff ich gar nix. Aber bi dem Schnee isch es vielliecht besser, wenn de fahrsch.«

Killian nickte. Er war froh, dass Hilpert nicht darauf pochte, die ganze Flasche mit ihm zu leeren, klappte den Deckel des Klarinettenkastens zu und reichte ihn Hilpert.

»Du, stimmt des, dass der Ambse Bernd tot isch?«

Killian blickte Hilpert verdutzt an. Wie schnell die Buschtrommeln hier doch waren.

»D' Frau hät heut bei de Mutter agrufe, wege 'ner Mahnung, do hät sie es erfahre. Um siebene rum. Ich hab's erscht nit glaube welle. Weisch, was sich die Type alles usdenke, damit sie nit zahle müsse? Glaubsch gar nit, was ich scho alles erlebt hab. Jetz isch er tot, un ich kann gucke, wo ich mieni zweitausend Euro herkrieg.«

»Ich überweis glei am Mittwoch. Was kriegsch?«, versuchte Killian zum Abschluss zu kommen.

»Zwei Stunde Klarinetteunterricht.« Hilpert grinste.

Killian ebenfalls. Genau das war es, was ihn hier immerzu zerrissen hatte. Auf der einen Seite dieses Misstrauen, das jedem chronisch unterstellte, dass er den anderen übervorteilen wollte, und dann diese verbindliche Herzlichkeit. Sie drückten sich die Hände und besiegelten den Handel, dann stieg Killian in den Defender.

Es hatte aufgehört zu schneien, aber die Straßen waren noch nicht geräumt. Killian musste die Bergstraße und den Vogelsang hoch, er war gespannt, ob die Reifen des Defenders das packen würden. Auf Miles hatte er jetzt keine Lust mehr. Ihm war nach Ruhe. Aber er bekam sie nicht. Seine Gedanken kreisten um den toten Bernd Ambs. Er musste herauskriegen, warum und wie Bernd gestorben war. An einen Freitod mochte er nicht glauben. Vielleicht war es Intuition, vielleicht war es aber auch der seltsame Schatten auf dem Foto. Jedenfalls zwang ihn etwas in ihm, der Sache aktiver nachzugehen.

Killian stand an der Ampel und wartete, bis sie auf Grün sprang. Es war bereits nach zehn. Er entschied sich dennoch dagegen, nach Hause zu steuern, setzte den Blinker und bog nach links ab, um in den Spielweg zu fahren. Hier kamen plötzlich Bilder hoch, von denen er nicht gedacht hatte, dass sie noch in seinem Album abgespeichert waren.

Er mochte fünf Jahre alt gewesen sein, als er hier auf der Straße mit den größeren Jungs Fußball gespielt hatte. Um überhaupt mitspielen zu dürfen, hatte er sich damals freiwillig ins Tor gestellt und sich bei jedem Ball auf den Asphalt geworfen, bis seine Knie bluteten. Dafür hatte er dann aber auch dazugehört. Bernd Ambs hatte nur zusehen dürfen, weil er nicht bereit gewesen war, alles zu geben.

Killian schüttelte den Kopf über seine damalige Verbissenheit, aber er wollte eben dazugehören. Ambs wollte das sicherlich auch, aber er hatte es nicht geschafft. Er hatte es nie wirklich geschafft, obwohl er die Voraussetzungen dafür gehabt hätte.

Woran lag es, dass manche Menschen immer mittendrin waren und andere stets außen vor? War es ein Schicksal, dem man nicht entkommen konnte? Killian wollte so nicht denken. Für ihn gab es immer eine Chance für einen Richtungswechsel. Bis zum letzten Atemzug würde er noch immer nach jedem Ball hechten, weil jeder neue Ball eine neue Chance versprach. Doch wie gut standen die Chancen, sich von seinem alten Leben zu befreien und einen neuen Anfang zu starten? Vielleicht war der Tod seines alten Freundes eine Möglichkeit, das herauszufinden?

Killian bremste den Wagen an einer Laterne und atmete tief durch, ehe er ausstieg. Es war lange her, dass er Frau Ambs gesehen hatte, bestimmt erkannte sie ihn gar nicht mehr. Er klingelte und hoffte, dass sie noch nicht schlief. Aber der Summer öffnete die Tür, und Killian stieg das Treppenhaus empor.

Er empfand es als beklemmend, in einem der Fabrikhäuser zu sein. Es roch nach dem scharfen Putzmittel der Kehrwoche und süßlicher Kohlroulade; aus den Kellern stieg die Feuchtigkeit. Killian nahm zwei Stufen auf einmal, damit er den Geruch rasch hinter sich hatte. Doch als er vor der geöffneten Wohnungstür stand, fühlte er sich wie vom Regen in die Traufe gekommen. Hier dufteten Räucherstäbchen gegen Filterkaffee an.

Frau Ambs blickte ihn fragend an. »Sind Sie auch von der Polizei?«

Sie kannte ihn also nicht mehr. Wieso auch? Frau Ambs hatte

sich weder für Bernd noch für seine Freunde interessiert. Auch ihr Mann war ihr eigentlich egal gewesen. Vom Rheinland nach Baden verpflanzt, hatte sie wie ein Lachsack ohne Batterie unter dem eigenbrötlerischen Humor der hiesigen Einwohner gelitten.

Killian überlegte kurz, ob er sich zu erkennen geben sollte, zog es dann aber vor, Frau Ambs' Angebot anzunehmen. »Ja, ich bin auch von der Polizei. Mein Kollege hat mich gebeten, hier noch mal vorbeizukommen, um mir das Zimmer Ihres Sohnes genauer anzusehen.«

»Geht es Ihrem Kollegen denn besser? Das war ja eine mächtige Beule, die der am Kopf hatte. Ganz schön gefährlich, Ihr Beruf.«

Killian stutzte kurz, nickte dann aber und tat, als ob er bereits Bescheid wüsste. »Darf ich mir das Zimmer einmal ansehen?«, fragte er noch mal.

»Jaja, bitte, gehen Sie nur. Wenn Sie mich derweil entschuldigen. Ich lege mir gerade die Karten. Und man soll dranbleiben, damit die Intuition sich nicht verflüchtigt.«

»Lassen Sie sich nicht stören.«

Frau Ambs begab sich ins Wohnzimmer, und Killian ging in das Zimmer seines alten Freundes. Seltsam, dachte er. Da stirbt ein Sohn, und die Mutter legt sich Karten.

Aber durfte er sich wirklich moralisch erheben? Was hatte er denn gemacht, als seine Mutter gestorben war? Für Trauer jedenfalls war keine Zeit gewesen, es gab immer etwas anderes zu tun, etwas, das vordergründig wichtiger war und nebenbei angenehm ablenkte. Aber wie hätte er noch trauern sollen nach all den Toten, die er begraben hatte?

Was interessierte ihn überhaupt an Bernds Tod? Ging es ihm wirklich um den toten Freund oder nur um das eigene verlorene Leben? Im Wissen um den Tod trotzdem dem Leben Sinn geben, das hatte Camus gefordert. Killian wollte es versuchen, aber dafür musste er erst ein paar Steine aus dem Weg räumen, die ihm die Sicht auf die Klarheit versperrten.

Bernd war tot, und er selbst lebte. Und er wollte wissen, warum nicht er gestorben war, sondern Bernd. Gab es eine Logik des Schicksals oder war es einfach nur Zufall? Wie zufällig oder wie folgerichtig waren all die Menschen in den Kriegen gestorben, die er dokumentiert hatte? Wenn er es schon bei den Tausenden Opfern nicht begriffen hatte, wie wollte er dann bei einem Einzelschicksal zur Lösung kommen?

Er wusste es nicht, wollte aber wissen, warum ein ehemaliger Rettungsschwimmer der DLRG in einem Rheinarm ersoff. Das passte ebenso wenig zusammen wie der Schatten auf dem fünften Foto. Vielleicht war es auch nur die ästhetische Kleinlichkeit, die Killian veranlasste, plötzlich zum Schnüffler zu werden: Der Tod von Bernd Ambs passte einfach nicht ins Bild.

Er sah sich in dem Zimmer um. Wenigstens waren die Möbel seit dem letzten Besuch von vor zehn Jahren durch andere ersetzt worden. Den Wellensittich gab es auch nicht mehr. Stil hatte die Einrichtung allerdings nicht, das meiste war Massenware aus Schweden. An der Wand hing ein Poster von der Aufstiegsmannschaft des 1. FC Köln und der Rockgruppe BAP. Killian mochte weder den FC noch BAP. Beide hatten irgendwie immer nur ein Lied, das sie stets neu vermarkteten. Aber Bernd hatte immer an der Heimat seiner Mutter gehangen. Vielleicht hatte er sich dort die Wurzeln erhofft, die er im Badischen nicht gefunden hatte?

Killian kam sich plötzlich elend vor. Was nahm er sich überhaupt heraus, in Bernds Sachen herumzuschnüffeln? Er verließ das Zimmer wieder und schloss die Tür hinter sich. Dann hielt er plötzlich inne. Auch hier passte etwas nicht ins Bild.

Er drehte noch mal um und betrat das Zimmer erneut. Er hatte sich nicht getäuscht. Es war kein Computer da. Aber das letzte Mal, als er Bernd getroffen hatte, waren es vor allem die Videospiele gewesen, mit denen er sich die Zeit totgeschlagen hatte. Der Schreibtisch war leer. Dabei hatte Bernd mittlerweile sicherlich einen Laptop. Killian sah sich nach einer Tasche um. Es war nichts vorhanden. Aber er entdeckte einen Router, also musste Bernd hier am Rechner gesessen haben.

Killian verließ das Zimmer und ging zu Frau Ambs, die orakelnd über ihren Karten saß.

»Frau Ambs, eine Frage: Hatte Ihr Sohn einen Computer?«

Frau Ambs lachte, ohne vom Blatt aufzuschauen. »Einen? Gleich drei Stück. Der saß ja nur vor den Dingern, wenn er nicht auf

Schicht war. Der hat mehr mit den Kisten gesprochen als mit mir. Aber die müssten Sie doch gesehen haben, die stehen alle auf dem Schreibtisch.«

»Da steht kein einziger Computer.«

»Das ist aber merkwürdig. Ich hab die doch heute Morgen noch abgestaubt. Hab extra gewartet, bis Bernd aus dem Haus war, weil er das Staubwischen nicht mochte. Sauberkeit war ja nie seins.« Jetzt schien sie für einen Moment an ihren Sohn zu denken und seufzte. »So ist dat Lewe«, sang sie plötzlich auf Kölsch, und Killian wusste, dass es an der Zeit war, die Wohnung zu verlassen.

Im Treppenhaus begegnete er einem jungen Türken. Sie nickten sich kurz zu und gingen aneinander vorbei.

***

Frau Ambs hockte über dem ausgelegten Kartenblatt und war überhaupt nicht zufrieden damit. Nur dunkle Karten lagen um sie herum, das konnte sie als rheinische Frohnatur nicht auf sich beruhen lassen. Sie gab dem Polizisten die Schuld, immerhin hatte er sie zweimal bei ihrem Ritual unterbrochen. Man konnte die Karten nicht so einfach nebenbei legen. Man musste sich darauf konzentrieren, ansonsten konnte man es gleich vergessen.

Sie schob die Karten wieder zusammen, mischte sie erneut, hob dann dreimal ab und begann das Blatt neu zu legen. Sie hatte sich fest vorgenommen, sich diesmal durch nichts stören zu lassen, und so bemerkte sie nicht, wie die Wohnungstür von zwei schwarzen Lederhandschuhen und Schließwerkzeugen geöffnet wurden.

Sie hatte gerade die Pikdame in der Hand, zögerte und steckte sie wieder irgendwo mitten ins Paket. Manchmal muss man dem Schicksal auch ein wenig nachhelfen, dachte sie und hatte überhaupt kein schlechtes Gewissen, dass sie schummelte. Sie hatte schon immer gern geschummelt. Ob beim Rommé oder in der Beziehung zu ihrem Mann. Genießen und genießen lassen war ihre Devise. Dass Bernd nun tot war, war traurig, aber wieso sollte sie sich allzu lang mit Seelenschmerz aufhalten? Sie hatte keine Lust auf schwarze Trauerkarten. Sie wollte Herz und Karo, Liebe und Geld. Wer wusste schon, wie lange sie selbst noch zu leben hatte?

Schließlich war sie auch schon Mitte sechzig. Wie viele von ihren Klassenkameraden waren schon gestorben? Hier ein Schlaganfall, dort ein bösartiges Geschwür. So etwas konnte schnell kommen, von einem Tag auf den anderen.

Endlich kam das Karo Ass, das ihr nach ihrer eigenen Auslegung nächsten Freitag einen satten Lottogewinn bescheren sollte. Frau Ambs blickte auf das gelegte Blatt und war zufrieden mit ihrem geschummelten Schicksal, dann sah sie auf.

Der Schuss aus dem Schalldämpfer der Walther CP 88 kam trocken und riss ein sauberes Loch zwischen ihre gezupften Augenbrauen.

# DREI

Killians Defender biss sich langsam den Vogelsang hoch. Der Motor schnurrte, Hilpert hatte seine Sache mal wieder ausgezeichnet gemacht. Es hatte aufgehört zu schneien, am Himmel brachen sogar einige Sterne durch. Killian entschied sich, auf der Anhöhe zu parken, um auf Bötzingen hinabzuschauen. Früher war er oft in den Reben unterwegs gewesen, ganz allein, nur mit der Kamera. Er kannte hier jeden Winkel. Aber früher waren ihm die Raine größer erschienen, die Hohlgassen geheimnisvoller. War er wirklich so gewachsen, dass ihm der Heimatschuh nicht mehr passen wollte? Er merkte, dass er den Wagen ausgemacht hatte, und musste lachen. Ob das eine reflexhafte Reaktion auf Bärbels Moralpredigt war?

Er zündete den Motor wieder und fuhr weiter. Die drei fehlenden Laptops bei Ambs wollten ihm nicht aus dem Kopf. Frau Ambs war zwar etwas seltsam, aber insgesamt doch recht klar im Kopf. Wenn sie sagte, sie hätte sie noch am Morgen abgestaubt, dann war das auch so. Aber wo waren dann die Computer? Bei der Polizei? Welchen Grund sollte die Polizei haben, Frau Ambs das zu verschweigen? Aber wo sonst? Und warum ausgerechnet jetzt, nachdem Bernd tot war?

Killian kurvte das Tal nach Vogtsburg hinunter und dachte an frühere Schlittenfahrten in den Hohlwegen, die manchmal wie Bobbahnen vereist gewesen waren. Jetzt war er froh, dass die Streufahrzeuge schon ihren Split verschossen hatten und er mit dem Defender eine gefahrlose Abfahrt nach Oberrotweil hatte.

Er parkte den Wagen vor der Rampe und stieg aus. Seine Fototasche und den Goetheband von Bärbel nahm er mit, dann schlug er die Tür des Wagens zu. Er schloss das Auto nie ab. Wer es klauen wollte, musste erst mal genug Geld für Sprit haben. Das wäre ein schlechtes Geschäft.

Er schob die Eingangstür zum Atelier auf und knipste das Licht an. Der Anrufbeantworter blinkte. Instinktiv schaute Killian auch auf sein Handy, doch darauf war keine neue Nachricht. Er ahnte bereits, wer ihn nerven wollte, aber er hatte jetzt keinen Kopf für den Konflikt am Gazastreifen. Die Belichtung der Weltpolitik musste warten, jetzt ging es um die eigenen Fronten.

Killian machte sich Wasser im Kocher heiß und zog eine Tafel fünfundachtzig Prozent schwarze Schokolade aus der Schublade. Er liebte es, wenn der zartbittere Kakao vom heißen Wasser auf der Zunge schmolz. Das Rauchen würde er wohl aufgeben können, mit der Schokolade war es schwierig. Er setzte sich mit Wasser und Schokolade vor den Mac und fuhr ihn hoch. Dann blätterte er im Goetheband, bis er den »Totentanz« gefunden hatte, und las ihn sich wiederholt durch, während er immer wieder auf die fünf ausgesuchten Fotos blickte.

Eigentlich war es unsinnig, von diesem Gedicht auf irgendetwas Konkretes stoßen zu wollen, aber er hatte es schon oft erlebt, dass aus dem Unterbewusstsein Dinge an die Oberfläche stiegen, die später die Lösung eines Rätsels waren. Auch wenn er eine Serie zu einem bestimmten Thema gemacht hatte, war über die Konstruktion selten etwas Brauchbares herauszupressen. Dann schlief er ein paar Tage drüber, und es passierte nicht selten, dass ihm die Lösung im Traum kam. Der »Totentanz« war zwar nicht seine Intuition gewesen, aber Swintha schätzte er diesbezüglich noch talentierter als sich selbst ein.

Am Ende der dritten Strophe blieb er hängen:

> *»Da raunt ihm der Schalk, der Versucher, ins Ohr:*
> *Geh! hole dir einen der Laken.«*

Tja, und nun? Killian kam damit nicht weiter. Es musste also gären. Er knackte sich ein weiteres Stück Schokolade ab und biss davon wieder nur ein kleines Eckchen ab, das er sich auf die Zunge legte und mit einem Schluck heißem Wasser übergoss.

Dann sah er sich die anderen Fotos durch, die Swintha für weniger gut befunden hatte. Killian klickte sie ziemlich schnell durch, bis er bei einem etwas entdeckt zu haben glaubte. Er vergrößerte den Ausschnitt und mochte nicht glauben, was er sah.

Auf dem Foto war eine Hand zu erkennen, die an der Seite des Grabsteins hervorlugte. Killian klickte von dem Bild zu Bild Nummer fünf aus Swinthas Serie und begriff. Der Schatten war von einem Menschen außerhalb des Frames geworfen worden. Vermutlich derselbe Mensch, dessen Hand auf dem vorigen Bild hinter dem Grabstein zu sehen war.

Was hatte Ambs am Friedhof gewollt? Wen hatte er dort getroffen und warum?

# VIER

Belledin schnarchte. Er war auf dem Sessel vor der Terrassentür eingeschlafen, und Biggi hatte ihn dort ruhen lassen. Das Klingeln des Telefons schreckte ihn jetzt aus dem Traum. Und das, bevor er in der Endphase seiner ausgefeilten Rede angelangt war. Wie gerne hätte er den Applaus der Parteifreunde und der Wählerschaft noch empfangen, das Bad in der Menge genossen, die Geschenke verteilt – aber das unerbittliche Klingeln des Telefons schnitt seinen Traum gnadenlos ab.

Er öffnete die verklebten Augen und hustete sich kräftig den Schleim von den Bronchien. Beim Stammtisch kursierten ab einem bestimmten Alkoholpegel immer die dicken Zigarren. Und gerade als eingefleischter Nichtraucher nahmen seine Bronchien ihm diese kleine Leichtsinnigkeit immer besonders übel. Der Schleim löste sich, aber der Geschmack im Mund war noch immer beißend.

Da der Anrufbeantworter wohl ausgestellt war, penetrierte das Telefon weiter. Belledin stemmte sich mit einem Ruck aus dem Sessel und bemerkte umgehend, dass dieser juvenile Anfall ein Fehler gewesen war. Sofort schoss es ihm zwischen den Schulterblättern in die Brustwirbelsäule und strahlte von dort bis in den Nacken und den Hinterkopf aus.

Belledin ächzte und ließ ein »Herrgottsackzement!« folgen, dann marschierte er zum Telefon, um zu erfahren, wem er dieses Attentat zu verdanken hatte.

»Ja?« Seine Stimme klang knarzig nach den gestrigen drei Zigarren. Das war der einzige Nebeneffekt, der Belledin gefiel. So sprachen die coolen Cops in den amerikanischen Filmen, die gleich schießen durften, ohne dreimal »Hände hoch, Polizei!« rufen zu müssen.

Den Typen am anderen Ende hätte er auch gerne ohne Vorwarnung erschossen. Es war Wagner, der wohl keine Zigarren geraucht hatte, denn seine Stimme überschlug sich wie die eines zwölfjährigen Mädchens bei einem Konzert von Tokio Hotel. Belledin verstand kein Wort von dem, was Wagner ihm zu vermitteln gedachte.

Er hustete noch einmal ordentlich, dann sagte er: »Ganz langsam, Wagner, noch mal von vorn.«

Während er Wagners Ausführungen lauschte verhärtete sich sein Gesicht immer mehr zu Stein. Irgendwann holte er tief Luft und brummte: »Ich komme …«

Er legte den Hörer auf und wusste, dass die Liberalen heute ohne ihn auf Stimmenfang gehen mussten. Der Sheriff musste für Recht und Ordnung sorgen. Vielleicht könnte man das sogar ausschlachten, dachte er kurz, um irgendeinen positiven Aspekt an dem unpassenden Zwischenfall zu finden. Er wählte eine Nummer, erklärte dem zweiten Vorsitzenden die Sachlage und schwor ihn nochmals auf die Wichtigkeit des heutigen Tages ein. Dann ging er unter seine Dusche. Diesmal würde er viel kaltes Wasser brauchen, um gute Laune zu bekommen.

Biggi werkelte bereits geschäftig herum; überall standen Torten und Salate, die sie für die Veranstaltung vorbereitet hatte. Jetzt war sie gerade damit beschäftigt, ein kräftiges Frühstück mit Rühreiern und Speck für ihren Gatten zu brutzeln. Belledin erschien in der Küche und sog den Duft, der von der Pfanne ausging, tief in den Dschungel seiner Nasenhaare ein.

Biggi war überrascht, ihn bereits im Trenchcoat zu sehen. »Immer im Dienst, da kann man nix machen. Gängschter kennen keine Feiertage.«

Biggi sah ihn mitleidig an, nahm flugs die Pfanne vom Herd, füllte Rührei und Speck in eine Tupperwarebox und drückte sie Belledin fürsorglich in die Hand. Dann holte sie sich einen Kuss von seinem stachligen Schnäuzer ab und widmete sich wieder den Torten und Salaten.

Belledin trottete mit seinem Proviant aus dem Haus. Er blickte in den grauen Himmel. Alles, was gestern als Schnee heruntergefallen war, wurde jetzt von einem penetranten Regen fortgewaschen. Es gab für ihn kein schlimmeres Wetter. Er stapfte durch den Schneematsch zu seinem Audi, kroch hinein und kramte in der CD-Box herum. Auf Heinrich Heine hatte er keine Lust, auf den Männergesangsverein ebenso wenig. Belledin entschied sich für »Große Reden des 20. Jahrhunderts«. Wenn er schon nicht selbst Geschichte schreiben durfte, wollte er wenigstens ein wenig an der Rhetorik der Altvorderen teilhaben. Gleich zu Anfang erscholl Martin Luther King: *»I had a dream!«* Belledin sprang weiter. Er hatte keine Lust auf Martin Luther King. Schon der ganze Obama-Trubel ging ihm mächtig auf den Senkel. Ihm war eher nach John F. Kennedy.

Die Rede an der Berliner Mauer vom 26. Juni 1963: *»(tosender Applaus, die Menge skandiert: »Ken-ne-dy! Ken-ne-dy! Ken-ne-dy!«) Vor zweitausend Jahren – (Kennedy wird durch Applaus unterbrochen) – Vor zweitausend Jahren war der stolzeste Ausruf: Civis Romanus sum! Heute in der freien Welt ist der stolzeste Ausruf: Ich bin ein Berliner! (tosender Applaus der Menge) …«*

Belledin hörte nicht mehr zu. Er selbst stand plötzlich am Pult und hielt seine verhinderte Rede, während der Audi automatisch sein Fahrtziel anvisierte. Nur die Rede war wichtig, alles andere übernahm das Rückenmark. So fuhr der Wagen wie von Geisterhand über Wasenweiler nach Bötzingen, um im Spielweg 2 zu parken. Das Timing war perfekt. Kennedy kam gerade zu seinem Schluss: *»Alle freien Menschen, wo immer sie leben mögen, sind Bürger von Berlin. Und deshalb, als freier Mann, sage ich mit Stolz: Ich bin ein Berliner (die Menge applaudiert und jubelt noch lange).«* In den Jubel hinein rief Belledin: »Ich bin ein Merdinger!« Und auch er hörte den Jubel, der ihm gebührte. Dann stellte er den Motor ab und stieg aus dem Wagen.

Das Gefühl, ein Merdinger zu sein, schwand, als er die Arbeiterhäuser sah. Sofort umwehte ihn der Duft der Vergangenheit. Belledin hatte in der Eckstraße gewohnt, damals hieß sie Dr.-Fritz-Ries-Straße. Dr. Fritz Ries war der einstige Chef der Badischen Plastikwerke und ein Spezi des bayrischen Polit-Urgesteins Franz Josef Strauß gewesen. Bötzingen war dem findigen Unternehmer sehr dankbar, dass er sich ausgerechnet dieses Dorf ausgesucht hatte. Neben der Gewerbesteuer war Bötzingen Ende der sechziger Jahre dadurch noch in den Genuss eines Hotels, eines Minigolfplatzes und eines Freibads gekommen. Das machte was her. Irgendwann wurden Gerüchte laut, dass Ries ein alter Nazi sei, dieser bestätigte diese Gerüchte, indem er sich wie ein Ehrenmann eine Kugel in den Kopf jagte, woraufhin Bötzingen die Dr.-Fritz-Ries-Straße in Kranzenaustraße umtaufte.

Mittlerweile hatte das Unternehmen schon etliche Male seinen Besitzer gewechselt, der Minigolfplatz war einem Parkplatz gewichen, das Hotel war in Eigentumswohnungen umstrukturiert worden, die vor allem den türkischen Einwohnern als eigenes Dorf diente. Nur das Schwimmbad, das gab es noch. Nein, Belledin war doch kein Merdinger, da konnte er sich noch so lange John F. Kennedy anhören. Wie sollte Integration mit türkischen Mitbewohnern gelingen, wenn man sich schon von Dorf zu Dorf fremd war?

Belledin kickte einen Stein gegen ein Garagentor und erinnerte sich an die früheren Straßenkicks. Er und Jürgen hatten damals entschieden, wer mitspielen durfte. Ambs hatte immer zugucken müssen. Irgendwie mochte man ihn nicht. Belledin wusste nicht, warum, aber Ambs hatte stets den Eindruck gemacht, dass er nur Ärger brachte. Und Belledin wusste, dass sein Instinkt ihn schon damals nicht getrogen hatte. Ambs machte Ärger, und wie! Belledin hatte so sehr gehofft, dass sich der Verlierer selbst ertränkt hätte. Eine oberflächliche Autopsie hatte genügt, um das herauszufinden. Die Akte war zu, es gab keinen Fall.

Und nun das. Eine Walther CP 88 putzte ein sauberes Loch in Frau Ambs' Stirn. Zwei Tote in derselben Familie, davon einer zu hundert Prozent ein Mord. Belledin schwante, dass auch Ambs noch mal genauer untersucht werden musste. Wäre es irgendein Fremder gewesen, Belledin hätte noch einen unbefangenen Umgang damit gefunden. Aber Ambs katapultierte ihn in seine eigene Vergangenheit, und er hatte gelesen, dass die Beschäftigung mit der eigenen Jugend Symptome der Midlife-Crisis seien. Und Belledin hatte auf Altersdiskussionen mit sich selbst überhaupt keine Lust.

Wagner war bereits mit den Jungs von der Spurensicherung zugange. Frau Ambs wurde mehrmals auf ihrem Kartenblatt fotografiert. Belledin nickte kurz in die Runde und kam zur Sache.

»Wer hat die Leiche gefunden?«

Wagner deutete auf einen elegant gekleideten Mann Mitte fünfzig, der aus dem Fenster blickte. »Herr Nietzsche, eine Zeitungsbekanntschaft.«

»Ich dachte, das läuft heute übers Internet«, stutzte Belledin.

»In einem bestimmten Alter inseriert man noch in der ZEIT«, spottete Wagner.

Belledin drehte sich Nietzsche zu. »Guten Morgen, Hauptkommissar Belledin, Sie haben die Leiche gefunden?«

Nietzsche schaltete vom Fernblick in den Nahkampf um und nickte bedrückt. »Ja, es war heute Morgen um sieben, ich habe das Ihrem Kollegen aber alles schon erzählt.«

»Erzählen Sie es noch mal. Sie sind der Lebensgefährte?«

»Nein, nein, so kann man das nicht nennen. Wir sind ... waren bekannt.«

»Und trotzdem haben Sie einen Wohnungsschlüssel?«

»Na ja, ab und zu habe ich hier übernachtet. Ich bin viel unterwegs. Manchmal kam ich erst sehr spät, dann wollte ich Heidrun nicht wecken.«

Belledin grunzte, er wusste Bescheid. »Seit wann kannten Sie sich?«

»Seit einem halben Jahr.«

»Über Annonce?«

»Ja, in unserem Alter trifft man nicht mal so einfach jemanden auf der Straße.«

Belledin nickte stumm. Irgendwie war ihm das Thema unangenehm. Schon wieder wurde er mit dem Alter konfrontiert. »Und warum kamen Sie heute Morgen schon um sieben Uhr hierher? Ich meine, es ist Feiertag, da schläft man doch gerne mal aus.«

»Wir wollten in den Schwarzwald hoch nach St. Georgen, zum traditionellen Drei-Königs-Umzug. Da muss man früh los, wenn man einen Parkplatz kriegen will.«

Belledin zückte seinen Notizblock und notierte sich ein paar Stichworte, dann blickte er wieder zu Nietzsche auf.

»Was arbeiten Sie?«

Nietzsche lächelte. »Ich bin in Frührente. Aber ich bessere mir meine ›gesicherte Pension‹ mit dem Verkauf von Koch-Sets auf.«

»Sie verkaufen Kochtöpfe? Damit kann man noch Geld verdienen?«, staunte Belledin.

»Dank der Kochsendungen, die im Fernsehen laufen, sogar ziemlich gut. Wenn Sie wollen, komme ich gerne mal bei Ihnen zu Hause vorbei –«

»Danke«, schnitt Belledin den Eifer des Verkäufers ab. »Hat mein Kollegen Ihre Daten schon aufgenommen?«

Nietzsche nickte.

»Sie können gehen, aber bleiben Sie bitte erreichbar.«

Nietzsche nickte erneut und sah, wie Heidrun Ambs gerade abtransportiert wurde. Er atmete tief durch und verließ dann ebenfalls die Wohnung.

Wagner kam zu Belledin und blickte ihn fragend an.

Belledin zuckte mit den Schultern. »Nächsten Freitag setzt der eine neue Anzeige in die Zeitung, und schon geht es weiter. Was macht eigentlich deine Beule?«

»Schmerzt.«

»Hast noch mal Glück gehabt. Hätte auch ein Geschoss aus der Walther CP 88 sein können.«

Wagner verzog den Mund zu einem gequälten Lächeln.

»Was haben wir denn, was wir auseinandernehmen könnten?«, fragte Belledin.

»Die Spurensicherung hat drei Laptops aus Ambs' Zimmer mitgenommen. Da könnte vielleicht ein Hinweis drauf sein.«

»Gleich drei? Mir ist einer schon zu viel. Hat schon jemand die Nachbarn befragt?«

Wagner errötete, daran hatte er offenbar nicht gedacht.

»Ich übernehme das.« Belledin verließ die Wohnung und begab sich ins Erdgeschoss, um die Leute am Feiertag mit Fragen zu belästigen.

***

Killian hoffte, durch das Laufen einen klaren Kopf zu bekommen. Die Hand auf dem Foto beschäftigte ihn. Wem gehörte sie? Dem Mörder von Ambs?

Der Schneematsch spritzte ihm bei jedem Schritt an die Jogginghose. Es war ihm egal. Er liebte es, zu laufen. Er trainierte weder für einen Marathon, noch interessierten ihn die Kilometer, die er dabei zurücklegte. Es waren nur die Bewegung und die wechselnden Bodenbeschaffenheiten, auf die er sich stets aufs Neue einzustellen hatte, die ihm das Laufen so kulinarisch machten. Der Regen trommelte seinen eigenen Rhythmus gegen Killians Schritte; das Keuchen beim Anstieg zur Katharinenkapelle gab dem Ganzen eine weitere musikalische Qualität. Killian dachte für Momente an nichts.

Bei der Kapelle angekommen, blieb er stehen und schloss die Augen. Er versuchte den Fall des Regens zu differenzieren. Es war ihm über die Jahre zur Angewohnheit geworden, an allen Plätzen der Welt auf die einzelnen Stimmen des Regens zu hören. Ein Tropfen, der direkt auf dem Waldboden aufschlug, hatte eine andere Qualität als eine Gruppe von Regentropfen, die von einer Böe gegen eine Hauswand geklatscht wurden. Dann gab es Regen, der als Strahl aus einer Dachrinne in ein Fass sprudelte, oder Tropfen, die zweimal landeten, weil die Oberflächenspannung einer Pfütze sie wieder nach oben katapultierte. Ein serbischer Regen hörte sich anders an als ein afghanischer, ein Regenereignis in der Sahara erzählte etwas anderes als ein Dauerregen in Nordirland. Erst wenn Killian den Regen verstand, hatte er das Gefühl, in dem jeweiligen Land angekommen zu sein. Erst dann war er sich sicher, dass er auch die richtigen Fotos schießen konnte.

Er hatte noch nie jemandem von diesem Spleen erzählt, die wenigsten würden ihn verstehen. Aber vielleicht war er über die Jahre, die er in Extremsituationen verbracht hatte, tatsächlich etwas schrullig geworden, konnte schon sein. Ihm war es einerlei. Er genoss sein Regenritual und lauschte dem Konzert, das es für ihn bereithielt.

Doch er konnte es nicht genießen. Wieder drängte sich die Hand auf dem Grabstein auf. Killian wollte das dazugehörige Gesicht kennen.

***

Belledin war bei den beiden Erdgeschossparteien erfolglos gewesen. Jetzt stieg er in den ersten Stock und klingelte bei Familie Melek. Tuncay öffnete ihm und erschrak.

»Keine Angst, Tuncay, mein Besuch hat nichts mit deinen geschätzten Brüdern zu tun. Darf ich reinkommen?«

Tuncay öffnete die Tür ganz und ließ Belledin herein. Aus der Küche lugte kurz neugierig Tuncays Mutter, jammerte etwas und verschwand wieder. Tuncay führte Belledin ins Wohnzimmer.

»Ist dein Vater auch da?«, fragte Belledin.

»Der schläft noch. Hatte gestern Spätschicht.«

»Und du? Was arbeitest du?«

Tuncay zuckte mit den Schultern. »Ist nicht so leicht, Arbeit zu finden, Herr Kommissar.«

»Dein Vater hat auch Arbeit, du könntest auch Stapler fahren.«

»Ich fahre gerne schnellere Autos«, grinste Tuncay.

»So wie deine beiden Brüder? Dann kannst du direkt mit den Kisten in den Knast fahren, das sage ich dir.«

Das Grinsen von Tuncay starb abrupt ab. »Meine Brüder haben nichts getan. Das Gericht hat sie freigesprochen.«

»Weil sie Schwein gehabt haben, verdammtes Schwein, das sage ich dir. Und du weißt das auch.« Belledin war laut geworden.

»Ruhig, mein Vater schläft«, versuchte Tuncay, Belledin den Dampf herauszunehmen.

»Irgendwann sind sie dran, das verspreche ich dir«, zischte Belledin leise.

»Kümmern Sie sich lieber um die Russen, die sind jetzt im Geschäft.«

Belledin atmete schwer durch. Er war nicht hier, um sich mit Tuncay auf solch eine sinnlose Diskussion einzulassen. Er kannte Tuncays Brüder. Auch sie waren damals beim Kicken im Spielweg dabei gewesen. Ogur, der ältere der beiden, war nur vier Jahre jünger als er selbst, aber schon damals ein Koffer gewesen. Er hatte kurz mal beim Zehnkampf mitgemischt, und Belledin hatte nicht besonders gut gegen ihn ausgesehen. Aber Ogur hatte keinen Ehrgeiz, ihm lag es nicht, sich zu quälen. Er wollte die kurzen Wege gehen. Und einer davon führte direkt zur ersten Bewährungsstrafe. Irgendwann war er nach Nürnberg abgetaucht und hatte dort mit seinem Bruder das Rotlichtmilieu aufgemischt. Als er dann von Nürnberg das Netz über Stuttgart bis Freiburg spannen wollte, kreuzten sich ihre Wege wieder. Später gab es Krieg mit den Russen aus Kehl, dabei war einem das Genick gebrochen worden. Die Russen behaupteten, es wäre Ogur persönlich gewesen, aber der hatte ein Alibi von drei freundlichen blonden Damen aus Nürnberg. Seitdem waren Ogur und sein Bruder von der Bildfläche verschwunden.

Ob die Russen sie einzementiert hatten oder ob sie nun am Bosporus ihr Unwesen trieben, Belledin war es eigentlich egal, Hauptsache, sie ließen ihn in Ruhe. Es genügte, dass Ambs alte Zeiten aufwärmte. »Du hast doch sicherlich mitgekriegt, dass hier schon den ganzen Morgen die Polizei durchs Haus rennt, oder?«

»Wahrscheinlich wegen dem toten Ambs und dem Polizisten, der gestern eins auf die Rübe gekriegt hat«, antwortete Tuncay.

»Es gibt jetzt noch eine Tote. Frau Ambs wurde gestern Abend erschossen.«

Tuncay pfiff durch die Zähne. »Leben ist Krieg«, philosophierte er.

»Wie alt bist du jetzt eigentlich, Tuncay?«

»Nächsten Monat siebenundzwanzig.«

»Und ab wann hast du dir vorgenommen, mal auf die Fragen zu antworten, die dir der Lehrer stellt?«

»Sie haben mich doch gar nichts gefragt.«

»Mein ganzer Besuch hier müsste für dich ein großes Fragezeichen sein. Wo warst du gestern Abend?«

»He, Moment. Ich war hier daheim, ab halb elf.«

»Bist nicht kurz hoch und hast Frau Ambs abgeknallt?«

»Was soll das?«

»Wäre einfach eine schöne und schnelle Lösung meines Falls. Hast du vielleicht jemanden gesehen, der hier nicht ins Haus gehört?«

»Doch, als ich um halb elf heimkam, ist mir der Fotograf auf der Treppe entgegengekommen.«

»Welcher Fotograf?«

»Na, der hier früher auch gewohnt hat. Der Spinner, der im Krieg die Fotos macht. Der aus der Zeitung.«

»Killian?«

»Genau, Killian.«

***

Killian war von der Katharinenkapelle über die Schelinger Matten nach Oberrotweil gelaufen. Er fühlte sich gut, hätte noch ein paar Kilometer mehr wetzen können, wollte es aber nicht übertreiben. Er nahm die Stufen zur Rampe seines Ateliers paarweise und suchte in seiner Jacke nach dem Schlüssel.

Gerade als er aufschloss, hörte er hinter sich eine Stimme, die ihm bekannt vorkam: »Killian, ich nehme Sie wegen des Verdachts auf Mord an Frau Heidrun Ambs und ihrem Sohn Bernd Ambs vorläufig fest.«

Killian drehte sich verdutzt um und blickte in das strenge Gesicht Belledins. Flankiert wurde er von Wagner und zwei Polizisten in Uniform, die ihre Pistolen auf ihn richteten. Es war nicht das erste Mal, dass er in die Mündungen von Feuerwaffen blickte, aber hier fand er diesen Anblick doch sehr skurril. Er hätte beinahe laut aufgelacht. Die vier Gestalten wirkten wie aus einem Comic entsprungen. Doch er hielt sich zurück. Er wusste, dass er auf Leute wie Belledin arrogant wirkte und dass man ihm gerne eines auswischte dafür, dass er losgezogen war und in der Fremde sein Glück gesucht hatte. Also schluckte er das Lachen herunter.

»Kann ich mich vorher wenigstens noch kurz duschen und umziehen?«

Belledin nickte und brummte dann: »Wir müssen sowieso noch auf die Spurensicherung warten.«

Er gab den beiden Uniformierten ein Zeichen, Killian zu folgen. »Passt auf, dass er keine Dummheiten macht und nichts verändert.«

Die beiden Polizisten nickten und begleiteten Killian in die Küche, in der auch eine kleine Duschkabine installiert war. Belledin sah sich derweil in Killians Atelier um.

Killian stand unter der Dusche und dachte über die Anschuldigung nach, die Belledin eben gegen ihn erhoben hatte. Er wusste, dass er ein Recht auf einen Anwalt hatte, aber er brauchte keinen. Er hatte weder Bernd noch Frau Ambs getötet. Killian erschrak über sich. Wie gelassen er doch den Tod von Frau Ambs hinnahm. Es waren zu viele Tote, die er in den letzten Jahren gesehen hatte, als dass der Tod dieser Frau ihn hätte bewegen können. Aber sie war ermordet worden. Auch das schockte ihn nicht; im Krieg wurden alle ermordet. Nur konnte er jetzt sicher sein, dass auch Bernd keines natürlichen Todes gestorben war. An Unfall oder Selbstmord hatte er sowieso von Anfang an nicht glauben wollen. Aber wer hatte Frau Ambs getötet? Und warum? Und weshalb glaubte Belledin, dass er die Morde begangen hatte?

Er ärgerte sich über Belledin, aber er versuchte sich zu beruhigen und trocknete sich ab. Dann stieg er in frische Klamotten und stellte sich zur Verfügung.

Mittlerweile durchsuchten die beiden Polizisten unter der Anleitung zweier Beamten der Spurensicherung das Atelier.

»Putzt ihm aber nicht alles«, lästerte Belledin. Dann wandte er sich zu Killian um. »Wieso?«, fragte er.

»Wieso, was?«, antwortete Killian. Er hatte keine Lust, Gedanken zu lesen, auch wenn er wusste, was Belledin meinte.

»Wieso hast du sie umgebracht?«

»Ich habe überhaupt niemanden umgebracht.«

»Du wurdest gestern Abend gesehen, wie du von Frau Ambs weggegangen bist. So gegen halb elf.«

»Ja, ich war auch dort.«

»Was wolltest du bei ihr?«

»Bernd war ein alter Freund, ich kannte auch sie, da wollte ich ihr mein Beileid aussprechen.«

»Was hast du da gesucht?«

»Nichts. Es war einfach nur Sentimentalität.«

Belledin brummte. Mit Sentimentalität konnte er etwas anfangen, die hatte auch ihn im Spielweg ereilt. »Sieht verdammt schlecht aus für dich, wenn du gestehst, kann das vor Gericht für dich sprechen.«

»Ich habe nichts zu gestehen, weil ich weder Bernd noch seine Mutter getötet habe.«

Belledin brauste auf. »Du bist es, der Bernd Ambs tot im Wasser findet, du bist es auch, der als Letzter gesehen wurde, wie er die Wohnung von Frau Ambs verlässt. Danach ist sie ebenfalls tot. Jetzt zählen wir eins und eins mal zusammen!«

Sein Kopf war vor Erregung hochrot geworden.

»Aber warum?«, fragte Killian.

»Genau das will ich von dir wissen!«

Von hinten kam Wagner heran. In der Hand hielt er triumphierend einen Klarsichtbeutel, in dem eine Waffe schimmerte. »Chef, schauen Sie mal, was wir hier haben.« Seine Stimme überschlug sich fast. »Das ist eine Walther CP 88. Maria hat sie im Handschuhfach hinter den CDs gefunden.«

Belledin grunzte zufrieden. »Zeugen und Indizien, was will man mehr? Willst du deinen Anwalt anrufen?«

Killian war sprachlos. Wer wollte ihn da linken? Wem war er auf die Spur gekommen, dass man ihn aus dem Weg räumen wollte? Er schüttelte den Kopf.

»Ich habe keinen Anwalt, ich vertraue dem Staat«, sagte er trocken, und die ganze Verachtung, die er für Strohköpfe wie Belledin und Wagner übrighatte, kam dabei zum Ausdruck.

»Abführen. Armin, ihr könnt auch aufhören. Wir haben alles, was wir brauchen.«

Die Spurensicherer und die beiden Polizisten brachen die Durchsuchung ab. Während die Spurensicherer ins Auto stiegen und davonfuhren, kramten die beiden Polizisten die Handschellen heraus.

»Kann ich noch meine Jacke aus dem Wagen holen?«

Belledin nickte und forderte die beiden Kollegen per Kopfzeichen auf, Killian zum Wagen zu begleiten.

Killian öffnete die Ladetür des Defenders und nahm die Jacke heraus, die er immer trug, wenn er im Einsatz an der Front war. Sie war bestückt mit Spielzeugen, die ihm Moshe besorgt hatte, und Killian hatte den Eindruck, dass er die nun bald benötigen würde. Er zog die Jacke an und schloss die Tür.

»Killian, wir bräuchten dein Handy«, fiel Belledin noch ein.

»Das ist im Auto vorne.« Killian öffnete die Fahrertür, kroch halb in den Wagen und beugte sich in Richtung Handschuhfach vor. Dabei kam er in die Nähe des Zündschlüssels. Es war eine verrückte Idee, aber vielleicht klappte es? Er drehte ihn um, der Motor sprang an. Killian rutschte auf den Sitz und fuhr davon, ehe Belledin und seine Truppe kapiert hatten, was geschehen war.

»Killian, du Idiot! Bleib hier! Das ist ein Geständnis! Du kommst sowieso nicht weit!«

Belledin wählte die Nummer der Zentrale und rief eine Großfahndung aus. Die beiden Polizisten waren in ihren Wagen gesprungen und hatten die Verfolgung aufgenommen. Das Blaulicht drehte sich auf dem Dach des Wagens, die Sirene heulte. Niemand konnte sich dem Adrenalin des Kriminalfilms entziehen, der sich jetzt in dem Ort mit seinen knapp neunhundertvierzig Einwohnern abspielte.

Wagner war wie im Rausch, obwohl er schon lange an keinem Mirabell mehr genippt hatte.

»So ein Idiot! So war der immer. Auch beim Fußball. Er war schon immer ein schlechter Verlierer!« Belledin war geladen. Ein Mörder, den er schon auf dem Silbertablett gehabt hatte, lief frei herum. Obendrein noch einer, der so etwas wie ein Prominenter war, obwohl man eher die Fotos kannte, die er gemacht hatte, als die, die sein eigenes Gesicht zeigten. Das würde sich die Badische Zeitung nicht entgehen lassen. Wenn er Killian nicht rasch dingfest machte, wäre seine Kandidatur hinfällig. Über Jahre könnte er sich dann wieder hinten anstellen und für die Dumpfbacken Reden schreiben, mit denen die dann Karriere machten.

Belledin hatte die Schnauze voll. Am liebsten hätte er Wagner jetzt eine reingehauen. Aber das ging nicht. Als er noch auf Streife unterwegs gewesen war, hatte er sich schon hin und wieder mal einen Penner oder einen Junkie gegriffen, um sich abzureagieren. Wie hätte man sonst das alltägliche Elend ertragen können? Supervision gab es damals nicht, dafür wurde man von allen Seiten angepöbelt. Sie riefen einen, wenn es zu spät war, und wenn man präventiv etwas unternahm, gab es Schelte. Das war nicht gerecht. Und ein Schlag in die Fresse eines Niemand war da ab und zu ein gutes Ventil. Belledin hatte deswegen kein schlechtes Gewissen. Andere schlugen ihre Frauen, das hätte Belledin nie gekonnt.

***

Killian drückte das Pedal des Defenders durch. Es war geradezu lächerlich, mit der Kiste fliehen zu wollen. Was hatte er sich überhaupt dabei gedacht? Gar nichts hatte er sich gedacht, sonst hätte er sich einfach einen guten Anwalt genommen, der ihn da rausgehauen hätte. Aber die Lage war tatsächlich nicht so einfach. Vieles sprach gegen ihn, und Belledin würde alles dransetzen ihn einzulochen.

Er blickte in den Rückspiegel. Der Streifenwagen hatte ihn gleich eingeholt. Entweder er musste querfeldein oder sich noch was Besseres einfallen lassen.

Killian sah, dass die Warnleuchte am Bahnübergang blinkte. Er riss das Steuer herum und fuhr zum Oberrotweiler Bahnhof. Der hatte mit dem Gare du Nord noch weniger zu tun als er mit dem Tod von Ambs. Ein kleiner Sandsteinbau, vor dem sich ein Gleis befand. Aber es konnte seine vorläufige Rettung sein. Ein Zug, der nur aus zwei Waggons bestand, fuhr gerade ein. Killian raste auf den Sandsteinbau zu und legte eine Vollbremsung hin. Dann sprang er aus dem Wagen, rannte zu dem vorderen Waggon des Zuges und hechtete hinein.

Der Streifenwagen hatte das Gleis gerade noch überquert, ehe die Schranke herunterging, und parkte nun direkt neben Killians Defender. Die beiden Beamten sprangen aus dem Wagen und hetzten auf den Zug zu. Doch dieser fuhr ihnen vor der Nase davon in Richtung Breisach. Einer der Beamten fluchte, ging zum Wagen zurück und gab über Funk die aktuelle Lage durch. Dann stiegen beide in den Dienstwagen und fuhren mit Blaulicht und Sirene in Richtung Breisach, um den Zug dort in Empfang zu nehmen.

Kaum war der Streifenwagen abgezogen, tauchte Killian auf der anderen Seite des Schienendammes auf. Es war kein großer Bluff, aber er verschaffte ihm ein wenig Luft, um nachzudenken. Er hatte weder Lust, den Kaiserstuhl-Rambo noch Dr. Kimble auf der Flucht abzugeben, aber irgendwie hatte er sich ein verdammtes Ei gelegt. Wenn er ungesehen bis Bötzingen käme, könnte ihm Hilpert einen Wagen mit französischem Kennzeichen geben. Damit würde er dann im Elsass abtauchen und von dort aus den Fall auf eigene Faust lösen.

Am schnellsten wäre er in Bötzingen, wenn er einfach in seinen Wagen steigen würde und hinunterführe. Aber konnte er so dreist sein? Es gab nicht viele dieser Kisten in der Gegend, vermutlich keine einzige. Er könnte aber auch über die Reben bis zum Bötzinger Steinbruch fahren und von dort aus dann zu Fuß zu Hilpert schleichen. Diese Variante war die beste, die ihm unter Stress einfiel.

Er ging über das Gleis, stieg in den Wagen und fuhr davon. Der Bahnhof war wie ausgestorben gewesen. Die meisten Leute weilten vermutlich bei Melchior, Caspar und Balthasar in der Turnhalle, aber auch sonst war hier wenig los. Killian musste sich also nicht um lästige Zeugen kümmern, die heimlich die Polizei anriefen.

Ihm war jetzt nach einer Zigarette, aber sein letztes Päckchen hatte er Swintha gelassen. Zwar war es ein alberner Gedanke, aber es tat ihm leid, dass ihr Praktikum durch die unvorhergesehenen Umstände platzte.

Die Reifen des Defenders hatten mit dem Schneematsch keinerlei Probleme. Da hatten sie im Kosovo ganz andere Terrains bewältigt. Killian lachte zynisch durch die Nase. Wenn alle Stricke reißen sollten und er den Mörder von Ambs nicht finden könnte, würde er eben abtauchen müssen.

Aber er wollte nicht abtauchen, jedenfalls nicht vollständig. Nur so lange, bis er den Fall gelöst hatte. Er hatte gerade wieder das Gefühl gehabt, Licht auf seinen Fotos zu entdecken. Und Swintha, diese kongeniale Fee, hatte ihn darin bestärkt. Obendrein war es ihm ein Bedürfnis, sich mit Bärbel auszusprechen. Er musste Klarheiten schaffen, die letzten zwanzig Jahre in sich aufräumen. Würde er nun völlig von der Bildfläche verschwinden, bestünde die Gefahr, dass er die nächsten zwei Dekaden wieder ein Bild auf das andere türmen würde, ohne es jemals richtig angesehen zu haben. Und er war randvoll mit unverarbeiteten Bildern. Er brauchte Zeit und Ruhe.

Killian kam an die kritische Stelle, an der er die Hauptstraße des Vogelsangs überqueren musste. An Feiertagen traf man hier oft Spaziergänger, aber bis auf ein älteres Wanderpärchen, das damit beschäftigt war, genügend Puste für den steilen Aufstieg zusammenzukehren, war niemand zu sehen. Auch kein Auto, das passierte. Also überquerte Killian die Landstraße, um auf der anderen Seite im Wald zu verschwinden. Jetzt war es nicht mehr weit bis zum Steinbruch. Er fuhr langsam an den Rand des Aushubs und parkte den Wagen.

Dann stieg er aus. Er öffnete die hintere Tür des Wagens und zog eine Militärbox hervor, in der sich seine Ersatzkamera für unkonventionelle Einsätze befand. Es war die neuste von Olympus, klein genug, dass sie in einer seiner vielen Taschen Platz fand, und mit starken Zoom-Kapazitäten. Gut einsetzbar für seine geplanten detektivischen Arbeiten.

Killian blickte in den Schlund des Steinbruchs und sah sich vor seinem eigenen Abgrund. Er musste über die fette Symbolik selbst lachen und trat den Fußmarsch zu Hilpert an.

***

Belledin hatte auf seine Armbanduhr gesehen und war überrascht. Der Zug trudelte tatsächlich pünktlich um eine Minute nach eins ein. Eigentlich ein Grund, gut gelaunt zu sein, denn er hasste nichts mehr als Unpünktlichkeit. »Fünf Minute vor der Zeit, des isch des Kaisers Pünktlichkeit«, spukte es reflexartig durch sein Hirn.

Leider stieg aber Killian nicht pünktlich aus einem der Waggons, sondern erschien überhaupt nicht. Belledin begann erneut zu kochen. Wie hatte er auf so einen alten Westerntrick reinfallen können? Vorne einsteigen und auf der anderen Seite wieder raus. Und Plimm und Plumm fallen darauf herein. Wäre Belledin in einem Comic gewesen, er hätte nun seinen Hut gefressen. Aber er war in keinem Comic, sondern in einem realen Mordfall, und da ziemten sich derartige Rumpelstilzchenausbrüche nicht.

Er schleuderte einen vernichtenden Blick auf die beiden Polizisten, die sich daraufhin ins Auto verzogen und davonfuhren in der Hoffnung, über den Polizeifunk Neuigkeiten über Killians Aufenthaltsort zu erfahren. Wagner konnte von Glück reden, dass er nicht da war, sondern schon im Büro fleißig seinen Bericht schrieb. Diesmal hätte er vermutlich wirklich einen Fausthieb in die Magengrube bekommen. Es gab einfach Typen, die dazu reizten, den Frust an ihnen abzureagieren. An denen kam man gar nicht vorbei, ohne sie zu treten. Das war in der Schule schon so gewesen. Spätestens in der großen Pause gab es für bestimmte Typen eine Abreibung. Keine wirklich großen Sachen, nur so, dass man entspannt die nächsten drei Schulstunden überleben konnte. Heute nannten die Pädagogen das Mobbing und nervten mit Einzelgesprächen und Aussprachen mit den Opfern.

Für Belledin war die Einmischung der Gutmenschen der Grund, warum die einfachen Ventilstrukturen ausstarben. Es waren doch gerade diese kleinen Nickligkeiten, die ein soziales Biotop im Gleichgewicht hielten. Und wenn diese Ventile fehlten, staute sich der ganze Dampf an und explodierte dann in einem Amoklauf oder in gefilmten Handysequenzen, in denen Jugendliche ihren Opfern den Schädel auf Bordsteinkanten zertrümmerten. Ein Fausthieb im Vorbeigehen zur rechten Zeit hätte Schlimmeres verhindern können. Belledin sprach dies nicht öffentlich aus, aber nach der zweiten Zigarre am Stammtisch konnte man ihn durchaus über diese Thematik andeutungsweise dozieren hören.

Belledins Blick fiel auf das aus Ton gebrannte Klingelschild am Eingang der Bahnhofswohnung: »Bärbel und Swintha Engler«. Er hatte jemanden gefunden, an dem er sein Mütchen kühlen konnte. Zwar würde er Bärbel nicht schlagen, sie aber dennoch ein wenig nerven. Immerhin waren sie und Killian damals an der Schule das prominente Paar gewesen. Bonnie und Clyde der Schülerzeitung. Immer kritisch, immer revolutionär und immer gegen alles. Und heute warf sie mit ihren störrischen Leserbriefen, die vergeblich alte Zeiten heraufbeschwören sollten, seiner angestrebten Kommunalpolitik immer wieder Knüppel zwischen die Beine. Konnte ja sein, dass sie was wusste oder dass sich Killian hier Unterschlupf suchte.

Belledin drückte mehrmals hintereinander energisch die Klingel. Er wusste, wie man sich beliebt machte.

Bärbel war mitten im Yoga Nidra. Sie wollte ihre Sitzung gerade mit einer Chakren-Achtsamkeitsübung abschließen, da läutete irgendein Idiot Sturm. Sie atmete tief ins Hara und nahm sich fest vor, sich ihre gewonnene Gelassenheit von keinem Deppen der Welt ruinieren zu lassen.

Bei ihrem Temperament hätte sie eigentlich kickboxen müssen, um ihre Mitte zu finden. Aber die Volkshochschule Breisach bot nur Yoga Nidra, Alexandertechnik und Feldenkrais an. Bei Feldenkrais war sie regelmäßig eingeschlafen, sie wusste nicht, warum sie dafür zahlen sollte. Yoga Nidra war da schon eher was für sie. Zumindest blieb sie wach, auch wenn es ihr schwerfiel, so lange den Mund zu halten und ihr inneres Geschwätz auszublenden. Sie hatte aber gemerkt, dass es ihr etwas brachte, auch wenn sie wusste, dass sie noch weit von irgendwelchen Erleuchtungen entfernt war.

Sie drückte den Summer, blickte von der Wohnungstür das kleine Treppenhaus hinunter und sah, wie eine glänzende Glatze die Stufen emporstieg. Sie dachte erst, es sei der Pfarrer, der für die Kreide des »M-C-B« über der Eingangstür nun die Kohle einkassieren wollte. Der käme gerade richtig. Sie hatte ohnehin einige Fragen bezüglich des neusten Unfugs, der aus dem Vatikan zu hören war. Aber es war nicht der Pfarrer.

Beim Anblick Belledins spürte Bärbel deutlich, wie sich alle ihre Chakren wie Weinbergschnecken ins Gehäuse zurückzogen und zum kollektiven Boykott aufriefen.

Belledin lächelte sie scheinheilig an. »Hallo, Bärbel, entschuldige die Störung, aber es ist wichtig.«

»Wenn du denkst, dass ich die Meinung meines Leserbriefes revidiere, dann hast du dich geschnitten. Ich stehe zu meiner Ansicht«, funkte Bärbel unmissverständlich.

»Aber Bärbel, als ob mich das kümmern würde. Das liest doch sowieso keiner. Die Zeiten, in denen du mit der Schülerzeitung die Bürger schrecken konntest, sind vorbei. Da hättest du schon größer einsteigen müssen. Mindestens bei der Badischen auf Seite drei, aber so interessiert deine Meinung niemanden.«

»Kommst du deswegen am Feiertag? Habt ihr heute nicht Seelenfangen in der Turnhalle? Oder haben sie dich rausgeworfen, weil sie gemerkt haben, dass du für die Liberalen zu weit rechts stehst?«

»Rechtsliberal hat Zukunft. Das hat man in Österreich gesehen.«

»Fahr nur nicht zu schnell. Aber du hast ja schon immer gewusst, wann man rechtzeitig vom Pedal gehen muss.« Der Stachel saß. Bärbel beherrschte ihr Repertoire noch immer, da konnte sie noch so lange in rosa Jogginganzügen Gelassenheit üben.

»Kann ich reinkommen oder wollen wir unser Gespräch weiter im Treppenhaus führen?«

»Ich finde es ganz angenehm hier. Was gibt es?«

»Wir suchen Killian, er steht unter dem dringenden Verdacht, Bernd Ambs und dessen Mutter ermordet zu haben.«

Bärbel traute ihren Ohren nicht. Mit allem hatte sie gerechnet, nicht aber mit einem Krimi. Sie musste sich am Geländer festhalten und sah Belledin, nachdem sie sich wieder gefangen hatte, eindringlich an.

»Es ist wahr. Ambs wurde gestern Morgen von Killian in den Rheinauen tot aufgefunden. Wir dachten erst, er sei ertrunken. Nachdem Killian aber gesehen wurde, wie er gestern Abend die Wohnung von Frau Ambs verließ, und die anschließend mit einer Kugel im Kopf gefunden wurde, nehmen wir nun an, dass er Bernd erst besoffen gemacht und ihn dann ertränkt hat.«

Belledin ließ die Worte landen und wartete auf eine Reaktion Bärbels. Sie schwieg.

»Wir wollten ihn festnehmen, aber er ist getürmt. Das gleicht einem Geständnis, wie du weißt. Da er noch nie viele Freunde hatte, nehme ich an, dass er bei dir Unterschlupf suchen wird.«

Mit einem unechten Grinsen wollte er sie nun aus der Reserve locken, aber Bärbel schwieg noch immer.

»Falls er vorbeikommt, bitte ich dich, mich anzurufen. Wenn du es nicht tust, machst du dich mitschuldig. Außerdem ist Killian gefährlich. Niemand weiß, was der Krieg aus ihm gemacht hat. Aber wenn man seine Bilder genau anguckt, kommt man schon darauf, wie es um ihn bestellt sein muss. Also, ich zähle auf dich.«

Belledin drehte sich um und ließ Bärbel mit diesem Informationsbrocken allein.

Sie trat gegen die Yogamatte. All die hart erkämpfte Gelassenheit war dahin. Belledin! Der würde doch am liebsten mit einem Marshall-Stern und Cowboystiefeln durch den Kaiserstuhl ziehen! Wahrscheinlich zog sich dieser selbstgefällige Herrscher über Recht und Ordnung jeden Abend einen Western aus der Sammelkollektion rein, kippte dabei seinen Whiskey und sagte zu Biggi: »So ist das Leben.« Und Biggi würde lächeln und sich dann in die Küche machen, um einen Mürbeteig zu quälen.

Erneut kassierte die Matte einen Tritt. Diesmal galt der Tritt Killian. Tauchte einfach wieder auf, brachte alles durcheinander und vernichtete gleichzeitig jede Chance auf eine Annäherung. Aber ein Mörder, nein, das war er nicht. Da mochte Belledin noch so lange einen auf Clint Eastwood machen, den Bären ließ sie sich nicht aufbinden. Aber warum hatte Killian ihr nicht erzählt, dass er Ambs gestern tot gefunden hatte? Immerhin war es ein gemeinsamer Bekannter gewesen. Jedenfalls bis zum Abitur, danach war sowieso alles anders geworden.

Bärbel rollte die Yogamatte zusammen und entschloss sich, morgen einen Boxsack zu kaufen.

***

Killian klopfte am Küchenfenster von Hilpert. Er hoffte, nicht beim Mittagstisch zu stören. Elvira, Hilperts Frau, öffnete das Fenster.

»De Hans isch nit do, der isch in de Werkstatt.« Dann hob sie den Arm zum Gruß und schloss das Fenster wieder.

Killian ging zur Werkstatt hinüber, die praktisch an das Wohnhaus anschloss. Hinter dem verschlossenen Garagentor hörte er Hilpert hämmern. Er klopfte; kurz darauf wurde der Knopf gedrückt, das Tor hob sich elektrisch. Hilpert hielt Killian die Öl verschmierte Hand so hin, dass dieser ihn am Handgelenk begrüßen konnte. Hilpert grüßte immer so, schon seit Jahrzehnten. Selbst wenn er saubere Hände hatte, streckte er das Handgelenk hin. Aber er hatte selten saubere Hände. »Un, was gibt's? Probleme mit dem Karre?«

Killian nickte.

»Was isches? Kupplung?«

Killian nickte erneut.

»Des hab ich mir scho halber denkt, 's hätt nämlich geschtern scho so gschliffe. Solle mirn gschwind hole?«

Killian schüttelte den Kopf. »Ich bräucht jetzt dringend ä Auto. Ich hab ä Termin in Friburg. Un denn muss i morge uf Köln. Kannsch du mir ä Wage usleihe?«

»Häjo, klar. Wenn de willsch, kannsch den do hinte ha.« Hilpert zeigte mit dem Kopf hinter die Trennwand.

Killian verschwand hinter der Wand und glaubte nun tatsächlich, dass er in einem Film gelandet war. Ein roter Citroën CX stand vor ihm, der Nachfolger des legendären DS. Ein klassisches Achtziger-Modell, schluckte mindestens so viel wie der Defender. Aber das war ihm egal. Wenn er schon in sein Verderben laufen musste, dann wenigstens mit Stil. Auf der Rückbank lagen noch die französischen Nummernschilder, der Wagen selbst war schon auf Freiburg-Land angemeldet. Killian umrundete die Trennwand wieder und grinste.

»Passt.«

Hilpert grinste zurück: »Denk ich mir. Schlüssel steckt, Papiere sin im Handschuhfach, Tank isch voll, wenigschtens bis Umkirch.«

»Merci«, bedankte sich Killian und verschwand erneut hinter der Trennwand. Er öffnete die zwei großen Flügeltore, stieg in den CX und fuhr davon.

Hilpert schloss die Tore, schlurfte zu seinem Radio und drehte es laut.

»Immer noch keine Spur vom Tatverdächtigen. Wir suchen jetzt den Badberg ab.«

Er hörte immer den Polizeifunk. Am liebsten verfolgte er den Funkverkehr nach Raubüberfällen und hoffte, dass die Diebe es schaffen würden, aber meistens gingen sie der Fahndung in die Maschen. Bei der heutigen Technologie war es nicht mehr so einfach, sich aus dem Staub zu machen. Sonst hätte er selbst es längst auch schon getan. Die Gläubiger saßen ihm im Genick. Er konnte arbeiten, wie er wollte, am Ende des Jahres hatte er gerade mal die Zinsen seiner Schulden getilgt.

Hilpert hatte gehofft, dass Killian bei ihm aufkreuzen würde, sobald er durch den Funk von der Sache erfahren hatte. Neben den französischen Kennzeichen, die er ihm hinten reingelegt hatte, befanden sich auch noch die dazugehörigen Papiere im Handschuhfach. Zwar konnte er sich denken, dass Killian in den letzten zwanzig Jahren mehr mit dem Tod zu tun gehabt hatte als das ganze Dorf zusammen, aber ein Mörder war er nicht. Mörder spielten keine Klarinette, zumindest nicht so, wie Killian sie spielte. Es war eine ureigene Logik, auf die er sich da berief, aber sie machte Sinn, wenigstens für ihn. Zum ersten Mal kannte er einen, der in seinem Polizeifunk Protagonist war. Und noch mehr, er selbst war ein Teil davon. Er war sich sicher, sie würden Killian nicht kriegen.

# FÜNF

Nietzsche, der mit richtigem Namen Dr. Kant hieß, genoss das altmodische Ambiente des traditionsreichen Café Bühler. Es war das gemütlichste Café, das er in Breisach hatte finden können, und eignete sich hervorragend für seine Arbeit. Kant gestattete sich das zweite Stück Torte, während sein Begleiter in seinem Cappuccino rührte. Es war eine heikle Situation, aber Kant hatte sie sauber bereinigt. Seine Auftraggeber konnten zufrieden mit ihm sein. Komplikationen gab es in jedem Geschäft, den Profi unterschied nur, wie er damit umging.

Sie hatten sich Bernd Ambs lange ausgeguckt, hatten über seine Computergewohnheiten ein Profil erstellt und befunden, dass er optimal für die Abwicklung des Deals passte: ein überqualifizierter Verlierer, der bei BPD in der Verladungsabteilung arbeitete. Im Internet war er in Foren aufgefallen, in denen Phantasie-Kriminelle vom perfekten Coup träumten. Kant hatte mit Ambs Kontakt aufgenommen und ihn auf eine andere Seite gelotst, die er selbst verwaltete. So war es dann leichtes Spiel gewesen, herauszufinden, wer hinter dem Nickname »Belmondo« stand.

Schon dieser Name verriet, dass es sich bei Ambs um einen Romantiker handelte. Typen wie er glaubten, dass es so etwas wie saubere Kriminelle gab. Gentleman-Ganoven, die nur die Reichen bestahlen, oder solche, die weiterhin an ihre weiße Weste glaubten, indem sie sich einredeten, die Versicherung würde den Schaden ohnehin übernehmen. Aber wer die Grenze überschritten hatte, der hatte auch keine saubere Weste mehr, da konnte er noch so oft den Rosenkranz Robin Hoods herunterbeten.

Kant zweifelte sogar daran, dass die sogenannten Guten überhaupt eine weiße Weste hatten. Jeder, der im Wohlstand lebte, hatte Schmutz an den Händen. Und dieser Überzeugung war er nicht, weil er sich selbst damit legitimieren wollte. Er war lediglich der Ansicht, dass diejenigen, die Fleisch auf dem Teller haben wollten, sich bewusst sein sollten, dass das liebe Vieh zuvor vom Metzger geschlachtet wurde.

Dass Ambs dann größenwahnsinnig geworden war und sich mit dem Honorar, das ihm zugedacht worden war, nicht mehr zufrieden geben wollte, war eine Sache; die andere, dass er nicht ganz so dumm war, wie das Profil ihn errechnet hatte. Er hatte die Zusammenhänge sehr schnell begriffen und war daran gegangen, die einzelnen Komponenten der Organisation zu ermitteln. Da war Kant in Zugzwang geraten. Eigentlich wäre es kein Problem gewesen, Ambs einen Cocktail zu mixen und ihn dann in den Rheinauen zu ersäufen. Von einem promovierten Chemiker durfte man das erwarten. Aber Kant hatte Ambs nicht ermordet. Er hatte in Mackenheim lediglich mit ihm verhandelt, und Ambs war auf den Handel eingegangen. Wie Ambs es anschließend geschafft hatte, sich zu ersäufen, war Kant schleierhaft. Und wenn es kein Unfall gewesen war, dann hätte er gerne gewusst, wer der Mörder war. Denn dieser Mörder konnte auch ihm gefährlich werden, weil er ihn gesehen haben musste, wie er sich mit Ambs auf dem Friedhof getroffen hatte.

Kants erster Verdacht war auf den Fotografen gefallen, der den toten Ambs gefunden hatte. Er hatte Recherchen über Killian eingezogen, und was er über ihn herausgefunden hatte, gefiel ihm gar nicht. Er wusste um die Regeln des Krieges. Wer so weit vorne Fotos schoss, kam früher oder später mit den Geheimdiensten in Berührung. Und Killian war schon lange an vorderster Linie tätig gewesen. Das bedeutete, dass er sich Allianzen geschaffen hatte im Sinne von: »Dieses Foto gibst du besser nicht an die Presse weiter, dafür benachrichtigen wir dich als Ersten, wenn Saddam aus seinem Loch gekrochen kommt.« Und in Killians Portfolio fanden sich einige Fotos dieser Kategorie.

Dies wäre nicht weiter tragisch gewesen, wenn er nicht zu schnüffeln begonnen hätte. Bei dem einfältigen Hilfssheriff hatte eine Kopfnuss genügt, um ihn vorerst aus der Bahn zu nehmen, als Kant sich Ambs' Computer ausgeliehen hatte. Er hatte überprüfen müssen, inwieweit Ambs' Computeraktivitäten zur Organisation führten, und hatte die Platte vorsichtshalber rasiert und nur unverfänglichen Privatkram draufgelassen. Als er über die installierte Wanze in Ambs' Wohnung mitbekommen hatte, dass Frau Ambs Killian von den drei fehlenden Laptops erzählte, war er zu weiterem Handeln gezwungen gewesen. Also brachte er die Rechner zurück, erledigte dabei Frau Ambs und fuhr danach zu Killians Atelier, um die Waffe in dessen Defender zu verstecken.

Der Rest war nur eine Frage der Zeit. Irgendjemand musste Killian gesehen haben. In solchen Wohnsiedlungen wurde man immer gesehen. Es sei denn, man legte sich immer neue Verkleidungen zu. Das war Kants Steckenpferd. Deswegen sah er jetzt auch nicht so aus wie noch vor wenigen Stunden, als er in Frau Ambs' Wohnung als Herr Nietzsche Rede und Antwort stehen musste. Es barg ein gewisses Risiko, als Mörder die Leiche selbst zu finden und der Polizei zu melden. Aber seine Wandelbarkeit ließ dies zu. Es war ihm wichtig gewesen, die zuständigen Ermittler persönlich kennenzulernen. Das würde ihm weitere Schritte erleichtern. Er wusste gerne, gegen wen er spielte. Es war etwas andres, ob man gegen Polizisten antrat, die es gewohnt waren, direkten logischen Linien zu folgen, oder ob man es mit Agenten zu tun hatte, die das Doppelspiel beherrschten. Belledin zählte Kant zur ersten Kategorie, Killian zur zweiten. Gegen beide musste er gewinnen und sich obendrein noch vor dem Mörder von Ambs hüten. Kant hoffte, dass es tatsächlich Killian wäre, dann hätte er eine Unbekannte weniger. Er lächelte über diese Möglichkeit des Zufalls und zupfte den blauen Seidenschal zurecht, den er salopp um den Hals geschlungen hatte. Dazu trug er einen braunen Cordanzug mit dunkelblauem Hemd, einen angegrauten Schnauzbart und eine getönte Brille.

Kants Gegenüber war weniger abgestimmt gekleidet. Im Grunde trug Jean nur eine schwarze Lederjacke. Selbst sein Gesichtsausdruck war eine schwarze Lederjacke. Kant und Jean hatten schon einige Jobs miteinander durchgezogen. Jean fragte nicht viel, weil ihm klar war, dass er nur das wissen musste, was er zu tun hatte, damit es für ihn ungefährlich blieb. Ihn interessierten keine Drahtzieher, keine Hintermänner, er verhandelte noch nicht einmal um sein Honorar, sondern akzeptierte stumm, was ihm geboten wurde. Wäre Ambs auch so klug und bescheiden gewesen, er wäre wohl noch am Leben und die Operation benötigte keinen Plan B.

Jetzt aber musste Jean für Ambs einspringen. Gleich morgen

würde er sich bei BPD in Umkirch melden, ob sie dort vielleicht jemanden gebrauchen könnten. Natürlich konnten sie, der Ausfall von Ambs musste kompensiert werden. Und ein Packer ist so gut wie der andere, da brauchte es kein Assessment-Center.

*»Tu veux un autre?«*, fragte Kant.

Jean schüttelte den Kopf. *»Non, merci, ça va bien.«*

»Zahlen, bitte!«, rief Kant durch den Raum und legte dabei Wert darauf, einen französischen Akzent durchklingen zu lassen.

Die aparte rothaarige Kellnerin war gerade mit dem Abräumen eines anderen Tisches beschäftigt und lächelte zu ihm herüber. *»J'arrive, Monsieur. Un moment, s'il vous plaît.«*

Sie befrachtete das Tablett mit den abgegessenen Kuchentellern und rauschte an Kants Tisch vorbei in die Küche, um dort das Geschirr abzustellen. »Swintha, zwei Schwarzwälder an Tisch sieben«, rief eine männliche Stimme außerhalb von Kants Blickfeld. Die Kellnerin folgte dem Aufruf und erschien sogleich mit zwei Tellern wieder, auf denen sich zwei Schwarzwälderkirschtortenstücke von Sahne umschmeichelt befanden.

Der Kerl in der schwarzen Lederjacke blickte ihr unverhohlen auf den Hintern, als sie an ihm vorüberging. Swintha war sich dessen bewusst. Sie hatte extra einen etwas engeren schwarzen Rock angezogen, der knapp über dem Knie endete. Darunter trug sie eine rote Wollstrumpfhose, die mit dem Farbton ihrer Haare harmonierte. Da der Stundenlohn im Café Bühler mit fünf Euro alles andere als üppig war, bestand die einzige Chance, hier mit etwas Geld rauszugehen, darin, das Trinkgeld zu steigern. Und ein kurzer Rock erhöhte diese Chance. Swintha stellte das Tablett ab und drehte sofort um, die Rechnung zu kassieren. Mit den zwei Tortenstücken kam sie immerhin auf zehn Euro zwanzig, der Herr im Cordanzug gab zwölf Euro und verzichtete auf den Rest.

Swintha verstaute das Geld und blickte auf die Uhr. Es war Zeit für eine kleine Zigarettenpause. Da Simone, eine dralle Elsässerin, die sechs Teller auf einmal durch das Café balancieren konnte, nicht rauchte und Swintha weder beim Chef noch bei den Gästen Kippen schnorren wollte, war sie gezwungen, kurz über die Kreuzung zu laufen, um sich im Tabakladen, der glücklicherweise auch an Sonn- und Feiertagen geöffnet hatte, einzudecken.

Sie überlegte kurz, ob sie die Gauloises nehmen sollte, die sie gestern mit Killian geraucht hatte. Aber ganze Päckchen kaufte sie selten, sie waren ihr zu teuer. Beim Drehen bekam sie mehr Zigaretten für ihr Geld. Außerdem fand sie, dass es stilvoller war, wenn man sich die Zigaretten selbst drehte. Es glich einem coolen Ritual versteckter Sinnlichkeit. Swintha musste lachen, als sie sich ihre Wortkreation aus der Distanz ansah. Aber irgendwie kam es ihrem Lebensgefühl, zu dem der blaue Dunst ebenso gehörte wie der mit Tinte befleckte Zeigefinger, sehr nahe. Und wenn sie eine bessere Beschreibung gefunden haben würde, dann könnte der jetzige Platzhalter gerne gestrichen werden. Sie diktierte dem Verkäufer ihre Bestellung: »Einmal den reinen Pueblo-Tabak ohne Zusatzstoffe, dann ein Päckchen Job-Blättchen und dazu die Zig-Zag-Filter.«

Swintha überlegte kurz, warum sie immer so auf »ohne Zusatzstoffe« bestand. Als ob der Tabak dadurch zum Kräutertee wurde. Sie kam zu dem Schluss, dass die Öko-Erziehung von Bärbel doch etwas bewirkt haben musste, und grinste in sich hinein, als sie das Geld über die Theke reichte.

Sie steckte gerade ihren Einkauf ein, da kamen die zwei Gäste aus dem Café in den Laden. Die Lederjacke glotzte wieder auf ihre Beine, während der Mann im Cordanzug zwei Päckchen Roth-Händle ohne Filter orderte.

Swintha verließ den Tabakladen und eilte wieder ins Café hinüber, wo sie mit Schrecken feststellen musste, dass Simone trotz ihrer Fünf-Teller-Nummer zu schwimmen begann. Ein Touristenbus war gelandet, da wollten alle gleichzeitig und sofort. Swintha stürmte ins Café, um Simone unter die Arme zu greifen, aber es war äußerst schwierig, sich durch den Saal zu kämpfen: Eine Schlange von zwölf Leuten, die alle auf die Toilette wollten, versperrte den Weg.

Swintha schwante, dass es noch lange dauern würde, bis sie zu ihrem coolen Ritual versteckter Sinnlichkeit kommen würde.

***

Belledin drückte auf den Anrufbeantworter und lauschte den Stimmen. Er hörte das Band bereits zum dritten Mal ab und wunderte sich immer wieder über diesen Moshe. Wer war das? Was hatte er mit Killian zu schaffen? Der Name hörte sich jüdisch an, der Akzent ebenfalls. Nicht dass Belledin etwas gegen Juden hätte, um Himmels willen. Er kannte die deutsche Geschichte, schließlich hatte er in der Oberstufe sogar den Geschichts-Leistungskurs gewählt, aber irgendwie fand er es schon auffällig, dass es ausgerechnet dort Ärger geben musste, wo sie auftauchten. Man nehme nur den Konflikt im Gazastreifen. Da waren die Israelis nicht ganz unschuldig. Belledin war kein Pius-Bruder, er verabscheute die Gräuel des Holocaust wie jeder Mensch, der eine Seele hatte. Aber musste man die ganze Sippe deswegen immer gleich mit Samthandschuhen anfassen?

Nun ertönte wieder Bärbel, die erst das Praktikum ihrer Tochter bei Killian unterbinden wollte und ihre Meinung anschließend revidierte. Hier war Belledins Riecher jedenfalls richtig gewesen. Er würde den Bahnhof observieren lassen. Früher oder später würde Killian dort aufkreuzen. Und diesen Moshe behielt er vorläufig im Hinterkopf.

Was gab es noch? Den Laptop vielleicht? Warum stand der eigentlich noch hier? Warum hat ihn die Spurensicherung nicht mitgenommen? Belledin hasste solche Schlampereien. Für die Spurensicherung und für Wagner war der Fall wohl schon geklärt. Am meisten ärgerte er sich aber über sich. Immerhin war er es gewesen, der die Spurensicherung frühzeitig hatte abziehen lassen.

Belledin war ein Pedant. Auch wenn er sich sicher war, dass Killian aus dem Verkehr gezogen gehörte, wollte er doch wissen, warum er die Ambsens umgebracht hatte. Und das fuchste ihn: Er hatte kein Motiv. Über den Rechner war vielleicht etwas zu finden, aber Belledin mochte keine Rechner. Wenn es nötig war, tippte er das Wichtigste auf einem PC, Macs aber waren ihm völlig fremd.

Dennoch ließ sein innerer Hetzhund nicht locker. Belledin fand den Anschaltknopf des Rechners und stellte erfreut fest, dass sich die Maschine nur in den Ruhemodus heruntergefahren hatte. Sofort erschienen fünf Fotos auf dem Bildschirm. Belledin erkannte den Ort, war aber auch beeindruckt von der Kraft, die von diesen Bildern ausging. Warum macht einer solche Fotos, wenn er dort einen Menschen ersäuft? Vielleicht ein Ablenkungsmanöver oder eine Perversion. Die Akten waren voll von Perversen. Die Psychologen hätten sicherlich auch für Killians Fotos eine plausible Erklärung. Belledin nicht, er war einfacher gestrickt und dadurch oftmals erfolgreicher.

Sein Blick fiel auf den Goetheband neben dem Rechner. Er nahm ihn und schlug die Seite auf, die Killian mit einem Stück Papier gekennzeichnet hatte. Laut begann er den »Totentanz« zu deklamieren und ging dabei im Atelier auf und ab. Dabei erinnerte er sich, wie er damals in der Theater-AG den Newton aus Dürrenmatts »Die Physiker« gespielt hatte. Alle hatten ihm großes Talent bescheinigt, auch wenn sein Hochdeutsch etwas knödelig geklungen hatte. Aber er hatte gekämpft. Und so kämpfte er auch jetzt, Silbe für Silbe, Wort für Wort, ohne auch nur eine Zeile inhaltlich zu erfassen. Gedichte mussten sich reimen, dass sie neben der Form auch einen Inhalt hatten, war Belledin seit jeher fremd gewesen.

Das Klingeln von Killians Telefon unterbrach seine Rezitation. Er lauschte, bis der Anrufbeantworter ansprang, und erkannte die Stimme sofort, immerhin hatte er sie schon einige Male gehört.

»Killian, mein alter Blutsbruder. Glaube mir, ich würde dich nicht nerven, wenn es nicht dringend wäre. Wenn die Bodentruppen marschieren, wünsche ich mir, dass du mit dabei bist. Immerhin gehört das zu unserem Handel. Oder mir gehört ein Stück Fleisch aus deinem Bauch, und das werde ich mir holen. Melde dich bitte, Schalom, Moshe.«

Was Schalom bedeutete, wusste Belledin, und er fand es sehr zynisch von Moshe, da er mit den Bodentruppen offensichtlich einen Einsatz am Gazastreifen gemeint hatte. Wer auch immer dieser Moshe war, mit den Morden hier hatte er wenig zu tun. Vielleicht war er ein Agent, der an Killians Fotos verdiente? So genau kannte sich Belledin in dem Metier nicht aus. Aber was war mit dem »Stück Fleisch aus deinem Bauch« gemeint? Eine erneute Perversion? Belledin überlegte, ob er den Mac mitnehmen sollte, ließ es dann aber bleiben. Sollte er jetzt etwa auch noch den Job der Spurensicherung übernehmen?

Sein Magen meldete sich, er hatte Hunger. Er ging in die Küche und sah in Killians Töpfen nach. Das Curry roch gut. Belledin stellte die Herdplatte an und wärmte sich das Essen auf. Irgendetwas hielt ihn noch am Ort. War es etwa diese gemütliche Unordnung, die so einladend wirkte? Der Gedanke war ihm noch nie gekommen, da er Unordnung gar nicht kannte. Sie wurde von Biggi nicht zugelassen. Wer weiß, wenn Biggi vielleicht etwas schlampiger wäre, würde vielleicht auch ihr Sex abwechslungsreicher werden? Belledin schob diese Überlegung zur Seite, nahm den Topf von der Platte, griff sich eine Gabel aus einem Bierglas und setzte sich auf das Sofa, um zu essen und zu kombinieren.

Aber es hatte keinen Zweck. Ob es an der Schärfe des Curry lag oder einfach daran, dass er keinerlei Anhaltspunkte hatte, warum Killian Ambs und dessen Mutter umgebracht haben sollte, war ihm nicht klar. Er wusste nur, dass er Killian so schnell wie möglich danach fragen wollte, also war es am besten, diesen Mistkerl zu schnappen, ehe er sich mit den israelischen Bodentruppen nach Gaza verdrückte. Belledin stellte das Curry in die Küche zurück und versuchte die Hitze in seinem Mund unter dem Strahl des Wasserhahns zu löschen. Vergeblich.

***

Der Regen hatte nachgelassen. Killian war kurz nach der Ortsausfahrt in die Reben abgebogen, um die Nummernschilder zu wechseln. Nun fuhr er mit französischen Kennzeichen auf Breisach zu, um dort die Grenze zu überqueren.

Sein Französisch war in der Schule miserabel gewesen, obwohl er sich redlich bemüht hatte. Aber als die Französischlehrerin ihm bescheinigt hatte, er würde Französisch mit vietnamesischem Akzent sprechen, hatte er aufgegeben. Erst im Kongo hatte er einen neuen Anlauf gewagt. Und nun beherrsche er die Sprache ziemlich perfekt, allerdings schwang in seiner Färbung ein leichter Kikongo-Akzent mit.

Um über die Grenze zu gelangen, musste Killian an der Rückseite des Bahnhofs vorbei. Als er das Gebäude erblickte, wurde ihm mulmig zumute. Er konnte nicht untertauchen, ohne Swintha zu informieren, das war er ihr schuldig. Er wusste, dass dies eine ziemlich altmodische Einstellung war, für die er vor allem von Moshe schon des Öfteren ausgelacht worden war, aber Killian konnte sich in diesem Punkt nicht ändern.

Er überlegte kurz, welche Schritte Belledin wohl bisher unternommen haben würde: Großfahndung war klar. Ob sie die Grenze deswegen kontrollieren würden, war allerdings fraglich. Es war ein Pokerspiel, auf das er sich einlassen musste. Belledin würde sich geärgert haben, dass er auf den billigen Trick mit der Bahn hereingefallen war. Sicherlich war ihm auch die Verbindung zu Bärbel wieder eingefallen, spätestens als er vor dem Gebäude gestanden hatte. Und ebenso sicher war es, dass Belledin in Killians Atelier zurückgefahren war, um nach Anhaltspunkten zu suchen. Er würde den Anrufbeantworter abgehört haben und von Bärbels Ansagen wissen. Also würde er den Bahnhof observieren lassen.

Killian war überrascht, wie gut sein strategisches Denken noch funktionierte. »Einmal Soldat, immer Soldat«, sagte er zu sich und verstellte dabei seine Stimme, als wäre er Rambo. Dann entglitt ihm ein zynisches Lächeln, das einen Hauch von Verzweiflung in sich trug. Killian atmete tief durch.

Er lenkte den Wagen auf die Vorderseite des Bahnhofs und fuhr bis zum Parkplatz eines Supermarkts. Dort stellte er den Citroën ab und stieg aus. Er hatte den Zivilwagen mit den beiden Beobachtungsposten schon beim Vorbeifahren bemerkt und war gewarnt.

Er überquerte die Straße und schlich sich im Schutz der Fahrradschuppen dem Eingang der Bahnhofswohnung entgegen. Ihm war klar, dass er nicht einfach klingeln konnte. Die Polizisten hatten sich so postiert, dass sie den gesamten Eingang im Blick hatten. Killian überlegte, ob er an dem Kirschbaum hochklettern sollte, um von dort dann auf das Vordach zu gelangen. Aber trotz des Regens war der Baum noch voller Schnee. Wenn er dort hochkletterte, könnte er auch gleich Belledin anrufen.

Killian erinnerte sich an eine Dachrinne, an der er früher häufig hochgeklettert war, um auf dem Vordach des Bahnhofs in der Sonne zu liegen und von fernen Abenteuern zu träumen. Er hatte dabei immer die Augen geschlossen und nur den Geräuschen der an- und abfahrenden Züge gelauscht. Und natürlich der Ansage des

Bahnhofsvorstehers, obwohl man aus dem Lautsprecher keine einzige Silbe verstanden hatte. Aber gerade das hatte er als Vorteil empfunden. So hatte er sich immer eine andere Sprache ausmalen können, die ihn zum Einsteigen in den nächsten Zug aufforderte.

Killian hatte die Dachrinne erreicht. Da der Bahnhof frisch renoviert worden war, saßen die Verankerungen der Rinne sicher und fest. Ansonsten wäre es ein gefährliches Unterfangen gewesen, dort hinaufzuklettern. Er sah sich um, es war niemand auf dem Bahnsteig. »Gelobt sei die Provinz«, spöttelte er und begann sich an der Rinne hochzuziehen. Es knackte, aber sie hielt. Arm um Arm schaffte sich Killian nach oben, und nach fünf Metern befand er sich auf dem Vordach.

Aber wenn er gedacht hatte, jetzt hätte er es geschafft, dann wurde er sogleich eines Besseren belehrt. Es lag noch Schnee auf dem Dach, der sich mit dem intriganten Regen zu einer heimtückischen Schmiere verwandelt hatte. Killian rutschte weg, klatschte mit dem Bauch aufs Dach und schlitterte die Schräge hinunter. Verzweifelt suchte er irgendwo nach Halt, aber vergebens. Schon glitten seine Beine das Vordach hinunter über den Bahnsteig, der Oberkörper folgte nach – erst im letzten Moment gelang es ihm, sich mit einer Hand in der Dachrinne festzukrallen.

Er baumelte und hoffte, dass ihn niemand von der Straße hinter den Gleisen sah. Rasch griff er auch mit der anderen Hand in die Rinne und hangelte sich wieder zu dem Rohr, an dem er zuvor hinaufgeklettert war, und nahm erneut den Anstieg in Angriff. Diesmal war er vorsichtiger. Auf dem Vordach angekommen, robbte er auf allen vieren nach oben, bis er das runde Fenster des Dachbodens erreicht hatte.

Er hoffte, dass es nur angelehnt war, wie früher. Es war angelehnt, aber dafür waren die Metallscharniere eingerostet. Hier hatte man nicht renoviert. Killian stemmte sich gegen das Fenster und versuchte einen günstigen Winkel zu erwischen, ohne dabei das Glas einzudrücken. Knarrend bewegten sich die Scharniere, und es gelang ihm, das Fenster nach innen zu öffnen. Der Spalt war groß genug, dass er hindurchpasste, aber es ging mindestens vier Meter in die Tiefe, ehe die Dielen des Dachbodens erreicht waren. Am Querbalken des Dachstuhls war noch immer ein altes Trapez befestigt. Wenn es ihm gelang, an das Trapez zu springen, könnte er sich von dort hinunterlassen.

Für einen Moment dachte er daran zurück, wie sie hier früher »kubanischer Zirkus« gespielt hatten. Kuba war ohnehin das Zauberwort gewesen. Ernesto Che Guevara und Fidel Castro, dicke Zigarren und Sonne, warmer Sozialismus unter Palmen. Wie einfach die Welt doch manchmal von einem Dachstuhl aus sein konnte. Jetzt war Killian wieder hier, aber einfach war seine Situation ganz und gar nicht. Da halfen ihm auch die kurzen Flashbacks in ein verklärtes Kuba nichts. Er musste den Sprung riskieren, ansonsten würde er hier oben wie ein Affe im Winter versauern.

Killian visierte das Trapez an, hörte den Trommelwirbel und stieß sich von der Fensteröffnung ab. Er erwischte das Trapez mit einer Hand, mit der anderen glitt er ab. Im Balken oben knarzte es verdächtig, aber auch in Killians Schulter rissen die Muskelfasern. Er stöhnte, fasste mit der anderen Hand nach und schwang sich dann auf die Bretter des Dachbodens.

Seine Landung war kaum zu hören, er war noch immer gut im Training. Manche Dinge verlernte man wohl nie. Wie oft war er während Bodenangriffen in eroberte Häuser eingedrungen, auf der Jagd nach dem unverbrauchten Bild. Je leiser er dabei war, umso unvermittelter waren die Bilder, die er schoss. Doch es genügte nicht, nur abzudrücken, man musste immer auch darauf gefasst sein, dass ein anderer zurückschoss. Während seine Fotos den meisten die Seele nur für den Moment stahl, galten ihre Schüsse für die Ewigkeit.

Killian spürte, wie das Adrenalin in ihm hochstieg. Instinktiv griff er nach seiner Kamera. Auf einmal war er in einem anderen Film. Der Dachstuhl befand sich in Beirut, Moshe wartete draußen, und Rohina kam von der anderen Seite ins Haus. Plötzlich explodierte eine Wand, Killian warf sich auf den Boden, die Trümmer begruben ihn unter sich. Stille.

Er hob den Kopf und sah sich um. Er war wieder auf dem Dachstuhl, schwer atmend, die Stirn mit kaltem Schweiß bedeckt. Langsam richtete er sich auf und ging zur Tür, die den Dachboden mit Bärbels Wohnung verband. Gleich dahinter kam der Gang, der zu Swinthas Zimmer führte. Ihm wäre es lieb, wenn er mit ihr allein reden könnte. Es war eine Sache zwischen ihm und ihr, Bärbel hatte damit nichts zu tun.

Killian drückte die Klinke der Tür hinunter; sie war abgeschlossen. Früher besaß die Tür noch ein Bartschloss, jetzt lugte ein Zylinder hervor. Er griff in eine seiner Taschen. Moshe hatte ihm nicht nur die Schließwerkzeuge geschenkt, sondern ihm auch gezeigt, wie man sauber damit umging. Killian hatte gut daran getan, sich die Einsatzweste aus dem Defender zu nehmen. Hier war alles drin, was ihm noch nützlich sein konnte.

Killian lauschte. Nichts war zu hören. Er schlich in Swinthas Zimmer und schielte hinein. Es war leer. Langsam ging er durch die Wohnung. Bärbel war auch nicht da. Killian ging ins Wohnzimmer, das zur Vorderseite der Straße zeigte, und blickte vorsichtig hinaus. Belledins Wachhunde waren noch auf ihren Posten.

Er entschloss sich, zu warten, auch wenn er wusste, dass mit jeder Minute, die er nicht über die Grenze fuhr, die Chancen stiegen, dass sie auch dort bereits nach ihm fahndeten. Aber er hatte ein französisches Auto mit französischem Kennzeichen, sie würden ihn sicher durchwinken. Und wenn nicht? Er musste es riskieren.

Sein Blick fiel auf ein Fotoalbum, das auf dem Wohnzimmertisch lag. Es war aufgeschlagen. »Schweden '88«, stand darauf. Bärbel war wohl nostalgisch geworden? Immerhin, dachte Killian, war er nicht der Einzige, den die Vergangenheit im Schwitzkasten hatte. Er nahm das Album und setzte sich in einen Sessel, um sich »Schweden '88« anzusehen. Er erinnerte sich gar nicht mehr daran, die Fotos gemacht zu haben. Als er durch das Album blätterte, musste er lachen. Nicht über die Inhalte, sondern über die Einstellungen, Ausschnitte und Objektive, die er verwendet hatte. Unglaublich aufwendig und verschnörkelt, wie man eben glaubte, als Pariser Starfotograf Bilder machen zu müssen. Kein Mensch der Welt hätte ihn in diesem Moment mit Witzen so zum Lachen bringen können wie die Überladenheit seiner eigenen Fotos.

»Oh Gott, was warst du für ein Angeber und Hochstapler! Nur heiße Luft!«, schimpfte er scherzend mit sich selbst.

Dann kam ihm ein Foto von Bärbel dazwischen, das sie inmitten einer Gruppe von Birken zeigte. Es war wunderschön, sie war wunderschön. Sein Lachen verstummte, und eine heilige Schüchternheit erfasste ihn. Er schämte sich, dieses Foto heimlich anzusehen. Obwohl Bärbel Kleidung trug, war sie auf dem Foto nackt. Das scheue Reh, zerrissen zwischen Gerechtigkeitssinn und Boheme. Die brennende Zigarette im Mundwinkel, die vollen roten Haare mit einer einfachen Klammer hochgesteckt, das Grün der Augen voller Wärme und dennoch jederzeit bereit zur Flucht in sich selbst.

In der Wohnungstür drehte sich ein Schlüssel. Killian erschrak. Er lugte kurz hinter dem Türrahmen hervor und sah eine Gestalt, die in die Küche ging. Rasch zog er seinen Kopf wieder zurück. Er hoffte, dass es nicht Bärbel war. Abgesehen davon, dass er sich ihr nicht erklären wollte, wäre es ihm peinlich gewesen, beim Schnüffeln erwischt zu werden. Er sprang vom Sessel auf und versteckte sich hinter der Tür.

Der Ankömmling pfiff »La Chasse Aux Papillons« von Georges Brassens. Es musste also Bärbel sein, Swintha traute er den alten Franzosen nicht zu. Killian überlegte, wie er sich verhalten sollte. Er konnte es riskieren, über den Flur zu laufen und sich dann auf dem Dachboden zu verstecken, bis Swintha nach Hause käme. Aber er wusste nicht, wo in der Küche sich Bärbel aufhielt. Wenn sie bei der Tür stand, würde sie ihn sehen können.

Killian wagte sich hinter der Tür vor, um zu kiebitzen, schreckte aber gleich zurück, weil das Pfeifen näher kam. Es hörte sich an, als würde Bärbel ins Wohnzimmer kommen. Killian wollte ins anliegende Musikzimmer fliehen, aber es war zu spät. Das Pfeifen kam um die Ecke und erschrak. Es war Swintha. So groß der Schreck auch war, so groß war auch die Erleichterung.

»Was machst du denn hier? Hat dich Bärbel wegen ihres Diavortrags sitzen lassen? Typisch.«

Killian erwiderte darauf nichts. Es war ihm ganz recht, dass Swintha nicht wusste, wie er hier reingekommen war. »Woher kennst du Brassens?«, fragte er stattdessen.

»Bärbel hat mir ihre Platten geliehen. Ich hab sie gestern Abend vom Dachboden geholt. Gefällt mir. Aber besser noch gefallen mir Miles und Quincy Jones live in Montreux.«

»Das ist meine Platte!«, entfuhr es Killian. »Das war 1991 auf dem Jazzfestival. Wir waren dort … es war großartig.« Er summte »Boplicity«.

»Du kannst das aber gut. Mir fällt es schwer, das nachzupfeifen, ich bleib lieber bei Brassens.« Swintha lachte.

»Ist da etwa auch die Platte ›Paris, France‹ dabei? Da gibt es eine tolle Version von ›Autumn Leaves‹ … Ich habe immer versucht, sie auf der Klarinette nachzuspielen, aber das Ergebnis war sehr dürftig. Spielst du auch was?«

Swintha nickte. »Klavier.«

»Klassik?«

»Auch.«

»Jazz?«

Sie wiegte den Kopf. »Mal dies, mal das.«

»Vielleicht sollten wir mal eine Session machen?«

Swintha grinste und nickte.

Killian fand den Absprung nicht. Aber er wusste, dass er sich beeilen musste.

»Warum kannst du nicht mein Vater sein?«, platzte Swintha plötzlich heraus.

Killian schluckte kurz und antwortete: »Wer weiß, vielleicht bin ich es ja? Wir haben nie einen Test gemacht. Zeitlich wäre da vielleicht noch was drin.« Es hatte ein Scherz sein sollen, aber während er es aussprach, wurde ihm selbst mulmig bei dem Gedanken. Seelenverwandt schienen sie ja zu sein, aber tatsächlich?

Swintha sah ihm den Schrecken offenbar an und prustete laut heraus. »Wir können es ja nachholen, wenn du magst. Ist aber nicht so dringend.«

»Danke«, seufzte Killian und musste nun selbst wieder lachen. Dann riss er sich zusammen und kam zur Sache. »Swintha, ich werde wegen zweifachen Mordes gesucht.« Er wartete, bis die Information bei ihr angekommen war, ehe er fortfuhr. »Glaub mir, ich war es nicht. Aber irgendjemand will mir die zwei Toten anhängen, und die Polizei ist mir auf den Fersen. Ich muss für eine Weile abtauchen, bis sich das Missverständnis aufgeklärt hat. Ich wollte dir Bescheid sagen, damit du nicht denkst, ich würde mein Wort nicht halten. Du bist begabt, und ich möchte dir gerne zeigen, was ich dir zeigen kann, aber wir müssen es ein Weilchen aufschieben, einverstanden?«

Swintha schwieg, sie ließ es wirken.

»Ich hau jetzt besser ab, bevor Bärbel kommt. Möchte sie da nicht auch noch mit reinziehen. Reicht schon, dass ich bei dir war.«

Swintha griff nach ihrem Tabak und den Blättchen. Sie klemmte sich einen Filter in den Mundwinkel und begann flink zwei Zigaretten zu drehen. Eine streckte sie Killian entgegen. Er nahm sie und steckte sie sich in den Mund.

»Hier geht nicht, dann gibt's Ärger«, mahnte Swintha.

Killian wusste sofort, warum, und folgte Swintha in ihr Zimmer. Sie öffnete das Fenster und blickte mit Killian rauchend auf die Gleise.

»Soll ich eine Platte auflegen?«, fragte sie.

Killian schüttelte den Kopf. »Dann höre ich nichts. So romantisch die Zigarette mit dir auch ist, und als Filmemacher würde ich sie auch immer im Skript lassen, aber ich bin tatsächlich auf der Flucht.«

Swintha nickte. Sie schien den ersten Teil von Killians Nachricht noch immer nicht begriffen zu haben und schielte zu ihm hinüber.

Er bemerkte, dass Swintha ihn zu durchleuchten suchte, und drehte sich zu ihr, um das Schweigen zu beenden. »Ich zeige dir einen Trick, den ich von einem Schweizer Clown gelernt habe. Pass auf und sieh genau hin.« Er hielt den Rest der brennenden Zigarette in die Luft, öffnete den Mund und warf sich den glimmenden Stummel hinein. Er kaute, schluckte und sagte auf Schwizerdütsch: »Das ischt gut für die Verdauung.«

Swintha staunte erst, dann brach sie in Lachen aus.

Killian liebte solche Abgänge. Er zwinkerte Swintha zu und kletterte aus dem Fenster. Vorsichtig kroch er das Vordach hinunter, wo er die Regenrinne vermutete. Er fand sie und ließ sich daran ab. Kaum berührte er festen Boden, schlossen sich Handschellen um seine Gelenke.

***

Man konnte Belledin vieles vorwerfen, aber eines war er sicherlich nicht: ein Dummkopf. Er hatte die Zivilpolizisten mit Absicht so offensichtlich postiert, dass Killian sie sehen musste. Das würde dessen Eitelkeit befriedigen und ihn unvorsichtiger machen. Belledin selbst hatte sich an der Rückseite des Bahnhofs versteckt und gewartet, bis Killian seinen Tarzanauftritt hatte. Es hatte ihn amüsiert, zu beobachten, wie Killian Geheimagent spielte und die Rutschpartie über das Dach absolvierte, um in die Wohnung zu steigen. Sollte er doch seinen kindischen Spaß haben – jetzt genoss er es, ihm in die Augen zu schauen.

Killian zuckte bloß mit den Schultern, dann verfrachteten ihn die beiden Zivilpolizisten ins Auto und fuhren los. Belledin folgte im Audi nach. Diesmal war ihm nicht nach Hörbuch. Er brauchte Ruhe.

Die Dunkelheit brach allmählich herein, es hatte wieder zu regnen begonnen, und der Schneematsch spritzte auf beiden Seiten der Reifen hoch. Belledins Stimmung war gespalten. Er mochte Killian nicht und war froh, einen mutmaßlichen Mörder an der Kette zu haben; dennoch war er nicht wirklich glücklich. Vielleicht hatte es etwas damit zu tun, dass man doch eine gemeinsame Geschichte hatte?

Sie waren zu Zeiten groß geworden, als man sich noch täglich auf der Straße traf, sich körperlich miteinander messen musste. Der Fallrückzieher wurde nicht mit der Playstation ausgeführt, sondern man warf sich dafür auf den Asphalt oder schlich sich gemeinsam auf eine Wiese, bis man von dort verjagt wurde. War das Identität? Waren diese gemeinsamen Jahre so prägend gewesen? Belledin wusste es nicht. Wenn es mit ihm so weiterging, würde er sich einen Psychiater nehmen.

***

Swintha hatte vom Fenster aus gesehen, wie sie Killian geschnappt hatten und mit ihm fortgefahren waren. Sie fühlte sich elend und schuldig. Wäre er nicht ihretwegen hierhergekommen, hätte er die Flucht bestimmt geschafft. Dass er ausgerechnet deswegen gefasst worden war, zog sie in einen tiefen Blues, den sie lange nicht mehr gehabt hatte.

Sie hatte oft gelitten unter dem Unverstand, den ihr die Leute hier entgegenbrachten, dem abgezirkelten Horizont, dem engstirnigen Denken. Teilweise trug sie auch selbst die Schuld daran, dass sie sich in ihrer Einsamkeit eine eigene Welt gebastelt hatte, an der es schwer war, teilzuhaben. Die Leute hier waren nicht durchweg unfreundliche Spießgesellen. Es gab auch viele nette und aufgeschlossene Menschen, die sich für sie interessierten, aber sie verstanden sie eben nicht wirklich. Es ging immer nur bis zu einem bestimmten Level, dann klinkten sie sich aus.

Oft hatte Swintha gedacht, dass es an ihrer eigenen Verdrehtheit lag, dass niemand ihrem Quantensprung folgen konnte. Vielleicht war es auch gar kein Quantensprung gewesen, sondern nur ein Schritt zur Seite, dem niemand eine Logik abgewinnen konnte? Aber so verdreht konnte sie nicht sein – denn bei Killian hatte sie das Gefühl, er würde diesen Sprung mitmachen, viel mehr noch: Er hatte ihn bereits gelebt!

Und nun war er in Gewahrsam der Polizei, die ihm vorwarf, zwei Menschen ermordet zu haben. Sie wollte es nicht glauben. Als Killian mit ihr am Fenster eine geraucht hatte, schien alles nur ein Spiel, ein französischer Kriminalfilm zu sein, an dessen Ende man einfach aus dem Kino ging, sich eine Weile im Stil der Schauspieler unterhielt, irgendwo noch einen Pastis nahm, um dann wieder vom Leben zu philosophieren. Hier aber hatte der Film nicht aufgehört, sondern sich zur Horrorvision ausgewachsen.

Der Schlüssel drehte sich im Schloss, Bärbel kam nach Hause. Swintha ging in den Flur, rannte auf sie zu und fiel ihr schluchzend um den Hals. Es war lange her, dass sie sich bei ihrer Mutter ausgeweint hatte.

***

Dr. Kant saß in seinem Gästezimmer im elsässischen Mackenheim und hatte in den letzten Stunden ebenso gespannt den Polizeifunk verfolgt wie wohl die deutsche Nation das Endspiel um die Fußballweltmeisterschaft von 1954. Zunächst hieß es, dass Killian geflohen sei, dann hatten sie keine Spur von ihm, um ihn dann endlich doch noch zu schnappen. Er stellte seinen Empfänger aus und legte eine CD der Doobie Brothers ein, dann zog er Schuhe und Cordjacke aus und warf sich auf das Bett.

Er ging alles noch einmal Schritt für Schritt durch: Am Freitag kam die Lieferung, morgen würde sich Jean bei BPD anheuern lassen. Die Polizei hatte ihren Mörder, also konnte alles wieder nach Plan ablaufen. Es war natürlich ein Risiko, so kurzfristig jemanden einzuschleusen. Falls irgendetwas schieflief, wäre Jean der Erste, bei dem die Bullen ihre Spur aufnahmen. Da war Ambs schon der bessere Partner gewesen. Vor allem kannte er den Laden seit fünf Jahren und wusste, wie die Schichtwechsel verliefen und wann die Packer ihre Pausen machten. Auch die Packgeschwindigkeit von Ambs würde sich Jean nicht draufschaffen können, aber es blieb keine andere Wahl. Sie mussten es versuchen. Immerhin ging es um geschätzte dreißig Millionen Euro auf dem freien Markt.

Kant steckte sich eine Zigarette an, schloss die Augen und lauschte den Doobie Brothers. Es war ein Best of von 1969 bis 1996. Er schätzte vor allem die frühen Songs und die letzten Lieder. Dazwischen, so fand er, hatten sie zu viel gesucht und dabei ihren Sound verloren. Er mochte es nicht, wenn jemand seinen Sound verlor. Er war für klare Haltungen von Anfang bis zum Ende. Nur so konnte ein Projektmanagement in dieser Größenordnung gelingen. Die Töne, die Ambs mit einem Mal angeschlagen hatte, hatten wie der verlorene Sound der Doobie Brothers Ende der Achtziger geklungen. Nur hatten die Doobie Brothers noch mal die Chance gehabt, sich wieder zu finden, für Ambs war das Spiel beendet. Irgendwann wäre er ohnehin auf der Liste gestanden. Mehr als fünf Operationen hätte Kant über ihn nicht abgewickelt. Aber bis dahin hätte er wenigstens von einem besseren Leben träumen können.

Es war nicht mehr zu ändern. Ambs war tot, jemand hatte wohl seine Gründe gehabt. Kant war es nun egal, ob es der Fotograf war oder ein anderer. Jean musste am Freitag in jedem Fall punkten.

***

Wagner richtete das Tonbandgerät ein. Er hatte es sehr wichtig damit. Immerhin war er es gewesen, der Killian mit der Walther PP überführt hatte.

Belledin kaute an einem Pappbecher Kaffee und fixierte Killian, der ihm gegenübersaß. Auf dem Tisch lagen die Schließwerkzeuge, mit denen er in Bärbels Wohnung eingedrungen war. Belledin war ungeduldig, er wollte das Verhör endlich hinter sich bringen, aber Wagner stellte sich mit dem Tonbandgerät ungeschickter an, als er es ertragen konnte. Er schnaufte, und sein buschiger Oberlippenbart bebte in der Zugluft seines schlechten Kaffeeatems. Endlich blickte Wagner zu ihm auf, reckte den Daumen und zog sich in eine Ecke des Raums zurück.

Belledin spuckte den abgebissenen Karton des Bechers in den Restkaffee und begann sein Verhör: »6. Januar 2009, zwanzig Uhr fünfzehn …«

Er räusperte sich und überlegte kurz, wie Killian mit Vornamen hieß. Er wusste es nicht. Er war für alle immer nur Killian gewesen. Dank seiner zwei »ll« und der Art, wie er auf der Straße Fußball spielte, hatten sie ihn beim Kicken auch »Killer« genannt. Das gab dem Ganzen nun einen zarten Hauch von Ironie.

Belledin wollte gerade fortfahren, als eine Beamtin zur Tür hereinkam. Es war Frau Aschenbrenner. Sie war schon lange genug im Dienst, um zu wissen, was sie da gerade tat. Wenn sie in so eine Situation hereinplatzte, hatte es triftige Gründe. Und das gefiel Belledin noch weniger als ein trampeliger Anfänger.

Frau Aschenbrenner ging schnurstracks auf Belledin zu. Was sie ihm leise ins Ohr flüsterte, ließ seine Spannung zusammenfallen, als hätte jemand die Fäden einer Marionettenpuppe gekappt. Er gab Wagner ein Zeichen, dass er das Tonband abstellen könne, und verließ wortlos den Verhörraum.

Wagner kümmerte sich um das Tonband und blickte Frau Aschenbrenner fragend an. Diese wandte sich direkt an Killian.

»Sie können gehen.« Dann verließ auch sie den Raum.

Es war schwer zu sagen, wer in diesem Augenblick überraschter war: Wagner oder Killian.

In Wagner kämpften zwei Fragen miteinander: Hatte sich jemand anders gestellt, oder waren die Toten wieder auferstanden?

Es konnte doch nicht angehen, dass jemand bei dieser Indizienlage einfach gehen durfte! Wagner war mit seinem Polizistenlatein am Ende. Noch kam man in Deutschland nicht auf Kaution frei, noch gab es die Untersuchungshaft. Aber Killian durfte einfach gehen.

Killian stand auf und sammelte die Gegenstände, die man aus seiner Weste gefischt hatte, wieder ein, zog seine Weste an und verließ den Verhörraum grußlos.

***

Strasser wusste, dass Belledin ihn verachtete. Für ihn war er nur einer dieser aalglatten Kollegen vom BKA. Sie waren sich schon zweimal begegnet, und nie hatte es für Belledin etwas Gutes geheißen.

Strasser selbst hatte mit Belledin kein Problem. Er wusste, dass der Kollege einen guten Job machte. Aber bei Killian war er völlig in den Sumpf gerannt. Strasser strich über die Bügelfalte seines Boss-Anzuges und entfernte einen Fussel, als Belledin das Büro betrat. Man begrüßte sich per Kopfnicken. Strasser verzichtete auf den Handschlag mit Belledin, da er um dessen Schraubstock wusste. Er war ohnehin in Eile. Er hatte Wichtigeres zu tun, als Strohfeuer am Kaiserstuhl auszutreten.

Auf der gefurchten Stirn Belledins waren die zahlreichen Fragezeichen zu sehen, die es zu beantworten gab. Allerdings war Strasser nicht befugt, alle Fragezeichen zu löschen, sondern musste sich auf das Minimum beschränken. Die Order kam von ganz oben.

»Ihr seid also schon an Killian dran, hab ich recht? Er soll euch zu einem größeren Fisch führen, den ihr dann schnappt, um gleich noch die Lorbeeren abzukassieren. Ist es so oder nicht?«

Strasser lächelte milde über Belledins »kolumbianische Konstruktion« und strich sich durch das silberne Haar. »Kolumbianische Konstruktion« nannten die Beamten gerne Fälle, in denen so operiert wurde, wie Belledin vermutete. Meist wurde dieses Verfahren im Drogenhandel angewendet. Die kleinen Dealer ließ man laufen, damit sie die Spur zu den großen Zwischenhändlern legten. Die ganz großen bekam man ohnehin nie. Oftmals durfte man sie auch gar nicht kriegen. Aber das war schon wieder eine weitaus kompliziertere Konstruktion und hatte hier nichts zu suchen.

Belledins Hunger auf Antwort war deutlich zu erkennen.

Strasser räusperte sich, der nasskalte Winter hatte ihm eine leichte Erkältung eingebracht. »Nein, Killian ist unschuldig. Er hat ein Alibi.«

Belledin glaubte, sich verhört zu haben. »Er hat ein – was?«

Strasser nickte und wiederholte ruhig: »Killian hat ein Alibi. Er hat in der Zeit, in der die Morde geschehen sind, mit uns telefoniert.«

Belledins Fragezeichen glätteten sich nicht, gruben sich im Gegenteil immer tiefer in seine Stirn. »Killian wurde gesehen, wie er die Wohnung der toten Frau Ambs verlassen hat, bei ihm wurde die Mordwaffe gefunden.«

»Sind seine Fingerabdrücke drauf?«

»Er wird Handschuhe getragen haben! So blöd ist er ja auch nicht.«

»Aber Sie halten ihn für so blöd, dass er Sie direkt anruft, nachdem er Bernd Ambs getötet hat, und dann ruhig nach Hause geht, wenn er nach dem zweiten Mord im Treppenhaus gesehen wird? Obendrein lässt er dann noch die Mordwaffe im eigenen Auto?«

Belledin merkte selbst, wie sein Kartenhaus in sich zusammenfiel. Händeringend suchte er nach einem schlagkräftigen Argument. »Er ist kein Profi, Amateure machen Fehler.«

»Richtig, Amateure machen Fehler. Aber wenn Killian die beiden getötet hätte, hätten Sie noch nicht einmal gewusst, dass er hier war«, erwiderte Strasser trocken.

Die Stille, die nun zwischen ihm und Belledin entstand, erzählte mehr, als er eigentlich sagen durfte. Belledin hatte begriffen. Killian war Teil einer übergeordneten Abteilung. Der alte Friedenskämpfer gehörte zu einem elitären Kreis, über den das BKA schützend seine Hand hielt. Belledin sackte in sich zusammen. Es gab keine weiteren Fragen mehr.

***

Das Café Capri in Freiburgs Gerberau hatte sich seit zwanzig Jahren nicht verändert. Man legte dort Jazzplatten auf, bekam italienischen Café und traf sich zum Schach. Strasser passte in seinem Anzug überhaupt nicht in das Ambiente alter Nicaragua-Kämpfer und frischer Attac-Generation, aber das störte ihn nicht. Er fand es hier gemütlich und ungezwungen. Der Regen, der vom stürmischen Wind gegen den Rhythmus des Cool Jazz an die Fenster getrommelt wurde, komplettierte die Stimmung. Und auch Killian, der über einem Viertel Rioja saß, fügte dem Bild noch eine passende Nuance hinzu.

Er blickte kurz auf, als Strasser kam. »So schnell hatte ich nicht mit euch gerechnet.«

»Ich nehme einen Irish Coffee!«, rief Strasser Jorge zu, der sein Haar wie Che Guevara trug und gerade Getränke im oberen Stock des Cafés verteilte. Jorge nickte, nahm weitere Bestellungen auf und stieg die Stufen hinunter zur Bar. Strasser wandte sich Killian zu. »Ein Dankeschön habe ich nicht erwartet.«

Killian bedachte ihn mit einem undeutbaren Blick. »Danke schön.«

»Falsche Adresse. Wir hatten noch gar nicht mitgekriegt, dass Ihnen der badische Maigret in die Waden beißt. Bedanken Sie sich bei Moshe. Der rief uns an. Weiß der Teufel, wie er an die Informationen gekommen ist.« Strasser schwieg und ließ seine Nachricht wirken.

In Killians Kopf kreisten die Gedanken. Hatte Moshe ihn etwa in die Situation gebracht, um ihm zu zeigen, dass man nicht einfach aussteigen kann, wenn einem danach ist? Unsinn. Moshe war eine schlitzohrige Ausgeburt an strategischer Kriegsführung, aber trotz des ständigen Krieges, in dem es manchmal fast unmöglich schien, die Grenzen der Menschlichkeit zu finden, besaß er noch so etwas wie Werte. Nein, das traute er Moshe nicht zu. Er würde jemanden auf den Polizeifunk angesetzt haben, der ihm dann gesteckt hatte, dass er in Schwierigkeiten war.

Killian wusste, was das für ihn bedeutete. Er war Moshe jetzt mehr als nur einen Gefallen schuldig. Und er hatte ihn einzulösen. Das war ein dummer und veralteter Kodex, ebenso sinnlos, wie Swintha davon zu unterrichten, weshalb sie ihr Praktikum nicht beginnen konnte – aber es waren die einzigen Haltepunkte, die Killian noch für sich gerettet hatte.

»Richten Sie ihm aus, dass ich diese Sache hier noch klären muss, dann kriegt er seine Fotos.«

Jorge brachte den Irish Coffee und zog sich wieder zurück. Strasser naschte mit dem Löffel von der Sahne und hob die schmalen angegrauten Augenbrauen. »Ich denke, die Sache klärt die Polizei. Wenn Sie noch mal in Schwierigkeiten geraten, wird es schwer für uns, Sie zu schützen.«

Killian nickte. »Ich weiß. Aber Bernd Ambs war einmal mein Freund. Das ist lange her, und vielleicht ist von dieser Freundschaft auch gar nichts übrig. Aber er ist ein Teil meiner Geschichte. Kennen Sie das, Sie sitzen vor einem Puzzle mit gar nicht mal so vielen Teilen, kennen das Bild, sind aber nicht in der Lage, es zusammenzusetzen?«

Strasser lachte. »Unsere Akten sind voll davon.« Er schlürfte von seinem Irish Coffee.

»Aber es kann sein, dass sich das Puzzle plötzlich wie von selbst steckt, wenn Sie das entscheidende Teil mit den anderen verbunden haben. Verstehen Sie, was ich meine?«

Strasser brummte. »Und Ihr toter Freund Ambs soll dieses Teil sein?«

Killian zuckte mit den Schultern, nippte am Rioja und blickte Strasser an. »Vielleicht, ja.«

***

Belledin kochte vor Wut. Er raste über den Zubringer von Freiburg nach Umkirch. Nächsten Monat würde er seinen wütenden Gesichtsausdruck selbst sehen können, weil er mit hundertsechzig Stundenkilometern am Blitzapparat vorbeidonnerte. Jetzt heizte er einem Fiesta, der sich mit einem Lkw messen wollte, mit der Lichthupe ein. »Mach, dass dä wegkummsch, oder ich spitz di um! Wie kama nur Fieschta fahre? Glotz nit so blöd, du Dubel!«

Er konnte noch immer nicht fassen, was ihm da eben widerfahren war. Killian, der Friedensapostel und Wehrdienstverweigerer aus Gewissensgründen, stand unter den Fittichen des BKA! Belledin wollte schreien, aber es kam nichts heraus. Er fühlte sich so gedemütigt wie zuletzt im Mathematikunterricht in der elften Klasse, als Lehrer Ripple ihn vor versammelter Mannschaft an einer einfachen Ableitung hatte scheitern lassen und dann auf Schwäbisch kommentiert hatte: »Schreibe Sechs, behalte nichts im Sinn!« Großes Gelächter der ganzen Klasse. Belledin hörte es wieder, er würde es nie vergessen können.

Er hatte sich oft gefragt, warum solche schulischen Niederlagen einen ein Leben lang verfolgen konnten. Lange hatte er nicht mehr daran gedacht, aber Strasser hatte es wieder in ihm wachgerüttelt. Belledin durfte gar nicht daran denken, wie ihm gerade mitgespielt worden war. Aber er wusste nicht, woran er sonst denken konnte. Immer wieder drehte sich die Schlaufe der Demütigung.

Belledin versuchte es mit »Alte Kameraden«, aber das erschien ihm jetzt wie Hohn. Ambs, Killian und er selbst waren so etwas wie »Alte Kameraden«, aber sie hatten nie einen gemeinsamen chorischen Ton gefunden. Man war eben zusammengewürfelt worden, und das Schicksal hatte jedem seinen eigenen Pfad geschrieben. Der Pfad von Ambs hatte kontinuierlich nach unten geführt, Belledins nach oben, und Killians schien verschlungener, als alle sich hatten ausmalen können.

Belledin dachte gar nicht daran, von Killian abzulassen. Auch wenn er nichts gegen ihn unternehmen durfte, so wollte er doch wissen, wer er wirklich war und warum Strasser sich den weiten Weg von Wiesbaden gemacht hatte, um diesen Fotofuzzi aus der Zelle zu holen. Und dann gab es noch zwei Todesfälle zu klären, von denen der eine zweifellos ein Mord war. Es hätte alles so einfach sein können. Belledin biss in das Winterfell seines Lenkrads, als er gerade Waltershofen in Richtung Merdingen verließ.

Sein Handy klingelte. Belledin blickte auf das Display, dann nahm er den Anruf entgegen. Er hörte, was der Anrufer zu sagen hatte, dann drückte er ihn weg. Als ob er nicht schon genügend Ärger gehabt hätte, war der kleine Parteitag für seinen Kollegen Dr. Fischer offenbar ein totaler Erfolg gewesen. Fischer war Apotheker und zweiter Mann hinter Belledin. Da Belledin seine Rede nicht selbst hatte halten können, hatte er Fischer damit beauftragt.

Und wie ihm Schriftführer Escher eben erzählte, hatten sich die Parteikollegen ob des großen Erfolgs der Rede nun entschieden, Fischer als Zugpferd in den Wahlkampf zu schicken. Man hoffte auf Belledins Verständnis, es ginge schließlich nicht um Personen, sondern um Inhalte.

Belledin war restlos bedient. Fischer konnte vielleicht die Inhalte eines homöopathischen Komplexmittels aufsagen, aber er war nicht in der Lage, ohne Karteikarten eine Diskussion zu überleben. Die Rede hatte er nur ablesen müssen, und die Inhalte stammten aus Belledins Feder. Fischer war schlanker, größer und sprach Hochdeutsch – kurz, er kam medial einfach besser rüber. Aber er hatte nichts in der Birne. Weder rhetorisch noch politisch überzeugend. Aber seit alle im Obama-Rausch waren, gierten auch die Provinzen nach ihren Modell-Fürsten.

Wie Belledin dies mit einem Mal alles ekelte. Auch er war auf Äußerlichkeiten bedacht. So war er erzogen worden. Ordnung und Sauberkeit waren Werte, die er durchaus für erstrebenswert hielt, aber nur noch auf hohle zweidimensionale Abziehbilder zu setzen, das war für ihn zu viel.

Er fuhr in Merdingen ein und dachte kurz daran, einfach durchzufahren und nie mehr wieder zu kommen. Zu verschwinden, wie Killian es damals gemacht hatte. Aber da war der zwanzig Jahre jünger gewesen, für Belledin war der Zug abgefahren. Alles verlief in geregelten Bahnen, umsäumt von adretten Waschbetonplatten, die man jederzeit abspritzen konnte, wenn mal ein Vogel draufgeschissen hatte.

Er parkte den Wagen anständig vor der Garage, stieg aus und schlurfte über den Plattenweg zur Haustür. Während er den Schlüssel ins Schloss steckte, überlegte er, ob er Biggi gleich rannehmen sollte, um etwas Dampf abzulassen. Heute würde sie sicher einiges spüren. Er wollte die Tür öffnen, aber etwas versperrte ihm den Weg. Am Geräusch hörte er, dass es Biggis brummender Staubsauger war.

»Moment! Ich saug des grad noch gschwind ä weg!«, schrie sie.

Das ging nun gar nicht. Er wollte wenigstens in sein eigenes Haus eintreten können, wenn ihm danach war. Er warf sich mit seinem ganzen Gewicht gegen die Tür, wie er es bei seinem Arbeitgeber gelernt hatte. Die Tür flog auf, dahinter stürzten Staubsauger und Biggi krachend zu Boden. Belledin zwängte sich herein. Für einen Moment wusste er in seiner Wut nicht, wen von beiden er packen sollte, entschied sich dann aber doch für den Staubsauger. Er stemmte ihn in die Höhe und schmetterte ihn mit aller Wucht auf den Fußboden. Biggi schrie, als hätte man ihr Baby aus dem dritten Stock geworfen. Der Staubsauger selbst zerbarst, und der Staubbeutel wirbelte seine Sammlung durch die Luft. Belledin blieb einfach nur stehen und ließ sich von der Staubwolke einäschern.

***

Killian ließ sich von Strasser zum Freiburger Hauptbahnhof fahren. Ein Blick auf die Uhr verriet ihm, dass ihm noch fünf Minuten blieben, bis die letzte Bahn nach Breisach abfuhr. Killian sprang schon aus dem Wagen, als Strasser noch nicht einmal angehalten hatte, und eilte durch die Bahnhofshalle zum Bahnsteig, dann die Unterführung hindurch bis zu Gleis 5. Gerade noch rechtzeitig hechtete er in den Waggon, dann schlossen sich die Türen, der Zug ratterte los.

Killian atmete tief durch. Die letzten zwei Tage waren anstrengend gewesen. Wenn er diesen Stress gewollt hätte, hätte er in Israel bleiben können. Moshe hatte ihn also rausgehauen. Killian war sich nicht sicher, ob er ihm dafür dankbar sein sollte.

Killian blickte aus dem Fenster, sah aber nur sich selbst in der Reflexion der Scheibe. Gleich waren sie in Gottenheim. Wenn sie früher mit dem Zug in die Schule gefahren waren, hatten sie immer in Gottenheim umsteigen müssen. Gesichter und Namen fielen ihm ein: Schersand, Susewind, Wilke, was die wohl mittlerweile trieben?

Er hatte sich schon früher gewundert, warum der Zug überhaupt an der nächsten Station, in Wasenweiler, anhielt. Dort stieg praktisch nie jemand ein oder aus. Erst in Ihringen, dem selbst ernannten wärmsten Ort Deutschlands, fielen Killian wieder Namen ein. Melder, der Sohn des Pfarrers, und Mäx, der Sohn des Fahrlehrers. Dann zog der Zug auch schon an der Zentralbadischen Weinkellerei vorbei und endete im Sackbahnhof von Breisach.

Killian blickte auf die Uhr, es war kurz nach elf. Er war sich unsicher, ob er noch läuten durfte, aber er wollte Swintha Entwarnung geben. Er drückte auf den Klingelknopf und klingelte sofort wieder in dem alten Rhythmus, den er früher immer benutzt hatte. Es war verrückt, wie sich manche Dinge ins Rückenmark brannten.

Oben öffnete sich ein Fenster: »Herrgott, ich bin nicht taub! Einmal klingeln reicht!«, rief es hinunter. Es war Bärbel. Sie hatte Killians Klingelrhythmus offenbar längst vergessen.

***

Obwohl die Aktion mit dem Staubsauger eigentlich ein Ventil für Belledins angestauten Lebensfrust hätte sein können, ging es ihm danach keineswegs besser. Es brodelte noch immer in ihm. Und er fürchtete, dass er sich vergessen und Biggis heile Welt in ein Schlachtfeld verwandeln könnte.

Um diesem Wahnsinn zu entgehen, schlüpfte er in kurze Sporthosen, warf sich eine Kapuzenjacke über sein Unterhemd und stieg auf den Ergometer. Musik brauchte er nicht, er hätte sie ohnehin nicht gehört bei dem Lärm, den seine Lungen verursachten. Er trat in die Pedale und merkte, wie er mit jedem Anstieg, den er meisterte, gelassener wurde.

Dennoch würde es so mit ihm nicht weitergehen. Er brauchte einen neuen Kick. Die Kandidatur bei den Liberalen wäre so ein Kick gewesen, aber die konnte er nun in den Wind blasen. Überhaupt überlegte er, ob er den Haufen nicht ganz verlassen sollte nach der Schmach, die sie ihm angetan hatten. Vielleicht eine eigene Partei gründen? Haider hatte das in Österreich ja auch gemacht. Aber Haider war Vollzeitpolitiker gewesen, er selbst hatte nebenbei noch für Recht und Ordnung zu sorgen. Aber sogar da warf man ihm heftig Knüppel zwischen die Beine.

Belledin spürte, wie die Wut wieder in ihm aufstieg, und begann schneller zu treten. Er heizte den Tachometer auf fünfundvierzig Stundenkilometer hoch, der Schweiß triefte ihm von der

Stirn und platschte in fetten Tropfen auf das Display. Belledin verzog das Gesicht, aber er wollte, er musste weitertreten. Schließlich hatte er sich früher beim Zehnkampf nicht minder gequält. Erst jetzt merkte er, wie sehr ihm die extreme körperliche Betätigung fehlte. Er schämte sich mit einem Mal dafür, dass er so ein Fettsack geworden war. Insgeheim gab er Biggi die Schuld. Wäre sie nicht so fett geworden, hätte er sich Mühe gegeben, besser in Form zu bleiben. Aber da es bei ihr ohnehin nur ums Kochen, Essen und Putzen ging, hätte er ein Adonis sein können, sie hätte es nicht gemerkt, weil sie nur Augen dafür hatte, ob er Dreck an den Schuhen kleben hatte.

Was für ein Glück doch dieser verfluchte Killian hatte. So eine Junggesellenbude, in der man tun und lassen konnte, was man wollte. Dazu noch in der Welt herumreisen und vom BKA gegen alle Schandtaten geschützt werden. Und er selbst? Hatte er am Ende alles in seinem Leben verkehrt gemacht? Hätte auch er mal was riskieren sollen? Biggi nicht nehmen, nur weil sie gerade frei geworden und leichte Beute gewesen war? Nach Württemberg gehen?

Belledins Beine wurden schwächer, er trat nur noch langsam, bis er schließlich ganz aufhörte. »11,2 km«, zeigte das Display an. Das war nicht schlecht fürs Erste. Er stieg ab, die Kutte war vom Schweiß durchtränkt. Belledin schleppte sich erschöpft die Stiegen hoch und verschwand in seinem Lieblingsbad. Die erhoffte Entspannung hatte ihm die Tortur auf dem Trainer nicht gebracht. Er grollte noch immer. Nur ganz kaltes Wasser konnte ihm jetzt noch helfen.

Er drehte den Hahn der Dusche auf und japste. Sein Brustkorb blähte sich, sein Herz drohte ihm aus den Rippen zu brechen. Endlich erscholl ein Schrei, der dem geladenen Kommissar Befreiung bescherte und die Nachbarn tuscheln lassen würde.

***

Killian hatte Bärbel und Swintha nicht erzählt, wie es wirklich gewesen war. Man habe die Waffe untersucht und festgestellt, dass er nicht damit geschossen habe. So etwas ginge heute ganz schnell.

Wer genug Krimis im Fernsehen sah, mochte dies auch glauben. Swintha war jedenfalls froh darüber, dass er wieder frei war. Nicht nur weil deshalb für sie morgen das Praktikum begann, sondern weil sie auch gleichzeitig ihr schlechtes Gewissen los war. Bärbel dachte gleich pragmatisch und erinnerte ihn an den Vortrag über Tschetschenien. Killian nickte stumm. Er war müde und wollte nach Hause.

Auf dem Weg nach draußen wandte er sich an Swintha. »Kannst du mir vielleicht zwei, drei Zigaretten drehen? Die sind gut, und jetzt krieg ich hier nirgendwo mehr was.«

Bärbel schüttelte den Kopf. »Rauchen scheint seit der vermehrten Anti-Werbung noch attraktiver geworden zu sein. Sogar ich kriege fast wieder Lust, nur weil es cool und jung aussieht.«

»Es schmeckt auch«, grinste Killian.

»Einen Scheißdreck tut es. Es schmeckt zum Kotzen, schon immer, auch damals. Und alles stinkt danach.«

»Besser nach Tabak als nach Bodenreiniger und Raumspray«, erwiderte Killian trocken.

»Riecht es hier etwa nach Bodenreiniger und Raumspray?«, fragte Bärbel gereizt.

Killian hatte sie wieder so weit. Es machte ihm Spaß, Bärbel zu kitzeln. »Nein, überhaupt nicht.« Er schnüffelte. »Eher nach Henna und Räucherkerzen.«

»Sehr witzig. Du weißt genau, dass ich nie eine von den Ökotanten war.«

»Ich weiß, war ein blöder Scherz.« Killians Blick fiel auf ein Buch, das auf der Kommode lag. »Yoga Nidra? Hatte das nicht Frau Weigert damals von ihrem Indien-Trip mitgebracht?«, fragte er unschuldig. Er wusste, dass er jetzt kurz vor einer Backpfeife stand.

Frau Weigert war der Inbegriff der Endachtziger-Ökotante gewesen. Sie hatte schon mit Ende dreißig schneeweißes Haar und empfand es als ihr gutes Recht, dazu zu stehen und sich nicht vom Jugendwahn einfangen zu lassen. Dies propagierte sie auch laut und widmete sich statt Sex früh dem Yoga Nidra. So jedenfalls hatten es damals die Oberstufler ausgelegt, nachdem sie die ersten Schriften von Freud gelesen hatten.

Bärbel lächelte säuerlich. »Fast schade, dass sich die Polizei geirrt hat.«

Swintha hatte die drei Zigaretten fertig gedreht und reichte sie Killian.

Er nahm sie dankend an. »Ich habe morgen früh noch etwas zu tun, ab Mittag kannst du vorbeikommen. *Bonsoir.*« Und zu Bärbel: »Merci für den Pfirsichtee.« Er musste sich dabei das Lachen richtig verbeißen, auch Swintha hatte Mühe, ein Glucksen zu unterdrücken.

Bärbel schloss trocken die Tür vor seiner Nase. Amüsiert ging er die Treppe hinunter und fiel in den gleichen hüpfenden Rhythmus, in dem er auch früher über diese Stufen getanzt war.

Killian überquerte die Straße und stieg in den Citroën, der einsam auf dem Parkplatz des Supermarktes stand. Er würde den Wagen noch ein Weilchen fahren, Hilpert hätte bestimmt nichts dagegen.

Killian schob sich eine von den drei Kippen in den Mund und gab sich mit dem Zigarettenanzünder Feuer. Das hatte was: ein Citroën, eine gedrehte Kippe und mitten in einem Mordfall. Er fühlte sich gut, wunderte sich aber über sich selbst: Ging es ihm nur um das Lösen eines Rätsels? War ihm Ambs im Grunde egal? Es waren immer die Rätsel gewesen, die ihn vorangetrieben hatten. Die stete Neugierde, hinter die Kulissen zu blicken, wissen zu wollen, wer welche Rolle im Gesamtnetz spielte, das war sein Antrieb. Häufig waren die Wahrheiten, auf die er dabei gestoßen war, deprimierend und banaler gewesen, als er erhofft hatte. Reduziert ging es immer um Macht einiger weniger auf Kosten vieler.

Killian hatte sie alle vor der Linse gehabt, die Mächtigen namens Mugabe, Milosevic und Kabila, aber auch die Namenlosen, die in den Zahnrädern der Geschichte aufgerieben in ihrem eigenen Kot lagen. Und dazwischen waren die Geheimdienste, die das ganze Räderwerk schmierten, um es in Bewegung zu halten.

Der Scheibenwischer schob sich über die Windschutzscheibe und gab ein monotones Knarzen von sich. Für Killian hatte es etwas Beruhigendes. Wenn er schon keine Musik in dem Auto hatte, so wenigstens diesen Rhythmus. Er brauchte immer Geräusche, wenn er konzentriert nachdachte. Und je rhythmischer sie waren, umso leichter fiel ihm das Denken. Er setzte seinen Plan zusammen, zumindest die nächsten Schritte. Er dachte an die fehlenden Computer und wollte Belledin morgen anrufen, um ihm davon zu berichten.

Auch wenn er Belledin ebenso wenig mochte wie der ihn, so war er doch der verantwortliche Ermittler in diesem Fall. Killian war keineswegs der Einzelkämpfer, der unbedingt allein die richtige Lösung finden wollte. Es ging ihm um die Sache. Wenn er einen entscheidenden Beitrag dazu leisten konnte, umso besser, aber Ziel war die Lösung einer Aufgabe, mit allen erdenklichen Mitteln. Und da war Belledin zwar nicht das sympathischste Mittel, aber zweckdienlich.

Auch an der Front hatte Killian stets im Team gearbeitet. Ansonsten wäre ein Überleben gar nicht möglich gewesen. Nur weil er sich auf die Moshes hatte verlassen können, war er überhaupt in der Lage gewesen, die Fotos lebend nach Hause zu bringen. Hier hatte er keinen Moshe, also musste er sich eben mit Belledin begnügen.

Killian lachte darüber. Belledin, der Moshe des Kaiserstuhls. Wenn Moshe von dem Vergleich erführe, würde er ihn direkt der Al Qaida überstellen. Killian lachte auch darüber. Dann nahm er noch einen kräftigen Zug aus der Zigarette und schnippte sie aus dem Fenster. Die nasse Straße brachte die letzte Glut der Kippe zum Erlöschen.

# SECHS

Jean hatte verschlafen. Er war nervös gewesen und hatte sich zwei Cuba Libre zu viel hinter die Lederjacke gegossen. Irgendwie hatte er das Handy überhört, das ihn wecken sollte. Jetzt fuhr er auf den Parkplatz des BPD-Gebäudes und machte sich daran, sich im Personalbüro vorzustellen. Der Pförtner rief kurz durch, um ihn anzumelden, dann lief er die Stufen zur Verwaltung hoch, ging an der Sekretärin vorbei und betrat auch schon das Büro von Horst Fischer.

Fischer war ein adretter geschäftiger Kerl Mitte dreißig, der den spitzen Bleistift beherrschte und wusste, dass Zeit mit Geld gleichzusetzen war. Er sah Jean fragend an.

»Ich suche eine Stelle als Packer. Ist vielleicht etwas frei?«

Jean kam direkt zur Sache.

»Tut mir leid, wir sind vollzählig. Aber Ihre Forschheit gefällt mir. Lassen Sie meiner Sekretärin Ihre Kontaktdaten da, wir melden uns gegebenenfalls.« Für Fischer war alles gesagt. Jean hatte aber eine andere Antwort erwartet und rührte sich nicht vom Fleck. Am Akzent hatte Fischer wohl gehört, dass Jean Franzose sein musste, denn er wiederholte etwas patzig: *»Monsieur, nous sommes complets. Vous avez compris?«*

»Aber ich weiß, dass gestern eine Stelle frei geworden ist, und zwar die von Bernd Ambs«, beharrte Jean. So einfach ließ er sich nicht abwimmeln. Kant würde ihm den Hals umdrehen, wenn er den Job nicht kriegte.

»Wissen Sie, wie spät wir es haben? Es ist *dix heures*. Unsere Frühschicht beginnt um sechs Uhr morgens. Sie haben recht, die Stelle von Bernd Ambs wurde bedauerlicherweise frei. Aber es war jemand schneller als Sie. Und deshalb ist die Stelle bereits besetzt. *Au revoir, Monsieur*, und lernen Sie daraus. Früher Vogel fängt den Wurm.«

Jean biss verärgert über sein Zuspätkommen die plombierten Backenzähne aufeinander, dass es bedenklich knirschte. Dann ging er zu Fischers Sekretärin. Im Normalfall hätte er ihr einige Augenblicke länger in die wasserblauen Augen geschaut, aber momentan war ihm der lockende Lidstrich von Andrea Jenne einerlei. »Wie heißt der Kerl, der die Stelle von Ambs bekommen hat?«, fragte er barsch.

»Ich weiß nicht, ob ich berechtigt bin, Ihnen darüber Auskunft zu geben«, erwiderte Andrea Jenne, die es gewohnt war, dass man länger als gewöhnlich auf ihren lockenden Lidstrich blickte, schnippisch. Ihre Schnippigkeit wandelte sich aber in spontane Gefügsamkeit, als Jean sie an ihrem Kostümkragen packte und über den Schreibtisch zog, als wäre sie ein Putzlappen. Ordner, Ablagen, Locher und Kaffeetasse schlugen auf dem Boden auf, während Andrea Jenne den Schreibtisch zierte.

Jean zog die verstörte Sekretärin zu sich hoch und zischte: »Sind Sie jetzt befugt?«

Andrea Jenne nickte und stotterte: »K-K-Killian heißt der Neue, glaube ich.«

Jean ließ vom Kragen ab und drehte auf dem Absatz um. Rasch verließ er das Gebäude, setzte sich in seinen Wagen und fuhr davon. Er wusste, dass er großen Mist gebaut hatte. Erst war er zu spät gekommen, und dann hatte er sich von seinem Jähzorn zu einer Dummheit hinreißen lassen. Er fuhr aus Umkirch raus und bog kurz vor Gottenheim auf einen Parkplatz, atmete einmal tief durch und zückte sein Handy. Er musste Dr. Kant anrufen oder sich vom Acker machen. Aber wo sollte er hin? Ohne Geld kam er nicht weit. Außerdem hätte er dann Kant an den Hacken. Kant fand alle, das war sein Job, und er machte ihn gut. Aber wie sollte er ihm erklären, dass der Job nicht nur weg war, sondern der Fotograf, den sie im Knast glaubten, die Stelle abgegriffen hatte?

Es gab Augenblicke, da wünschte er sich, das ganze Leben noch mal von vorne beginnen zu können. Schon bei der Geburt würde er von anderen Eltern begrüßt werden, die nicht in den Vororten von Paris lebten, sondern im Zentrum. Er hätte sich nicht mit Algeriern um Drogen schlagen müssen, sondern ein Musikinstrument lernen dürfen, er hätte seinen ersten Mord nicht mit siebzehn Jahren in einer Strichertoilette begangen, sondern würde an der Sorbonne Philosophie studieren. Aber es gab für jeden eben nur diesen einen Entwurf, und Jean hatte den erwischt, der ihn konsequent zu jenem Telefonat geführt hatte, das ihm nun bevorstand. Er tippte die gespeicherte Nummer Kants und stellte sich seinem Schicksal.

***

Kant legte sein Handy auf den kleinen Tisch in seinem Zimmer. Dann wischte er sich die Krümel vom Schoß, die das Croissant darauf hinterlassen hatte. Immerhin hatte er die Aprikosenmarmelade nicht verkleckert. Das wäre nämlich mehr als ärgerlich gewesen. So wusste er, dass er sich wenigstens noch auf sich selbst verlassen konnte.

Jean war ein Idiot. Aber Kant war niemand, der sich lange mit Problemen herumärgerte, er suchte stets nach Lösungen. Viel mehr beschäftigte ihn, wie es Killian gelungen war, so schnell aus der Untersuchungshaft herauszukommen. Kant wusste um die Gepflogenheiten der Polizei, auch um deren Tempo. Killian war gesehen worden, wie er als Letzter von Frau Ambs verschwunden war. Das konnte man nicht so einfach über Nacht auflösen. Da war etwas faul, und was Kant ahnte, gefiel ihm ganz und gar nicht. Killian schien Freunde zu haben, die mächtiger waren als Indizien. Und vor diesen Freunden hatte Kant höchsten Respekt. Deren Glanz strahlte auch auf Killian ab, und Kant sah den schnüffelnden Fotografen plötzlich in einem neuen Licht. Es gab Leute, die Kontakte zu Geheimdiensten hatten, aber schützende Flügel breiteten sie nicht für jeden aus. Er hatte einen ernst zu nehmenden Gegner vor sich.

Vermutlich war es diese Erkenntnis, die Kants Laune hob, obwohl Jean versagt hatte. Er fühlte sich herausgefordert. Er war leidenschaftlicher Schachspieler, und nichts langweilte ihn mehr, als gegen Opfer zu spielen. Ambs war so ein Opfer gewesen, obwohl er überraschenderweise den Eindruck erweckte, als könne er etwas. Aber es war nur eine einstudierte Eröffnung, mit der Ambs geblufft hatte, bald schon war er gierig nach Läufern und Türmen gewesen, geiferte nach der Dame. Der typische Fehler materialistischer Spieler. Wirf ihnen einen Köder hin, der schmeckt, am nächsten Brocken ersticken sie. Sie vergaßen stets, dass der König das Ziel war. Aber Kant hatte Ambs dennoch nicht matt gesetzt, das war ein anderer gewesen. Und Kant vermutete immer mehr, dass es ausgerechnet der Fotograf gewesen war, dem er den Mord zufällig in die Schuhe schieben wollte, um Luft für seine eigenen Züge zu gewinnen – auch oder gerade weil er jetzt so schnell wieder auf freiem Fuß war.

Kant schmunzelte. Sollte Killian tatsächlich dieselbe Chuzpe gehabt haben und die ermordete Leiche der Polizei melden, wie er selbst es getan hatte, nachdem er Frau Ambs erschossen hatte? Er freute sich, sich mit jemandem messen zu dürfen, der dieselben Eröffnungen des Spiels beherrschte.

Jean konnte allenfalls Mühle spielen. Jedenfalls wusste er zeit seines Lebens, was es hieß, in einer Zwickmühle zu stecken. Er war erledigt, so oder so. Aber er konnte nicht abhauen, also würde Kant ihn noch am Leben lassen. Bauern konnte man immer gebrauchen, man sollte sie nicht ohne Strategie opfern.

***

Belledin schleppte sich die Stufen des Polizeipräsidiums hoch. Jeder Schritt schmerzte. Die einen nannten so etwas Übersäuerung des Muskels, die anderen behaupten, kleinste Muskelfasern seien gerissen. Belledin war es egal, wer recht hatte, er wollte nur, dass der verfluchte Muskelkater verschwand. Warum ausgerechnet heute der Fahrstuhl gewartet werden musste, war eines jener Rätsel, die er wohl nie lösen würde.

Aber ein anderes Rätsel würde er lösen, das hatte er sich fest vorgenommen. Und das war das Rätsel Bernd und Heidrun Ambs. Belledin blickte hoch. Noch zwei Treppen, dann war er auf der Ebene seines Büros. Er ging sie an und versuchte sich an die Sätze Camus' zu erinnern, die er auf der Fahrt ins Büro gehört hatte. »Der Kampf gegen Gipfel vermag ein Menschenherz auszufüllen. Wir müssen uns Sisyphos als einen glücklichen Menschen vorstellen ...«

»Wenn man diese Philosophen nur auch praktisch anwenden könnte ...«, stöhnte Belledin und schob seinen Felsen die nächsten Stufen empor. Wagner kam ihm entgegen. Leichtfüßig treppab, gleichzeitig in einer Akte lesend. Wäre Belledin nicht zur Seite gesprungen, Wagner hätte sich an seinem Vorgesetzten eine weitere Beule geholt. Belledin schrie laut auf. Den Satz, den er gemacht hatte, spürte er in jeder Fibrille seines vierköpfigen Oberschenkelmuskels.

Wagner erschrak und ließ die Kladde fallen, in die er versunken gewesen war. Er verfehlte dadurch eine Stufe und stolperte, die restlichen fünf Stufen nahm er im Sturzflug. Belledin taten die Schmerzen Wagners gut – geteiltes Leid war halbes Leid –, er heuchelte aber dennoch Mitgefühl.

»Wagner, alles klar?«

Er hätte auch gar nichts zu sagen brauchen. Immerhin war Wagner selbst schuld. Er konnte froh sein, dass Belledin ihm nicht vorwarf, schon wieder gesoffen zu haben.

Wagner schien sich nichts getan zu haben. Jedenfalls rappelte er sich auf, sammelte die aus der Kladde herausgefallenen Papiere zusammen und ordnete sie wieder der Reihenfolge entsprechend ein. Da Wagner sich überhaupt nicht um ihn kümmerte, setzte Belledin energisch nach: »Wohin so eilig?«

Jetzt erst schien Wagner ihn wirklich zu bemerken. »Ah, Morgen, Chef. Unser Kopierer ist kaputt. Ich wollte runter, bei der Aschenbrenner Kopien ziehen. Das sind die Berichte aus dem Labor. Weder Fingerabdrücke noch DNS noch Schmauchspuren von Killian an der Walther.«

»Warum sind die so schnell?«, wunderte sich Belledin.

Wagner grinste stumm und deutete mit dem Finger vielsagend nach oben.

»Verstehe.« Belledin drehte ab, um seinen gefühlten Achttausender zu besteigen, während Wagner sich in Richtung Aschenbrenner bewegte.

Belledin konnte sich nicht erinnern, wann er das letzte Mal so schlecht gelaunt gewesen war; er hätte nicht gedacht, dass ihn ein Muskelkater und ein defekter Fahrstuhl einmal so hart prüfen würden. Auch der gestrige Ausraster mit Biggi gab ihm zu denken. War er eigentlich noch auf dem Weg, den er für sich vorgezeichnet hatte? Er brauchte unbedingt etwas, das ihn ablenkte.

Früher, als die Melek-Brüder noch in Nürnberg gewesen waren, war er ab und zu mal zu ihnen gefahren und hatte sich von ihnen ein Mädchen empfehlen lassen. In Freiburg selbst konnte er es sich nicht leisten, sich für ein paar Stunden Liebe zu kaufen, er würde sofort an Autorität verlieren. Belledin hatte seine Prinzipien. Kein Sex am Arbeitsplatz, kein Sex im Milieu und kein Sex im Heimatdorf. Da er heute sonst kaum irgendwo anders unterwegs war, blieb eben nur Biggi übrig. Und Biggi war nun verstört, weil ihr Hoover kaputt war. Bevor sie keinen neuen Staubsauger hatte, brauchte sich Belledin gar nichts auszumalen.

Er wuchtete sich die letzten Stufen empor und hörte sein Telefon am Ende des langen Flurs. Hoffentlich war es Biggi. Sie hatten seit der Staubsaugeraktion nicht mehr miteinander gesprochen, und Belledin konnte sich besser am Telefon entschuldigen als im direkten Gespräch. Er litt bei jedem Schritt, den er in Richtung Büro hetzte, aber für den Haussegen tat er es gerne.

Er erreichte das Telefon und nahm den Hörer ab. Es war nicht Biggi, sondern Killian. Killian erzählte etwas von drei Computern, die aus der Wohnung von Ambs verschwunden waren, als er an dem Abend bei Frau Ambs gewesen war. Belledin nahm es grummelnd zur Kenntnis und bedankte sich pro forma, dann legte er wieder auf. Er hielt es für besser, Killian zu verschweigen, dass die drei Laptops am Morgen wieder in Ambs' Zimmer gestanden hatten und gerade von den Spezialisten durchkämmt wurden. Das hätte den Privatschnüffler seiner Majestät nur stutzig gemacht.

»Privatschnüffler seiner Majestät«, wiederholte Belledin für sich und fand es ganz lustig. Beizeiten würde er den Scherz bei Wagner testen. Der würde bestimmt lachen, immerhin war er sein Chef. Aber dann stutzte er. Wieso behauptete Killian, die drei Laptops wären nicht da gewesen? Er hatte keinen Grund, so etwas zu erfinden.

Wagner kam mit seinen Kopien zur Tür herein und legte sie Belledin auf den Tisch. »Hier, Chef, die Laborberichte.«

Belledin blickte auf Wagners Verband, den er sich über seiner Kopfnuss angelegt hatte. Er begann zu kombinieren: Wagner will Frau Ambs vom Tod ihres Sohnes berichten. Frau Ambs ist aber beim Frisör. Dafür ist der Mörder von Ambs in der Wohnung und lässt die Laptops mitgehen. Wagner steht vor der Tür, der Mörder will raus, also verpasst er Wagner eins und schleppt ihn in den Keller. Der Mörder will die Laptops, nachdem er sie auf mögliche Spuren gesichtet hat, wieder zurückbringen, da ist aber Killian in der Wohnung. Der Mörder hat Angst, dass Frau Ambs irgendetwas ausplappert, wenn sie es nicht schon getan hat, und erledigt sie. Dabei bringt er auch die Computer zurück. Und um die Sache abzurunden, schiebt er den Mord Killian in die Schuhe.

Belledin grunzte. So könnte es gewesen sein. Vielleicht wollte aber auch nur Killian, dass es so gewesen sein könnte? Was, wenn Killian Ambs ersäuft und anschließend einen Profikiller auf Frau Ambs angesetzt hatte, damit die nichts über ihn ausplauderte? Killian hatte bestimmt genügend Kontakte, um solches Personal anzuheuern. Aber warum hätte er Ambs ermorden sollen? Und warum hatte er dann die Tatwaffe im Auto gelassen? Oder hatte der angeheuerte Killer Killian abservieren wollen? Arbeitete der für einen Geheimdienst, der Killian ans Leder wollte?

Belledin musste sich bremsen. Die Phantasie begann mit ihm in rasendem Galopp zu enteilen. Noch zwei Gedanken weiter, und er befand sich inmitten einer Weltverschwörung.

Nur zu gerne hätte er den Fall gelöst und gleichzeitig Killian so in der Mangel, dass selbst der Innenminister ihn wie eine heiße Kartoffel fallen lassen müsste. Aber er hatte weder einen Mörder, noch wusste er, welche Rolle Bernd Ambs in dem Fall spielte, außer aufgedunsen in den Rheinauen gelandet zu sein. Außerdem mochte er nicht glauben, dass niemand gesehen hatte, wie der Mörder in die Siedlung gelangt war und wie Wagner einfach so niedergeschlagen und in den Keller geschleppt worden war. Killian war doch schließlich auch gesehen worden. Belledin würde sich die Mieter des Spielwegs noch mal vorknöpfen müssen.

»Gibt es etwas Neues von den Computern?«, fragte er in Richtung Wagner, der die Berichte ablegte.

»Vor Montag geht da gar nichts. Sind alle krank.«

»Und was ist mit Ihnen?«

»Wie, mit mir?«

»Nehmen Sie doch die Kisten mit nach Hause und sehen Sie mal rein.«

»Dazu braucht es Profis. Wenn Ambs Dateien gelöscht hat, können nur echte Cracks noch ein paar Kratzer auf der Festplatte finden.«

»Immerhin können Sie Berichte schreiben.«

»Danke, ich tu mein Bestes.«

»Haben Sie eigentlich schon den Bericht über die Vernehmungen der Siedlung Spielweg, Kranzenaustraße geschrieben?«

Es entstand eine kurze Pause. Wagner war irritiert. »Aber wir haben doch noch gar keine Vernehmungen gemacht.«

»Ich schon.«

Belledin grinste ihn an, bis bei Wagner der Groschen fiel.

»Fahren wir noch vor dem Mittagessen?«, wollte Wagner wissen und ahnte offenbar das Unheil.

»Sie fahren, ich habe etwas anderes zu tun. Wenn Sie jetzt losfahren, schaffen Sie es noch, bevor die meisten zur Spätschicht gehen.«

Wagner nickte stumm und schob ab. Belledin würde den Tag im Büro verbringen. Seine Beine ließen keine weitere Bewegung zu.

***

Killian hatte überlegt, was noch zu tun war. Swintha hatte er um zwölf Uhr kurz angerufen und ihr gesagt, dass er später kommen würde. Den Schlüssel fürs Atelier hatte er ihr unter die Leiste der Tür geschoben. Belledin hatte er über die Computer informiert. So langsam konnte er sich mal mit den Arbeitskollegen anfreunden, um vielleicht etwas über Ambs herauszubekommen.

Allerdings war nicht viel Zeit, um zu reden. Das Beladen der Lieferwagen musste zackig gehen. Das Unternehmen warb mit Geschwindigkeit, und das bekamen die Arbeiter zu spüren. Schon die Zwei-Minuten-Pausen, die sich Killian für die einzelnen Telefonate genehmigt hatte, waren skeptisch beäugt worden. Der Schichtführer war auf ihn zugekommen, als er sein Handy gerade wieder einsteckte.

»Wenn du hier ä Zukunft willsch, denn würd ich an deinere Stell erscht emol uf Pause verzichte.«

Killian hatte genickt und sich wieder ans Packen gemacht. Irgendwie schien es hier niemandem etwas auszumachen, dass ein Kollege gestorben war. Nur eine türkische junge Frau wirkte niedergeschlagen. Aber Killian konnte nicht einschätzen, ob das etwas mit dem Tod von Ambs oder einfach nur mit dem Frust dieser monotonen Arbeit zu tun hatte.

Lange würde er das hier nicht aushalten. Er war nicht dafür geboren, acht Stunden täglich der gleichen Tätigkeit nachzugehen. Ihm war zwar bewusst, dass nicht jeder das Glück hatte, so leben zu dürfen wie er, dennoch verstand er die meisten Menschen nicht, die sich in das Schicksal des Acht-Stunden-Korsetts begaben.

Er hätte dem Schichtführer einfach eine dumme Antwort geben und sich auf dem Absatz umdrehen können, auf Nimmerwiedersehen, die niedergeschlagene türkische Frau konnte sich das nicht leisten. Killian schluckte seinen Spruch, den er schon spuckbereit auf der Zunge liegen hatte, hinunter und packte emsig weiter, aus schlechtem Gewissen all diesen Menschen gegenüber, die es sich nicht leisten konnten, fünf Jahre ohne Einkommen gut zu leben.

Irgendwie musste es ihm gelingen, mit jemandem ins Gespräch zu kommen. Er war neu hier, also konnte er viele Fragen haben. Aber er hatte keine Zeit, um Fragen zu stellen, das hatte ihm der Vorarbeiter mit den Strähnen im Haar und dem Knopf im Ohr deutlich zu verstehen gegeben. Jetzt meckerte er gerade mit der traurigen Türkin, sie solle sich nicht so hängen lassen.

Der Vorarbeiter sprach weder anständig Deutsch noch Türkisch mit der jungen Frau, sondern in jenem abgehackten Gemisch aus Personalpronomen und Infinitiven, auf das man sich hier geeinigt hatte. Von der ganzen Erscheinung und der kojotenhaften Körpersprache des Vorarbeiters tippte Killian auf Freiburg-Zähringen oder Freiburg-Haslach. Er wusste, dass diese Kategorisierung ungerecht und politisch unkorrekt war, aber das war ihm egal. Er konnte den Typen nicht ab und hätte ihn am liebsten an seinen goldblonden Strähnen aus der Halle gezerrt.

Killian wunderte sich selbst über seine Aggression. Kurz dachte er darüber nach, ob es wohl an der Arbeit lag, die er gerade verrichten musste, entschied sich dann aber für Freiburg-Zähringen. Er hatte dort in seiner Jugendzeit gegen einige solcher Gestalten kicken müssen und stets mächtig auf die Knochen bekommen. Es konnte gut sein, dass hier noch eine offene Rechnung schwelte.

Der Zähringer ließ die zusammengestauchte Türkin stehen und ging eilig zu Fischer, der unerwartet in der Halle aufgetaucht war. Die Frau machte sich an einem Paket zu schaffen, das viel zu schwer für sie war. Killian nahm es als Anlass, zu ihr hinüberzugehen. Gemeinsam wuchteten sie das Paket auf die Palette.

Die junge Frau lächelte ihn freundlich an. »Danke.«

Killian nickte und lächelte zurück, dann fragte er: *»Nasilsin?«*

Die junge Frau blickte verdutzt. *»Türksin?«*

*»Hayir. Ama biraz Türkce konusiyorum. Ben Killian.«*

»Angenehm, ich bin Yildiz«, antwortete die junge Frau in astreinem Hochdeutsch.

»Arbeitest du schon lange hier?«, wollte Killian wissen.

»Seit einem halben Jahr.«

»Du kommst nicht von hier, stimmt's?«

»Nein, vom Bosporus«, scherzte Yildiz, und es tat Killian gut, sie lachen zu sehen.

»Hamburg oder Bremen?«

»Hannover. Dort spricht man das reinste Hochdeutsch.«

»Und was treibt dich in diese Gegend?«

»Ich studiere hier Medizin.«

»Und das geht? Ich meine, acht Stunden hier mit den Kartons und dann noch studieren?«

*»Para lazim.«*

*»Haklisiniz, Yildiz Hanim.«*

Jemand klopfte ihm von hinten auf die Schulter. Es war der Zähringer. Fischer war verschwunden, und somit konnte sich der Kojote wieder der Schikane seiner Arbeiter widmen.

»Ich hab des Gfühl, du bisch ä bissle schwer von Kapee? Hier wird gschafft, nit gschwätzt. Hämmer uns jetz verstande?«

Killian spielte Niedrigstatus, so gut er konnte. »'tschuldigung, ich wollte ihr nur helfen, der Karton war alleine nicht zu heben.«

»Des isch nett, aber nit effektiv. Für die Springeraufgabe bin ich zuständig. Du bleibsch an deinem Platz, oder was glaubsch, wer deine Arbeit macht, wenn du hier bisch? Erscht Gehirn einschalte, dann wird's vielleicht was.«

Killian nickte und dackelte an seinen Arbeitsplatz, an dem sich bereits einige Pakete getürmt hatten.

Yildiz warf ihm ein Schulterzucken samt Lächeln herüber, was ihm zeigte, dass er den ersten Kontakt erfolgreich geknüpft hatte. Wenn Yildiz schon ein halbes Jahr hier war, dann hatte sie Ambs gekannt und konnte ihm vielleicht etwas über ihn erzählen. Ansonsten entdeckte Killian hier niemanden, der wach genug wirkte, um überhaupt jemanden anderen um sich herum wahrzunehmen. Ob sie sich überhaupt beim Namen kannten? Killian kam sich hier vor wie Ben Hur auf der Galeere. Fehlte nur noch, dass der Zähringer damit begann, mit der Trommel den Takt zu schlagen.

*»Acele ise seytan karisir!«*, rief Killian zu Yildiz hinüber und grinste dabei. Es bedeutete so viel wie: ›In die übereilte Arbeit mischt sich der Teufel.‹«

Yildiz grinste zurück.

Der Zähringer blickte verdutzt und widmete sich dann einem anderen Arbeiter, der ihm zu gemütlich beim Stapeln erschien.

***

Swintha hatte den Schlüssel gleich gefunden und es sich im Atelier gemütlich gemacht. Heute war sie mit der Bahn gekommen, weil es noch immer regnete. Sie hatte kurz an den Gare du Nord gedacht und musste dann doch lachen, als sie in Oberrotweil ausstieg.

Jetzt kochte sie sich heißes Wasser und suchte nach den Teebeuteln. Irgendwie war sie froh, dass Killian sich verspätete. So konnte sie sich mit dem Atelier vertraut machen, ohne sich beobachtet zu fühlen. Es war noch schwer zu greifen. Swintha war mit einem Mal Teil einer Welt, von der sie immer geträumt hatte. Aber irgendwie hatte es auch wieder etwas Normales, so als hätte sie immer dazugehört. Ob es mit allen Dingen so war, die man sich ersehnte? Schienen sie nur so groß, weil sie so weit entfernt waren? Glänzte man ebenso für andere, obwohl man sich selbst gar nicht anders empfand als zuvor? Swintha hätte gerne ein Gedicht darüber geschrieben, aber sie wollte zuerst den neuen Raum für sich erschließen.

Sie fand einige Beutel Roibuschtee und tauchte zwei davon in die Teekanne, in die sie bereits das heiße Wasser gegossen hatte, dann griff sie sich eine Tasse und setzte sich auf das barocke Sofa. Ihr Blick fiel auf den Goetheband. Sie öffnete das Buch und las, obwohl sie es auswendig konnte, den »Totentanz«. Ja, das Gedicht passte zu den Fotos.

Sie legte den Band weg, schlürfte einen Schluck von dem heißen Tee und ging dann mit der Tasse zum Mac hinüber. Sie fuhr die Bilder hoch und sah sich noch einmal die fünf Fotos an, die sie ausgesucht hatte, dann klickte sie sich erneut durch die ganze Serie. Plötzlich hielt sie inne. Auf einem Foto entdeckte sie eine Hand, die sich an einem Grabstein festhielt. Swintha vergrößerte das Foto, so weit es ging, und zoomte die Hand heran. Am kleinen Finger befand sich ein goldener Ring mit einem schwarzen quadratischen Stein. Swinthas Herz begann schneller zu schlagen. War das die Hand des Mörders, der sich hinter dem Grabstein verschanzt hatte? Warum war ihr die Hand beim ersten Mal noch nicht aufgefallen? War sie doch zu aufgeregt gewesen, von Killian auf die Probe gestellt zu werden? Oder entdeckte man manche Dinge erst, wenn sie entdeckt werden wollten?

Sie musste Killian anrufen. Rasch scrollte sie sich durch die Anrufliste ihres Handys und wählte die Nummer, von der Killian sie angerufen hatte. Es klingelte, bis die Ansage der Mailbox ertönte. Swintha legte wieder auf. Kurz überlegte sie, ob sie die Polizei anrufen sollte. Aber irgendwie war eine Hand dann doch zu wenig. Sie entschloss sich zu warten, bis Killian kam, dann war sie auf der sicheren Seite. Sie freute sich über ihren detektivischen Erfolg und studierte die anderen Fotos, allerdings ohne weitere kriminalistische Spuren zu finden.

Swintha sah Killians Nikon auf der Ablage neben dem Computer stehen. Sie war neugierig auf die Fotos, die sie von den Eisweintrauben geschossen hatte, lud die Bilder auf den Mac und klickte sie durch. Sie erschrak, als sie sich selbst auf den Fotos sah, und war gleichzeitig peinlich berührt, dass Killian von ihr Fotos geschossen hatte, als sie unter der Rebhütte Schutz vor dem Schnee gesucht hatte.

»Paparazzo!«, schimpfte sie und lachte dabei.

Sie musste sich eingestehen, dass sie sich auf den Fotos gefiel. Das kam nicht oft vor. Vor allem wenn sie sich an Selbstporträts versuchte, litt sie unter ihren Abbildern. Dann klickte sie weiter und besah sich die Fotos der Trauben. Enttäuscht ließ sie den Kopf hängen. Mit drei Zeilen hätte sie die Stimmung des Moments einfangen können, mit keinem einzigen der Bilder war sie dazu in der Lage.

Mit einem Mal überfielen sie tiefe Zweifel. Ob Fotografie überhaupt das Richtige war? Hatte sie denn Talent? Sie konnte Bilder messerscharf sehen und beurteilen, aber war sie auch in der Lage, selbst brauchbare zu schießen? Die Verdichtung, die ihr mit Worten mühelos gelang, schien im Bild in Beliebigkeit zu zerlaufen. Vielleicht lag ihre Messlatte auch zu hoch? Sie wollte so gut sein wie Killian, und davon trennten sie Welten. Vermutlich wäre sie bei Ferruggio doch besser aufgehoben.

Swintha begann Killian einen Brief zu schreiben, in dem sie sich bei ihm für sein Vertrauen bedankte; sie glaube, dass sie nur seine Zeit stehlen würde. Dann zerriss sie den Brief und schrieb einen neuen, den sie ebenfalls zerriss, und entschied sich, ein Gedicht über die Trauben des Eisweins zu verfassen.

***

Die letzte Palette war gestapelt, die Frühschicht gleich zu Ende. Killian streifte die Handschuhe ab, die er beim Packen getragen hatte, und ging zu Yildiz hinüber.

*»Bir kahve icelim?«,* fragte er.

Yildiz zögerte erst, dann erwiderte sie. *»Tamam.«*

Killian legte einen Bierdeckel unter den kippelnden Stehtisch, dann nahm er einen Kaffee und einen Tee in Pappbechern von der Theke der Schnellbäckerei. Etwas Gemütlicheres hatte sich auf die Schnelle im Gewerbegebiet Umkirchs nicht gefunden.

»Auch was Süßes?«

Yildiz lehnte dankend ab.

»Ich gönne mir ein Hildabrötchen. Brauche Nervennahrung.« Killian bestellte sich ein Hildabrötchen mit viel Puderzucker und biss herzhaft hinein.

»Was machst du sonst?«, fragte Yildiz.

»Fotograf. Aber das läuft nicht mehr so wie früher. Seitdem es die digitalen Kameras gibt, die es den Leuten so einfach und billig machen, halbwegs gute Fotos zu knipsen, fallen viele Aufträge weg. Aber die Miete läuft trotzdem weiter.«

»Und warum arbeitest du dann ausgerechnet hier? Das ist doch gar nichts für dich.«

»Ist es etwa was für dich?«

»Ich finde nichts anderes.«

»Na siehst du.«

Sie schwiegen und nippten an ihren Bechern, dann begann Yildiz wieder zu sprechen. »Bist du vermittelt worden?«

»Wieso?«

»Weil der Platz so schnell neu belegt war.« Sie blickte in ihren Pappbecher.

Killian sah seine Chance. »Nein, ich wurde nicht vermittelt. Ich bin ... ich war ein Freund von Bernd Ambs.« Er wartete ab, was dieser Satz bei Yildiz bewirken würde. Sie reagierte nicht, sondern blickte weiter in den Pappbecher.

»Ich hatte erfahren, dass er gestorben ist, und habe mich gleich heute Morgen hier beworben.« Killian schwieg. Er wusste, dass es erbärmlich klingen musste, was er da von sich gegeben hatte, aber ihm fiel nichts anderes ein. Yildiz erwiderte noch immer nichts. »Das hört sich jetzt für dich bestimmt beschissen an. Da stirbt ein Freund, und anstatt dass man um ihn trauert, schnappt man sich gleich seinen Job. Aber es ist einfach nicht leicht, was zu kriegen. Ich bin auch nicht mehr der Jüngste.«

Yildiz hob den Kopf und blickte ihn eindringlich an. »Du bist Killian, der Kriegsreporter. Bernd hat viel von dir erzählt. Du warst ein richtiger Held für ihn. Zu Weihnachten hat er mir mal eine CD mit Fotos von dir geschenkt. Warum kommst du jetzt erst?«

Killian wischte sich die Erdbeermarmelade vom Kinn, die das tropfende Hildabrötchen hinterlassen hatte.

»Hättest du dir den Arbeitsplatz von Bernd früher angesehen, wäre er jetzt vielleicht noch am Leben. Was willst du, eine Fotoreportage über Niedriglohnarbeit machen?«

Killian hatte nicht damit gerechnet, dass er so schnell auffliegen würde. Moshe hätte sich halbtot gelacht über sein Fiasko. »Ich will wissen, warum Bernd sterben musste. Ich will seinen Mörder finden.«

»Ist dafür nicht die Polizei zuständig?«

»Du bist nicht stutzig, dass ich von Mord spreche?«

Yildiz blickte ihn stumm an, dann antwortete sie: »Bernd war in irgendeine Sache verwickelt, von der er nur in Rätseln sprach. Aber er sagte immer wieder: ›Das wär der Wahnsinns-Coup.‹ Mehr wollte er nicht sagen, und mehr wollte ich davon auch nicht wissen.«

Killian erinnerte sich an den Spruch: »Das wär der Wahnsinns-Coup!« Damit hatten sich Bernd und er in der Zwölften immer die Doppelstunde Physik ertragbar gemacht. Während vorne Frau Pflüger über Vektoren sprach, dass es im Klassenzimmer nur so staubte, hatten Bernd und er todsichere Coups ausgeheckt. Bankraub, Geldtransporterüberfall, Computer-Hacken, Falschgelddrucken oder Diamantenschmuggel, immer war es der Wahnsinns-Coup gewesen. Und nie sollte dabei ein Menschenleben gefährdet, geschweige denn eine Spur hinterlassen werden. Während ihre Phantasie ihnen damals die Physikstunden versüßte und sie in der Zeit, in der andere über Beschleunigungsformeln schwitzten, bereits an der Copacabana die Millionen mit kaffeebraunen Tänzerinnen verprassten, hatte die Realität nun ebenso hart zugeschlagen wie damals Frau Pflüger mit null Punkten im Halbjahreszeugnis.

»Danke für den Kaffee«, sagte Yildiz und zog sich den Mantel über.

»Wart ihr ein Paar?«, wollte Killian wissen.

»Ich bin Türkin, auch wenn ich noch so gut Deutsch spreche. Und meine Familie wohnt zwar in Hannover, lebt aber noch immer in Anatolien. Wenn wir Geld gehabt hätten, hätten wir vielleicht eine Chance gehabt. Mit Geld kann man sich Ehre kaufen oder einfach abhauen. Wir hatten kein Geld.«

Yildiz ließ Killian im Bistro zurück.

***

Yildiz stellte den Kragen ihres Mantels gegen den Regen auf, der ihr stürmisch durch die Haare kämmte. Sie ärgerte sich über sich selbst. Warum war sie mit Killian mitgegangen? Nur weil er ein paar Brocken Türkisch sprach? Oder hatte sie den Helden, von dem Bernd immer geschwärmt hatte, auch mal aus der Nähe betrachten wollen?

Sie hatte viel zu viel von sich verraten. Niemand brauchte zu wissen, dass sie Bernd Ambs geliebt hatte. Immerhin hatte sie verschwiegen, dass sie ihn dazu ermuntert hatte, den Wahnsinns-Coup zu wagen. Das Geld wäre ihre Rettung gewesen. Sie hätten nach Barcelona oder Madrid ziehen können. Yildiz liebte Spanien und hatte bereits seit drei Jahren an der Uni einen Spanischkurs belegt. Sie hatte sich auch schon erkundigt, wie und wo man in Spanien Medizin studieren konnte. Aber der Traum war geplatzt. Bernd war tot, und sie musste weiterhin jeden Tag an dem Arbeitsplatz placken, an dem sie ihre große Liebe gefunden und verloren hatte.

Bernd war anders gewesen als die anderen Männer. Er war keiner dieser Machos gewesen, die Frauen anquatschten, nur um sie ins Bett zu kriegen. Er war zuvorkommend und höflich gewesen, Yildiz hatte beinahe den Eindruck gehabt, er fürchte sich vor Frauen. Sie war es gewesen, die die Initiative ergriffen hatte. Am selben Bistrotisch wie mit Killian hatten sie gestanden und ihren ersten Kaffee zusammen getrunken.

Yildiz ackerte, um sich das Studium finanzieren zu können. Von zu Hause bekam sie keine Unterstützung. Das Studium ihrer Brüder ging vor, die Mädchen mussten selbst sehen, wie sie klarkamen. Zur Not gab es immer noch einen Cousin aus Anatolien, den man heiraten konnte. Dass Bernd auch studiert hatte, brachte sie einander näher. Die restlichen Packer waren entweder einfache Arbeiter oder Winzer, die vom Weinbau allein nicht leben konnten. Sie rissen ihre Stunden runter und verschwanden wieder. Die Unternehmensphilosophie ließ gar keine Kommunikation untereinander zu. Der Vorarbeiter aber, der Yildiz immer unter fadenscheinigen Vorwänden körperlich nahe zu kommen versuchte, war das größte Übel. Nur der verträumte und zugleich verlorene Ausdruck, der in Bernds Augen schimmerte, hatte Yildiz sofort mitten ins Herz getroffen, weil er ihr eigenes Lebensgefühl spiegelte. Deswegen hatte sie Bernd angesprochen, sie wollte das Wesen hinter diesem Blick kennenlernen. Und nun war er tot. Umgebracht, weil er mehr Geld wollte, als abgemacht gewesen war. Und Yildiz fühlte sich mitschuldig.

Sie erreichte die Bushaltestelle. Der Bus kam zum Glück gerade, sodass sie sich nicht mit den anderen Wartenden unter das Plexiglasdach drängen musste. Sie stieg hinten ein und setzte sich an einen Fensterplatz. Yildiz mochte den Regen, der vom Fahrtwind an die Scheibe gepresst wurde und wilde kleine Adern zog. Es zeigte ihr, wie zufällig doch Lebenswege verliefen. Jeder aufklatschende Regentropfen fand seine eigene Bahn. Manchmal kreuzten sie sich, dann verliefen sie wieder in entgegengesetzte Richtungen und verschwanden im Nichts.

Ein Mann mit Lederjacke löste beim Busfahrer ein Ticket. Er blickte sich suchend nach einem Platz um und setzte sich neben Yildiz. Der Bus fuhr los, und die Regentropfen schlugen noch wilder und willkürlicher gegen die Fensterscheiben.

***

Killian sinnierte über den Wahnsinns-Coup, während er den Citroën über die Landstraße lenkte. Und endlich kam ihm auch eine Parallele zu Goethes »Totentanz«. Der Türmer stibitzte den Toten ein Leichenhemd und sollte dafür sein Leben lassen. Es hatte dem Türmer nicht genügt, nur beim »Totentanz« zuzusehen, er wollte mehr, ein größeres Stück vom Kuchen, er wollte den Wahnsinns-Coup! Nur hatte es der Türmer nicht mit romantischen Menschen zu tun gehabt, sondern mit Toten, die um jedes Hemd kämpften.

Killian überlegte, wie viel ihm Yildiz wohl verheimlicht hatte. Er befürchtete, dass sie tiefer in der Sache steckte, als sie zugegeben hatte. Er hatte gemerkt, wie sie sich auf die Lippen gebissen hatte, nachdem sie ihm von ihren Familienverhältnissen und dem Entkommen durch Geld erzählt hatte. Killian war sich sicher, dass Yildiz einen großen Anteil daran hatte, dass Bernd den Mut zu solch einem Unternehmen gefunden hatte, was immer dieser Wahnsinns-Coup auch sein mochte.

Der Citroën fuhr auf den Parkplatz von Hilperts Werkstatt. Als Hilpert ihn sah, fiel ihm der Schraubenschlüssel aus der Hand. Er hatte über den Polizeifunk nur mitgekriegt, dass sie Killian gefasst hatten. Von seiner Entlastung wusste er nichts. Da aber in der Zeitung auch nichts gestanden hatte, reimte er sich jetzt zusammen, dass sich alles wieder Mal nur um ein Missverständnis gehandelt hatte.

Killian stieg aus dem CX und kam auf Hilpert zu.

»Scho wiedda zrück?«

Killian war kurz irritiert, dann fiel ihm die Geschichte wieder ein, die er Hilpert erzählt hatte, wofür er das Auto brauchte.

»War nur heiße Luft. Termin abgsagt.«

Hilpert grinste. Auch er spielte das Spiel weiter. Offiziell von nichts zu wissen war schon immer sein Steckenpferd gewesen. »Des kummt dävu, wenn die link Hand nit weiß, was die recht macht.«

Sie nickten sich stumm zu, dann brach Killian das Schweigen: »Du, Hans, kann ich die Kischte noch für ä paar Tag ha?«

»Warum, was isch mitm andere? Isch wiedda was dra?«, fragte Hilpert listig.

Killian schüttelte den Kopf. »Nei, isch nur wege dä Inschpiration.«

Hilpert verstand. Er wusste, welche Bilder und Phantasien Autos auslösen konnten. Wenn er schreiben könnte, würde er ein Drehbuch mit dem Titel »Der Autoflüsterer« entwerfen. Sein Lieblingsfilm war aber immer noch »Christine« von John Carpenter. »Kei Problem. Bringsch's uf de Hof, wenn sie dir gnug verzählt hät.«

»Merci, Hans.« Killian wollte wieder einsteigen, aber Hans rief ihm noch hinterher:

»Du, wenn krieg ich mei Unterricht?«

Er drehte sich um. »Nägscht Woch, Dunnschtig oder Fridigg.« Dann verschwand er im Citroën und fuhr vom Hof.

***

Yildiz war in die Straßenbahn umgestiegen und bis zum Freiburger Stadttheater gefahren. Um die Ecke befand sich gleich die Unibibliothek. Dorthin musste sie noch, sie war mit Anatomie völlig hintendran. Und die Histologie der Zelle schwamm ebenso in einer Grauzone. Sie hoffte, dass sie sich konzentrieren konnte, und betrat das Bibliotheksgebäude.

Hier fühlte sie sich wohl. Wenn sie gekonnt hätte, hätte sie ganze Tage hier verbracht. Sie liebte ihr Studium, auch wenn sie viel zu wenig Zeit dafür hatte.

Yildiz schnappte sich drei dicke Bücher und machte sich Notizen über Ribosomen, den Golgi-Apparat und die semipermeable Membran. Obwohl die Zelle eine durchaus nachvollziehbare innere Logik aufwies, war Yildiz nicht in der Lage, sich darauf einzulassen. Die Begriffe der einzelnen Zellbausteine klangen für sie so fremd wie anatolische Dörfer, in die sie nicht zurückwollte. Bernd war ihre Chance gewesen, doch Bernd war tot. Aber der Wahnsinns-Coup stand noch aus. Am Freitag kam die Ladung, Yildiz wusste Bescheid, weil ihr Bernd alles erzählt hatte. Er war zu aufgeregt gewesen, um die Einzelheiten für sich zu behalten.

Sie starrte auf die Grafik der Zelle und musste über die kleine Überschrift »Baustein des Lebens« lachen. Ihr Baustein des Lebens war bereits wieder gestorben, aber Zellen waren im Stande, sich zu erneuern. Und Yildiz hatte den Entschluss gefasst, sich selbst ebenfalls zu erneuern. Sie wollte ihre eigene Zelle sein, ihr eigener Baustein des Lebens. Und der Wahnsinns-Coup sollte ihr dabei helfen.

Bernd war der unauffällige Mittelsmann gewesen, der die Ladung umschlagen und als Kaffee getarnt in den einschlägigen Bars und Kneipen absetzen sollte. Da Bernd tot war, hatten sie keinen Mittelsmann mehr. Wenn die Ladung nun am Freitag käme, wüsste niemand, wohin er sie verschicken sollte, es sei denn, sie hätten bereits einen neuen Mittelsmann eingeschleust. Aber außer Killian war niemand Neues erschienen. Und Killian hatte einen Wahnsinns-Coup nicht nötig, er hatte ihn bereits gemacht.

Yildiz merkte, wie Verbitterung in ihr aufstieg. Was bildete sich dieser Kerl mit seinem Türkisch für Anfänger eigentlich ein? War jetzt auf Mördersuche, als wäre es eine Freizeitbeschäftigung. Das waren ihr die richtigen Freunde, die sich erst für einen interessierten, wenn man bereits unter der Erde lag. Ihr fiel ein, dass die Beerdigung von Bernd und seiner Mutter noch ausstand. Sie würde hingehen, das war sie Bernd schuldig. Vielleicht kam sie darüber auch mit Bernds Auftraggebern und Mördern in Kontakt und konnte ihnen anbieten, seinen Job zu übernehmen.

Yildiz erschrak über ihre Abgebrühtheit. Aber sie sah die Bilder ihrer Schwester vor sich, die sich für ihre Hochzeit das Jungfernhäutchen wieder zunähen lassen musste, und sie sah die Fotos der Bergdörfer, die ihr Vater jeden Sonntag aus seinem Schuhkarton gekramt hatte, um mit Tränen in den Augen den Nachmittag damit auf dem Sofa zu verbringen.

Yildiz blieb keine andere Wahl, Madrid oder Anatolien. Sie schlug den Wälzer zu und verstaute alle Bücher an ihren Plätzen. Dann verließ sie die Bibliothek und lief zügig durch den Regen, vorbei an einer schwarzen Lederjacke, die paffend an einer Häuserwand gelehnt ihren eigenen Gedanken nachhing und Yildiz dann in sicherer Entfernung folgte.

***

Killian blickte auf das Foto, das ihm Swintha zeigte, und schüttelte den Kopf. »Dass ich dort niemanden gesehen habe, ist unglaublich. Lass uns noch mal das fünfte Bild ansehen.«

Swintha klickte zu dem Foto, das den unwirklichen Schatten aufwies.

»Hol das Grab mal näher ran.«

Swintha zoomte das Grab heran.

»Keine Hand«, befand Killian enttäuscht.

»Dafür sieht das dort unten aus wie ein Stiefel.« Swintha zeigte mit dem Cursor auf den unteren Rand des Grabsteins. Dort lugte tatsächlich eine Fußspitze hervor.

»Also waren sie zu zweit. Der eine stand hinter dem Grabstein, und der andere warf den Schatten. Und ich habe beide nicht gesehen.«

»Dafür haben sie dich gesehen«, erwiderte Swintha, »und deswegen wollten sie dir den Mord anhängen.« Es entstand eine kurze Pause.

»Ich glaube, du bist in Gefahr.«

Killian musste laut lachen. »Entschuldige, Swintha, aber ich renne normalerweise zwischen MG-Salven umher. Aber du hast recht, die Sache ist gefährlich, und zwar für dich. Ich glaube, wir stellen das Praktikum hinten an, bis die Sache geklärt ist. Ich möchte nicht, dass dich aus Versehen ein Querschläger erwischt.«

Swintha wollte widersprechen, aber Killian setzte nach: »Du erinnerst dich, was Bärbel gesagt hat? Soll ich es noch mal abspielen? Ich täte dir nicht gut. Und wenn ich dich jetzt nicht aus der Schusslinie nehme, dann hat sie womöglich recht.«

Swintha atmete tief durch, dann nickte sie. »Okay. Dann werde ich eben solange im Bühler kellnern.« Es klang nicht gerade begeistert, aber aufgeschoben war nicht aufgehoben. »Kann ich mir die Fotos auf eine CD brennen? Dann kann ich sie hin und wieder studieren.«

»Klar, aber ich habe noch besseres Studienmaterial. Warte.« Killian verschwand hinter einer Trennwand und kam mit einigen Bildbänden zurück. »August Sander hast du bestimmt schon, oder?«

Swintha nickte. Sie mochte Sander und seine Porträts.

»Dann kriegst du von mir erst einmal diese beiden. Einmal Georg Silk …«

»Hiroshima?«

»Nein, Neuguinea … mir persönlich gefallen seine Fotos von Neuguinea und der Westfront besser. Vielleicht aber auch nur, weil man sie noch nicht so oft gesehen hat. Manchmal habe ich den Eindruck, dass Bilder mit der Zeit ihre Kraft verlieren, wenn sie von allzu vielen Blicken ausgewaschen werden. Dann wünsche ich mir, ich hätte ein Werk von van Gogh sehen können, bevor es auf T-Shirts gedruckt wurde … Und hier, als direkten Vergleich, James Nachtwey.« Er reichte Swintha die beiden Bände.

Die Bücher sahen aus, als wären zwei Panzer darübergefahren. Überall lösten sich die Seiten, auf den Einbänden waren mit Filzstift Anmerkungen notiert; Swintha hatte Mühe, nichts aus dem Papierstapel zu verlieren.

»Gib gut darauf acht, das sind meine Schätze«, grinste Killian, und er meinte es ernst.

»Kennst du Nachtwey persönlich?«, fragte Swintha.

Killian nickte und atmete tief durch, als er sich erinnerte, wie 2003 kurz vor Weihnachten sein Kollege James Nachtwey im Irak von einer Granate halb zerfetzt wurde. Killian selbst hatte bereits die Koffer gepackt, um mit Rohina Weihnachten an einem friedlicheren Ort zu feiern. Aber der plötzliche Ausfall Nachtweys riss ein großes Loch, und der CIA ließ über Moshe bitten, ob er nicht aushelfen könne.

Nachtweys Stil war nüchterner als seiner. Er selbst strebte immer nach Verdichtung, Nachtwey bestand auf Sachlichkeit. Es war Killians Liebe zur Poesie, die er in seine Fotos übertragen wollte. Ihm war klar, dass Krieg grausam war, und er wollte ihn nicht versüßen. Aber ihm war nach einer Stellungnahme, die über das reine Dokument hinausging. Trotzdem schätzte er Nachtwey sehr. Gerade dessen Kontrapunkt war es, der ihm half, das Maß zu halten.

»Danke.«

Swinthas Stimme ließ ihn aus seinem unsortierten inneren Fotoalbum auftauchen, und er blickte in das unverbrauchte und neugierige Gesicht seiner Praktikantin. »Soll ich dich nach Hause fahren? Ich will nicht, dass dich jemand überfällt und dir diese Schätze raubt.«

Swintha brach in einen Gluckser aus bei dem Gedanken, dass dieser Stapel Altpapier, den sie mühsam zusammenhielt, Anlass für einen Überfall sein könnte.

»Ich muss sowieso noch ins Elsass, frische Croissants kaufen.«

Swintha grinste. Sie wusste genau, wohin Killian wollte. Zu gerne wäre sie mit auf den jüdischen Friedhof nach Mackenheim, um mit ihm Detektiv zu spielen, aber sie verstand seine Bedenken und würde sich in der Zeit dem fotografischen Studium widmen.

Killian sah die Nikon noch neben dem Laptop liegen und griff nach ihr, um sie zu verstauen. Er klickte kurz die letzten Bilder durch und entdeckte Swinthas Schüsse der Eisweintrauben.

»Du hast die Luft angehalten, stimmt's?«

Swintha war irritiert.

»Der Ausschnitt ist in Ordnung, die Komposition stimmt für mich, aber es lebt nicht. Du musst es beatmen, mit den Augen durch die Linse. Wenn du die Luft anhältst, erstarrt das Bild, es gefriert ein. Spannend wäre es außerdem, wenn die umliegende Kälte, die durch den Schnee kommuniziert wird, durch die Wärme der Trauben gebrochen werden würde. Den Trauben muss warm sein unter ihrer Haube, verstehst du?«

Swintha runzelte die Stirn. Wie konnte man mit den Augen atmen?

Killian grinste. »Ich sehe schon, wir werden als Erstes mit Atemübungen beginnen müssen.«

»Yoga Nidra?«, platzte es aus Swintha heraus, und beide lachten herzhaft.

Killian zuckte mit den Schultern und verpackte die Nikon. Es machte ihm wirklich Freude, sich diesem aufgeweckten Wesen mitzuteilen. Swintha hatte sich den Mantel übergeworfen und stand bereits in der geöffneten Schiebetür des Ateliers. Killian brannte noch eine CD von den Fotos des jüdischen Friedhofs.

»Wenn du Lust hast, kannst du etwas über die Historie des Friedhofs recherchieren. Wir könnten dann gemeinsam einen Artikel darüber an einige Zeitschriften verkaufen. Was hältst du davon?«

Swinthas Augen funkelten. »Sehr gerne!«

***

Jean bezahlte seinen Espresso und verließ den Auerhahn. Direkt gegenüber der Kneipe war Yildiz in einem verklinkerten Altbau verschwunden. Das Stühlinger Viertel erinnerte Jean an Straßburg, nur dass dort die Croissants noch immer besser waren als hier. In Deutschland geizte man einfach mit Butter. Jean war kein Gourmet, aber Croissants mussten nach Butter schmecken und nicht nach Laugenbrezel oder Dinkelbrötchen.

Das Schicksal meinte es gut mit ihm. Nachdem Yildiz in ihre Wohnung gegangen war, hatte sie sofort die Vorhänge zugezogen, dadurch wusste er, dass sie im dritten Stock wohnte. Aus den Klingelschildern war er nicht schlau geworden. Er war schon für solche kleinen Glücksmomente dankbar. Man zog sich hoch, woran man konnte, denn seine Situation war noch immer mehr als beschissen.

Kant hatte von ihm verlangt, die Türkin aus dem Spiel zu nehmen, nachdem er auf Ambs' Rechnern den E-Mail-Verkehr mit Yildiz gefunden hatte. Zwar war darin nichts Konkretes über den bevorstehenden Deal erwähnt worden, aber Ambs schrieb von goldener Zukunft im sonnigen Süden und andere Schwülstigkeiten, die Kant vermuten ließen, dass Yildiz mehr wusste, als ihm lieb war. Und da schon genug Pannen geschehen waren, hielt er es für ratsamer, Yildiz aus dem Verkehr zu ziehen. Damit hätte man zwei Fliegen mit einer Klappe geschlagen: Zum einen würde sie keine Gefahr mehr darstellen, zum anderen wäre erneut ein Platz in der Verpackungslinie frei. Jean würde diesmal nicht verschlafen, und bis auf Killian wären dann alle Probleme aus dem Weg geräumt.

Um den wollte sich Kant selbst kümmern. Er hatte wohl schon einen Plan, aber Jean war froh, dass er ihn nicht kannte. Er konnte sich immer nur von einem Schritt bis zum nächsten konzentrieren. Ein ganzes Projekt im Überblick zu behalten, das überforderte ihn. Deswegen war er auch froh, dass es Leute wie Kant gab, die wussten, wie man Fäden sponn und sie zusammenhielt – auch wenn Kant mit seiner Klugscheißerei manchmal ziemlich nerven konnte.

Jean blickte auf seine Breitling. Er musste immer mehrere Mal draufsehen, um sich die Uhrzeit zu merken. Nicht etwa, weil er ein so schlechtes Gedächtnis hatte, sondern weil er sich so sehr an seinem Blender erquickte, dass er sich im protzig-eleganten Design verlor, anstatt die Zeit abzulesen. Auch jetzt musste er dreimal darauf schielen, ehe er wusste, dass es kurz vor achtzehn Uhr war. Es war bereits dunkel, aus Yildiz' Zimmer schimmerte Licht durch den Vorhang.

Jean räusperte sich zweimal, bis er den Schleim aus der Lunge im Mund gesammelt hatte, und spie das Sekret dann auf das Trottoir. Es war ein Ritual, das sich über die Jahre eingeschlichen hatte. Er tat es immer, bevor er irgendeine Schandtat vollbrachte. Ob es der unbewusste Drang nach Reinigung war oder bloß Nervosität, Jean wusste es selbst nicht.

Er schlenderte über die Straße, als würde er einen guten Freund besuchen, und drückte die Haustür auf. In solchen Studentenhäusern war unten einfach immer offen. Jean war es recht. Er stieg die Steinstufen bis zu Yildiz' Wohnung hoch und horchte an der Wohnungstür. Es dröhnte »Once upon a time in the West« von Dire Straits. Jean wunderte sich, wie eine junge türkische Frau solche Musik hören konnte. Er selbst mochte Mark Knopfler nicht, sondern stand auf Heavy Metal. »From a battle I come to a battle I go« von Manowar kam ihm in den Sinn.

Er zückte die Schließwerkzeuge und öffnete behutsam die Tür. Vorsichtig lugte er in den Flur, die Luft war rein. Der Titel war zu Ende, es herrschte die kurze Pause zwischen zwei Songs, in der Jean hören konnte, dass die Dusche im Badezimmer plätscherte. Das Glück schien schon wieder auf seiner Seite. Einfacher konnte sie es ihm nicht machen. Er huschte in die Wohnung und schloss die Tür hinter sich.

Es erklang bereits »Walk of Life«, als er seine Garotte aus der Lederjacke holte. Jean liebte die Garotte. Sie war leise und arbeitete sauber und schnell. Sie drosselte und schnitt gleichzeitig, dadurch verringerte sich der Kraftaufwand. Wenn der Wurf gut gelang, erwischte man den Kehlkopf sofort und zerschnitt die Stimmbänder. Dadurch war ein Hilferuf unmöglich.

Jean schlich sich ins Bad. Hinter dem Duschvorhang stieg heißer Wasserdampf auf und hatte bereits den Spiegel beschlagen. Überhaupt glich die Luftfeuchtigkeit eher der in einem Hamam als der in einem Badezimmer. Zum Glück war die Breitling wasserdicht bis zu einer Tiefe von dreißig Metern, dachte Jean. Er wusste auch nicht, warum er immer an solche Banalitäten denken musste, kurz bevor er jemanden tötete. Aber es lenkte ab. Dadurch, dass er sich Gedanken über einfache Dinge machte, geschah auch das Morden beiläufig. Es war, wie wenn man sich ein Päckchen Zigaretten aus dem Automaten zog. Auf dem Päckchen stand zwar auch irgendetwas, das mit Tod zu tun hatte, aber man nahm davon nicht wirklich Notiz.

Jean war jetzt dicht genug am Vorhang, dass er ihn nur wegreißen musste. Wenn Yildiz mit dem Rücken zu ihm stand, war es optimal, wenn sie sich frontal zeigte, hoffte er auf den Schockmoment, den er nutzen konnte. Kurz dachte er daran, wie es wäre, Yildiz unter der Dusche erst zu vögeln und dann kaltzumachen. Die Musik war laut genug, niemand würde es hören. Er ließ es drauf ankommen. Wenn sie ihm gefiel, dann würde er sie ordentlich rannehmen, Kant würde davon nichts erfahren.

Jean riss den Duschvorhang zur Seite und glotzte auf einen Regenmantel, der an einem Kleiderbügel hing. Dann spürte er einen dumpfen Schlag auf den Hinterkopf und sackte zu Boden. Sein Kopf schlug mit einem knackenden Geräusch auf.

Yildiz benötigte einige Sekunden, ehe sie begriffen hatte, was sie getan hatte. Es war nicht ihre Absicht gewesen, den Mann zu töten.

Da sie geahnt hatte, dass die Mörder von Bernd sie ebenfalls im Visier haben mussten, war sie vorsichtig geworden. Als streng erzogene Muslimin war sie es gewohnt, die Blicke der Männer zu registrieren und sie mit Hilfe ihres Kopftuches abzuwehren. In Hannover hatte sie noch Kopftuch getragen; seit sie in Freiburg war, hatte sie sich von den Zwängen ihrer Vorfahrenkultur befreit und wie eine Frau gelebt, die in Deutschland geboren und aufgewachsen war. Aber männliche Blicke wusste sie noch immer im Nu zu registrieren und sich dagegen zu wappnen. Die Blicke dieses Mannes hatten sie aufgefressen. Er war ein viehischer Bock gewesen, der nur seinen Trieben gehorchte. Ein Werkzeug, das für andere die Drecksarbeit erledigte.

Yildiz schämte sich, aber wie sie den Mann so liegen sah, dachte sie plötzlich an ihren Vater. Auch er war nur ein Werkzeug gewesen, sein Leben lang. Dreischicht am Band für ein kleines Haus in der Nähe des Bosporus. Zweimal hatte er das Haus gesehen, Urlaub hat er dort noch nie gemacht, aber die Fotos davon befanden sich ebenfalls in seinem Schuhkarton. Nun hatte er Krebs und war dadurch noch gläubiger geworden. Bald würde Yildiz auch in seine starren Augen blicken.

Yildiz hatte den Mann schon beim Verlassen der Bibliothek wiedererkannt. Hätte er sich im Bus nicht neben sie gesetzt, läge sie jetzt statt seiner tot in der Duschwanne. Aber der penetrante Gestank seiner Lederjacke hatte sich in ihre Nase gefressen, und sie hatte sich große Mühe geben müssen, ihren Brechreiz im Bus zu unterdrücken. So war sie ein paar Umwege gegangen, hatte hin und wieder an einem Schaufenster Halt gemacht, um zu überprüfen, ob die Lederjacke ihr folgte. Sie tat es, und Yildiz war einen Schritt voraus, um ihren Plan zu schmieden. Er hatte funktioniert, obwohl sie den Mann nur außer Gefecht setzen wollte. Sein Tod war nicht geplant gewesen.

Nun war es aber so, und Yildiz musste damit umgehen. Leichen machten ihr nichts aus. Auch beim Sezieren während des Studiums hatte sie nichts dabei empfunden, den toten Körpern die inneren Organe freizulegen. Vielleicht lag es daran, dass sie ihrem Vater immer beim Schlachten der Hammel hatte helfen müssen, während sich ihre Brüder davor gedrückt hatten unter dem Vorwand, für die Schule büffeln zu müssen.

Sie legte den Hammer zur Seite und begann die stinkende Lederjacke zu durchsuchen. In seinem Portemonnaie fand sie neunhundert Euro. Die konnte sie für ihren weiteren Plan gut gebrauchen. Das Handy warf sie ins Wasser der Duschwanne, dann zog sie dem Mann den Breitling vom Handgelenk und steckte die Uhr ein. Mühsam verfrachtete sie ihn ebenfalls in die Duschwanne und zog den Vorhang vor. Sie hatte nicht vor, ihn aus der Wohnung zu schaffen. Hier lag er gut. Sie selbst würde für die nächsten drei Tage in ein Hotel ziehen, dann wäre sie sowieso nach Spanien unterwegs.

Yildiz verließ das Badezimmer, schloss die Tür und begann ihren Koffer zu packen.

***

Killian hatte Swintha in Breisach abgesetzt und war direkt über die Grenze ins Elsass gefahren. Er hoffte, vor Einbruch der Dunkelheit in Mackenheim anzukommen, um noch ein paar Fotos im Dämmerlicht schießen zu können.

In Mackenheim war man stolz, dass man Alemannisch sprach, der wichtigste Speer gegen den Pariser Zentralismus. Der Ort besaß an die siebenhundert Einwohner und prahlte mit restauriertem Fachwerk. Killian fuhr schnell durch; einige Fußgänger winkten ihm verärgert hinterher, weil er durch die Pfützen raste und das Fußvolk nass spritzte. Vor allem schimpften sie, weil sie sich aufgrund des Nummernschildes bestätigt fühlten, dass die Pariser eben so sind, wie sie sind. Killian amüsierte es. Jetzt hatten sie in der Boulangerie etwas zu erzählen.

Die Regenwolken waren von einem starken Wind auseinandergetrieben worden. Hie und da brach rötliches Abendlicht hindurch und verlieh dem jüdischen Friedhof einen warmen Schleier. Killian hatte seine Nikon im Anschlag und fotografierte, solange ihm das Licht noch hold war.

Über dem Friedhof lag nun eine völlig andere Stimmung als noch vor wenigen Tagen. Die Klarheit war gewichen, dafür schwebte das Geheimnis über der Stätte. Bevor die Wolken den Vorhang über das Abendrot zogen, besah sich Killian die einzelnen Grabsteine, ohne durch die Kamera zu linsen. Er suchte den Stein, hinter dem die Hand und der Stiefel hervorgelugt hatten.

Da die Grabsteine von Gras umkränzt waren, war es unmöglich, Fußabdrücke zu finden, zumal es geschneit und wieder geregnet hatte. Dafür fand Killian einen filterlosen Zigarettenstummel. Er nestelte in seiner Jacke, zog eine leere Filmdose hervor und steckte den Stummel hinein. Vielleicht hatte Belledin Interesse, den Fund im Labor zu untersuchen.

Eigentlich hätte er jetzt wieder fahren können; die Dämmerung brach schnell herein, da sich die dunkelgrauen Regenwolken wieder verdichteten. Aber er genoss die Stille des Friedhofs. Er war eigentlich an den Kaiserstuhl zurückgekommen, um die innere Stille zu finden, und doch war er wieder auf einer Jagd. Er fragte sich, ob es an ihm lag, dass er die Unruhe anzog, wo immer er auch sein mochte. Warum ihm das gerade auf dem jüdischen Friedhof einfiel, wusste Killian nicht. Aber waren die Juden nicht auch ein Volk, dem man stets vorwarf, es würde Unruhe bringen, wo immer es auftauchte?

Killian fühlte sich in dem Augenblick den heimatlosen Gräbern sehr nah, auch wenn die Ursachen ihrer Heimatlosigkeit unterschiedlich waren. Die Toten, die unter diesen Grabsteinen beerdigt lagen, hatten nicht das Recht gehabt, in Breisach zur Ruhestatt zu gelangen. Die christlichen Bürger der Stadt hatten es nicht zugelassen. Bei Killian war es der innere Hetzhund, der ihn nicht zur Ruhe kommen lassen wollte. Er hatte sogar einen Anflug von Verständnis für den reisefaulen Moshe, der immer befürchtete, Israel würde es nicht mehr geben, wenn er von einem Ausflug zurückkehrte.

***

Zwar war es nicht Belledins Lieblingsbeschäftigung, sich mit Computern herumzuschlagen, da er durch den Muskelkater aber an den Schreibtisch gefesselt war, hatte er sich Ambs' Laptops in den letzten drei Stunden mal durchgesehen.

Einer war nur mit Spielen bestückt, das erinnerte Belledin daran, dass er schon lange nicht mehr im Schießstand gewesen war. Er war ein guter Schütze, hatte einige Pokale abgeräumt und traf in der Regel dorthin, wohin er die Kugel haben wollte. Aber in letzter Zeit hatten ihn die Arbeit und vor allem die Kommunalpolitik derart absorbiert, dass er für solche spaßigen Seiten seines Berufes überhaupt keine Zeit mehr gefunden hatte. Jetzt, da er den Liberalen den Rücken kehren wollte, würde er bald wieder seine ruhige Hand testen können. Es hatte etwas Befreiendes, auf Pappkameraden zu ballern. Belledin schämte sich, als er sich erinnerte, an wen er schon alles gedacht hatte, wenn er die Kugeln in die Zehn der Schießkarten gefeuert hatte.

Computerspiele hingegen verabscheute er. Dort konnte jeder zum Scharfschützen mutieren, das war keine Kunst. Deswegen hatte er sich auch mehr mit dem zweiten Laptop beschäftigt, der ein reines Musik- und Filmarchiv war. Vor allem auf Krimis und Thriller schien Ambs gestanden zu haben: »Ocean's Eleven«, »Der Clou«, »Rififi«, »Bankraub in Rio«, »Topkapi« ... dann Dokumentationen über den Postraub von England aus den Sechzigern und über einen deutschen Kriegsfotografen namens Killian.

Belledin war überrascht, wie bekannt Killian sein musste, wenn man sogar eine TV-Doku über ihn machte. Würde er Killian nicht persönlich kennen, fände er ihn vielleicht gar nicht mal so übel; da er aber mit ihm auf der Straße gebolzt hatte und ihm dessen große Klappe seit jeher auf den Geist gegangen war, empfand er seine Ansicht nur bestätigt, dass das Fernsehen kurz vor dem Ende stand.

Belledin hatte vor allem an den Musikvideos seinen Spaß. Jetzt hing er vor Bob Dylan, der »Don't think twice, it's allright« ins Mikrofon krähte. Belledin dachte sofort an Biggi und hatte ein schlechtes Gewissen. Er ließ Dylan den Song im Hintergrund zu Ende bringen und loggte sich über den dritten Laptop, der offenbar das Büro von Ambs darstellte, ins Internet. Seit zwei Monaten waren sie im Büro wireless, das fand Belledin sehr praktisch, obwohl die Aschenbrenner gehört haben wollte, dass man von der Strahlung Krebs bekommen konnte. Belledin tippte bei Google »Staubsauger« ein, und es erschienen in 0,09 Sekunden 4.490.000 Ergebnisse. Ihn durchströmte eine gewisse Genugtuung, dass er gestern eines dieser Ergebnisse eliminiert hatte. Aber es half nichts, Biggi brauchte einen neuen Liebhaber, ansonsten drohte der heilen Welt ein Inferno. Belledin klickte sich durch einen Anbieter, und ihm wurde fast übel bei der gigantischen Auswahl. Fast kam er sich schwul vor. Wenn ihn jetzt jemand ertappt hätte, er wäre rot geworden wie ein Pennäler, der sich heimlich auf Pornoseiten schlich.

Um dem homoerotischen Gefühl ein Gegengewicht zu geben, entschied sich Belledin spontan für einen Industriestaubsauger. Und zwar für den PROVAC-2002, ideal für groben Staub, Späne und Granulate. Die Motorleistung lag bei 2,2 kW, die Luftförderleistung bei dreihundert Kubikmetern pro Stunde, das Fassungsvermögen betrug achtzig Liter, und der Behälter war aus Edelstahl, was Belledin als sehr maskulin empfand. Außerdem war der Filter teflonbeschichtet und besaß eine Rüttelvorrichtung, dazu gab es einen vier Meter langen Saugschlauch und ein Handrohr mit Bodendüse. Belledin fand, dass sich das gut anhörte. Der Bruttopreis von 1.844,50 Euro war zwar happig, aber dafür sollte er auch bis zur goldenen Hochzeit halten.

Belledin rief durch, bestellte das Teil kurzerhand und wollte nach Dienstschluss gleich vorbeifahren, um seine Biggi damit zu beglücken. Einen Fall hatte er zumindest schon einmal gelöst. Nun konnte er sich beruhigt dem Outlook von Ambs widmen.

Wagner kam zur Tür herein, fluchte über das Sauwetter und

war erstaunt, seinen Chef über den Computern zu finden. Belledin klickte Ambs' Kontakte durch und war doch überrascht, Killians E-Mail-Adresse darin zu finden. Dann arbeitete er sich durch die Rubrik »Gesendete Objekte«, ehe er auch den Ordner »Gelöschte Objekte« durchkämmte. Bei dem, was da alles auftauchte, pfiff er durch die Zähne.

»Was gibt's, Chef?«, versuchte sich Wagner ins Geschehen zu bringen.

Belledin blieb mit seiner Aufmerksamkeit weiterhin in Ambs' Briefwechsel, während er Wagner ein beiläufiges »Und, hat jemand was gesehen?« zuwarf.

»Fehlanzeige. Nur zwei weitere Anwohner, die beim Schneeschippen Killian mit dem Defender haben an- und wegfahren sehen«, brummte Wagner.

»Dachte ich mir«, gab Belledin zurück, lugte endlich hinter dem Bildschirm hervor und grinste Wagner an. »Jetzt hätte ich Lust auf einen Mirabell.«

Wagners Laune änderte sich schlagartig. Flugs standen zwei Stamperl zwischen den Laptops, und der klare Schnaps ergoss sich durch den Schnabelaufsatz in die Gläser. Wagner hatte sein Glas bereits in Händen und wartete darauf, dass auch Belledin zugriff.

Dieser hatte aber noch etwas Interessantes in Ambs' Dateien entdeckt und notierte sich auf einem Zettel den Namen Yildiz Gümüs. Er reichte ihn Wagner und nuschelte: »Überprüfen.« Dann nahm auch er sein Glas, man stieß an, hob dabei die Augenbrauen und kippte den Tropfen. Während Belledin die Hitze des Schnapses in den Bauch hinunterzog, atmete Wagner den Brand durch die Kehle aus.

Belledin lehnte sich zurück und rückte endlich damit heraus, was er in Ambs' Postfach gefunden hatte.

»Von wegen Killian und Ambs haben sich seit zehn Jahren nicht mehr gesehen. Hier gibt es einen regen Briefwechsel zwischen den beiden. Killian wollte Ambs dazu überreden, bei irgendeinem krummen Ding mitzumachen. Ambs hat erst zugestimmt, dann aber einen Rückzieher gemacht.«

Wagner nutzte die Gelegenheit, um nachzugießen. »Das wäre doch ein Motiv.«

Belledin schürzte die Lippen, sodass ihn sein Schnäuzer an der Nase kitzelte. »Killian sagte, dass die Laptops nicht in der Wohnung waren, als er dort war. Vermutlich ahnte er bereits, dass wir was gegen ihn finden würden. Und wenn wir ihm das jetzt unter die Nase reiben, wird er behaupten, der große Unbekannte, der die Laptops entwendet hatte, hätte die Dateien frisiert. Für wie blöde hält der uns eigentlich?«

»Wir könnten Killians Rechner überprüfen. Wenn er die gleichen E-Mails im Kasten hat, ist er dran.« Für Wagner ein idealer Augenblick, um seine Folgerung mit dem Kippen des Mirabell zu krönen.

Belledin nickte. »Aber wir haben keinen Beschluss, Killians Rechner zu durchsuchen. Und wenn Strasser davon etwas mitbekommt, dann können wir beide einpacken.«

»Man muss ja nicht vor Ort sein, um in einen Rechner zu kommen«, wusste Wagner.

Belledin schwieg.

»Unsere Experten dürfen wir damit nicht beauftragen, Selinger ist überkorrekt, der macht nichts ohne Beschluss.«

Belledin griff nun endlich auch die zweite Schnapsfüllung und verstaute auch deren Hitze im Bauchraum. »Wir behalten ihn auf jeden Fall im Auge. Diese Yildiz Gümüs, die arbeitet bei BPD in Umkirch. Hatte anscheinend engeren Kontakt mit Ambs. Werde sie morgen mal befragen. Und Sie kümmern sich um irgendeinen Hacker, der uns noch was schuldig ist.« Belledin schaffte sich aus seinem Drehstuhl und wurde wieder an die Übersäuerung in seinen Beinen erinnert. Er sog die Luft ein, dass er es an den freiliegenden Zahnhälsen spürte. Dann griff er seinen Mantel und den schwarzen Borsalino und verließ das Büro.

Wagner blieb zurück, goss sich noch einen Selbstgebrannten ein und ging in Gedanken die Liste der Jungs durch, die sie im letzten Jahr hochgenommen hatten, als sie den Graffiti-Virus auf den Internetseiten der Deutschen Bank installieren wollten.

***

Kant hatte vergeblich versucht, in Killians Rechner einzudringen. Nicht dass Killians Mac sonderlich gegen Spionage geschützt gewesen wäre, da er aber das Netz derzeit offenbar verweigerte, war es nicht möglich, extern hineinzugelangen. Er musste sich vor Killians Rechner selbst setzen, wenn er ihn manipulieren wollte.

Kant hatte sich geduldet, bis Killian aus dem Atelier verschwunden war, und dann den richtigen Zeitpunkt genutzt, um sich zu dem Computer Zutritt zu verschaffen. Er öffnete das Office-Programm, setzte einen USB-Stick an und zog den fingierten Briefwechsel zwischen Ambs und Killian auf den Rechner. Das alles dauerte keine Minute, dann war der Stick wieder in seiner Tasche verschwunden, der Rechner heruntergefahren und Kant aus dem Atelier verschwunden.

Kant gefiel die Rheinebene. Sonst operierte er mehr zwischen Holland und Nordrhein-Westfalen. Der Handel mit den synthetischen Drogen lief vor allem über die Achse Amsterdam–Leverkusen. Es war das erste Mal, dass man versuchte, im Süden Deutschlands Fuß zu fassen. Die traditionellen Drogen kamen über die Algerier von Paris nach Straßburg und überquerten bei Kehl die Grenze. In Kehl waren mittlerweile auch viele Russen ansässig, die in den Markt zu dringen versuchten. Ziemlich eng, die ganze Angelegenheit. Kant zog es vor, die Spice-Alternative über die Provinz erst einmal nach Freiburg zu bringen. Von dort aus könnte man dann gesamt Baden-Württemberg und Bayern anvisieren. Dafür war es aber wichtig, dass die erste Ladung saß. Ein Patzer bedeutete Zeitverlust. Kant musste im Geschäft sein, bevor die Algerier und die Russen davon Wind bekamen, ansonsten würden seine Investoren mit einem fetten Minus aus dem Geschäft gehen – und das, nachdem sie bereits an der Börse einen Batzen verloren hatten.

Für ihn hatte gar nichts Besseres passieren können, als dass die Börsen zusammenkrachten. Erst dadurch hatte er die Investoren überhaupt überzeugen können, dass es jetzt an der Zeit sei, auf synthetische Drogen zu setzen. Kant versprach garantierte fünfzehn Prozent Rendite, das leistete momentan kein Hedgefonds. Insgesamt steckten dreißig Millionen Euro in dem Unternehmen. Wenn die Umladung am Freitag nicht klappte, würde er sich für lange Zeit eine sehr gute Verkleidung suchen müssen.

Deshalb hoffte er, dass Jean seine Scharte wieder ausgewetzt und die Türkin aus dem Verkehr gezogen hatte. Jean würde morgen für sie bei BPD einspringen und hätte die Ware und Killian gleichzeitig im Blick. Falls die Polizei sich Ambs' Computer schon angeguckt hatte, würde sie ihn spätestens morgen ohnehin wieder einbuchten. Wenn er dann vor Freitag wieder freikommen sollte, musste er verdammt gute Freunde haben.

Kant fuhr seine E-Klasse auf den Marktplatz von Breisach und ging ins Café Bühler. Normalerweise war es nicht seine Art, sich mehrere Male im gleichen Café mit jemandem zu treffen. Aber er wollte auf Nummer sicher gehen, dass Jean auch zur verabredeten Uhrzeit aufkreuzte. Sie hatten acht Uhr abgemacht. Jetzt war es fünf vor. Jean war noch nicht da.

***

Der Anruf war überraschend, kam aber nicht ungelegen. Für Simone tat es Swintha leid, aber sie konnte das Geld auch gut gebrauchen. Simone war im Schneematsch ausgerutscht und hatte sich das Handgelenk verstaucht. Das Tragen von sechs Tellern konnte sie sich für die nächste Zeit abschminken. Außerdem war ihr linkes Knie nach dem Sturz wie ein Ballon angeschwollen, sodass die Ärzte ihr zu einer Meniskusoperation rieten. Bei Simones Gewicht konnte die Genesungszeit lang werden.

Und so war es gekommen, dass sie kurz nachdem Killian sie zu Hause abgesetzt hatte, schon wieder in ihren Service-Dress gesprungen war, um im Café Bühler zu bedienen. Es war einiges los, viele hatten die Ferien um drei Tage verlängert, vor allem zwei Reisegruppen aus dem Elsass bevölkerten das Café. Swintha hatte noch nicht einmal Zeit gehabt, sich eine Zigarette zu drehen. Für einen Augenblick schwor sie sich sogar, mit dem Rauchen aufzuhören, weil sie durch das ständige Laufen derart aus der Puste kam, dass sie sich in der Küche kurz anlehnen musste, um durchzuschnaufen.

Außer ihr war nur Angelika, die Tochter des Chefs, für die Bedienung der Gäste zuständig. Angelika hatte allerdings überhaupt keine Lust, und das zeigte sie auch demonstrativ. Sie schlurfte durch den Raum, dass Swintha cholerische Hitze in sich aufsteigen fühlte. Am liebsten hätte sie Angelika in den Hintern getreten, so wie sie das aus alten Slapstick-Filmen kannte: fünfmal hintereinander und in Zeitraffer.

Sie hatte Angelika schon auf der Schule nicht leiden können. Angelika war blond und die Erste im Jahrgang gewesen, der Brüste gewachsen waren. Bei den Jungs war sie immer besonders beliebt gewesen, weil sie weder mit den Törtchen aus der Konditorei ihres Vaters noch mit der Berührung ihrer Brüste gegeizt hatte. Sie schielte ein wenig mit ihren hellen blauen Augen. Die Jungs fanden das verträumt, aber tatsächlich schielten auch sie nur auf ihre Brüste. Mit viel Nachhilfeunterricht und Gratiskuchen am Freitag fürs Lehrerzimmer hatte sie dann sogar das Abitur geschafft und war von Swinthas Jahrgang zur Miss MSG (Martin-Schongauer-Gymnasium) gewählt worden. Als ob das nicht schon genügend Gründe für eine Fehde auf Leben und Tod gewesen wäre, musste Swintha sich jetzt auch noch für diese faule Pomeranze die Hacken ablaufen und auf ihre Zigarettenpause verzichten.

Angelika nahm gerade bei einigen Jungs, die das Rudertraining hinter sich hatten, eine Bestellung auf und ließ sich dabei so viel Zeit, als müsse sie einen Dreisatz lösen. Tatsächlich starrte sie aber nur auf die durchtrainierten Brustkörbe der Jungs, die in viel zu engen kurzärmeligen Poloshirts die Kuchenkarte so in den Händen drehten, dass ihre Bizepse wie Boulekugeln sprangen. Das musste Angelika ebenso hypnotisieren wie die Jungs ihre ausgestellte Oberweite. Jedenfalls war sich Swintha bewusst geworden, dass sie den gesamten Saal alleine schmiss.

Sie hatte nicht nur die beiden Gruppen abzufertigen, sondern musste sich auch noch um die Einzelgäste kümmern. Swintha hatte den Mann im Cordanzug schon länger bemerkt, war aber davon ausgegangen, dass Angelika sich um ihn kümmerte. Da sich aber der genetische Wettbewerb am Tisch der Ruderer noch eine Weile hinziehen würde, entschloss sie sich, seine Bestellung ebenfalls aufzunehmen.

Sie atmete kurz durch und ging zu ihm. »Entschuldigung, Sie warten schon länger, nicht wahr? Aber es ist hier so viel los«, eröffnete Swintha die Kommunikation und setzte ihre Grübchen kokett ein, um einer möglichen Beschwerde gleich den Wind aus den Segeln zu nehmen.

Der Mann lächelte zurück. »Wenn man es eilig hat, sollte man zu McDonald's gehen. Ich nehme einen Cappuccino und ein Stück Käsekuchen.«

»Kommt sofort.«

Swintha rauschte ab und gab hinten die Bestellung auf. Sie erinnerte sich, dass der Mann schon gestern hier gewesen war, allerdings in Begleitung. Sie spürte den lüsternen Blick der Lederjacke noch an ihren Beinen. Sie war stolz auf ihr fotografisches Gedächtnis und gedachte, daraus auch Kapital zu schlagen. Die meisten Menschen fühlten sich geschmeichelt, wenn man sie wiedererkannte. Das gab ihnen das Gefühl, aus der Masse herauszustechen. Swintha nahm den Cappuccino und den Käsekuchen entgegen und eilte damit umgehend zurück.

»Bitte schön, einmal Cappuccino und einmal Käsekuchen. Sie sind heute alleine?«

Der Mann stutzte und blickte sie fragend an. »Ihr Freund, mit der Lederjacke ... hat es ihm hier etwa nicht gefallen?«, setzte sie nach.

»Ach ja, natürlich. Nein, nein, er müsste noch kommen.«

Es gefiel Kant überhaupt nicht, dass die aufgeweckte Kellnerin ihn erkannt hatte. Irgendwie kam sie ihm aber auch bekannt vor, doch es konnte daran liegen, dass sie ihn schon gestern bedient hatte. Viel mehr allerdings sorgte er sich um Jean. Warum war er noch nicht hier? Kant hatte bereits mehrmals versucht, ihn telefonisch zu erreichen, aber jedes Mal hatte ihm eine nüchterne Frauenstimme erklärt, dass der Teilnehmer vorübergehend nicht erreichbar sei. Ob sich Jean aus dem Staub gemacht hatte? Es war bereits halb neun, so eine Verspätung gab es sonst nie. Kant duldete das nicht. Pünktlichkeit und Präzision waren die Basis eines erfolgreichen Unternehmens, und Jean hatte dies bislang respektiert. Ob er den eigenen Drogenkonsum nicht mehr im Griff hatte?

Kant weigerte sich prinzipiell, mit Junkies zusammenzuarbeiten, aber mittlerweile war es schwierig geworden, Handlanger zu engagieren, die sich nicht auf irgendeine Weise zudröhnten. Die meisten waren auch nur deswegen zu allem bereit, weil sie sich dadurch den nächsten Trip leisten konnten. Das machte es natürlich hin und wieder einfacher, Einwegpersonal zu engagieren.

Aber Kant verachtete die Schwächlinge, die ihr Heil in Drogen zu finden suchten. Es war paradox: Jeder Verkaufstrainer erklärte den Vertriebsleuten, dass sie sich mit ihrem Produkt identifizieren müssten, wenn sie es erfolgreich verkaufen wollten. In Kants Geschäftsbereich war der Erfolg allerdings nur dann möglich, wenn man sich möglichst weit von seiner Produktpalette distanzierte.

Er nippte an dem Cappuccino und aß ein Stück Käsekuchen. Sein Blick wanderte durch den Saal. Erst hing er für einige Augenblicke an der gurrenden Blondine fest, deren linke Hand mittlerweile auf der Schulter eines der jungen Männer lag, während die rechte durch ihr langes gewelltes Haar fuhr. Kant entging nicht, dass die linke Hand langsam von der Schulter in den Nacken des jungen Mannes wanderte, um ihn dort zu kraulen, während sie die Bestellungen der anderen aufnahm. Kant wusste, wie das enden würde, und er hatte für einen Moment Mitleid mit der kleinen Rothaarigen, die sich die Hacken ablief.

Er wandte den Blick von den Muskelmännern ab und sondierte den Rest des Saals. Die Reisegruppen waren versorgt, die Rothaarige räumte gerade leer gegessene Teller ab und verschwand damit in der Küche. Jetzt hatte Kant sie erkannt. Er hatte sie nur kurz gesehen, außerdem hatte sie sich die Jacke über den Kopf gezogen, als sie aus Killians Atelier durch den Regen ins Auto geeilt war. Aber Kant wusste, dass er sich nicht geirrt hatte.

In seinem Kopf setzte sich ein Plan zusammen, den er nutzen wollte, falls Jean nicht mehr auftauchte.

Swintha kam aus der Küche, bemerkte, dass der Gast im Cordanzug seinen Kuchen gegessen hatte. »Darf ich Ihnen noch etwas bringen?«, fragte sie geschäftstüchtig.

»Ein Mineralwasser bitte.« Er reichte ihr den Kuchenteller an, dabei fiel Swinthas Blick auf den kleinen Ring an seinem Finger.

Sie ließ den Teller vor Schreck fallen, und er zerschellte am Boden. Sie starrte erst auf die Scherben, dann auf den Mann und stotterte ein »Entschuldigung, entschuldigen Sie bitte vielmals, aber es ist einfach viel los heute …«

Der Mann lächelte freundlich. »Kein Problem. Kommen Sie,

ich helfe Ihnen.« Er stand auf, um ihr beim Einsammeln der Scherben zu helfen.

»Es geht schon, danke«, wehrte sie ab und starrte dabei immer wieder auf den Ring mit dem schwarzen Stein.

»Kellnern will gelernt sein«, hörte Swintha eine quakende Stimme hinter sich. Der Lärm des zerschellenden Tellers hatte sogar Angelika wieder ins Hier und Jetzt befördert. Schadenfroh grinste sie Swintha an. »Die Jungs da hinten kriegen alle Hefeweizen. Ich muss mal gschwind weg, bin in einer halben Stunde aber wieder da. Schaffsch es so lange ohne mich?«

Die Frage war rein rhetorisch. Erstens hatte Swintha ohnehin den ganzen Laden allein versorgt, und zweitens würde Angelika sowieso gehen, wenn ihr danach war. Ihr war offenbar sehr danach und dem Ruderer, der hinter ihr her trottete, ebenfalls. Swintha nickte, bedankte sich kurz für die Hilfsbereitschaft des Mannes und verschwand dann mit den Scherben in der Küche.

In ihrem Kopf drehte sich alles. Wenn sie die Augen schloss, sah sie nur noch Kuchenteller und Besteck, dazwischen blitzte der Ring auf, dann wieder das Foto mit dem Grabstein. Sie war sich sicher, dass es derselbe Ring war. Zu Hause würde sie sofort die von Killian gebrannte CD einwerfen und sich den Ring nochmals genauer ansehen. In ihrer Handtasche hatte sie ihren Fotoapparat. Den hatte sie immer dabei, um keine Gelegenheit auszulassen, einen besonderen Moment einzufangen. Sie würde warten, bis der Mann ging, und dann das Nummernschild seines Autos fotografieren.

Swintha lief zu ihrer Handtasche, holte den Apparat hervor, spannte ihn und setzte das Zoom-Objektiv ein. Dann gab sie die Hefeweizen auf und eilte wieder in den Saal, um dem Mann das Mineralwasser zu bringen. Aber er war nicht mehr da. Er hatte reichlich Trinkgeld zurückgelassen und war verschwunden. Swintha rannte zur Eingangstür und sah gerade noch die Rücklichter einer E-Klasse, die den Marktplatz verließ.

***

Bei Belledins herrschte mal wieder Schlossbeleuchtung. Es gab kein Fenster, aus dem nicht Licht auf die Straße schien. Normalerweise ärgerte er sich darüber, wenn Biggi überall im Haus die Lampen anhatte. Es ging ihm dabei nicht um ökologische Prinzipien, aber einen Dukatenscheißer hatte er nun auch nicht im Keller stehen.

Belledin fuhr vor die Garage, stieg aus und zerrte den im Karton verpackten Staubsauger aus dem Audi. Er war hochzufrieden mit dem Gerät. Er hatte es sich im Geschäft kurz vorführen lassen und war beeindruckt gewesen. Damit das edle Teil überhaupt in den Wagen passte, hatte er die Rückbank umklappen müssen. Das machte er sonst nur, wenn er den Tannenbaum besorgte.

Er packte den Karton und drückte ihn gegen seinen Bauch. Leicht war er nicht, aber gute Dinge brauchten eine gewisse Schwere, sonst taugten sie nichts. Mit jedem Schritt, den er den Karton über die Waschbetonplatten wuchtete, spürte er wieder seine Oberschenkel.

Endlich erreichte er die Haustür. Er läutete, aber niemand öffnete. Wahrscheinlich war Biggi im Keller und kümmerte sich um die Wäsche. Belledin kramte nach seinem Schlüssel und schloss die Tür auf. Er wollte gerade nach Biggi rufen, da blieb ihm jegliche Silbe in den Stimmritzen hängen. Im Parterre sah es aus, als hätten sich zwei Selbstmordattentäter in die Luft gesprengt.

Belledin dachte tatsächlich sofort an einen Überfall und griff nach seiner Dienstwaffe. Teller lagen in Scherben am Boden, aus den Polstern waren die Federn gerissen und auf dem Teppich verteilt, die Schubladen der Eichenschrankwand lagen samt Inhalt verstreut um den Esstisch. Und mittendrin auf dem weißen Teppich, auf dem er es seiner Frau einmal die Woche besorgte, kauerte Biggi, in der Hand eine geleerte Flasche Remy Martin.

Für einen kurzen Moment ärgerte sich Belledin, dass Biggi sich ausgerechnet mit dem kostbaren Tropfen besoffen hatte, dann überwog aber doch das eigene schlechte Gewissen. Er suchte nach Worten, die der Situation angemessen waren, aber er fand nichts in seinem Setzkasten der Phrasen. Es war eine erbärmliche Situation. Da war man zweiundzwanzig Jahre zusammen und fand kein Wort des Trostes füreinander.

Endlich sagte er: »Ich habe einen neuen Staubsauger gekauft.«

Biggi blickte von der Flasche zu Belledin und lächelte. Es war ein zynisches, offenbarendes Lächeln, und er erkannte, dass er von

Biggi überhaupt nichts begriffen hatte. Wer war sie? Was hatte sie vom Leben gewollt? Erst jetzt bekam er eine Ahnung davon, dass sie sich nur deswegen in das Amt der besten Hausfrau aller Zeiten geworfen hatte, weil für andere Träume kein Platz, keine Unterstützung und kein Mut vorhanden gewesen waren.

Annette war aus dem Haus, ging ihre eigenen Wege, die Mutter war überflüssig geworden, das Klammern an die Bastion des Putzteufels dafür noch dringlicher. Und Belledin hatte ihr diesen fragilen Film, den sie sich zusammengeschnitten hatte, zerstört, ohne auch nur einen Gedanken an ihre Befindlichkeit zu verschwenden. Es hatte sicherlich schon früher Anzeichen gegeben; Hilfeschreie von Biggi, die aber nicht an sein Ohr drangen, weil er nur seinem eigenen Monolog lauschte. Und nun dachte er, mit einem neuen Staubsauger, den er auch noch nach seinem Geschmack ausgesucht hatte, könnte er diesen gerissenen Streifen wieder kleben.

Biggi holte aus und warf die Flasche in seine Richtung.

Er duckte sich, die Flasche zerschellte an einem Stillleben, die letzten Tropfen des Cognacs liefen über die gemalten Wachsäpfel. Belledin atmete tief durch, noch immer wusste er nichts zu sagen.

In die Stille hinein begann Biggi zu schluchzen. Ihr massiger Körper wurde von einer Gefühlswallung nach der anderen geschüttelt. Belledin näherte sich vorsichtig, setzte sich zu ihr auf den Teppich und nahm sie in den Arm.

Sie schlang ihre Hände um ihn und schluchzte: »Es tut mir leid, es tut mir leid, es tut mir so leid …«

Belledin bekam fast keine Luft. Er hätte nun aufstehen und Biggis Zustand konkret mit ihr angehen können. Gemeinsam überlegen, was für sie wirklich wichtig war, was für Pläne sie hatte, was sie von ihrem Leben noch erwartete, welche persönlichen Ziele sie hatte.

Aber Belledin ging den einfacheren Weg. Er spürte die Küsse Biggis an seinem Hals und wusste, dass es besser für ihn war, wieder die alte Ordnung herzustellen. Mit einem Ruck riss er ihr die Bluse auf, zerrte den Büstenhalter herunter und vergrub seinen Kopf in ihren Brüsten.

***

Das Nudelwasser kochte, Killian warf etwas Salz und dann ein Bündel Spaghetti in den Topf. Daneben in der Pfanne blubberte eine eingedickte Tomatensauce mit Thunfisch und Kapern. Killian ließ noch einen Teelöffel Zucker hineinrieseln, weil ihm die Dosentomaten sonst zu sauer waren. Da er kein Oregano zur Hand hatte, gab er wilden Thymian hinzu, den er im Sommer auf den Schelinger Matten gesammelt hatte.

Er überlegte, ob er Belledin noch anrufen sollte, kam dann aber zu dem Entschluss, dass er Morgen nach der Schicht bei ihm im Büro vorbeifahren würde, um ihm den Zigarettenstummel und das Foto mit der Hand zu zeigen.

Während die Nudeln al dente gekocht wurden, fuhr Killian seinen Mac hoch und steckte eine UMTS-Karte in den Laptop, um seine elektronische Post abzufragen. Er gedachte sich nicht lange im Internet aufzuhalten, aber nach vier Wochen war es mal wieder Zeit, das Postfach zu entrümpeln.

Ihm wurde beinahe schwindlig, als ihn die sechsundsiebzig ungelesenen Nachrichten ansprangen. Er hatte jetzt nicht den Nerv, alle zu lesen. Die meisten waren von Moshe, dann gab es noch einige Agenturen und drei Frauen, die wissen wollten, wann er sich mal wieder blicken ließe. Dann noch Werbung von diversen Fotohändlern und die Monatsausgabe des »Rohrblatt«, der Zeitschrift für Oboe, Klarinette, Fagott und Saxofon. Das erinnerte ihn daran, dass er mal wieder spielen könnte. Es entspannte ihn, und er konnte dabei gut nachdenken.

Er wollte das Netz gerade wieder verlassen, da ploppte ein Bild auf, und Moshe lächelte ihn an. »Killian, mein alter Freund, wurde aber auch Zeit. Mach die Kamera an, will wissen, wie du aussiehst.«

Killian atmete einmal tief durch und knipste dann die Kamera des Laptops an.

»Gut siehst du aus. Kompliment. Tut dir gut, der Heimaturlaub.«

»Was gibt's, Moshe?«, fragte Killian ungeduldig.

»Was es gibt? Krieg gibt's, wie immer. Und wir brauchen einen verlässlichen Freund, der uns besondere Fotos macht, sonst gibt's nix. Wann kommst du?«

»Wenn das hier vorbei ist.«

»Wann ist es vorbei?«

»Ich kann es noch nicht sagen. Aber ich glaube, bald.«

»Mhm, bald … das ist dehnbar. Wir geben dir höchstens eine Woche, ansonsten sagt Strasser, dass alles ein Missverständnis war und die Polizei dich in Untersuchungshaft stecken darf.«

»Aber die Polizei hat gar nichts mehr gegen mich in der Hand.«

»Beweise gehen, Beweise kommen.«

»Das ist Erpressung.«

»Nenn es, wie du willst, wir sind Partner.«

»Kannst du denn nicht verstehen, dass ich Ruhe brauche, nach alldem, was passiert ist?«

»Es scheint dir in deiner Ruhe aber a bisserl langweilig zu werden, oder warum gehst du auf Mörderjagd?«

»Es war ein Freund, Moshe, für dich würde ich das Gleiche tun.«

»Mhm, so, so … der war gut … Also gut, du kriegst anderthalb Wochen, am 18. Januar geht deine Maschine von Frankfurt nach Tel Aviv.«

»Gut, wenn ich es bis dahin nicht geschafft habe, dann ist es eben so. Schalom.«

»Warte noch. Du bist sehr leichtsinnig mit deinem Computer. Du hast noch nicht einmal ein Passwort. Jeder Schüler kann bei dir rein.«

»Und? Ich habe nichts zu verbergen.«

»Du entschuldigst, aber unsere Leute haben deine Post hin und wieder kontrolliert, reine Sicherheitsmaßnahme, du verstehst.«

»Habt ihr Angst, dass ich auch für die PLO Fotos schieße?«

»Würdest du etwa nicht?«

Killian schwieg.

»Jedenfalls haben meine Leute bemerkt, dass jemand an deinem Rechner gewesen ist und dir Post ins Fach gelegt hat, die angeblich zwischen dir und deinem toten Freund hin- und hergegangen ist. Wenn die Polizei den Briefwechsel sieht, bist du wieder in U-Haft, und Strasser wird es diesmal schwerhaben, dich rauszuholen.«

»Was? Wie? Ich verstehe nicht.«

»Einen Moment.« Killian sah, wie Moshe etwas auf seiner Tastatur tippte. Plötzlich poppten die fingierten Briefwechsel zwischen Ambs und Killian aus dem Gelöscht-Ordner auf dem Bildschirm hoch und verdeckten Moshes Gesicht.

Killian öffnete die Briefe und las mit Erstaunen, dass er und Ambs einen heftigen Streit gehabt haben sollten, bei dem er Ambs Gewalt androhte, sollte er ihm eine gewisse Summe nicht innerhalb einer Woche zurückzahlen. Dann gab es noch eine Mail, in der sie sich am jüdischen Friedhof in Mackenheim verabredeten, um sich auszusprechen. Der Vorschlag war von ihm selbst gekommen, und er bat darum, Ambs allein, ohne Yildiz, zu treffen. Killian hatte schnell kapiert, dass jeder halbwegs geschulte Staatsanwalt ihm daraus einen Strick drehen konnte. Den Mord an Ambs' Mutter konnte man ihm zwar nicht anhängen, dafür aber den an Bernd.

»Wie krieg ich die Kiste sauber?«

»Du meinst, dass man auch keine Reste mehr davon finden kann?«

»Genau.«

»Wenn du willst, übernehmen wir das von hier, dauert aber ein Weilchen. Dafür musst du aber noch im Netz bleiben.«

»Danke.«

»Gerne.« Moshe bleckte die Zähne, sodass ein goldener Eckzahn zum Blitzen kam. »Schalom«, und weg war er.

Der Schuldenberg bei Moshe wuchs, aber was sollte Killian dagegen machen? Er konnte froh sein, dass Moshe über ihn wachte, auch wenn es nur dessen eigenem Interesse diente. Er hoffte, dass Moshes Leute schnell genug waren, dass er Belledin und seinen Wadenbeißer Wagner nicht wieder an den Hacken hatte.

***

Olli war sicherlich nicht begeistert, Wagner zu sehen. Seitdem er ins interne Netz des Regierungspräsidiums und des Finanzamtes eingedrungen war, hatte es von Seiten der Presse einiges an Kritik gehagelt und einige honorige Herren durften ihren Hut nehmen. Das hatte Olli bei den Beamten nicht gerade beliebt gemacht, und sie traten ihm auf die Füße, wo es nur ging. Dabei wollte er angeblich nur auf Lücken aufmerksam machen. Er hatte die verantwortlichen Administratoren sogar erst persönlich kontaktiert. Aber man hatte davon nichts wissen wollen, hielt ihn für einen aufmerksamkeitsheischenden Wichtigtuer. Also war er an die Badische Zeitung herangetreten, und diese war dankbar für das Fressen gewesen. Ollis Aktion blieb aber nicht im regionalen Bereich haften, sondern machte obendrein Furore auf Landes- und Bundesebene. Er war sozusagen ein neuer Star der Hacker-Szene, obwohl dies gegen sein Naturell ging. Olli war schüchtern, wog bei einer Körpergröße von eins neunundsechzig mehr als hundert Kilo und wusch sein dunkelblondes Haar, das ihm über Schultern und Augen fiel, allenfalls wenn es regnete.

Er musste Wagner gleich gesehen haben, als der eingetreten war. Sie kannten sich aus einigen Protokollen, die Olli auf dem Revier abzuliefern hatte. Wäre Olli dreißig Kilo leichter gewesen, er hätte sich vielleicht hinter dem Rechner hervorgeschwungen, wäre zum Fenster gerannt und aus dem ersten Stock gesprungen. Unten hätte er sich dann wie eine Katze abgerollt und wäre über die Hinterhöfe leichten Fußes entwischt. Er hatte Wagner mal erzählt, dass er Roofing liebte, eine neue Bewegungsvariante aus den Straßen Amerikas. Die Jugendlichen sprangen dabei über Dächer, von Mauern und hangelten sich an Dachrinnen entlang, als wären sie Animationen aus einem Computerspiel.

Aber Olli konnte diesen Spaß nur über YouTube genießen, selbst zu roofen war ihm unmöglich. Schon sich hinter dem Computer hervorzuzwängen und Wagner ein paar Schritte entgegenzugehen, damit der nicht gleich sah, womit er sich gerade beschäftigte, kostete ihn die Anstrengung eines Tausend-Meter-Laufs. Dabei war er gerade mal siebzehn. Das Alter der übrigen Hacker des Chaos Computer Clubs lag ebenfalls in dem Bereich, Tendenz eher jünger.

»Was gibt es, Herr Kommissar?« Olli bemühte sich, seine Unsicherheit mit einem Lächeln zu überspielen.

»Du kannst uns einen kleinen Gefallen tun.«

»Wenn ich der Polizei damit helfe, immer«, heuchelte Olli.

»Gibt es hier irgendwo einen Rechner, an dem wir ungestört sind?«, fragte Wagner.

Olli nickte, es war ihm wohl ganz recht, dass Wagner nicht an seinen Computer wollte. Er ging durch den Raum in ein kleines Büro, das mit einigen Rechnern bestückt war. Zwei Kids hingen dort auf einem abgewrackten Ledersofa ab und unterhielten sich angeregt über die neuste Version von »Tomb&Splatter«.

»Können wir mal kurz alleine sein?«, fragte Olli die beiden Experten.

Sie unterbrachen ihre Fachsimpelei, blickten ihn und Wagner verdutzt an und nickten stumm. Dann gingen sie ab, wobei sie schon wieder nahtlos an ihre unterbrochene Diskussion anknüpften. Wagner schloss die Tür des Büros. Olli sah ihn erwartungsvoll an.

»Wir wollen, dass du bei einem Verdächtigen kurz mal in den Rechner steigst und seinen Briefverkehr für uns runterlädst.«

Olli schob sich die Strähnen, die wie geölte Spaghetti über den Augen hingen, aus dem Gesicht und hob die Augenbrauen. »Das ist gesetzeswidrig.«

»Der Kerl hat vielleicht zwei Menschen auf dem Gewissen, das ist gesetzeswidrig«, konterte Wagner.

»Aber die so erbrachten Beweise gelten vor Gericht nicht«, wusste Olli.

»Willst du mir jetzt Unterricht in Gesetzeskunde erteilen?«, entgegnete Wagner gereizt. Er wusste selbst, dass solche Beweise wenig bringen würden, aber wenn die E-Mails von Killian mit denen von Ambs übereinstimmten, würde Belledin Mittel und Wege finden, den Fotografen damit in die Enge zu treiben. Und das war sehr viel wert. »Also, was ist?«

Olli schob sich hinter den Schreibtisch und atmete tief aus, als er sich auf den Drehstuhl fallen ließ. Er wusste, dass er mild davongekommen war, man hatte ihm aber auch zu verstehen gegeben, dass man hin und wieder eine Zusammenarbeit erwartete. »Name, E-Mail …?«, erkundigte er sich, während seine Finger über die Tastatur tanzten.

»Killian, killian@killian.com …«

Im Gegensatz zu seiner sonstigen Körperfülle glichen Ollis Finger den Beinen graziler Wasserläufer, die den Kontakt zur Tastatur nur so weit herstellten, wie es nötig war. Zwei-Finger-Wagner war beeindruckt.

»Ich bin drin. Nach was soll ich gucken?«

»Jeglicher Schriftverkehr.« Wagner staunte, wie schnell das gegangen war.

Olli schüttelte nur den Kopf. »Der hat noch nicht einmal ein Passwort. Den Computer kann jeder knacken. Da verschließen die Leute ihre Häuser, haben Autos mit Alarmanlagen, und ins Zentrum ihres Profils lassen sie jeden reinglotzen.«

Olli konnte richtig heiß laufen, wenn er über die Naivität der Menschheit ins Sinnieren kam. Wagner hoffte, jetzt keinen Vortrag über den gläsernen Bürger hören zu müssen. Aber Olli schien andere Sorgen zu haben. Er riss die wässrig grauen Augen auf und starrte auf den Bildschirm.

»Das, das darf nicht wahr sein … Scheiße!« Er hackte wie wild auf die Tastatur ein, aber es tat sich nichts. Der Computer gehorchte keinem Impuls mehr.

»Was ist?«, fragte Wagner, ging um den Tisch herum und blickte nun ebenfalls auf den Bildschirm. In großen roten Lettern blinkte eine Schrift auf gelbem Wüstensand: *»M is watching you!«* Darunter prangte der Stern Israels.

Dann erschien ein neuer Schriftzug, diesmal in Deutsch: *»Wenn wir angegriffen werden, schlagen wir zurück!«*

Mit einem Sprung, der einem Känguru Ehre gemacht hätte, katapultierte sich Olli aus dem Drehstuhl, riss die Tür des Büros auf und hetzte in den Großcomputerraum. Dort war bereits die Katastrophe eingetreten, die Olli befürchtet hatte. Die anderen Mitglieder des Clubs standen verdattert vor den Rechenkisten und stritten sich darüber, wie so etwas passieren konnte und wer sie soeben aufgespießt hatte. Auf sämtlichen Bildschirmen wiederholte sich das Spruchband: *»Wenn wir angegriffen werden, schlagen wir zurück!«*

Olli, der von einem Computer zum anderen gehetzt war, um möglicherweise noch irgendetwas zu retten, blieb nun mitten im Raum stehen, japste nach Luft und durchbohrte Wagner mit dem kalten Grau seiner Augen. »War das ein Trick? Eine späte Rache?«

Auch die anderen Hacker sahen mit einem Mal zu Wagner. Der wusste gar nicht, wie ihm geschah. Mit einem Mal hatte er das Gefühl, er könnte gleich einer Lynchjustizattacke zum Opfer fallen.

Mit Schlägen musste er mindestens rechnen, wenn ihm nicht schnell etwas einfiel.

»Okay, ich gebe es zu, es war ein Trick. Wir wollten euch nur beweisen, dass auch ihr nicht lückenfrei seid.« Er riskierte die Flucht nach vorn. »Wenn ihr es einfach als Denkzettel schluckt, erfährt die Presse nichts davon, dann bleibt es unter uns. Ansonsten wäre es schon sehr peinlich, wenn morgen in der Zeitung stünde: ›Chaos im Chaos-Club‹. Der Ruf wäre ruiniert, findet ihr nicht?«

Das Argument schien zu sitzen. Der Pulk, der sich um Wagner gebildet hatte, öffnete sich, und er konnte das Gebäude unversehrt verlassen. Draußen holte er erst einmal tief Atem. Killians Schutzengel hatte also auch in der virtuellen Welt sein Flügel über ihn ausgebreitet. Und wenn dem so war, dann wären auf Killians Rechner auch keine E-Mails von Ambs mehr zu finden, dafür hätte der Schutzengel schon gesorgt. Wagner hatte es satt. Sie tappten völlig im Dunkeln.

***

Killian löffelte sich gerade Nachschlag aus der Pfanne. Die Nudeln waren zwar sehr weich, aber der würzige Geschmack der Soße glich das kulinarische Defizit wieder aus. Mosche erschien nochmals auf dem Bildschirm. »Die Reinigungsleute haben ihre Arbeit getan, du bist *clean*. Übrigens wollte gerade wieder jemand bei dir eindringen. Wir haben ihm eine kleine Lektion erteilt, an der er noch eine Weile knabbern wird. Außerdem hast du jetzt einen Schutzschild gegen allerlei Angriffe und Viren, zudem ein Passwort.«

Killian war mit dem vollen Teller aus der kleinen Küche gekommen und gabelte sich die Spaghetti in den Mund. Kauend erkundigte er sich nach dem Passwort.

»Giora«, grinste Moshe und verschwand, wie er gekommen war.

Killian erinnerte sein Auftritt an den Geist aus Aladins Wunderlampe. Verrückte Technik. Er war zwar mit ihr vertraut, solange es sich um das fotografische Arbeiten drehte, aber ansonsten blendete er den Dschungel dieser Wunderwelt völlig aus.

»Giora« hieß also sein Passwort. Er schüttelte lächelnd den Kopf und brachte den Teller in die Küche. Dann spülte er sich den Mund aus und griff zu seiner Klarinette. Er wollte das Passwort einweihen.

Killian mochte Giora Feidman, und die Art, wie dieser die Klarinette blies, hatte ihn stark beeinflusst. Als er Giora zum ersten Mal gehört hatte, dachte er erst, er spiele auf einer Mundharmonika, mit seinem starken Vibrato und dem kräftig jaulenden und heulenden Glissando. Giora hatte damit sofort seinen Nerv getroffen. Seine Musik war Killian in den letzten Jahren immer wieder eine Stütze gewesen, wenn er die Bilder des Krieges zu verarbeiten versuchte. Killians Ansatz war etwas verrutscht, aber die Technik kümmerte ihn jetzt nicht. Er wollte einfach nur in die Welt der Klezmermusik abtauchen, und den Rest für einige Augenblicke vergessen.

***

Swintha war erledigt. Eigentlich hätte sie um zweiundzwanzig Uhr Feierabend gehabt, aber Angelika war nicht mehr zurückgekommen; der Ruderer schien ausdauernder gewesen zu sein, als die Tochter des Chefs erwartet hatte. Swintha war dadurch verdammt, den Saal allein aufzuräumen. Gerade hatte sie die letzte Tischdecke im Wäschekorb versorgt, jetzt braute sie sich selbst einen Cappuccino, setzte sich damit an einen Tisch und drehte sich endlich die verdiente Zigarette. Ihre Füße schmerzten, sie war gefühlte zehn Kilometer gelaufen.

Müde war sie dennoch nicht. Zu sehr beschäftigte sie der Mann mit dem Ring, der plötzlich verschwunden war. Sie zückte ihr Handy und rief Killian an. Er nahm nicht ab, und auf die Mailbox wollte sie ihm ihre Vermutung nicht sprechen. Also steckte sie das Handy wieder ein und rauchte weiter.

Das leere Café lag in umschmeichelnder Melancholie. Swintha mochte solche Augenblicke, sie inspirierten sie und regten sie zum Schreiben an. Ihr Blick glitt über die leeren Tische und Stühle; sie erinnerte sich, wie vor einer halben Stunde noch alles voller Leben und individueller Geschichten gesummt hatte, und lauschte dem

Nachhall des Geschehenen. Was würde übrig bleiben von all der Bewegung, dem Treiben? Ein leer gefegtes Café war umweht vom Hauch eines Friedhofes. Manche Geister saßen noch auf den Stühlen, waren ihren Besitzern noch nicht gefolgt und kramten in ihren Taschen nach Trinkgeld. Swintha musste über diese Vorstellung lachen, zückte den Block, auf dem sie sonst ihre Bestellungen aufnahm, und begann zu schreiben.

***

Biggi lag schnarchend auf dem weißen Teppich. Belledin legte eine wärmende Decke über sie und machte sich daran, die Verwüstung zu beseitigen. Beim Einräumen der Schubladen fand er auch alte Urlaubsfotos vom Lago Maggiore. Belledin mochte die Gegend, sie waren dort früher oft Campen gewesen. Annette war auf den Fotos gerade mal acht Jahre alt, und er selbst hatte deutlich mehr Haare auf dem Kopf. Auch Biggi wirkte noch frischer. Belledin warf die Fotos in die Schublade und passte sie in die Schrankwand ein.

Es hatte keinen Sinn, alte Fotos anzuschauen, das Leben geschah jetzt. Und das zerfledderte Erdgeschoss glich der inneren Unordnung, die ihn momentan bestimmte. Er musste aufräumen, außen wie innen, ansonsten würde etwas geschehen, was seine innersten Werte und Glaubenssätze in ihren Grundfesten erschütterte. Belledin glaubte an die Ehe, die Familie, an Treue und Beständigkeit. Im Augenblick wackelten die Gemäuer seiner konservativen Trutzburg allerdings unter gewaltigen Erdbeben. Biggi war anscheinend ebenso auf der Suche nach sich selbst wie er; anders konnte er sich ihren Ausbruch nicht erklären; nicht wegen eines kaputten Staubsaugers.

Belledin machte sich an dem Karton zu schaffen und packte den Staubsauger aus. Er setzte das edle Teil zusammen, fand eine Steckdose und begann mit dem langen Schlauch das Chaos zu fressen. Vor allem die fedrigen Füllungen der Kissen und Polster, die Biggi in ihrem Anfall zerschnitten hatte, wurden von dem Profigerät mit Leichtigkeit verschlungen. Und wenn hin und wieder ein zerknülltes Foto früherer Zeiten im Bauch des Saugers verschwanden, kümmerte es Belledin nicht. Hauptsache das Tableau wurde klarer.

Er ertappte sich dabei, wie er sich als Freddy Mercury sah und »I want to break free ...« summte. Der Gedanke an das Video amüsierte ihn, er mochte Queen. Allerdings war er davon überzeugt, dass Mercury noch besser als Elvis hätte sein können, wenn er nicht schwul gewesen wäre. Der gleichen Ansicht war Belledin auch, was das Verhältnis zwischen Picasso und van Gogh anbelangte. Auch hier war er überzeugt davon, dass Vincent besser als Pablo gewesen wäre, hätte er sich nicht selbst verstümmelt. In Belledin herrschte ein unverrückbarer Darwinismus, ein unerschütterlicher Glaube an Selektion. Nur die Starken und Gesunden konnten überleben und ihr ganzes Potenzial entwickeln. Mentale Schwächen und Krankheiten bremsten die Evolution. Das beste Beispiel waren Ambs und Killian. Sie hatten ähnliche Voraussetzungen gehabt, aber der eine war jetzt tot und der andere hatte eine internationale Karriere aufs Parkett gelegt. Woran hatte es gelegen? Woran lag es, dass er selbst sich inmitten einer Lebenskrise befand? Hatte er etwa nicht die richtigen Gene? Oder war die Welt doch komplizierter als die einfachen Prinzipien der Selektion? Belledin verdrängte die Gedanken, die sich beharrlich zur Schleife auswuchsen, und verschlang nun auch manchen Kleinkram aus Biggis zertrümmerten Setzkasten durch den Schlauch des Saugers.

# SIEBEN

Killian hatte pünktlich gestempelt und machte sich an seinen Arbeitsplatz. Es störte ihn nicht, früh aufzustehen. Überhaupt benötigte er sehr wenig Schlaf. Über die Jahre hatte er sich Trance-Einheiten von fünfzehn Minuten antrainiert, die ihn in einen kurzen Tiefschlaf versenkten, wonach er dann wieder für Stunden hellwach war.

Yildiz war noch nicht an ihrem Platz, was den Zähringer, aber auch Killian beunruhigte. Bernds Mörder wussten sicherlich von Yildiz, vielleicht hatten sie auch sie aus dem Weg geräumt? Ihn überfiel ein schlechtes Gewissen, er hätte Belledin sowohl über Yildiz als auch wegen der Kippe informieren müssen. Killian wusste, dass es etwas früh für einen Anruf war, aber er wählte dennoch Belledins Büronummer. Das Telefon am anderen Ende klingelte ungehört.

Killian steckte sein Handy wieder ein, da klopfte ihm jemand auf die Schulter. Er vermutete schon, dass der Zähringer wieder einen Spruch für ihn parat hatte und atmete vorsorglich tief durch, um den Brocken zu schlucken. Als er sich aber umdrehte, blickte er einem Schnauzbart mit dem Ansatz von Tränensäcken ins Gesicht: Belledin.

Er sah gar nicht gut aus. Es schien, als hätte er die Nacht nicht geschlafen. In der Hand hielt er seinen Dienstausweis, den er dem verdutzten Killian entgegenreckte. »Hauptkommissar Belledin, Kripo Freiburg. Wir ermitteln in dem Mordfall Ambs und hätten ein paar Fragen an Sie.«

Der Zähringer, der dazugekommen war, mischte sich ein. »Den könne Sie vergesse. Der isch erscht seit geschtern hier. Der kennt dä Ambs gar nitte.«

Belledin sah ihn an, musterte die Strähnen und den Knopf im Ohr und schien zu einem ähnlichen Urteil zu kommen wie Killian.

»Mein Name ist Schätzle, ich bin hier Vorarbeiter.«

»Zu Ihnen komme ich nachher.«

Ein abschätziger Blick Belledins zeigte dem Vorarbeiter Schätzle, wie das Autoritätsgefälle verlief. Er zog das Steißbein ein, machte sich mit seinem Kojotengang an den Platz von Yildiz und nahm die Arbeit auf.

Belledin wandte sich wieder an Killian: »Gehen wir kurz raus?«

Killian nickte und folgte Belledin vor die Lagerhalle. Sie schwiegen einen Moment in den noch dunklen und kalten Morgen hinein. Killian zog eine Schachtel Zigaretten hervor und bot Belledin eine an. Der schüttelte erst den Kopf und hielt dann doch die Hand hin. Killian klopfte auf die Schachtel, eine Kippe schob sich heraus, die sich Belledin griff und in den Mund schob. Killian gab ihm Feuer, und sie schwiegen weiter.

Vielleicht war es lächerlich, aber Belledin empfand durch das gemeinsame Rauchen plötzlich eine Nähe zu Killian, gegen die er sich früher immer gewehrt hatte. Killian war all das gewesen, hatte all das ausgelebt, was sich Belledin stets verkniffen hatte, weil er zu große Angst gehabt hatte, die Welt jenseits des abgesteckten Claims könnte ihn verschlingen.

Aber der Moment der Nähe verflüchtigte sich ebenso wie der Rauch der Zigarette, und er begann seine Fragen zu stellen. »Was machst du hier?«

»Das war Bernds Arbeitsplatz, ich wollte wissen, wie er gelebt hat.«

»Auf einmal? Oder hattet ihr doch schon vorher Kontakt?«

»Ich wünschte, wir hätten es gehabt, vielleicht wäre er dann noch am Leben.«

»Wenn du keinen israelischen Schutzengel hättest, wärst du längst wieder in U-Haft.«

Killian hob verwundert die Augenbrauen.

Wagner hatte Belledin gestern Nacht noch per Mail von dem Vorfall im Chaos Computer Club unterrichtet, und Belledin hatte die Nachricht auf der Fahrt hierher bereits über sein Handy abgerufen. »Wir haben in einem von Ambs' angeblich verschwundenen Computern einen Briefverkehr zwischen dir und ihm gefunden. Und darin hörte es sich danach an, dass ihr Streit wegen Geld hattet.«

Killian zuckte mit den Schultern. »Das kann jeder da hineingeschrieben haben, der sich ein wenig auskennt.« Belledin nickte stumm und schnipste die Kippe ins Dunkel. »Glaub mir, wenn ich Bernd getötet hätte, hätte ich euch nicht angerufen, sondern wäre einfach nach Tel Aviv geflogen. Ihr hättet einen Ertrunkenen gehabt, und es gäbe keinen Fall. Nun gibt es aber einen Fall, und ich möchte wissen, warum Bernd sterben musste und wer ihn getötet hat – und seine Mutter.«

»Warum ist dir Ambs auf einmal so wichtig, nach all den Jahren?«

Killian zuckte erneut mit den Schultern. »Vielleicht, weil ich mich gerade in so einem beschissenen Alter befinde, in dem man gerne die Zwischenbilanz seines bisherigen Lebens ziehen möchte? Was bringt einen gleichaltrigen Freund aus der Kindheit zu Tode, während man selbst noch zu entscheiden hat, was man mit dem Rest seines Lebens anfangen will? Kennst du solche Gedanken nicht?«

Killian konnte nicht ahnen, welche offenen Türen er damit bei Belledin einrannte. Belledin erwiderte aber nichts darauf, sondern murrte: »Das ist mein Fall«, und merkte erst im Nachhinein, dass man das auch als Antwort auf Killians Frage werten konnte.

Killian kramte in seiner Jackentasche und reichte Belledin die Filmdose. Den Zigarettenstummel darin habe er in Mackenheim auf dem jüdischen Friedhof gefunden. Belledin nahm das Döschen entgegen, schnipste den Deckel auf und blickte hinein. Dann sah er fragend zu Killian auf. Dieser erzählte ihm alles: von dem Foto mit der Hand, die hinter dem Grabstein auftauchte, dem unnatürlichen Schatten auf dem anderen Foto und von Yildiz, die wusste, dass Ambs einen »Wahnsinns-Coup« geplant hatte.

Belledin wusste nicht, ob er beeindruckt oder verärgert sein sollte. »Warum rückst du jetzt erst damit raus?«, nörgelte er. »Wenn die Sachlage tatsächlich so ist, schwebt die Türkin in höchster Gefahr. Außerdem glaube ich, dass sie mehr weiß, als sie dir gesagt hat. Wo ist ihr Arbeitsplatz?«

»Mir gegenüber. Aber sie war vorhin noch nicht da.«

Belledin fluchte. »Wenn der was passiert ist, kriege ich dich dran wegen Unterschlagung von Beweismitteln!«

Killian hob skeptisch die Augenbrauen und erhielt dadurch wieder diesen typischen Gesichtszug aristokratischer Arroganz, der Belledin schon früher beim Fußballspiel zuwider gewesen war und der ihn zu unnötigem Foulspiel hingerissen hatte.

Der gesträhnte Vorarbeiter Schätzle stand plötzlich wieder neben den beiden und nahm sich wichtig: »Tut mir leid, aber ich kann nit de ganze Lade hier allein schmeiße. Außerdem brauch ich au mal ä Paus.«

Killian nickte Belledin gespielt unterwürfig zu und verabschiedete sich in Richtung Arbeitsplatz, während der Kommissar sich mit dem Zähringer unterhielt, der das Verhör nutzte, um sich selbst eine längere Zigarettenpause zu gestatten.

***

Yildiz musste den Rüffel von Schätzle in Kauf nehmen. Vorsichtshalber rief sie ihn an und sagte ihm, dass sie Fieber hätte und deswegen zum Arzt ginge. Morgen sei sie aber wieder da, selbst wenn sie sich eimerweise Antibiotika in den Körper pumpen müsste. Schätzle war überraschend mitfühlend und wünschte ihr sogar gute Besserung, was Yildiz einmal mehr darin bestätigte, dass jeder Menschen über eine größere Palette an charakterlichem Farbenspiel verfügte, als man annahm, um so seine etikettierten Kartons sauber stauen zu können.

Immerhin hatte sie auch an sich selbst eine neue Charaktereigenschaft entdeckt. Sie war fähig zu töten. Noch einen Tag zuvor hätte sie das vor jeder Gewissensprüfung aufs Erbittertste verneint. Auch Ehrenmorde, wie sie in Teilen ihrer alten Heimat manchmal noch üblich waren, verurteilte Yildiz zutiefst. Aber nun wusste sie, dass jeder Mensch nur genügend Argumente brauchte, die ihm belegten, dass der Tod eines anderen gerechtfertigt sei. In ihrem Fall war es ein Unfall gewesen. Wäre der Mann nicht so unglücklich gefallen, wäre er vielleicht sogar noch am Leben. Daher konnte sie dem Schicksal die Verantwortung aufbürden, während sie sich noch immer schuldlos empfand. Sie war aber auch sehr froh darüber, dass der Mann so dumm gefallen war. Wenn sich nur alle Probleme selbst lösen würden.

Der Juwelier befand sich direkt bei ihr um die Ecke in der Klarastraße. Sie war schon oft an dem Geschäft vorbeigegangen und hatte den Schmuck in der Auslage bewundert. Einmal war sie sogar mit Bernd davor gestanden, und sie hatten sich verliebt Trauringe ausgesucht. Hineingegangen, um sie anzuprobieren, waren sie allerdings nicht.

Jetzt betrachtete sie sich selbst noch mal kurz in der Spiegelung des Schaufensters und ging hinein. Ein Gong ertönte.

Der Juwelier, ein kleiner Mann um die fünfzig, musterte sie und hielt gleichzeitig seine Schmuckstücke unter Kontrolle. Yildiz schritt an die Theke heran, holte die Breitling aus der Manteltasche und legte sie auf eine samtige Unterlage, die vor dem Juwelier auf der Theke das Spielfeld des Handels markierte.

Der Juwelier griff in die Tasche seines dunkelblauen Sakkos und zog ein Lupenglas hervor, das er sich in sein rechtes Auge klemmte. In Vergrößerung schien ihm die Uhr multipliziert, und es entglitt ihm ein schmachtender Seufzer. Er nahm das Lupenglas wieder ab, blickte Yildiz an und sagte kühl: »Neunhundert, und ich stelle keine Fragen.«

Mit dem Zusatz wollte er Yildiz wohl einschüchtern. Aber sie brauchte mehr Geld für ihren Plan. Sie nahm ihm die Uhr aus der Hand, steckte sie ein und wandte sich ab, um den Laden zu verlassen.

»Halt! Moment! Fünfzehnhundert, das ist das Äußerste. Mehr kriegen Sie nirgends dafür.«

Yildiz drehte sich um. »Zweitausend.«

Der Juwelier wand sich wie ein Aal auf dem Trockenen. »Achtzehnhundert«, sagte er knapp.

»Einverstanden.« Yildiz legte die Uhr wieder auf die Theke.

Der Juwelier nahm sie noch einmal an sich und überprüfte sie erneut mit dem Lupenglas.

»Wollen Sie einen Scheck oder …«

»Bar«, schnitt ihm Yildiz das Wort ab.

»Selbstverständlich«, nickte der Mann und öffnete die Kasse.

Yildiz steckte das Geld ein und verließ den Laden, dem Juwelier war die diebische Freude über den guten Schnitt anzusehen, den er bei dem Handel gemacht hatte.

***

Kant bezahlte sein Zimmer und verließ das gemütliche Mackenheim. Es hatte wenig Sinn, noch länger im Elsass zu bleiben. Er musste in der Nähe des Umschlagplatzes sein. Jetzt, da sich Jean tatsächlich aus dem Staub gemacht zu haben schien, war Kant gezwungen, selbst in die heißen Gebiete zu dringen. Er hätte nur gerne gewusst, ob Jean die Türkin noch kaltgemacht hatte oder nicht. Falls nicht, hatte Kant ein größeres Problem.

Er stieg in seine E-Klasse und fuhr über die Landstraße in Richtung Sasbach. Immerhin regnete es nicht, dafür schoben sich aber die Wolken gegenseitig von einer Richtung in die andere, als hätten sie sich noch nicht für einen Anführer entschieden. Kant mochte das Grau am Himmel, man übersah es leicht, so wie auch ihn. Er war nie eine schillernde Figur gewesen, immer grau, unscheinbar. Zu Anfang hatte es wehgetan; jeder wollte gesehen werden. Aber irgendwann hatte er sich damit nicht nur abgefunden, sondern sein Unscheinbarsein zur stärksten Waffe erkoren. Kant konnte unsichtbar sein. Er war da, und man nahm ihn nicht wahr. Für einen Verbrecher ein Geschenk des Himmels, des grauen Himmels.

Eigentlich war es nicht Kants Art, mit sich zu hadern. Seine Stärke war es immer gewesen, auftretende Probleme nüchtern zu analysieren und dynamisch zu beheben. Er hatte seinen Aristoteles studiert und wusste daher, dass das Ganze mehr war als die Summe seiner Teile. Aber er hatte die Sache unterschätzt, war zu selbstsicher daran gegangen. Mit dem Fotografen hatte er nicht rechnen können; auch die Türkin war ein Baustein, der in Ambs' Profil nicht aufgetaucht war. Ambs war Kant viel isolierter erschienen. Erst der E-Mail-Verkehr hatte ihn stutzig gemacht, aber da war er schon zwei Schritte hintendran gewesen. Hinzu kamen nun noch das Verschwinden von Jean und die kleine Kellnerin, die ihn im Café wiedererkannt hatte und die obendrein in näherer Beziehung zu dem Fotografen stand. Letzteres war ein Umstand, den er gegebenenfalls nutzen konnte. Aber erst einmal musste geklärt werden, ob die Türkin noch am Leben war, und wenn ja, ob man mit ihr ins Geschäft kommen konnte. Das war das Schöne an seinem Metier. Feinde konnten jederzeit zu Partnern werden. Hier dachte Kant absolut systemisch und wertfrei.

Die Grenze hatte er bereits hinter sich gelassen. Kant war immer wieder angenehm überrascht, dass es trotz aller Binnenmärkte noch immer Unterschiede im Landschaftsbild gab. Er war kein Freund des Uniformen, er schätzte die Vielfalt. Sie zeigte ihm, dass es unzählige Möglichkeiten gab, auf diesem Planeten sein Dasein zu fristen. Nie hatte Kant jemandem einreden wollen, wie das Leben zu sein habe; er hatte von Anfang an begriffen, dass es nicht nur das eine Sein geben konnte. Vor allem nicht das starre Skelett, das man sich für ihn ausgedacht hatte. Wenn er etwas aus Salem mitgenommen hatte, dann waren es die Griechen. Und neben Aristoteles hatte sich bei ihm auch Heraklit einen Stammplatz erobert.

»Man kann nicht zweimal in denselben Fluss steigen, alles fließt«, sagte er halblaut zu sich.

Er parkte den Wagen im Industriegebiet Umkirch. Beim Stehbäcker nahm er sich einen Kaffee mit Sahne im Pappbecher und versuchte sich an einer Mohnschnitte. Dabei stellte er fest, dass dieses Schnellgebäck in keinster Weise mit dem Käsekuchen des Café Bühler mithalten konnte. Kant versprach sich, noch einmal ins Bühler zu gehen, wenn die Sache abgeschlossen war, und sich mit einem Stück Käsekuchen zu belohnen. Der Mensch funktionierte nun mal per extrinsischer Motivation. Andere hätten sich vielleicht mit einem Segeltörn, dem Besuch einer Wellnessfarm oder einer neuen Villa auf Mallorca belohnt, Kant genügte ein Stück Käsekuchen. Es ging ihm lediglich um das Symbol, und er wusste, wie viel Kraft Symbole freizusetzen vermochten.

Er hatte sich so gestellt, dass er durch das Fenster die Hofeinfahrt des Paketdienstes sehen konnte. Wie aus einem Bienenschwarm flogen die Lieferwagen ein und aus. Da würde es überhaupt nicht auffallen, wenn einer davon plötzlich nur für das Unternehmen Kant fahren würde.

Kant hätte es sich auch leichter machen können. Er hätte das Zeug direkt an die Kunden bringen können, dann hätte er sich den Ärger mit dem Umschlagplatz gespart. Aber er wollte so wenig direkten Kontakt wie möglich. Je mehr Knotenpunkte es gab, umso schwieriger war es, den Weg zu ihm zurückzuverfolgen. Zwar barg jeder Knotenpunkt ein neues Risiko, aber eine direkte Linie war noch riskanter. So war es ein ganz offizieller Lieferwagen, fehlte nur noch der Stempel vom Gesundheitsamt. Kant fand seine Idee nach wie vor gut, und er war sich auch sicher, dass am Ende alles klappen würde – wie immer.

Er sah eine junge Frau mit langem schwarzem Haar auf die Toreinfahrt zugehen. Kant hatte auf Ambs' Rechner ein Foto von Yildiz gesehen, das musste sie sein. Jean hatte sie also nicht erledigt, sondern sich stattdessen aus dem Staub gemacht. Die Welt in der Grauzone war klein, da begegnete man sich schneller wieder, als einem lieb sein konnte. Und wenn Kant noch ein paar Telefonate führte, würde Jean den Tag verfluchen, an dem er ihn verraten hatte. Aber das konnte warten.

Kant blickte auf seine Armbanduhr, ein schlichter eleganter Pilotenchronometer aus den zwanziger Jahren, er war vom Großvater auf den Vater und endlich auf Kant selbst vererbt worden. Das einzige Relikt, das ihn noch mit seiner Familie verband, die er in dem Glauben beließ, er sei in den Diamantenminen Südafrikas umgekommen. Das Familienstück zeigte fünf nach neun Uhr an, Kant wusste, dass die Frühschicht um sechs bereits begonnen hatte. Warum war Yildiz zu spät? Verschlafen? Arzttermin? Geheimnisse?

Kant kippte den Rest seines Kaffees und verließ das Bistro. Er hatte erfahren, was er wissen wollte, nun konnte er den nächsten Schritt angehen.

***

Yildiz hatte es sich anders überlegt und war nun doch nicht einen ganzen Tag von der Arbeit fortgeblieben. Es sollte so aussehen, als brauchte sie den Job; und das tat sie ja auch, wenn der Wahnsinns-Coup floppen sollte. Außerdem fühlte sie sich wohler, wenn sie in der Halle war, so konnte sie alle Details in Ruhe durchgehen. Sie erzählte Schätzle, dass sie sich mit Antibiotika vollgepumpt habe, und dieser war beinahe gerührt von solchem Pflichtbewusstsein und Arbeitseifer. Yildiz löste Schätzle, der bis dahin für sie den Springer gemacht hatte, ab, und schielte auf den Platz, auf dem sie Killian erwartet hatte. Aber dort stand ein Landwirt aus der angrenzenden March, der nach der Schicht aus seinem VW-Transporter immer noch Gemüse an die Belegschaft verkaufte.

Schätzle hatte Killian an die frische Luft versetzt, weil er dessen langsames Bepacken der Paletten nicht ertragen konnte. Gerne hätte er Killian nach Hause geschickt, aber momentan waren motivierte Arbeiter schlecht zu kriegen. So viele auch jammerten, dass sie keinen Job hatten, so viele nutzten die Halle nur, um sich aufzuwärmen. Dies war zumindest die felsenfeste Überzeugung Schätzles. Also hatte Killian bei dem ekelhaften Wetter erst einmal den Hof zu fegen und das Restlaub zusammenzukehren. Schätzle war zudem nicht entgangen, wie sich Killian an Yildiz herangeschmissen hatte. Es passte ihm nicht, dass der Neuling Yildiz über den Tod von Ambs hinwegtrösten wollte. Diesen Part hatte er für sich vorgesehen gehabt.

Die Arbeit auf dem Hof machte Killian weniger zu schaffen als der Kasernenton in der Halle. Immerhin regnete es gerade nicht, dafür pfiff ein eisiger Wind, der neuen Schnee versprach.

Er ließ seinen Blick über das Gelände schweifen. Vielleicht sollte er mal Bilder von Gewerbegebieten schießen? Gerade im Winter verstärkten sie durch ihre statische Architektur noch den Eindruck des im Erstarrten Verlorenen. Dazu die Gesichter der Arbeiter, vielleicht mal wieder in Schwarz-Weiß?

Er hatte lange nicht mehr Schwarz-Weiß fotografiert. Für die Fotoreportagen wollten die Gazetten bunte Bilder, und für die eigenen Bildbände galt Schwarz-Weiß lange Zeit als ein kunstgewerblicher Fauxpas. Schwarz-Weiß-Fotografen warf man die Flucht in eine verlogene Doku-Romantik vor. Aber hier drängte es sich geradezu auf.

Er fragte sich, ob er Belledin anrufen sollte, der zu Yildiz' Wohnung gefahren war. Killian hatte vom Hof aus gesehen, wie sie auf das Gelände gekommen war. Er wusste also, dass sie wohlauf war. Er glaubte auch nicht an eine Grippe. Sie hatte die Zeit für etwas anderes gebraucht. Aber wofür?

***

Belledin versuchte sich am Klingelschild zu orientieren, in welcher Wohnung Yildiz Gümüs zu finden war, aber kein Kriminalist der Welt hätte dies anhand dieses Zettelwirrwarrs erschließen können. Also läutete Belledin einfach bei allen Bewohnern Sturm und wartete, wer sich beschwerend aus dem Fenster lehnte. Wenn er Glück hatte, war Yildiz dabei, wenn nicht, würde er über die anderen vielleicht etwas erfahren.

Tatsächlich öffneten sich zwei Fenster. Aus einem flog ein gefüllter Müllsack knapp an Belledins Kopf vorbei, aus dem anderen fuchtelte ein älterer Herr mit einem schwarzen Gehstock.

»Ich ruf glei d' Polizei!«, schallte es zu Belledin hinab.

»Schon hier!«, gab er trocken zurück und freute sich selbst über seinen Kalauer. »Ich suche Frau Yildiz Gümüs.«

»Was? Gmüs? Hier gibt's kei Gmüs, da müsse Sie vor zum Penny, da gibt's Gmüs.«

Belledin fragte sich, ob der Alte sich nun wiederum einen Spaß mit ihm erlaubte oder ob er tatsächlich nicht mehr so gut hörte. Aber auf den Klingelsturm hatte er ja auch sofort reagiert. Also versuchte er es noch mal etwas energischer: »Gü-müs! Eine Türkin! Sie wohnt hier.«

»Ja, ja, Türke, überall nur noch Türke. Aber die ham au Gmüs!«

Belledin grunzte und verdrehte die Augen. »Moment, ich komme hoch!«, rief er und drückte die Haustür auf.

Das Treppensteigen ging heute bereits um einiges besser als am Vortag, obwohl er aus seinen alten Zeiten als Zehnkämpfer wusste, dass es vor allem der zweite Tag war, der den Muskelkater so richtig wirken ließ. Aber auch das schien sich im Alter zu verändern. Irgendwie war auf gar nichts mehr Verlass, nicht einmal mehr auf Muskelkater. Belledins Welt befand sich in Auflösung. Er wurde sogar übermütig und nahm zwei Stufen auf einmal.

Endlich stand er vor der Tür des Alten, mit dem er soeben über die Distanz vergebens zu kommunizieren versucht hatte. Ein blank geputztes Messingschild mit dem Namen Ritter zierte die Wohnungstür. Belledin klingelte noch mal Sturm, damit er auch sicher war, dass der Alte ihn hörte, und wartete, bis sich der Gehstock von der anderen Seite der Tür näherte.

Herr Ritter öffnete die Tür. Er zählte mindestens achtzig Jahre und ging leicht gebückt, sein linker Arm war amputiert. Hinter den dicken Brillengläsern glotzten zwei vergrößerte Augäpfel auf den Störenfried.

Belledin hielt seinen Ausweis vor das Brillengestell und ließ ihn wirken.

»Kommt endlich jemand, um die Zigeuner abzhole? Wurd aber au Zeit«, kläffte Ritter. »Sodom und Gomorrha.«

»Ich suche eine Frau Gümüs, Yildiz Gümüs. Sie wohnt in diesem Haus.«

»Des kann gut sei, hier wohnt allerhand Gsindel.« Ritter zuckte mit den Schultern, wobei sein Armstumpf wackelte.

Belledin musste unwillkürlich hinsehen.

Ritter hatte es bemerkt. »Besser Arm ab als arm dran ...«

Belledin zwang sich zu einem Lächeln. Wer wusste, wie oft Ritter diesen Spruch in seinem Leben schon losgeworden war.

»Wisse Sie, Herr Kommissar, früher hab ich hier jeden gekannt, ich war Hausmeischter, aber da hat's weder Studente noch Ausländer in dem Block gegebe ... Zeite ändern sich halt, un nit immer zum Bessere, des kann ich Ihnen schriftlich gebe ... nit immer zum Bessere. Wolle Sie was trinke?«

Belledin wehrte wortlos ab.

»Im Dienscht, verstehe ... wie ich noch im Dienscht war, an der Oschtfront, habe ma immer gsoffe, sonscht war's nit zum Aushalte. Nach drei Schnäps hab ich überhaupt erscht ä Ivan troffe, vorher immer vorbeigschosse ... da fangsch denn a zum Rechne ... lieber drei Schuss Munition in Schnee setze oder drei Schnäps in Ranze?« Ritter lachte heiser und klapperte dabei mit seinem Zahnersatz.

»Haben Sie wirklich keine Idee, wer Yildiz Gümüs sein könnte? Und wo sie hier wohnen könnte?«

»Vielleicht ein Stock drunter, auf der andere Seite. Ab und zu hör ich da so Bauchtanzmusik, wenn ich vom Einkaufe komm. Aber die Studente höre ja heut au nix anderes mehr.«

Belledin steckte seinen Ausweis wieder ein und entschuldigte sich für die Störung. Dann hob er Zeige- und Mittelfinger gegen die Stirn, als wolle er einen legeren Militärgruß setzen, und drehte ab.

»Halt, warte Sie mal. Eine Frau gibt's, die verlässt jede Morge scho um fünfe 's Haus. Ä Studentin kann des nit sei, die schlofe jo bis in Mittag, damit sie in de Nacht Krach mache könne … Die seh ich öfters. Wenn ich nachts nit schlafe kann, guck ich immer ausm Fenschter, wisse Sie, ich träum schlecht … viel von früher, vom Krieg … sin nit immer schöne Bilder …«

»Und wo wohnt diese Frühaufsteherin?«

»Direkt ein Stock über mir.«

»Vielen Dank, Herr Ritter, und Entschuldigung, dass ich so heftig geläutet habe.«

Ritter verzog gequält den Mund. »Da bin ich ganz andere Sirene gwöhnt … wenn de die einmal ghört hasch, kriegsch sie ä Lebe lang nimmer ausm Ohr …«

Belledin nickte verlegen und ging die Stufen hoch zu Yildiz' Wohnung. Ritter blickte ihm noch nach und schloss dann die Tür.

An der Wohnungstür hing kein Namensschild, aber die Klingel funktionierte. Belledin versuchte es erneut, doch es öffnete ihm niemand. Er überlegte, ob er die Tür unerlaubt öffnen sollte. Schließwerkzeuge waren zwar seine Sache nicht, aber es wäre für ihn ein Leichtes, das Schloss aus der Verankerung zu sprengen, indem er sein Gewicht gegen das Holz warf. Belledin hatte jedoch keine Befugnis, und wirkliche Anzeichen auf Gefahr in Verzug lagen nicht vor. Yildiz konnte einfach nur beim Arzt sein. Was würde sie sagen, wenn sie zurückkäme und ihre Wohnungstür gewaltsam geöffnet vorfände? Was aber, wenn sie geknebelt und gefesselt in der Wohnung lag?

Belledin versuchte, einen klaren Kopf zu bekommen. Ritters Geschwafel hatte ihn ziemlich zermürbt. Er kam zu dem Schluss, dass es besser wäre, zu handeln, als hinterher eine Leiche mehr auf dem Schreibtisch zu haben. Er ging drei Schritte zurück, befand den Anlauf als ausreichend und wollte eben die Tür einrennen, als sein Handy klingelte.

Er nahm den Anruf entgegen. »Ja? … Gut, alles klar … danke … Und noch was, du kannst da gerne bleiben, aber wir haben damit nichts zu tun, falls es für dich brenzlig wird …«

Er steckte das Handy wieder ein und stieg die Stufen hinab. Es war Killian gewesen, der bezüglich Yildiz Entwarnung gegeben hatte. Belledin war froh, dass er sich nicht zum Narren gemacht hatte.

Er stand ohnehin vollkommen neben sich. Wie hatte er nur all die Jahre diese prächtige Karriere hinlegen können bei so viel Unentschiedenheit? Er war nicht mehr der Alte, das hatte er schon länger bemerkt, aber dass er derart abbauen würde, beschäftigte ihn doch sehr. Zwar waren es noch Kleinigkeiten, die nur ihm selbst auffielen, aber es summierte sich, und irgendwann würden auch die anderen merken, dass er nicht mehr der Wolf war, als den man ihn fürchtete.

Belledin hatte sich stets lustig gemacht über die Flut der Lebensratgeber, die die Buchhandlungen überschwemmten. Statt das Leben beim Kragen zu packen, hockten sich die Menschen in Leseecken und schmökerten darüber, wie sie glücklich werden könnten. Dass Frauen sich solchen Versprechungen hingaben, konnte er ja noch verstehen, und er befürwortete diesen Zeitvertreib für das Weib sogar. Besser sie lasen sich glücklich, als dass sie zu Hause den Meckerzwerg gaben. Aber gestandene Männer? Belledin entschied sich, noch bei der Rombach-Buchhandlung vorbeizugehen, dort war man noch am anonymsten.

Er nahm die Stühlinger Brücke über die Bahngleise, eine Tram pochte bimmelnd auf Vorfahrt. Belledin gehorchte und machte einen Satz, spürte aber dabei sofort wieder seinen Muskelkater. Er fluchte, ließ sich jedoch nicht davon abhalten, sich die Tram an der nächsten Haltestelle zu schnappen, um dann nach einer Station, an Kino und Theater vorbei, direkt vor der Buchhandlung auszusteigen.

Belledin musste sich bei dem Hitzeschwall, der ihm entgegenschlug, erst einmal den Mantel aufknöpfen und den Schal vom Hals lösen. Schweißtropfen traten ihm auf die hohe Stirn, die er mit einem Taschentuch zu trocknen versuchte. Sein Blick wanderte über die Orientierungstafel. Er war selten in Buchhandlungen; eigentlich immer nur kurz vor Weihnachten, um sich die neusten Kochbücher für Biggi in Geschenkpapier verpacken zu lassen.

Er fand die Rubrik »Lebenshilfe« im dritten Stock und stieg hinauf.

Eine Verkäuferin bot ihm Hilfe an, Belledin nickte ab: »Ich guck grad nur mal, danke.«

Das hätte ihm gerade noch gefehlt. Eine ehrgeizige Verkäuferin, die ihm lauthals Lebensratgeber feilbot. Belledin fand die Abteilung, doch er weigerte sich, direkt darauf zuzugehen. Zum Glück befand sich gleich daneben das Regal mit »Philosophie«. Das war wenigstens noch eine Männerdomäne, jedenfalls war Belledin keine berühmte Philosophin bekannt. Das entlockte ihm ein kleines Lächeln unter dem Schnauzbart, und er griff sich »Die philosophische Hintertreppe«. Der Klappentext verriet, dass der Autor dem Leser einen alltäglichen Zugang zu dem Stoff verschaffte. Belledin wog ab, ob er sich das Buch kaufen sollte, entdeckte dann aber, dass es bereits ein Hörbuch davon gab. Heimlich schielte er jedoch schon zu dem Tisch mit den Glücksversprechungen und bewegte sich nach und nach dorthin, in der Hoffnung, dass ihn niemand dabei ertappte.

***

Kant hatte seinen Wagen in der Bahnhofsgarage geparkt und war anschließend über die Brücke gegangen, um in das Stühlinger Viertel zu gelangen. Er stutzte einen Augenblick, als er an der Auslage von Juwelier Dägele vorbeiging und ihm von dort eine wertvolle Breitling entgegenblitzte. Kant mochte nicht glauben, dass es sich um eine andere Uhr als die von Jean handelte, die ihn da so kokett angrinste. Und wenn es Jeans Uhr war, dann war Jean nicht abgehauen, sondern tot. Mindestens aber hatte man ihm die Hand abgehackt. Denn von der Breitling hätte er sich niemals freiwillig getrennt, für kein Geld der Welt. Die Uhr war für ihn wie für den Lourdes-Pilgerer das geweihte Wasser. Man versetzte so etwas nicht einfach beim Juwelier, nur weil man in der Klemme steckte, sondern man betete zu ihm.

Kant betrat das Geschäft und spürte, dass der Juwelier seinen potenziellen Kunden sofort analysierte. Dessen Blick fiel umgehend auf den Piloten-Chronometer, und der verlangte seinen höchsten Respekt. Solche Uhren gab es nur noch sehr selten. Wer so etwas am Arm trug, war ein Kenner. Der Juwelier trat Kant devot entgegen.

Kant fragte ohne Umschweife nach der Breitling in der Auslage. Die Augen des Juweliers leuchteten auf, und schon eilte er an die Vitrine, um die Uhr herauszuholen.

Er reichte sie Kant und begann von der Verarbeitung, den Steinen, der seltenen Auflage und anderen Dingen zu erzählen, ohne die das Leben eines leidenschaftlichen Juweliers wohl pure Tristesse wäre.

Kant ließ ihn ausreden, dann fragte er: »Wer war der Vorbesitzer?«

Der Juwelier war ein schlechter Lügner. Er stammelte etwas von einem Grafen, verfiel dann aber auf einen Herzog und sabberte bei jeder Wendung seiner Geschichte mehr, während er sich hoffnungslos in Widersprüche verstrickte.

»War es vielleicht eine junge Frau, Ende zwanzig?«, schnitt Kant scharf dazwischen.

Der Juwelier gab auf und nickte. »Ja, aber sie ist wirklich ihre siebentausend wert.«

»Bestimmt«, nickte Kant und sah kurz durch das Schaufenster. Einige Passanten eilten durch den kalten Wind. Niemand schien zum Juwelier zu wollen. Lächelnd wandte er sich wieder zu ihm um.

»Können Sie die Frau näher beschreiben?«

»Sehr gut sogar, eine hübsche Frau, ich würde sagen, eine Türkin. Ich vergesse nie ein Gesicht, das gehört zu meinem Beruf. Ich kann Ihnen jetzt noch sagen, wem ich in den achtziger Jahren die erste Swatch verkauft habe.«

»Und wer war das?«

»Ein Franzose. Etwa eins neunzig groß, breite Schultern, auch ohne Schulterpolster, schulterlanges blondes Haar, und er trug einen Ring am kleinen Finger, ähnlich wie Sie einen tragen, nur war sein Stein ein Rubin. Dafür haben Sie aber die schönere Armbanduhr. Eine englische, nicht wahr?«

»Ich bin wirklich beeindruckt. Wie machen Sie das?«

»Ich habe keine Technik, es ist einfach so. Ich sehe und behalte, das ist –« Der Juwelier hielt inne, als er in die Mündung von Kants Schalldämpfer blickte.

Kant drückte ab, und der Juwelier stürzte wie ein gefällter Baum zu Boden. Kant ließ ihn liegen und verstaute Pistole und Breitling in den Taschen seines Mantels. Er zog eine Plastiktüte aus der Manteltasche, füllte sie mit dem Schmuck, der sich in den Vitrinen befand, und verließ den Laden.

Erfreut war Kant nicht über den erneuten Mord, aber was hätte er tun sollen? Der Juwelier hätte überall herumerzählt, wem er eine Breitling verkauft hatte, mit exaktem Fahndungsfoto dazu. Einen Moment hatte Kant mit dem Gedanken gespielt, ob er die Uhr einfach in der Auslage liegen lassen sollte, aber da es tatsächlich Yildiz gewesen war, die die Uhr bei dem Juwelier verschachert hatte, hätte es auch hier wieder eine Rückverfolgungsmöglichkeit zu ihm gegeben, und dem musste er entgegenwirken. Jetzt musste er nur noch den Beutel mit dem Schmuck loswerden. Am besten deponierte er ihn in Yildiz' Wohnung. Jean hatte ihm die Adresse noch durchgegeben, es musste ganz in der Nähe sein.

Jean hatte ihm gesagt, dass sie im dritten Stock wohnte. Kant hatte nun also zwischen zwei Wohnungen auszuwählen. Da an der einen ein Messingschild mit dem Namen Mildenberger hing, entschied er sich für die andere Tür. Mit seinen Schließwerkzeugen öffnete er sie wie mit einem Schlüssel.

Kant schob sich vorsichtig zur Tür hinein und lauschte, ob jemand da war, aber er hörte nur das Tropfen der Dusche aus dem Bad. Er näherte sich dem Badezimmer, schob die Tür auf und erblickte den toten Jean. Hierher würde Yildiz also nicht mehr zurückkommen. Kant nahm die Breitling, warf sie in den Sack zu den anderen Juwelen und legte ihn neben Jean ab. Dann verließ er die Wohnung und zog die Tür hinter sich zu. Er verzichtete darauf, sie wieder abzuschließen, und dachte bereits darüber nach, wie er mit Yildiz am besten verfahren würde.

***

Belledin hatte sich das Buch als Geschenk verpacken lassen. Er kam sich dabei zwar etwas lächerlich vor, aber er hatte keine Lust, den Kassierer wissen zu lassen, dass ein Mann wie er auf der Suche nach dem verlorenen Glück war.

Mittlerweile befand er sich schon wieder auf dem Zubringer, der aus der Stadt nach Umkirch führte, und rauschte an der Autobahnauffahrt Basel vorbei. Belledin hätte jetzt auch einfach abfahren können. In Gedanken spielte er die Strecke durch: Basel, Luzern, Gotthard, Bellinzona, Locarno, Mailand, Genua – das Mittelmeer, der Blick in die Weite, das Brechen der Wellen am harten Gestein. Es war ein einfacher Traum, den vermutlich viele hatten, aber war er deswegen verkehrt?

Belledin drosselte die Geschwindigkeit, denn er befand sich nicht auf der Autobahn in Richtung Basel, sondern bog eben in das Gewerbegebiet von Umkirch ab. Seit die Umgehungsstraße gebaut worden war, ging es tatsächlich zügiger durch das Nadelöhr. Aber er mochte auch den Stau durch das Dorf hindurch. Die Verkehrsüberlastung hatte ihm immer den Hauch von Großstadt vermittelt, was natürlich Blödsinn war. Aber mit der richtigen Musik im Wagen konnte man sich schon zehn Minuten lang Chicago vorstellen. Und das war Massage für eine Seele, die sich nie getraut hatte, die Heimaterde ernsthaft zu verlassen.

Belledin parkte vor dem Lieferdienst-Gebäude. Es war kurz vor zwei, die Frühschicht gleich zu Ende. Belledin verspürte Hunger und betrat den Schnellbäcker. Er entschied sich für einen Kaffee mit Sahne und den Mohnstrudel mit Zuckerguss. Er wusste, dass diese Teilchen die reinsten Kalorienbomben waren, aber alles wollte er nun auch nicht auf einmal ändern. Er war nie ein Radikaler gewesen, deshalb gedachte er auch mit seiner Krise gemäßigt umzugehen.

Mit dem ersten Schluck Kaffee war er auch endlich wieder bei seiner Arbeit gelandet. Den Zigarettenstummel hatte er Wagner übergeben, vielleicht gab es DNS-Spuren eines Bekannten aus der Datei oder man fand an Ambs oder seiner Mutter etwas Vergleichbares. Die Beerdigung der beiden sollte erst morgen stattfinden, so lange hatte die Pathologie noch Zugriff.

Die Arbeiter der Frühschicht kamen aus dem BPD-Gebäude, Belledin konnte sie durch das Fenster sehen. Er warf sich den letzten Happen des Zuckergebäcks zwischen die Zähne und spürte für einen Moment ein schmerzhaftes Ziehen im oberen Sechser. Belledin hatte die kariöse Stelle schon länger bemerkt, aber diesmal zündete der Zuckerguss, als sei er mit Strom aus der Steckdose versorgt. Belledin kniff die Augen zusammen und spülte den Zucker mit dem Kaffee aus dem Zahn.

Killian schlenderte mit Yildiz durch das Tor. Belledin verließ das Bistro und passte die beiden ab.

»Guten Tag, Frau Gümüs, Hauptkommissar Belledin, Kripo Freiburg. Ich habe ein paar Fragen an Sie zum Tod von Bernd Ambs.«

Belledin mochte diese offiziellen Einleitungssätze. Sie gaben ihm Halt, und er wusste, wo er sich befand. Er dankte dem Bürokratendeutsch für solche Anker. Auffordernd sah er zu Killian, der sofort begriff, dass er zu verschwinden hatte.

»Ich warte dann im Auto«, sagte er und verzog sich.

»Wollen wir reingehen? Hier draußen ist es doch etwas ungemütlich, oder?«

Yildiz nickte, und sie passierten den Pförtner. Der Aufenthaltsraum war leer. Belledin sah sich in dem spartanisch eingerichteten Raum um.

»Für wen ist der? Für die Arbeiter?«

Yildiz lachte. »Wir haben keine Zeit, uns aufzuhalten. Ab und zu lässt man hier Vertreter warten. Aber eigentlich ist es nur ein Alibi-Raum, ein Zugeständnis an die Gewerkschaft.«

»Aha ... Wo waren Sie in der Nacht vom 5. auf den 6. Januar?« Auch dies war einer der Anker, die Belledin im Hier und Jetzt seines Schaffens hielten.

Yildiz blickte Belledin mit großen Augen an. Sie hätte nie gedacht, dass sie diesen Satz einmal an sich gerichtet hören würde. Und es überraschte sie, wie sehr sie sich plötzlich in einen Film versetzt fühlte. Ähnlich war es gewesen, als Bernd zum ersten Mal »Ich liebe dich« zu ihr gesagt hatte. Auch diesen Satz hatte sie bislang nur aus Filmen gekannt und war von ihm in eine genussvolle Unwirklichkeit gezogen worden, in der mit einem Mal alles machbar schien. Es kam nur darauf an, mit welchem Satz man an die Schnittstelle der Realitäten katapultiert wurde. Yildiz begriff allmählich, dass sie bei ihr umso stärker wirkten, je filmischer sie bereits beladen waren. Kommissar Belledin schien direkt aus einem Krimi entsprungen. So wie es Bernd auch gewesen war. Und Killian und der Mann in der Lederjacke und vielleicht auch Yildiz selbst.

»Ich war zu Hause mit Bernd. Dann ist er hierhergefahren, und ich bin ins Bett.«

»Was wollte er hier?«

»Mit Schätzle reden, unserem Schichtführer. Bernd wollte zweimal hintereinander Frühschicht fahren. Auch für mich wollte er fragen. Normalerweise wird immer gewechselt. Eine Woche Frühschicht, die nächste Woche Spätschicht. Das ist nicht ohne. Dieser Wechsel macht mir manchmal zu schaffen, und ich studiere noch.«

Belledin nickte verständnisvoll. »Was studieren Sie?«

»Medizin.«

»Das ist interessant. Was ist eigentlich der neueste Stand bei Muskelkater? Haben Sie da einen Tipp?«

Yildiz musste lachen. »Nach dem Training direkt Fruchtsaft trinken, das schützt vor der Übersäuerung.«

»Wieder was gelernt … Hätte Bernd Ambs einen Grund gehabt, sich umzubringen?«

»Warum sollte sich Bernd umbringen?«

Belledin zuckte mit den Schultern. »Dann bleibt nur Mord.«

Yildiz schüttelte den Kopf. »Warum kein Unfall?«

»Er war Rettungsschwimmer. Da ersäuft man nicht in einer Rheinaue, egal wie zugedröhnt man ist.«

Yildiz schwieg.

»In was war Ambs verwickelt? In Ihrem E-Mail-Verkehr gibt es Andeutungen.«

»Ich weiß es nicht, er sagte nur, dass er etwas Großes vorhätte und wir dann alle Geldsorgen los wären. Warum sollte ich jemanden töten, der mir solche Versprechungen macht?«

»Da haben Sie recht. Verreisen Sie bitte in den nächsten Tagen dennoch nicht.«

Auch dieser Satz klang in dem Aufenthaltsraum noch lange nach und beschwor die Nahtstelle zwischen Fiktion und Realität. Belledin verließ mit Yildiz das Gebäude. Während der Kommissar noch mal in der Bäckerei verschwand, um sich mit Gebäck für den langen Büronachmittag einzudecken, stieg Yildiz zu Killian ins Auto.

***

»Wohin soll's gehen?«, fragte Killian, um das Schweigen zu brechen.

»Ich besuche eine Tante, sie wohnt im Hochhaus.«

Mit dem Hochhaus war tatsächlich das einzige Hochhaus gemeint, das Bötzingen besaß. Es war das alte Hotel Markgrafen, das von Fritz Ries so konzipiert worden war, dass man problemlos Eigentumswohnungen daraus machen konnte, falls der Hotelbetrieb nicht funktionierte. Und er konnte nicht funktionieren. Wer wollte schon direkt neben einer Kunststofffabrik Urlaub machen? Erst wurden Mietwohnungen für die Arbeiter daraus, dann verkaufte der findige Ries die Wohnungen mit dem Gewinn von drei Hotels. Über die Jahre war es dann immer mehr zur türkischen Hochburg Bötzingens geworden. Im Erdgeschoss versuchte sich zunächst noch ein Edeka-Markt, dann kam eine Videothek.

Killian hatte auch mal in dem Hochhaus gewohnt, da war er etwa drei Jahre alt gewesen. Er hatte nicht viele Erinnerungen an diese Zeit, nur eine blitzte immer wieder auf, wenn er an das Hotel Markgrafen dachte oder davorstand: die erste dramatische Situation seines Lebens, an die er sich bewusst erinnern konnte. Er hatte mit seinen Eltern im achten Stock gewohnt und sollte für seinen Vater Zigaretten holen. Seine Mutter arbeitete in der Fabrik, der Vater war zu faul oder zu besoffen, um die Kippen selbst zu holen. Also drückte er dem kleinen Killian Geld in die Hand und bläute ihm ein, dass er den obersten Knopf drücken müsste, wenn er wieder nach oben kommen wolle. Dann gab er ihm noch ein leeres Päckchen der Marke Kurmark mit, damit die Verkäuferin wusste, welches Kraut sie dem Kleinen geben sollte. Er verfrachtete Killian in den Fahrstuhl und sandte ihn nach unten.

Killian fand den Edeka, und auch die Zigaretten kaufte er auftragsgemäß, aber als er im Fahrstuhl stand und wieder nach oben wollte, war alles vorbei. Er war zu klein, um an den obersten Knopf zu gelangen. Dann kamen Leute in den Fahrstuhl, die auf andere Knöpfe drückten, aber nie auf den obersten. Sie stiegen wieder aus, andere kamen herein. Killian traute sich nicht, jemanden zu fragen. Und wenn er mal all seinen Mut zusammengenommen hatte, waren die Fahrgäste auch schon wieder ausgestiegen.

So fuhr er gefühlte zwei Stunden hoch und runter, tatsächlich mochten es vielleicht nur fünfzehn Minuten gewesen sein. Aber die Zeit und der Schrecken dehnten sich. Killian glaubte, nie mehr aus dem Fahrstuhl herauszukommen, und drückte das Zigarettenpäckchen, so fest er konnte. Es war das Einzige, was ihm Halt gab. Irgendwann begann er dann wohl zu weinen, und endlich kam Frau Körbel, eine Nachbarin, die ihn kannte. Sie nahm ihn auf den Arm, damit er selbst den obersten Knopf drücken konnte, und ließ ihn dann auch allein zur Wohnung zurückgehen. Killian wusste bis heute nicht, ob sie es deswegen getan hatte, damit er seine Aufgabe selbst zu Ende führen konnte, oder weil sie keine Lust auf seinen Alten gehabt hatte.

Als er schließlich mit verheulten Augen und dennoch stolz dem Vater das Zigarettenpäckchen hinhielt, waren die nächsten Tränen schon vorprogrammiert. Der kleine Killian hatte sich zu sehr an den Zigaretten festgehalten. Statt Lob setzte es eine Tracht Prügel. Die waren Killian allerdings weniger präsent als die Odyssee im Fahrstuhl. Seither hatte ihn das Gefühl, im Fahrstuhl zu sitzen und nicht den gewünschten Knopf drücken zu können, im Laufe seines Lebens immer wieder eingeholt. Aber immer wieder war auch eine Frau Körbel gekommen und hatte ihm geholfen. Vielleicht würde er auch diesmal wieder einen Schutzengel haben, der ihm den Weg aus der dunklen Kabine ans Licht wies. Rohina war die Letzte gewesen, die es geschafft hatte. Yildiz war es offenbar nicht. Sie war zu verschwiegen und hatte ihre eigenen Ziele, als dass sie Killian in seiner Sache helfen würde.

Er lenkte den Citroën durch die Pilsenstraße auf das Hotel zu. Er hatte es aufgegeben, mit Yildiz ein Gespräch anzufangen. Sie hatte wohl das Gefühl, dass sie sich gestern bereits zu weit aus dem Fenster gelehnt hatte. Ihre Schweigsamkeit verriet Killian aber umso mehr, dass sie etwas ausbrütete, und er nahm sich vor, an ihr dranzubleiben.

Killian fuhr an den Eingang heran, Yildiz bedankte sich und verschwand im Hochhaus; dann lenkte er den Wagen um den Block, um so zu parken, dass er von den Fenstern des Hotels nicht gesehen werden konnte.

Nicht nur Killian wartete vor dem Hochhaus, auch eine dunkelblaue E-Klasse, die dem Citroën seit Umkirch gefolgt war, harrte geduldig der weiteren Ereignisse. Im Gegensatz zu Killian zog es Kant jedoch vor, den Wagen jetzt zu verlassen und im Hochhaus zu verschwinden. Er hatte nun schwarzes Haar und einen schwarzen, sauber gestutzten Vollbart. Dazu trug er einen leicht zerknitterten Nadelstreifenanzug und dunkelbraune Stiefeletten. Eine dunkelbraune Sonnenbrille ergänzte die Schuhe farblich; über dem Anzug wallte ein leichter Wollmantel. Er würde nicht sonderlich auffallen, hier trafen sich viele dubiose Geschäftsleute, die sich ähnlich kleideten.

Yildiz verließ den Fahrstuhl im sechsten Stock und ging den dunklen Flur entlang, an dessen Ende eine Gestalt im erhellten Türrahmen auf sie wartete. Es war Ergin Sengel, einer ihrer Cousins. Ergin war Mitte dreißig und beinahe schon genauso dick wie sein Vater. Sie begrüßten sich auf Türkisch, dann sprachen sie in der Sprache weiter, in der sie aufgewachsen waren.

»Bist du allein?« Yildiz blickte sich in der Wohnung um.

»Ja, Einur ist mit den Kindern spazieren. Was gibt es?«

»Hast du noch Kontakt zu den Melek-Brüdern?«

Ergin zog eine Augenbraue hoch und griff in eine Schale mit Sonnenblumenkernen. Ergin futterte immer Sonnenblumenkerne, wenn er nervös war – und Ergin war immer nervös. Allein der Name »Melek-Brüder« ließ ihn sofort in einen Flüsterton verfallen.

»Was willst du mit den Melek-Brüdern?«

»Hast du Kontakt mit ihnen?«

»Nein, schon lange nicht mehr.«

»Dann hat es sich erledigt. Schade, hunderttausend wären für dich drin gewesen. Grüß mir Einur und die Kinder.«

Yildiz wandte sich wieder zur Tür und wollte gehen. Ergin spuckte die Schalen einiger Sonnenblumenkerne aus und bemühte sich, sein Gewicht in Bewegung zu setzen, um vor ihr an der Tür zu sein. Es gelang ihm auch mit Mühe, da Yildiz ihr Tempo so bemessen hatte, dass er es auch schaffen konnte.

»Warte«, keuchte er. »Manchmal höre ich schon was von ihnen.

Du weißt ja, wenn sie direkten Kontakt zu ihren Eltern aufnehmen, besteht die Gefahr, dass die Bullen sie am Arsch packen. Ich mache sozusagen den Briefträger, aber mehr auch nicht.«

»Mehr sollst du auch für mich nicht machen.«

Ergin nickte stumm. Die große Zahl kreiste sichtlich in seinem Kopf herum, dann fiel sie ihm aus dem Mund: »Hunderttausend hast du gesagt?«

»Wenn die Vermittlung klappt.«

»Was für eine Vermittlung?«

»Ich habe etwas, womit die Melek-Brüder sich hier wieder einen Markt erobern können. Ehe die Russen das spitzkriegen, sind die ersten Millionen schon über den Tisch gegangen.«

»Und was ist das?«

»Zehn Millionen sind drin, sag ihnen das. Aber sie müssen sich beeilen.«

»Wann?«

»Freitag.«

Ergin verschluckte sich an einem Sonnenblumenkern und hustete, Yildiz klopfte ihm wie einem Kind zwischen die Schulterblätter. Der Kern flog in hohem Bogen durch die Wohnung und verschwand in den Tiefen des handgeknüpften Teppichs.

»Wie soll das gehen?«

»Hier ist meine Handynummer. Du hast bis heute Abend Zeit. Du weißt, ich habe es gerne, wenn Sachen innerhalb der Familie geteilt werden. Ich würde ungern mit den Özils ins Geschäft kommen.«

Der letzte Satz saß vermutlich mehr als die hunderttausend. Allein der Gedanke, dass die Özils einen Fisch von zehn Millionen in ihr Netz bekommen konnten, trieb Ergins Puls derart in die Höhe, dass er gleich ein neues Päckchen Sonnenblumenkerne aufriss. Yildiz war sich nun sicher, dass er alles daran setzen würde, die Melek-Brüder zu kontaktieren und für den Braten zu interessieren.

»Kannst du mir nicht vielleicht etwas mehr Informationen über das Geschäft geben? Je mehr ich weiß, umso schmackhafter kann ich es ihnen machen.«

»Je mehr ich verrate, umso weniger bin ich wert«, lächelte Yildiz. Ihr begann das Spiel zu gefallen. Sie mochte es, dass sie die Ober-Machos der Türkenszene an der Leine führen konnte. Statt in Anatolien Jungfräulichkeit zu heucheln, kreuzte sie hier nun mit den Top-Ganoven die Waffen. Sie war sich allerdings bewusst, dass sie dieses Spiel nur so lange betreiben konnte, wie sie auch alle Karten in der Hand behielt. Sie durfte ihre Trümpfe nur langsam ausspielen, und jeder musste stechen. Erst wenn sie das Geld hatte, durfte die letzte Information an die Melek-Brüder gehen. Ansonsten würde man sie lachend in einen Dolmus verfrachten.

»*Görüsmek üzere*«, beendete Yildiz das Treffen.

»*Iyi günler*«, erwiderte Ergin und schloss die Tür hinter ihr.

Yildiz fühlte sich so gut wie noch nie. Sie hatte das Leben in die Hand genommen, sie stand kurz davor, einen Wahnsinns-Coup zu machen. Bernd wäre stolz auf sie gewesen. Es war, als vollstrecke sie sein Testament und ihr wüchsen dabei gleichzeitig Flügel. Ausgerechnet die Melek-Brüder! *Melek* hatte sie ihre Großmutter immer genannt, das bedeutete: *Engel.* Früher hatte sie immer die Arme ausgebreitet und war so in die Arme ihrer Großmutter geflogen. Jetzt war ihr danach, zu fliegen.

Yildiz breitete die Arme aus und rannte durch den dunklen Gang bis zum Aufzug. Sie war glücklich über ihr Schicksal, das ihr zugeraunt hatte, selbstbestimmt zu handeln. Und dieses Gefühl entfesselte ungeahnte Kräfte, zeigte ihr eine Seite von sich selbst, an die sie nie gewagt hatte zu denken.

Sie drückte auf den Knopf, der den Aufzug nach oben rufen sollte. Er befand sich bereits im vierten Stock und war innerhalb weniger Sekunden da. Die Tür öffnete sich, und Yildiz betrat die Kabine.

In diesem Moment gab sie die Regie über ihr Leben aus der Hand.

Im Fahrstuhl stand ein dunkelhaariger Mann mit Vollbart und Nadelstreifenanzug, der bereits seit zehn Minuten mit verschiedenen Menschen hoch- und runtergefahren war.

Es war für Kant nur eine Frage der Zeit gewesen, dass auch Yildiz den Fahrstuhl besteigen würde. Wenn er Glück hatte, war sie allein. Er hatte Glück. Nach all dem, was bislang schiefgelaufen war, wurde es auch Zeit, dass die Kugel mal wieder auf Rot fiel. Kant wollte das Glück jedoch nicht zu lange strapazieren. Er musste schnell handeln. Er hatte zwei Stockwerke Zeit, dann war der Fahrstuhl im sechsten Stock, wohin ihn irgendjemand beordert hatte.

Kant hätte sich gerne noch mit Yildiz unterhalten, die Entschlossenheit in ihrem Blick hatte ihn neugierig gemacht. Was hatte sie vor? Wie wollte sie ihm die Beute wegschnappen? Leider würde sie ihr Geheimnis mit ins Grab nehmen. Kant griff in die Innentasche seines Mantels.

Schon diese Bewegung sagte Yildiz, dass ihr Film nun reißen würde. Im Augenwinkel erkannte sie, wie der schwarze Lederhandschuh mit der gedämpften Pistole hinter dem Revers hervorkroch. Für einen Moment dachte sie daran, sich zu ducken und sich gegen den Schützen zu werfen. Wenn sie ihn in ein Gerangel verwickeln könnte, bis der Fahrstuhl wieder halten würde, hätte sie vielleicht die Chance, dass jemand hinzukäme oder dass sie fliehen könnte. Aber selbst dieser Moment des Denkens dauerte zu lang für die Patrone, die sich in ihr Hirn bohrte. Sie fiel mit dem Rücken gegen die metallene Fahrstuhlwand und glitt mit starrem Blick daran herunter.

Der Fahrstuhl hielt im sechsten Stock, die Tür öffnete sich vor Frau Körbel. Sie war vierzig Jahre älter geworden, seit sie Killian zum obersten Knopf hochgehoben hatte, aber immer noch so energisch wie damals. Ihr Blick fiel zuerst auf die tote junge Frau, dann auf den Mann, der noch immer die Pistole in der Hand hielt. Sie wollte zu einem Schrei ansetzen, doch er blieb ihr in der Kehle stecken. Kants Kugel war auch diesmal schneller. Frau Körbel knickte ein und sackte zu Boden.

Da lag sie nun vor dem Fahrstuhl, der sie ein Leben lang transportiert hatte und in dem sich manche Begebenheit abgespielt hatte. Gerade gestern hatte sie sich noch einen Prospekt über betreutes Wohnen in Freiburg-Littenweiler geholt. Frau Körbel hatte mit dem Gedanken gespielt, das Hochhaus nach über vierzig Jahren zu verlassen und auf das Ende hin noch mal Schwarzwaldluft zu schnuppern. Vor dem Umzug hatte sie sich allerdings gescheut;

sie hätte sich von zu vielen Dingen trennen müssen, die sie über all die Jahre in ihrer Hotelwohnung angesammelt hatte. Nun war sie von den Dingen getrennt worden.

Kant zerrte die alte Dame in den Fahrstuhl, hebelte mit einem Leatherman die Konsole des Schaltpults auf und versetzte dem Stromkreislauf des Fahrstuhls einen Kurzschluss. Dann nahm er die Treppe und verließ das Hotel.

Killian hatte sich mittlerweile so vor dem Hochhaus postiert, dass er Yildiz sehen würde, wenn sie wieder herauskäme. Er hatte seine Nikon im Anschlag und knipste Milieu-Fotos. Es hatte für ihn etwas Skurriles. Da kannte er die Banlieues von Paris, die Plattenbauten von Bukarest und die Favelas von Rio – aber hier stand ein einzelner Klotz, der wie ein romantisches Zitat all dieser Desperado-Viertel wirkte. Mitten in einem Fünftausendseelendorf.

Er drückte gerade ab, als ein Mann im Nadelstreifenanzug das Hotel verließ. Das Foto gefiel Killian. Es spielte mit dem Klischee, fing im Standbild einen düsteren Krimi ein. So wie er es kadriert hatte, hätte es auch ein Schnappschuss aus einem Film noir sein können. Er besah sich das Foto auf dem Display seiner Kamera und überlegte, ob er eine ganze Serie um das Hochhaus herum schießen sollte. In dem Moment kam eine dralle Türkin aus dem Hochhaus gerannt und schrie nach Polizei und Notarzt.

***

Das Café Barleon befand sich direkt neben dem Hochhaus und war bekannt für feine Obsttorten. Belledin war der sonstige Süßhunger jedoch vergangen. Er rührte in seinem Milchkaffee und schwieg Killian strafend an. Wagner hatte mittlerweile herausgefunden, dass Juwelier Dägele mit einer Walther CP 88 getötet worden war, ebenso wie vermutlich die beiden Toten im Fahrstuhl, und das schmeckte Belledin überhaupt nicht. Drei weitere Leichen und noch immer keine Spur vom Täter. Killian war wieder in der Nähe gewesen, aber er war noch immer unantastbar. Gerade liefen die Ermittlungen, wen Yildiz im Hochhaus besucht haben könnte. Da hier jeder mit jedem verwandt war, konnte es dauern, bis die

Tante gefunden worden war, zu der Yildiz laut Killian hatte gehen wollen.

Auch Killian schwieg. Es war ihm unheimlich, dass ausgerechnet seine einstige Retterin Frau Körbel neben Yildiz tot im Fahrstuhl liegen musste. Waren das Zufälle oder schlossen sich mystische Spiralen? Vielleicht durfte man nicht an Orte zurück, an denen man bereits eine Geschichte hatte. Die Orte rächten sich dafür, dass man sie verlassen hatte, und nutzten den Augenblick der Wiederkehr, die Geschichten in aller Hast zu Ende zu erzählen. So wie das Hirn für jede Tat nach Rechtfertigung suchte, so wollten auch die Orte ihr Gleichgewicht wiederherstellen, musste alles seinen Sinn haben.

In Killians Kopf kreisten die Mosaikstücke, während er auf den rührenden Löffel Belledins starrte: Der tote Bernd und dessen große Liebe Yildiz, die ebenso tot war; die lebendige Swintha, die suchende Bärbel und der grantige Belledin, die Fotos vom jüdischen Friedhof und Goethes »Totentanz« – Killian wollte nicht an Zufälle glauben. Er war immer der Überzeugung gewesen, dass Ereignisse aus innerer Logik geschahen, wenngleich sie nicht immer auf Anhieb erschließbar war. Vieles war ihm sogar auf ewig verschlossen geblieben. Rohinas Tod fiel darunter.

Und es waren meistens die Unschuldigen, die der Krieg mit sich in den Schlund hinabriss. Die Schattenmänner starben höchstens an Diabetes; falls sie ein Gewissen hatten, vielleicht noch an Magenkrebs. Bernd und Yildiz waren nicht unschuldig. Sie hatten sich ins Spiel begeben und wurden aufgemischt, weil sie nur Amateure waren. Aber Profis wie Mugabe feierten ihren fünfundachtzigsten Geburtstag, während zweihundertfünfzigtausend Kindersoldaten die Stunden zählten, in denen sie von einer Zukunft träumen durften. Mit einem Mal war in Killian wieder der totale Weltekel ausgebrochen. Die höhnende Ohnmacht allem und jedem gegenüber. Das Verdammtsein zum ewigen Beobachter, der es sich allenfalls gestatten durfte, in seinen Bildern Stellung zu nehmen.

Killian war nach einem Besäufnis. Aber er musste einen klaren Kopf bewahren. Es gab schon zu viele Tote um ihn herum, er konnte der Nächste sein. Also bestellte er einen Tee, tauchte aber den Beutel nicht ein, sondern begnügte sich mit dem heißen Wasser.

Belledin schüttelte bei dem Anblick abschätzig den Kopf und begann endlich zu reden. »Der Täter kann noch im Hotel sein; wahrscheinlicher aber ist, dass er bereits geflohen ist. Hast du jemanden gesehen, der nach Yildiz rein oder raus ist?«

»Rein nicht, da habe ich mein Auto geparkt. Aber ich habe ein paar Fotos vom Eingang gemacht, die können wir uns ansehen.« Killian zog seine Nikon hervor und klickte die Bilder durch. Türkische Frauen mit Einkaufstaschen, Kinder mit Fußball und Gameboy waren zu sehen. Und der Geschäftsmann im Nadelstreifenanzug.

»Das gibt es doch nicht!«, rief Killian plötzlich laut aus.

Belledin erschrak so, dass ihm der Kaffeelöffel fast aus der Hand fiel. Auch die umsitzenden Gäste drehten sich nach dem impulsiven Killian um.

»Hier, der Ring, das ist der gleiche Ring wie auf dem Grabstein!«

Belledin brauchte einen Moment, um sich zu erinnern. »Was für ein Ring? Welcher Grabstein?«

»Auf den Fotos, die ich an dem Morgen vom Friedhof geschossen habe, als ich Bernds Leiche fand, ist eine Hand mit demselben Ring zu sehen, das hatte ich doch erzählt.«

Belledin kombinierte jetzt schnell. »Das Foto jagen wir als Großfahndung durch den Äther. Kann ich die Kamera haben?«

Killian überließ dem Kommissar die Nikon.

Belledin schluckte den Rest des Milchkaffees und stand auf. Killian ließ er grußlos sitzen. Er überlegte, was der Täter als Nächstes im Schilde führte und wie er ihm einen Schritt voraus sein könnte.

***

Kant fuhr über die Landstraße in Richtung Breisach und lauschte dem Polizeifunk. Er musste schnell wieder zu seiner alten Verkleidung zurück. Dafür bog er zwischen Ihringen und Wasenweiler kurz in die Reben ein und entledigte sich des Killers in Nadelstreifen. Jetzt war er wieder der grau melierte freundliche Mann im braunen Cordanzug, dem es leidtat, dass er so viele Menschen töten musste, nur weil es das Projektmanagement erforderte.

Wer Ziele durchsetzen wollte, musste auch in der Lage sein, zu äußersten Mitteln zu greifen. Kant hatte die Menschen nicht gekannt, die er erledigt hatte, für ihn waren es lediglich Faktoren gewesen, die das Ziel gefährdeten.

Killian lebte allein noch aus dem Grund, weil er ein Joker war, der zum Ziel führen konnte. Kant hatte sich von einem Datenunternehmen, das über alle möglichen Menschen Informationen sammelte und auswertete, eine Motivationsanalyse über Killian anfertigen lassen. Bei einem Semiprominenten, der sogar selbst für die Medien arbeitete, war dies deutlich einfacher als bei einem Ottonormalverbraucher. Es existierten so viele Informationen und Einblicke über das Internet, dass sich das Profil von Killian fast von selbst herauskristallisierte. Killian war besessen von Wahrheit, oder besser gesagt, von dem, was er dafür hielt. Das hieß, dass Killian nicht an Geld interessiert war. Zwar lebte er gut von seiner Arbeit, aber dafür fror und hungerte er auch oft wie ein Soldat. Mit materiellen Werten konnte man ihn also nicht ködern. Aber bei ideellen Werten war er offenbar angreifbar. Vor allem der Gerechtigkeitssinn schien die Achillesferse, in die Kant stechen konnte. In seinen Fotos prangerte Killian immer wieder die Ungerechtigkeit eines jeden Krieges an: Bilder von unschuldigen Opfern, die durch eine Granate aus dem Alltag gerissen wurden, standen Fotos dekadenter Staatsempfänge und selbstverliebter Charity-Partys gegenüber.

Kant wusste nun, wie er Killian zur Partnerschaft zwingen konnte. Da Killian schon den Posten von Ambs beim Paketdienst angetreten hatte, konnte er auch den Rest von Ambs' Job übernehmen. Und er würde sich nicht zweimal darum bitten lassen.

***

Killian warf seine Kutte auf dem Sofa ab und steuerte auf den blinkenden Anrufbeantworter zu. Da Moshe ihm versprochen hatte, ihn einstweilen in Ruhe zu lassen, drückte er auf den Wiedergabeknopf und lauschte den Nachrichten.

Zunächst ertönte Bärbels Stimme. »Hallo, Killian, ich bin's. Ich wollte fragen, ob du heute Abend Lust auf ein Essen bei uns hast. Wir könnten dann auch die Unterrichtsstunde abklären. Melde dich doch bitte, Tschüss.«

Dann erklang Swintha. »Hi, hier ist Swintha, habe den Typen mit dem Ring im Bühler gesehen. Wollte es dir erst nicht aufs Band sprechen, aber anders habe ich dich nicht erreicht. Ich wollte die Autonummer fotografieren, aber da war er schon weg. Vielleicht kommt der Kerl heute Abend wieder. Kannst ja vorbeikommen. Bis dann.«

Killian stand im Raum wie ein Löffel in einem doppelten Espresso. Hastig warf er sich die Jacke wieder über und verließ das Atelier.

***

Swintha schlug die Tür der Bahnhofswohnung hinter sich zu und schlenderte in Richtung Café Bühler. Sie hoffte, dass der Mann mit dem Ring heute erneut auftauchen würde und Killian ihre Nachricht abgehört hatte.

Sie hatte noch ein wenig Zeit, deswegen schlug sie nicht den direkten Weg an der Hauptstraße ein, sondern nahm die kleine gepflasterte Einkaufsstraße, um sich ein paar Schaufenster anzusehen.

Ob es Killians Anwesenheit war, die den Ruf der Welt in ihr ertönen ließ, oder ob es auch ohne ihn an der Zeit gewesen wäre, Swintha wusste es nicht zu sagen. Jedenfalls verspürte sie bei ihrem Bummel durch die niedliche Einkaufsstraße eine Enge, die ein Schmetterling empfinden musste, ehe sein Kokon aufplatzte.

Gerade stand sie vor der Auslage von Foto Ferruggio. Hochzeitspaare lächelten ihr »Cheese« oder wie man in Baden gerne beim Fotografen zu sagen pflegte: »Schtinkekäse«, und zogen dabei verkrampft die Mundwinkel zu einem Lächeln, während die Augen ausdruckslos ins Nichts stierten. »Schtinkekäse.« Und so roch es auch für Swintha: erstunken und erlogen. Vor allem die langen Brennweiten, das indirekte Licht, die Gaze, alles wurde auf weich getrimmt, nur keine Konturen zeigen. Swintha war heilfroh, dass sie nicht hier gelandet war. Das hätte sie keine Woche nüchtern ertragen.

Während sie durch das Schaufenster blickte, verschwammen die Fotos immer mehr, und sie träumte sich in die große weite Welt. Sie wollte die Anden bereisen, die Lyrik der Mayas mit Fotografie verflechten. Mit den Tuareg durch die Wüste ziehen und aus deren Sprache Lautgedichte bauen und in Tibet die Stille der Meditation aufs Bild bannen. Vermutlich waren es keine neuen Dinge, hatten sich schon viele auf diese Spuren gemacht, aber für Swintha war alles neu, was außerhalb des Bezirks Breisgau-Hochschwarzwald stattfand.

Und sie war dem Leben dankbar, dass es ihr Killian geschickt hatte. Er hatte gezeigt, dass es ging, von hier aufzubrechen und wach zu bleiben. Dass er überhaupt hierher zurückgekommen war, wunderte sie allerdings. Swintha fürchtete, dass er es nicht lange aushalten würde und schneller wieder fort war, als ihr lieb sein konnte. Aber allein der Moment, in dem sie ihm begegnet war, war für sie schon Impuls genug, um weiter an ihren eigenen Weg zu glauben. Killian hatte ihr Talent attestiert und sie nicht als Praktikantin genommen, nur weil sie Bärbels Tochter war. Im Gegenteil, er hatte sie genommen, *obwohl* sie Bärbels Tochter war. Das gab Kraft. Falls die Zeit mit ihm nur kurz bemessen war, würde sie eine Mappe erstellen und sich an der Universität der Künste in Berlin oder an der Folkwang-Hochschule in Essen bewerben. Killian war das Fenster zur Welt. Wenn er fort wäre, würde es hier wieder dunkel werden.

Swintha wusste, dass sie gerade sehr pathetisch und emotional war. Aber sie brauchte diese theatralische Überhöhung, um die Bilder freizuschaufeln, die sie für ihre Gedichte suchte.

Ihr Blick wurde wieder klarer, sie musste jetzt glucksen bei den Monsterfotos von Foto Ferruggio und sich sehr zurückhalten, um nicht laut zu kreischen. Sie stellte sich vor, wie diese Fotos als Poster vergrößert über den Ehebetten der Paare prangten und nach zehn Jahren allmählich genauso vergilbt waren wie deren Zahnreihen beim Ausspruch von »Schtinkekäse«.

Sie blickte auf die Uhr, die über dem Brillengeschäft drohte, und erschrak. Sie hatte getrödelt. Es war bereits nach halb sechs und schon dunkel geworden. Sie wollte schnellen Schrittes zur Arbeit aufbrechen, da versperrte ihr eine geöffnete Autotür den Weg. Swintha fluchte, wie konnte man nur so blöde parken! Im nächsten Moment spürte sie ein feuchtes Tuch über ihrem Gesicht, inhalierte den Geruch eines Betäubungsmittels und tauchte ins Land der erinnerungslosen Träume.

***

Kant hatte die Kleine vor dem Bahnhof abgepasst und war ihr in sicherem Abstand gefolgt. Er hatte gehofft, sie auf dem Weg zur Arbeit abfangen zu können. In der Einkaufsstraße war es natürlich riskant, aber er war schnell genug gewesen, dass niemand etwas bemerkte. Schließlich rechnete man mit so einer Aktion nicht.

Kant fuhr den Mercedes langsam über das Kopfsteinpflaster. Es war kein Grund zur Eile. Das Mädchen lag auf der Rückbank und schlief, er hatte, was er wollte. Er würde mit ihr dorthin fahren, wohin Ambs die umgeladene Ware hätte bringen sollen. Dorthin würde er auch Killian beordern und ihm das Pfand gegen die Ladung austauschen.

Wirklich glücklich war Kant mit der Situation nicht, aber es blieb ihm nichts anderes übrig. Zu vieles war verquast gelaufen. Hätte er nur sein eigenes Geld in das Projekt investiert, er hätte frühzeitig die Finger davon gelassen und wäre mit einer bescheidenen Verlustrechnung ausgestiegen. Aber die Geldgeber saßen ihm im Nacken. Er war gerne Jäger, mochte es aber nicht, wenn er selbst gejagt wurde.

Also musste er zumindest die Ware sicherstellen und dann notfalls selbst ausfahren. Und Killian war im Moment der Einzige, der ihm die Ware bringen konnte. Dafür, dass er nicht auch noch die Polizei mitbrachte, würde die Anwesenheit des Mädchens sorgen.

***

Das Café Bühler glich einem Weizenfeld, das von einer Wolke gieriger Heuschrecken heimgesucht wurde. Killian musste sich zu der blonden Kellnerin hinunterbeugen, um sie zu verstehen.

»Nein, sie ist nicht hier! Obwohl sie hier sein müsste! – Ja, ich komme sofort, einen Moment! Sie sehen ja, was hier los ist ... und falls Sie sie treffen, können Sie ihr ausrichten, dass sie auch nicht mehr zu kommen braucht!«, schrie sie, rauschte mit einem überfüllten Tablett davon und ließ Killian im brodelnden Raum stehen. Von überall wurde die überforderte Kellnerin gerufen: »Fräulein! Zahlen! Haben Sie unseren Kuchen vergessen!?«

Inmitten der Kakofonie ungestillter Bedürfnisse ließ die Kellnerin einfach das Tablett fallen und überließ die Kundschaft sich selbst. Hysterisch kreischend rannte sie aus dem Café.

Für einen Moment gefror das Bild, es herrschte absolute Stille. Killian hätte den Augenblick gerne eingefangen. Für wenige Sekunden verband die Gemeinschaft ein großes Fragezeichen, alle individuellen Bedürfnisse waren zurückgedrängt. Doch schon begann wieder das Gemurmel, und Killian nahm dies zum Anlass, das Café ebenfalls zu verlassen.

Es beunruhigte ihn, dass Swintha nicht hier war. Da war ein Mörder unterwegs, den sie erkannt hatte. Und vermutlich hatte dieser längst die Verbindung zwischen ihm und ihr als Option begriffen.

Killians Ahnung wurde bestätigt. Sein Handy klingelte, der unbekannte Anrufer meldete sich freundlich, aber bestimmt. Die Regeln waren schnell verkündet und für Killian einfach zu verstehen: Er sollte morgen die gegen zehn Uhr eintreffende Ware zu einem Ort bringen, den er noch erfahren würde, dafür gäbe es Swintha lebend zurück. Dass die Polizei bei diesem Spiel nichts zu suchen hatte, verstand sich von selbst, wurde aber dennoch vom Gegenüber nochmals zum Ausdruck gebracht.

Killian steckte sein Handy ein und fluchte. Er hatte schon viele Geiselnahmen mitbekommen. Gerade in der letzten Zeit war es immer üblicher geworden, westliche Touristen zu kidnappen, um von den reichen Nationen Geld zu erpressen. Die wenigsten Geiselnahmen kamen überhaupt an die Presse, und häufig starben Täter und Opfer, noch ehe die Öffentlichkeit davon Notiz nahm. Die Geheimdienste lieferten da saubere Arbeit. Es war makaber, aber nur so ließ sich dieser aufkeimende Markt der Geldbeschaffung einigermaßen kontrollieren.

Swinthas Kidnapping berührte Killian sehr persönlich. Dennoch galt es jetzt, die persönliche Befangenheit zurückzudrängen und mit kühlem Kopf zu agieren. Killian kannte seinen Gegner nicht. Er wusste nur, dass er kompromisslos alles beseitigte, was sich ihm in den Weg stellte. Daher glaubte Killian auch nicht, dass Swintha lebend aus dem Handel herauskommen würde. Sobald er die Ware gebracht hätte, wären sie und er nur überflüssige Zeugen.

Killian stieg in den Citroën; sein Blick fiel auf die Weinflasche, die er für Bärbel als Mitbringsel eingepackt hatte. Mit einem Mal bekam er weiche Knie. Wie sollte er ihr das alles erklären? Sollte er sie überhaupt in Kenntnis setzen? Aber sie würde auf Swintha warten, nach ihr fragen! Killian startete den Motor und legte den Gang ein.

Alles geschah wie in Zeitlupe. Die kurze Strecke zum Bahnhof dehnte sich im Raum, die vorbeiziehenden Häuser wurden wie in einem Kaleidoskop umhergewürfelt. Ein hupendes Auto, dem er die Vorfahrt genommen hatte, riss ihn aus der Raum-Zeit-Verzerrung. Mit pochendem Herzen parkte er den Wagen vor dem Bahnhof.

***

Bärbel und Killian saßen sich stumm in der Küche gegenüber. Er hatte alles erzählt, Bärbel hatte ihn angeschrien, verflucht und ihm eine saftige Ohrfeige verpasst. Jetzt trocknete sie die Tränen mit dem Ärmel ihrer Bluse.

»Ich verständige Belledin«, unterbrach sie dann die Stille. »Wozu gibt es denn die Polizei?«

Killian holte tief Luft. »Ich kann dir nicht verdenken, dass du nicht auf mich setzt, aber wenn der Entführer auch nur den Hauch eines Verdachtes bekommt, dann wird er Swintha töten. Er hört mit Sicherheit den Polizeifunk. Und wenn Belledin anrückt, wird das darüber kommuniziert.«

Bärbel schüttelte abwesend den Kopf. »Ich kann sie doch nicht einfach nur dir anvertrauen. Das ist doch Wahnsinn. Warum sollte ich das tun?« Ihre glasigen grünen Augen starrten Killian an, als wollten sie in seinem Gesicht die Wahrheit allen Seins ergründen.

»Ich hole sie da heil raus, das verspreche ich dir.« Es klang pathetisch und unsicher zugleich, aber Killian wollte selbst daran glauben.

Bärbel wandte den Blick von ihm ab, stand auf und sah aus dem Fenster auf die Gleise. »Warum haben wir nie gemeinsam den Zug nach Paris genommen? Alles wäre anders gekommen. Viele behaupten, es seien die Weichen, die den Weg eines Lebens bestimmen, aber das stimmt nicht. Es kommt darauf an, ob man überhaupt in den Zug steigt.«

Erneut überkam sie ein Krampf, der sich in Tränen entlud. Beinahe musste sie lachen darüber, denn das Weinen tat ihr gut. Sie war sich noch nicht einmal sicher, worüber genau sie alles Tränen vergoss. Natürlich war es die Angst, Swintha nicht mehr lebend zu Gesicht zu bekommen, aber es schwangen auch die verpassten Entscheidungen ihres Lebens mit. Sie schämte sich dafür, dass Swinthas Not dafür herhalten musste, diesen Restbuckel abzutragen, gleichzeitig war sie dankbar, dass sie es endlich loslassen konnte.

Killian war hinter sie getreten und hatte vorsichtig die Arme um sie gelegt. Er rechnete jederzeit damit, dass Bärbel herumschießen und ihn wie eine tollwütige Katze anfauchen würde. Doch sie ließ die Berührung zu, schloss die Augen und lehnte sich an ihn. Sie waren sich noch immer vertraut.

Sie drehte sich um und drückte ihren Kopf an seine Brust, ihre Arme umschlossen seinen Körper, die Finger krallten sich am Rücken durch den Pullover. Killian ertrug den Schmerz und atmete tief in sein Brustbein, das von Bärbels Wange glühte. So standen sie und wollten die Zeit anhalten, zurückdrehen, ihrer Herr werden. Aber Chronos war schon immer unerbittlich gewesen.

Schließlich hob Bärbel den Kopf und blickte zu Killian hoch. »Bleib heute Nacht hier, bitte. Du kannst auf dem Sofa schlafen. Ich mag nicht alleine sein.«

Killian sah in Bärbels Smaragdgrün und musste daran denken, dass er ihr früher gesagt hatte, die Schlange müsse solche Augen gehabt haben, denn nur so wäre sie im Stande gewesen, Eva zu verführen. Sein Blick fotografierte das Grün in allen Schattierungen und Tönen, dann spürte er, wie er mit seinen Lippen ihre berührte und die Lider wieder schloss, während vor seinem inneren

Auge noch immer ein Meer von Grün über die vertraute Leinwand zog.

***

Daumen und Mittelfinger massierten die Nasenwurzel in der Hoffnung, dem Hirn mehr Klarheit zu verschaffen. Aber Belledin drehte sich im Kreis. Er war zu dem Schluss gekommen, dass das nächste Opfer Killian sein musste. Zwar wusste er noch immer nicht, um was für einen Coup es sich handelte, in den Ambs verwickelt gewesen war, aber nachdem Yildiz nun ebenfalls in der Leichenhalle lag, konnte Killian der Letzte sein, der mehr wusste, als er verraten hatte.

Wagner kam ins Büro und schnaufte schwer. Es war ihm anzusehen, dass ihm der ungewohnte Außendienst an die Substanz ging.

Belledin frotzelte: »Ist ein Unterschied, ob man Romane schreibt oder sie erlebt, was?«

Wagner sah ihn an und blies die Backen auf wie ein Weihnachtsengel. Ein Blick zur Mirabell-Flasche bot auch keine Linderung. Die Flasche war leer.

»Ich habe noch einen Sekt von der Weihnachtsfeier. Ist zwar noch kein Anlass zu feiern, aber vielleicht hebt es die Stimmung?«, bot Belledin an.

»Wir haben nur Pappbecher«, erwiderte Wagner, der sich in Sachen Trinkgewohnheiten als Purist verstand.

Belledin zuckte mit den Schultern. »Die Amis trinken alles aus Pappbechern und lösen dabei jeden Fall«, spuckte er aus und entlockte selbst Wagner ein leichtes Zucken der Oberlippe.

Wagner stellte die Pappbecher auf den Schreibtisch, Belledin zauberte aus dem Schubfach seines Schreibtisches den Deutz & Geldermann. Der Korken ploppte, weißer Dampf entstieg dem Flaschenhals, und der Schaumwein perlte unmusikalisch in die Pappe.

Wagner schmerzte es, auch beim Zuprosten konnte er das Ritual nicht wirklich genießen. Es war barbarisch, was sie da gerade taten, aber barbarische Umstände erforderten barbarische Handlungen. Auch für Wagner waren fünf Tote zu viel. Geschrieben als

Bericht waren sie schnell, aber wenn man sie allesamt gesehen hatte, waren sie nicht so leicht in Ordnern abzulegen. Er schloss die Augen und vergaß die Pappe, kostete nur das moussierende Getränk zwischen Zungenspitze und vorderem Gaumen, ehe er es in den Schlund hinabgleiten ließ. Das tat gut, sehr gut sogar. Obwohl der Sekt um einige Grad zu warm war.

Nachdem er den ersten Becher zügig geleert hatte und Belledin ihm nachgoss, begann Wagner auch inhaltlich wieder etwas beizusteuern. Schließlich hatte er den Nachmittag bis jetzt mit Befragungen im Hochhaus des ehemaligen Hotel Markgrafen verbracht.

»Yildiz Gümüs hat einen Cousin besucht. Ergin Sengel, es gibt einige kleinere Geschichten, die er angestellt hat. Unter anderem gehörte er zur Bande der Melek-Brüder. Vielleicht ist er unser Mann?«

»Ergin?« Belledin musste darauf achten, dass ihm der Sekt nicht vor Lachen aus der Nase schoss.

»Wieso nicht? Yildiz war bereits einem Türken versprochen, aber Ambs wollte sie heiraten. Ergin hat Ambs ertränkt und mir eins über die Rübe gegeben, als er die Computer von Ambs aus dessen Wohnung schaffen wollte. Und wer hat mich im Keller gefunden? Türken. Und nicht irgendwelche Türken, sondern die Meleks. Yildiz will Ergin zur Rede stellen, das Temperament geht mit ihm durch, und er erledigt auch sie. Frau Körbel kommt dazu und muss als unfreiwillige Zeugin sterben. Akte zu.« Wagner leerte den zweiten Pappbecher und löste die angestaute Kohlensäure mit einem lauten Rülpser.

Belledin sah strafend zu ihm.

»'tschuldigung.«

»Erzähl das morgen der Presse, die wird sich über so eine migrantenfreundliche Lösung freuen«, höhnte Belledin.

»Zu einfach?«

»Einfach falsch. Was hat der tote Juwelier damit zu tun? Und Frau Ambs? Außerdem ist Ergin nicht fähig, fünf Menschen zu töten. Wäre er so eiskalt, wäre er nicht der Botenjunge der Melek-Brüder. Aber dass Yildiz bei ihm war, ist mehr als interessant. Was wollte sie bei ihm?«

»Er sagte, es wäre um die Hochzeit seiner Schwester gegangen. Sie hätten Formalitäten besprochen.«

Belledin brummte. »Davon glaube ich kein Wort. Sie war bei ihm, weil sie Kontakt zu den Melek-Brüdern gesucht hat. Und Kontakt zu den beiden sucht man nur, wenn man mit ihnen ins Geschäft kommen will. Aber was konnte sie ihnen anbieten?«

Belledin kippte den Becher, zerknüllte ihn und warf ihn über eine Distanz von drei Metern in den Papierkorb, wobei er selbst davon überrascht war, dass er traf. Er nahm es als Zeichen dafür, dass er wieder Fahrt aufnahm.

Er griff sich seinen Mantel und befahl Wagner: »Los, wir fahren zu Yildiz' Wohnung. Wir brauchen irgendeinen Anhaltspunkt.«

Wagner blies wieder die Backen auf. »Ich muss noch die ganzen Vernehmungen protokollieren …«

Belledin verstand und war im Grunde ganz froh, dass er diesen versoffenen Bürohengst nicht auch noch an den Hacken hatte. Am Ende würde er noch aus Versehen in eine Kugel rennen. Also nickte Belledin den Wunsch Wagners ab und machte sich allein auf den Weg, obwohl er sich nicht sicher war, ob er das Richtige tat. Vielleicht wäre es besser, sich an Killian zu heften? Aber was sollte er tun? Sie waren unterbesetzt, und Wagner schien völlig überfordert. Belledin konnte sich nicht teilen, er musste sich entscheiden. Und er hoffte, dass er jetzt das Richtige tat.

***

Das alte Forsthaus in der Nähe des jüdischen Friedhofs eignete sich ideal für einen kurzen Unterschlupf. Im nächsten Jahr sollten die Sanierungen beginnen; man wollte daraus eine Raststation für Reiter machen, ohne Stromanschluss. Die gesamte Energie sollte aus dem Wasser des Mühlrads gewonnen werden. Noch aber lag das Forsthaus völlig im Dunkeln.

Die Scheinwerfer des Mercedes durchschnitten die Finsternis und wiesen Kant den Weg zur Eingangstür. Er parkte den Wagen und stellte den Motor ab. Ein kurzer Blick auf die Rückbank verriet ihm, dass die Betäubung bei dem Mädchen noch wirkte.

Kant stapfte über den matschigen Waldboden und öffnete geübt das Vorhängeschloss, das den Riegel der Eingangstür sicherte. Die Tür knarrte ein wenig, doch Kant musste sich nicht sorgen, dass man ihn hier hörte. Mackenheim selbst lag gut zwei Kilometer vom Forsthaus entfernt, zum Friedhof musste man noch einen weiteren Kilometer gehen.

Kant kannte das Innere des Forsthauses bereits. Er hatte die Nacht bevor er sich mit Ambs auf dem Friedhof getroffen hatte, hier verbracht. Erst am Tag darauf war er in die Pension gezogen.

Er ging zum Wagen zurück und zog Swintha heraus, legte sie sich über die Schulter und trug sie in das Forsthaus. Seine Augen hatten sich jetzt so weit an das Dunkel gewöhnt, dass er die Treppe in die oberen Zimmer problemlos hochsteigen konnte. In einem Raum befand sich ein Eisenbett, das zwar nicht bezogen war, aber immerhin eine Matratze besaß. Kant legte das Mädchen ab und zog ein paar Handschellen hervor, die er an ihrem rechten Handgelenk und dem Stahlrohr des Bettes befestigte. Dann verließ er das Zimmer und stieg die Treppe hinunter in die Küche.

Da die Fensterläden dicht verschlossen waren, wagte er es, eine Petroleumlampe anzuzünden. Er kochte sich einen Kaffee in der kleinen Espressokanne auf dem Gaskocher und belegte ein Baguette mit Gruyère und ein paar Salatblättern. Dann nahm er sich einen Holzschemel und verzehrte sein karges Abendbrot, während er in die flackernde Flamme der Petroleumlampe blickte.

Er war sich nicht mehr sicher, ob er Killian an denselben Ort wie Ambs bestellen sollte. Die Steinmühle in Bötzingen war als Treffpunkt vereinbart gewesen, nachdem die Ware ausgeliefert gewesen wäre. Jetzt aber sollte Killian die Ware mitbringen, und obendrein gab es die Geisel, die hier am besten aufgehoben war. Allerdings wäre der ganze Tanz umsonst gewesen, wenn Killian die Ware wieder nach Frankreich brächte. Zudem bestand die Gefahr, dass die Fahnder doch eine Stichprobe machten und der ganze Handel aufflog. Ein Paketdienst-Wagen, der im Inland ausfährt, war etwas anderes als einer, der über die Grenze wollte, auch im Binnenmarkt.

Kant goss sich Kaffee nach und rührte kräftig Zucker hinein. In die Steinmühle zu gehen hatte wenig Sinn. Sie lag für so einen Handel zu zentral. Kant erinnerte sich an Killians Geländewagen und entschied, dass der Fotograf die Ware abermals umladen müsste, um dann mit dem Defender hierherzukommen. So hatte Kant Swintha als Druckmittel immer bei sich und war sich sicher, dass Killian nicht auf dumme Gedanken kam. Er kippte den Kaffee, dann gab er sich eine Zigarettenlänge Zeit, um alles noch mal zu überdenken. Sollte die neue Variante nach dem letzten Zug noch Gültigkeit besitzen, würde er Killian noch mal anrufen.

***

Bärbel wäre jetzt gern in Killians Arm gelegen und hätte ihm die qualmende Zigarette aus dem Mund genommen, um selbst einen Zug davon zu nehmen. So hatten sie es früher gemacht und sich dabei an Belmondo und Jean Seberg in »Außer Atem« orientiert. Obwohl der Streifen bereits 1960 herausgekommen war, hatte er für Bärbel und Killian nichts an Magie verloren. Oft hatten sie sich gegenseitig ironisch ein Filmzitat zugeworfen, um sich ihres geheimen Bundes zu versichern. Bärbel hätte nun gerne den Rauch ausgeatmet und dabei zu Killian gesagt: »Du bist zum Kotzen«, und Killian hätte gewusst, was damit gemeint war. Es war der letzte Satz Belmondos, ehe er auf dem Pariser Straßenpflaster sein Leben aushaucht.

Aber die Situation ließ es nicht zu. Bärbel war zu angespannt, um sich auf alte Rollenspiele einzulassen, wie schön sie auch sein mochten. Ihre Tochter war die Geisel eines mehrfachen Mörders, und sie hatte soeben mit Killian geschlafen. Es war absurd.

»Warum hast du sie Swintha genannt?«, fragte Killian nach einer Pause.

»Kannst du dir das nicht denken?«

»Aber sie ist doch nicht meine Tochter, oder?«

»Jedenfalls ist sie nicht Svens Tochter. Das hat ein Test erwiesen. Und mit anderen hatte ich zu der Zeit nichts. Erinnerst du dich nicht an den Abend, als du heulend vor meiner Tür standest, weil sich Josef aufgehängt hatte?«

Stakkatoartig blitzten Bilder auf. Killian, der heulend in der Tür stand, weil sich Josef umgebracht hatte. Josef war ein Zivi-Kollege gewesen, ein begnadeter Pianist, aber auch ein fanatischer

Anhänger von Nietzsche und Hölderlin. Irgendwann hatte er dem psychischen Druck der Arbeit nicht mehr standhalten können und sich im Büro der Arbeiterwohlfahrt erhängt. Killian hatte ihn gefunden, große Teile des Abschiedsbriefes waren an ihn gerichtet gewesen. Um Trost zu suchen, war er zu ihr gekommen. Auch da war es eine Extremsituation gewesen, die sie miteinander in körperlicher Liebe entluden. Bärbel war damals schon mit Sven zusammen gewesen, und es war für beide klar, dass dieser Akt des Trostes kein Neubeginn sein sollte und auch nicht sein konnte. Danach hatten sie sich nicht mehr gesehen.

Bärbel hatte es niemandem gesagt, aber Swintha war nicht Svens Kind, sondern Killians Tochter.

Killians Handy klingelte.

Er nahm den Anruf entgegen und ging aufmerksam den Anweisungen lauschend im Zimmer umher. Dann antwortete er dem Anrufer und beendete das Gespräch.

Bärbel lachte in sich hinein, bis das Lachen in ein Schluchzen kippte. Killian ging zu ihr und nahm sie zärtlich in den Arm.

Killian war bereit, ihren Kummer zu ertragen, während Teile seines Gehirns bereits damit beschäftigt waren, die Anweisungen des Entführers zu sortieren. Aber es war keine gewöhnliche Entführung. Diesmal stand das Leben seiner eigenen Tochter auf dem Spiel. Eine Tochter, die er bislang nicht gehabt hatte und die er jeden Moment wieder verlieren konnte.

***

Diesmal war es für Belledin leichtes Spiel, in Yildiz' Wohnung zu gelangen: Er hatte ihren Wohnungsschlüssel.

Ein stechender Gestank drang in seine Nase und nistete sich dort hartnäckig ein. Belledin kannte diesen Geruch nur zu gut. Er zog die Tür des Badezimmers auf und erblickte einen Mann, der durch die Ausdünstung des Todes auf sich aufmerksam machte. Belledin eilte durch die Wohnung und riss die Fenster auf.

Leiche Nummer sechs! Wagner würde sich über eine neue Ablage freuen und die Presse aus Belledin Hackfleisch machen.

Er wählte Wagners Nummer und forderte das übliche Aufgebot an. Dann ging er mit einem Taschentuch vor der Nase zum Bad zurück und besah sich den Toten in der Lederjacke etwas näher. Er griff mit dem Taschentuch in die Innentasche der Lederjacke und fingerte einen Reisepass hervor, der die Leiche als Jean Leroc identifizierte. *Monsieur Leroc est au lit, il est malade, il a la grippe ...* schoss es Belledin durch den Kopf. Und direkt danach: *En France les grandes vacances commence le premier juillet. Le premier août les grandes usines ferment.* Es war verrückt. Stumpfsinnig auswendig gelernte Strafarbeiten aus dem Französischbuch hatten sich auf ewig in sein Hirn gefressen und sprudelten unwillkürlich hervor, sobald die Assoziationskette gereizt wurde. Hier lag ein Toter, und Belledin dachte an die junge Französischlehrerin mit dem leichten Oberlippenbart, in die er heimlich verliebt gewesen war.

Es war für ihn Ehrensache gewesen, die Strafarbeiten mit Enthusiasmus zu erledigen, und er hatte dadurch auf ein wenig Gegenliebe gehofft. Aber Denise war trotz ihrer kurzen Röcke prüde gewesen und hätte es nie gewagt, ihren Flaum gegen den Belledins zu drücken. Aber es waren Träume gewesen, die die unerträgliche Hitze der sechsten Schulstunde hatten erträglicher werden lassen. Dass Denise Belledin ausgerechnet jetzt wieder einfallen musste, hatte etwas Perfides, aber es war eben so. Man konnte sein Unterbewusstsein nun mal nicht dirigieren. Entweder man ließ die auftauchenden Bilder einfach entstehen und sie verschwanden, so wie sie gekommen waren, oder man betrachtete sie als Angebote unverarbeiteter Geschichten, die es anzugehen galt.

Belledin entschied sich, Denise ziehen zu lassen und sich um den toten Monsieur Leroc zu kümmern. Er griff mit dem Taschentuch nach der Plastiktüte mit den Juwelen und blickte hinein. Hatte Monsieur Leroc etwas mit dem toten Juwelier zu tun? Aber weswegen war der wertvolle Schmuck vom Mörder zurückgelassen worden? Belledin war irritiert. Er erinnerte sich, dass die Wohnungstür nicht abgeschlossen gewesen war. Aber was ihm das sagen sollte, brachte er noch nicht zusammen.

Der Mörder des Juweliers und des Franzosen waren vielleicht nicht dieselbe Person? Warum hätte der Todesschütze diesmal nicht auch seine Walther mit Schalldämpfer benutzen sollen? Aber auch Ambs war nicht erschossen worden, damit es nach einem Unfall aussah. War vielleicht doch Killian der Killer von Ambs? Steckte er am Ende mit dem anderen Mörder unter einer Decke? Warum bekam er von Killian immer nur stückchenweise Informationen? Und immer erst dann, wenn sich eine heiße Spur gerade in einer Blutlache ergossen hatte? Steckte am Ende gar das BKA mit in der Sache? Belledin wurde schwindelig. Er brauchte Antworten, stattdessen ersoff er in Fragen.

Er telefonierte mit Wagner und gab ihm die Daten von Jean Leroc durch. Spätestens bei seiner Ankunft würde Wagner ihn mit Informationen aus dem Computer füttern.

Während die Kollegen bereits im Anmarsch waren, sah sich Belledin weiter in Yildiz' Wohnung um und bemerkte, dass die Kleiderschränke leer wirkten. Offenbar hatte sie vorgehabt, zu verreisen. Aber warum war sie dann noch zur Arbeit erschienen? Und womit wollte sie mit den Melek-Brüdern ins Geschäft kommen? Mit den Juwelen? Für die paar Klunker, die sich in der Plastiktüte befanden, putzten sich die Melek-Brüder noch nicht einmal die Fingernägel.

Bis auf die Breitling, die war etwas Besonderes. Für einen Moment überlegte sogar Belledin, ob er schwach werden sollte. Er wollte sich schon lange eine aussagekräftige Uhr kaufen. Aber der neue Staubsauger hatte dieses Vorhaben erst einmal wieder ans Ende des Wunschzettels verbannt. Belledin sah sich die Uhr an und seufzte, dann ließ er sie wieder in die Tüte zurückgleiten. Mit solchen Kleinigkeiten wollte er sich nicht das Gewissen belasten. Er hatte bestimmt seine Schwächen, was alte Straßenfreunde anbelangte, aber materiell war er nicht zu korrumpieren. Und darauf konnte er wahrlich stolz sein.

Nachdem er der Versuchung ein Schnippchen geschlagen hatte, fühlte er sich auch gleich um einiges besser und knüpfte wieder an dem Faden an, den er für die Breitling kurz aufgegeben hatte. Was hatte Yildiz den Melek-Brüdern anzubieten gehabt? Und welche Funktion hatte Killian bei der ganzen Sache?

Hatte Killian ihn doch geleimt? Nein, das konnte nicht sein. Oder etwa doch?

Aus dem Treppenhaus lärmte es. Die Kollegen kamen angerückt. Sanitäter, Pathologe, Spurensicherer und Wagner. Während die Experten sich gleich um Tatort und Leiche kümmerten, wartete Wagner mit überraschenden Informationen und Kombinationen auf.

»Chef, ich habe eine gute und eine schlechte Nachricht. Welche zuerst?«

Belledin zog grimmig eine Braue nach oben. Ihm war nicht nach Schlaumeierspielchen. Wagner verstand auch sofort und räusperte sich.

»Wir haben die Zigarette, die uns Killian vom Friedhof mitgebracht hatte, untersuchen lassen. Unser Computer kennt niemanden mit der DNS.«

»Was für eine Marke?«, fragte Belledin.

»Marke?«, stutzte Wagner.

»Zigarettenmarke. Roth-Händle, Kurmark, Camel ...«

»Marlboro Light, glaube ich«, stotterte Wagner verdutzt.

Belledin hatte die Hierarchie ganz schnell wiederhergestellt. Vorwitzige Mitarbeiter konnte er nicht dulden.

»Und die gute Nachricht?«

Wagner zog triumphierend ein Flugticket hervor und wedelte damit. »Das Ticket ist auf Yildiz Gümüs gebucht, und zwar auf Samstagmorgen um sieben Uhr fünfzehn nach Madrid.«

Belledin nickte anerkennend. Das Ticket half ihm, eine Theorie zu basteln. Er kombinierte weiter: »Wenn Yildiz schon am Samstagmorgen fliegen wollte, muss irgendeine Aktion morgen über die Rampe gehen. Aber wo? Bei BPD? Wer ist die Nahtstelle? Der Killer selbst wird sich dort nicht blicken lassen. Ambs war der Mann, der ist tot. Yildiz hätte seinen Job übernehmen können, sie ist auch tot.«

Es entstand eine kurze Pause, im Hintergrund transportierten die Kollegen den toten Jean ab.

»Bleibt nur Killian«, triumphierte Belledin. »Wir schnappen ihn uns!«

***

Swintha öffnete die Augen und versuchte sich im Dunkel zu orientieren. Langsam kehrte ihr Gedächtnis zurück. Das Letzte, woran sie sich erinnern konnte, waren die schrecklichen Hochzeitsfotos in der Auslage von Foto Ferruggio. Übel konnte einem davon schon werden, aber gleich ohnmächtig?

Sie wollte aufstehen und stellte mit Schrecken fest, dass ihr Handgelenk in einer Handschelle steckte. Sie rüttelte mehrmals, und ihr wurde klar, dass sie an ein Bett gekettet war. Panik überkam sie, aber sie wagte nicht zu schreien. Zu viele Schlagzeilen von Inzestmördern und Kannibalen hatten die Medien durchzogen, als dass sie Gewissheit erlangen wollte, welchem Perversen sie in die Klauen geraten war.

Da sie in der Finsternis nichts sehen konnte, versuchte sie über das Gehör Orientierung zu gewinnen. Kein Motorengeräusch, keine Stimmen. Nur ein Bach plätscherte, und aus der Ferne meldete sich ein Käuzchen. Idylle konnte auch Horror sein. Swintha schauderte.

Jetzt gesellte sich ein neues Geräusch hinzu, das Swintha aber nicht ruhiger stimmte. Das Knarren von Holzdielen. Jemand schien eine Treppe heraufzusteigen. Die Schritte näherten sich, die Klinke der Tür wurde heruntergedrückt, und ein Schatten erschien im Türrahmen. Das Gesicht wurde durch eine Petroleumlampe erhellt. Swintha war nach einem hysterischen Schrei, aber er wollte nicht aus der Kehle dringen.

»Besser so«, raunte der Schatten.

In Kombination mit der Stimme konnte Swintha dem Gesicht eine Gestalt zuordnen. Der Mann mit dem Ring. Swintha schloss die Augen und wusste nun, dass es ein Fehler gewesen war, ihn im Café anzusprechen. Wäre sie nicht so vorwitzig gewesen, würde sie jetzt gerade zwei Busse, ihretwegen auch vier Busse gleichzeitig bedienen.

Sie merkte, wie sich der Schrei endlich zu lösen begann. Doch kaum hatte er seinen Weg gefunden, da hielt ihn eine Hand, die einen goldenen Ring mit schwarzem Stein trug, entschieden zurück.

»Wenn du keine Dummheiten machst, geschieht dir nichts. Dann bist du morgen um diese Zeit schon wieder frei«, sagte der Mann leise.

Er nahm die Hand wieder von ihrem Mund; Swintha schluckte den Schrei hinunter und atmete tief durch.

In der anderen Hand hielt der Mann die Petroleumlampe und eine Plastiktüte. Er stellte die Lampe auf einen Stuhl neben dem Bett und griff in die Tüte.

»Heute bediene ich mal dich«, sagte er lächelnd und reichte ihr ein belegtes Baguette. »Ist zwar nicht so fein wie euer Käsekuchen, aber auch nicht zu verachten.«

Swintha war nicht nach essen. Aber sie wollte den Mann nicht wütend machen und griff mit der freien Hand nach dem Baguette.

»Ich wusste nicht, ob du Vegetarierin bist, da habe ich vorsichtshalber Käse genommen. Ist das in Ordnung?«

Swintha nickte und biss in das Baguette.

»Gruyère, sehr würzig. Ich mag würzigen Käse. Diese milden Aufschnitte, die man in den Supermärkten bekommt, sind der Niedergang der Käsekultur. Am schlimmsten sind aber diese Light-Produkte. Die schmecken nach überhaupt nichts mehr. Da kann man gleich in einen vorgekauten Kaugummi beißen.«

Swintha kaute langsam und überlegte, ob es üblich war, dass sich Entführer und Geisel über Käse unterhielten oder ob sie einfach nur träumte.

»Wenn du nicht alles magst, esse ich den Rest. Ich habe nämlich noch Hunger, und das ist das letzte.«

Swintha schluckte ihren Bissen herunter und streckte dem Mann das Baguette entgegen.

»Aber nur, wenn du satt bist«, wehrte er ab.

»Ich kann nicht mehr, ich esse abends nie viel.«

Der Mann nahm das Baguette an und biss ein großes Stück ab.

»Aber vielleicht haben Sie eine Zigarette für mich?«, fragte Swintha mutig.

Der Mann nickte, fingerte eine Packung Roth-Händle aus der Jacke und schnippte dagegen, sodass sich Swintha eine Zigarette anbot. Sie griff sie und schob sie zwischen die Lippen. Der Mann gab ihr Feuer und verschluckte sich dann an einem Stück Baguette.

»Ich brauche was zu trinken. Bin gleich wieder zurück.«

Er verschwand, und Swintha sog nervös an der Zigarette. Dieser harmlose Umgangston, den der Mann ihr gegenüber anschlug, ängstigte sie mehr, als wenn er ihr gedroht oder sie angeschrien hätte.

Die Treppen knarzten wieder, der Mann kam zurück. In der Hand hielt er einen Aschenbecher, den er auf den Stuhl neben dem Bett platzierte. »Nicht dass die Bude abfackelt.«

Swintha aschte ab und wagte es zu fragen: »Könnte ich etwas zu schreiben haben?«

Der Mann hob verdutzt die Brauen. »Ein Abschiedsbrief? Keine Sorge, wenn dein Freund Killian spurt, bleibst du am Leben.«

»Ich schreibe Gedichte. Es würde mir helfen, die Situation zu verstehen.«

»Je weniger du verstehst, desto besser für dich. Aber ich mag Gedichte. Vielleicht gefällt mir ja, was du schreibst, und ich bewahre es zum Andenken an dich auf?« Der Mann lachte und bleckte dabei seine verfärbten Zähne.

# ACHT

Killian stach die Stempeluhr und begab sich in die Halle. Da durch Yildiz' Tod unerwartet eine weitere Arbeitskraft zu ersetzen war, konnte der Zähringer nicht auf ihn verzichten und orderte ihn wieder zum Packen. Killian war es recht, so konnte er die eingehende Ware im Blick behalten und nach den Anweisungen Kants handeln.

Es waren gemischte Gefühle, die Killian bewegten. Der Einsatz an sich schüttete das übliche Adrenalin aus, das er bereits von zahlreichen Kriegseinsätzen her kannte. Ein Zustand, den er meist genoss. Es war wie ein Rausch. Alles wurde nur noch Bild in Bewegung. Ein Tanz, der sich geschmeidig dem Rhythmus der Situation anpasste, ein Sein im Hier und jetzt. Dieser persönlichen Auslegung seiner Arbeit schrieb er es zu, dass er bislang auch die brenzligsten Situationen überlebt hatte.

Doch diesmal war alles anders. Diesmal ging es nicht darum, die wahrhaftigen Momente mit der Kamera zu jagen, sondern ein Mädchen aus der Gewalt eines rücksichtslosen Mörders zu befreien.

Killian wusste um die Regeln des Spiels. In Kants Augen waren er und Swintha Figuren, die es strategisch zu verschieben galt, um ans Ziel zu gelangen. Anschließend würde er sie beide ebenso kaltblütig erschießen, wie er dies mit den anderen Figuren auch getan hatte. Er konnte es sich nicht leisten, zwei Menschen in der Welt zu wissen, die ihm nahegekommen waren. Und eine Geisel kam ihrem Entführer immer nahe. Manchmal sogar so nahe, dass sie sich mit dem Entführer verbunden fühlte.

»Simma wieder am Träume?«, quakte die Stimme des Zähringers und holte Killian kalt in die Gegenwart des Schichtdienstes zurück. Schätzle zeigte auf eine Palette mit frisch gelieferten Paketen und erwartete, dass Killian mit anpackte.

Killian tat ihm den Gefallen, blieb aber mit einem Auge wachsam, um die Ankunft der brisanten Ware nicht zu verpassen. Kant hatte gesagt, dass die Kartons mit der Aufschrift »Herbes de Provence« versehen und nach Hamburg adressiert waren. Die Adresse gab es wirklich; es handelte sich dabei um ein Lager in der Speicherstadt. Killian wuchtete die Kartons von der Palette und verfrachtete sie in den Lieferwagen. Er kam allmählich ins Schwitzen, was er aber als angenehm empfand. So war er aufgewärmt für die entscheidenden Aktionen.

Ein weißer Transporter mit französischem Kennzeichen fegte über den Hof. Killian nahm ihn sofort wahr und ließ den Wagen nicht mehr aus den Augen. Es gelang ihm dennoch, seine Arbeit zu verrichten, sodass der Zähringer ihm nicht in die Quere kommen konnte. Der Fahrer des Transporters meldete seine Ware an, wurde zur Packhalle verwiesen und rollte langsam heran. Killian hielt nach dem Fahrer Ausschau, der die übernächste Fracht entgegenzunehmen hatte. Er entdeckte ihn fluchend am Kaffeeautomaten. Der Automat nahm seine Münze offenbar nicht an. Killian tastete kurz in den Innentaschen seiner Jacke und war zufrieden, dass die Kriegsapotheke voll bestückt war. Rasch griff er nach dem Pulver mit dem Abführmittel und ging ebenfalls zum Kaffeeautomaten.

»Hast du vielleicht einen Euro, der greift?«, fragte der Fahrer.

»Mal sehen.«

Killian zückte zwei Münzen und warf sie ein. Beide wurden vom Automaten behalten. »Mit Milch?«

»Schwarz und Zucker.«

Killian schoss sich einen Tee und dem Fahrer den schwarzen Kaffee. Er stellte sich so vor den Automaten, dass er die Pappbecher mit dem Körper abdeckte. Geschickt riss er das Tütchen auf und ließ das Laxativum hineinrieseln. Dann reichte er dem Fahrer den Becher samt Zuckertütchen und Plastiklöffel.

»Danke, sehr freundlich.«

»Ich krieg noch einen Euro«, forderte Killian, um Zeit zu schinden.

»Klar, entschuldige.« Der Fahrer gab ihm die abgegriffene Münze.

»Killian!«, krächzte die Stimme des Zähringers durch die Halle.

Killian verzog das Gesicht, zuckte mit den Schultern und ließ den Fahrer stehen. Der lachte, schüttete den Zucker in den Kaffee, rührte um und nahm einen kräftigen Schluck. Killian eilte an seinen Arbeitsplatz zurück und entschuldigte sich kleinlaut bei seinem Vorgesetzten.

»'s isch unmöglich mit dir. Wenn ich mit jedem so viel schwätze müsst wie mit dir, denn käm ich zu gar nix mehr. Kannsch doch nit einfach während de Arbeitszeit an Kaffeeautomate renne, ja wo simma denn?«

Killian ging das Gezeter des Zähringers zum einen Ohr rein und zum anderen wieder hinaus. Er hatte nur Augen für den weißen Transporter und den Fahrer am Automaten. Der schmiss den geleerten Pappbecher eben in den Mülleimer. Jetzt konnte es sich nur noch um wenige Augenblicke handeln. Das Abführmittel, das Killian ihm verabreicht hatte, war heftiger Tobak. In den Gegenden, in denen er sonst unterwegs war, war es manchmal unabdingbar, sich schnell zu entleeren, um etwaige Giftstoffe nicht zu lange im Körper zu behalten.

Die Palette war umgeladen, der Lieferdienst-Wagen gepackt. Der Zähringer drückte dem Fahrer noch einen Lieferschein in die Hand und schickte ihn dann vom Hof. Jetzt war der weiße Lieferwagen an der Reihe. Der Franzose sprang aus dem Wagen und reichte dem Zähringer die Papiere der Ware. Dieser überflog rasch den Frachtbrief und gab dann Anweisung zum Umladen.

Killian beobachtete, wie der Fahrer am Kaffeeautomaten sich erst krampfhaft den Unterleib hielt und dann in Richtung Toiletten abrauschte. »Ich muss mal aufs Klo«, sagte Killian laut genug, damit es der Zähringer auch hören konnte.

Der schüttelte nur missmutig den Kopf und schimpfte: »Mädchenblase.«

Im Gegensatz zu dem Fahrer ging Killian nicht auf die Toilette, sondern in die Umkleide. Dort griff er sich einen der Overalls, die die Fahrer des Unternehmens trugen, und stieg hinein. Aus seiner Jacke zog er eine verspiegelte Sonnenbrille und eine Baseballmütze, die er von zu Hause mitgebracht hatte, und zog beides an. Dann marschierte er wieder hinaus. Zügig durchschritt er die Halle bis zu dem BPD-Wagen und stieg ein. Der Schlüssel steckte. Nun musste er nur warten, bis der Zähringer ihm ein Zeichen gab, dann konnte er rückwärts an die Rampe setzen.

Killian blickte in den Außenspiegel des Wagens. Dort bemerkte er allerdings etwas, das ihn beunruhigte. Ein alter Bekannter war plötzlich aufgetaucht, der den Zähringer in ein Gespräch verwickelte: Belledin! Den konnte er nun gar nicht gebrauchen. Der Zähringer gab Killian das Zeichen, rückwärts an die Rampe zu fahren. Er startete den Wagen und tat wie ihm befohlen.

»Der isch grad aufm Häusle. Schafft fünf Minute, macht zehn Minute Paus, unmöglich. Wenn nit grad so ä Engpass wär, im hohe Boge würd der hier rausfliege. Mir schtehn nämlich für ä gewisse Philosophie, wisse Sie.« Schätzle zündete sich eine Zigarette an und inhalierte den Rauch. Dann bot er auch Belledin das Päckchen an.

Belledin nickte stumm und nahm eine. Sein Blick wanderte über die Kartons, die der Zähringer mit einigen anderen fleißigen Händen gerade in den Lieferdienst-Wagen verfrachtete.

»Herbes de Provence«, las er laut.

Der Zähringer schichtete den letzten Karton in den Laderaum des Wagens und verriegelte die Tür, dann ging er zur Fahrertür. Killian ließ die Scheibe nach unten und streckte den Arm nach dem Lieferschein aus. »Hummel-Hummel«, scherzte der Zähringer und setzte noch hinzu: »Gib dir e bissel Müh mit Hochdeutsch, damit dich die Fischköpf au verstehe …«

Killian zog den Lieferschein ins Wageninnere, fuhr die Scheibe wieder hoch und rollte langsam vom Hof.

Belledin wurde das Warten auf Killian allmählich zu lang.

Schätzle ebenfalls. »Hat der Verstopfung, oder was?«

Belledin wollte es nicht wissen, erinnerte es ihn doch an seine eigene Obstipation. Schätzle marschierte zügig durch die Halle, passierte den Kaffeeautomaten und verschwand in den Toiletten. Belledin folgte ihm langsam, blieb aber am Automaten stehen, um sich einen Kaffee mit Milch zu ziehen. Ihm stand nicht der Sinn danach, Killian von der Schüssel herunterzuholen. Er konnte weder öffentliche Toiletten noch Betriebsklos ertragen. Seine Abneigung stammte aus der Zeit, als er auf Streife noch jede Nacht irgendwelche Junkies aus ihrer eigenen Pisse ziehen musste. Manchmal hatten sie ihn zur Belohnung auch noch vollgekotzt. Allein deswegen war er Biggi für die fruchtigen Raumsprays dankbar, die sie zu Hause im Sanitärbereich verwendete.

Schätzle kam aufgelöst zurück. »Des gibt's doch nitte. Des kann ich nit glaube.«

Belledin hob fragend die Augenbrauen.

»Der Fahrer, den ich grad vom Hof gschickt hab, sitzt aufm Klo und hat Durchfall. Und de Killian isch nimmer da.«

Belledin warf die angerauchte Zigarette auf den Boden der Halle und trat sie energisch aus. »Heilandsackzement!«

***

Killian heizte den Transporter durch den Kreisverkehr, dann auf die Landstraße nach Gottenheim. Er hatte nicht viel Zeit, um den Wagen auszutauschen, und musste es bis zum Steinbruch schaffen, wo er den Defender abgestellt hatte. Der stärker werdende Schneefall erleichterte die Fahrt nicht gerade.

Mit einhundertzwölf Stundenkilometern rauschte er in die Ortschaft Gottenheim ein. So notierte es jedenfalls das Blitzgerät, das soeben von zwei Streifenpolizisten aufgestellt worden war. Die beiden hatten den Polizeifunk mitgehört und waren sich sicher, dass es sich um das flüchtige Fahrzeug handelte. Über Funk gaben sie Bescheid und bauten so rasch sie konnten ihre Anlage ab, um die Verfolgung aufzunehmen.

Killian hatte genügend Vorsprung, um unbeschadet die Ortschaft zu durchqueren. Hier musste er allerdings etwas langsamer fahren, da Gottenheims Hauptstraße durch parkende Autos verengt war. Killian lauschte, hörte aber noch keine Polizeisirene, als er Gottenheim in Richtung Bötzingen verließ. Der Schnee hatte bereits einen zarten weißen Film über die Straße gelegt, und jede Kurve konnte das Ende des Wettrennens bedeuten. Er durfte es nicht wagen, den hohen Transporter zu schnell in die Kurven zu legen, deswegen drosselte er vor jeder Biegung, um den Motor dann auf der Geraden umso brutaler hochzureißen. Er schoss am Ortsschild Bötzingen vorbei und hielt das Fahrzeug weiter auf der Gottenheimer Straße.

Um zum Defender zu kommen, musste er über die Ampelkreuzung in Richtung Vogtsburg fahren. Dort hatte es aber offenbar einen Unfall gegeben, die Autos begannen sich zu stauen. Killian blickte in den Außenspiegel. Noch war die Polizei nicht zu sehen, aber es konnte sich nur um Augenblicke handeln, bis die Gesetzeshüter mit Blaulicht aufkreuzten. Vorne ging überhaupt nichts weiter. Wenn er umdrehte, würde er seinen Häschern direkt in die Arme laufen. Also überholte er einige Fahrzeuge und bog dann zu Hilpert auf den Hof ein. Er rauschte mit dem Lieferwagen in die Garage, sprang heraus und drückte das Rolltor abwärts. Langsam setzte sich das Metallband in Bewegung.

Hilpert war gerade damit beschäftigt, einem Opel einen Steinschlag aus der Windschutzscheibe zu entfernen. Während er das kleine Loch mit kristalliner Emulsion füllte, sagte er, ohne aufzusehen: »Hinte schteht ä VW-Bus. Hab denkt, französische Schilder wäre ganz gschickt, oder?«

Killian stutzte. Damit hatte er nicht gerechnet. Hilpert war sehr gut vorbereitet, verdächtig gut sogar. Aber ihm sollte es recht sein.

»*Merci*. Kannsch mir umlade helfe?«

Hilpert beendete sein kleines Kunstwerk und packte mit an, die »Herbes de Provence« in den blauen VW-Transporter zu verfrachten. Nachdem die letzte Kiste umgeladen war, wollte Killian in den Wagen springen, aber Hilpert hielt ihn zurück.

»Un was isch mit mir?«

Killian begriff. »Wohin?«

»Nur nit uf d' Lippe, ich muss am Wocheend beim Musikfescht in Achkarre spiele.«

Killian atmete tief durch und setzte Hilpert trocken eine Gerade aufs Auge, dass dieser nach hinten fiel. Hilpert schüttelte sich und hielt sich schmerzverzerrt die getroffene Stelle.

»War des alles? Jetz musch mich noch feschtbinde, am beschte an dem Pfoschte derte. Nimmsch Kabelbinder, des geht am schnellschte.« Er nickte in Richtung einer Kiste und legte die Hände auf den Rücken.

Killian fesselte ihm die Handgelenke zusammen und befestigte Hilpert dann noch damit an einem Stahlträger.

»Jetz bin i sauber«, grinste Hilpert. »Verstell mir noch gschwind 's Radio. Die müsse jo nit wisse, dass ich sie abhör.«

Killian lief zum Radio und stellte den Empfang auf einen Regionalsender, der Schlager trällerte, dann nickte er Hilpert noch mal dankend zu und öffnete das hintere Garagentor, um mit dem Transporter davonzufahren.

Kaum hatte er die Straße erreicht, kam ihm ein Streifenwagen entgegen. Im Rückspiegel konnte Killian noch erkennen, wie er zu Hilpert auf den Hof fuhr. Er selbst umfuhr die Ampel und wandte sich in Richtung Wasenweiler, um über Breisach nach Mackenheim zu gelangen.

***

Belledin fluchte in sein Funkgerät hinein. Wie war es möglich, dass die Kollegen Killian erst sicher hatten und er dann wie vom Erdboden verschwunden war? Er steuerte seinen Audi auf die Ampel zu, vor der sich ein Stau gebildet hatte. Belledin fuhr mit Blaulicht an der Autoschlange vorbei und bog auf den Hof von Hilpert, um Killians Flucht in Ruhe rekonstruieren zu können. Ein BPD-Wagen verschwand nicht so einfach. Wenn Killian auf die Ampel zugefahren war, dann hatte auch er nur diese Ausweichmöglichkeit gehabt, nämlich Hilperts Hof.

»Wagner, schließ das Hoftor! Ich glaube, ich weiß, wo er steckt!«

Wagner begriff, was Belledin vermutete, und eilte durch das Schneegestöber, um das Eisengatter des Autohofs zu schließen. Dann folgte er Belledin zu Hilperts Garage. Mit stummen Zeichen verständigten sie sich auf Vorder- und Hintereingang und drangen dann mit gezogenen Pistolen ein.

Erst fand Belledin den verlassenen BPD-Wagen, dann den gefesselten Hilpert, der aussah, als habe er zwei Wochen ohne Wasser in der Wüste verbracht. Belledin stellte sofort die notwendigen Fragen, aber Hilpert verdrehte nur die Augen. Es war fingiert, ohne Zweifel, aber das zuschwellende Auge war echt, und die Kabelbinder sprachen auch für Hilpert.

»Wagner, du nimmst die Aussage dieses *hilfsbereiten* Menschen auf.«

Belledin verschwand wutschnaubend aus der Garage und stapfte durch die erste dünne Schneeschicht zu seinem Wagen. In seinem Hirn arbeiteten die Zellen auf Hochtouren. Wohin wollte Killian? Wo befand sich der Mörder mit seiner Geisel? Bärbel hatte es nicht gewusst. Killian hatte es ihr nicht sagen wollen, weil er befürchtete, sie würde ihm sonst hinterherkommen.

Ambs starb in Mackenheim, der Killer mit dem Ring war ebenfalls in Mackenheim gewesen. Vielleicht sollte der Handel auch dort stattfinden? Belledin hasste es zu raten, aber es blieb ihm keine andere Wahl.

Er startete den Wagen und wollte vom Hof fahren, bemerkte dann aber, dass das Tor noch verschlossen war. Fluchend stieg er aus und öffnete das Tor, dann nahm er die Verfolgung wieder auf. Er verzichtete darauf, seinen Kollegen Beschied zu geben. Aufgrund einer vagen Ahnung wollte er die Pferde nicht bewegen und dadurch Gefahr laufen, sich lächerlich zu machen.

***

Bärbel hatte sich krankgemeldet. Sie konnte heute unmöglich unterrichten. Bei jeder Schülerin würde sie an Swintha erinnert werden. Unruhig lief sie in der Wohnung umher. Sie hatte sich ein Päckchen Zigaretten gekauft und qualmte die Stängel hintereinander weg, bis ihr davon übel wurde. Dann beschloss sie, die Bücherregale abzustauben, nur um sich nicht die Haut von den Armen zu kratzen.

Dafür zerfleischte sie sich innerlich. Erst deshalb, weil sie es zugelassen hatte, dass Swintha und Killian sich überhaupt kennenlernten, dann dafür, dass sie seinem Charme erlegen war, und schließlich deshalb, weil sie vor zwanzig Jahren mit ihm Schluss gemacht hatte. Wie ein Sommergewitter in den Pyrenäen explodierten ihre Gefühle aus dem Nichts.

Sie hatte Belledin einfach anrufen müssen, sie durfte Killian nicht blind vertrauen. Oder hatte sie Swinthas Situation dadurch etwa doch verschlimmert? War es klug gewesen, ausgerechnet auf Belledin zu setzen? Diesen im Quadrat denkenden Spießer?

Bärbel wusste nichts mehr. Sie ließ den Stapel Bücher, den sie gerade in Händen hielt, einfach auf den Boden fallen und schmiss sich hinterher. Mit Fäusten und Füßen trommelnd lag sie auf dem

Bauch und sehnte sich in ihr Kinderzimmer zurück, als sie ihrer Hilflosigkeit auf diese Weise noch ungezwungen Ausdruck verleihen durfte.

Erst als die Gelenke heftiger zu schmerzen begannen als der Zorn der Ohnmacht, stellte sie das Trommeln ein. Alles würde gut werden, sang sie beinahe, als wäre es ein Kinderlied, das sie Swintha am Gitterbett trällerte.

Schließlich raffte sie sich auf und ging in Swinthas Zimmer. Sie konnte nicht einfach in ihrer Wohnung herumsitzen und warten. Sie war immer eine selbstständige Frau gewesen. Sie musste handeln, um sich zu spüren, sonst würde sie wahnsinnig werden. Vielleicht würde sie in Swinthas Zimmer Anhaltspunkte finden?

Auf Swinthas Schreibtisch lagen Ausdrucke einiger Fotos von den Gräbern des jüdischen Friedhofs, daneben Notizen. Bärbel sah sich beides an. Auf einem Zettel stand ein kleines Gedicht geschrieben. Sie las es und kämpfte mit den Tränen. Dann fiel ihr Blick auf ein vergrößertes Foto, auf dem ein Ausschnitt mit schwarzem Filzstift eingekreist worden war. Bärbel sah es sich an und entdeckte die Hand mit dem Ring, die hinter dem Grabstein hervorlugte.

Sie dachte kurz nach und entschloss sich, es zu wagen. Alles war besser, als zu warten.

***

Swinthas Handgelenk schmerzte. Der Mann hatte sie so ans Gitter gefesselt, dass es ihr unmöglich war, eine bequeme Position zu finden. Sie hatte versucht, einige Zeilen zu schreiben, doch die Gedanken zerronnen, ehe sie die Mine des Kugelschreibers aufsetzen konnte. Jetzt klickte sie nur noch nervös damit herum und hoffte, dass es bald vorüber sein würde.

Was immer Killian für den Mann tun sollte, er würde es schaffen. Swintha war überzeugt davon. Hatte er sie nicht schon einmal gerettet, als sie sich voller Depressionen auf dem Dachboden dem Alkohol ergeben wollte? Sie schloss die Augen und rief die Fotos des Bildbandes zurück. Jedes einzelne ließ sie vor ihrem inneren Auge auftauchen und weiterziehen. Und jedes einzelne spendete

Trost und Zuspruch. Doch nicht nur das. Über die Bilderwelt gewann sie auch wieder Zugang zu ihrem Unterbewusstsein, und aus der Tiefe dieser Quelle sprudelte auf einmal eine Idee, die zwar nichts mit Lyrik zu tun hatte, dafür aber von praktischem Nutzen sein konnte.

Swintha öffnete die Augen und begann den Kugelschreiber auseinanderzuschrauben. Sie zog die Mine heraus und streifte die kleine Feder ab. Dann begann sie den Kugelschreiber wieder zusammenzubauen.

Sie war so konzentriert, dass sie nicht hörte, wie der Entführer die Treppen hinaufkam. Erst als er eintrat, nahm sie ihn wahr. Zum Glück hatte sie den Kugelschreiber wieder zusammengesetzt, sodass ihr Plan noch Hoffnung barg.

»Und, ist das Testament fertig?«, scherzte der Mann freudlos.

Er schien heute weniger freundlich zu sein als am Vorabend. Vermutlich war auch er angespannt. Er griff sich den Block und den Kugelschreiber und sah auf das weiße Papier.

»Das ist gut, das ist sehr gut«, spottete er weiter. »Manchmal ist Schweigen das beste Gedicht. Der Moment, in dem ich Menschen einen Kopfschuss verpasse, diese Ruhe, das ist Poesie. In dem Augenblick verdichtet sich ihr Leben zu einer einzigen Stille, jede Silbe ist überflüssig, und sie wissen es. Warum erzähle ich dir das? Weil du es verstehst. Leider kann jeder diesen Moment nur ein Mal erleben, es sei denn, er ist der Dichter, in meinem Fall der Schütze. Das hat nichts mit Perversion zu tun, sondern mit Ästhetik. Wenn einer aus dem Affekt jemanden tötet, brutal erwürgt oder erschlägt, dann ist das furchtbar. Oder dilettantische Amokläufer, die in Schulen rennen und blind alles niedermetzeln mit tausend Schuss Munition, die finde ich barbarisch, und es macht mich betroffen. Wenn ich aber mit meinem gesetzten Schuss jemandem den persönlichen erhellenden Moment bereite, den er ohne meine Hilfe niemals erahnt hätte, dann ist das beinahe eine Gnade.«

Der Mann schwieg und musterte Swintha. Er wollte offenbar wissen, welchen Eindruck sein kurzer Vortrag über die Ästhetik des Tötens bei ihr hinterlassen hatte.

Da Swintha ihr Pokerface wahrte, begann er zu lachen und ging wieder zur Tür. Bevor er das Zimmer verließ, drehte er sich noch einmal zu ihr um.

»Wenn wir uns das nächste Mal treffen, wirst du es besser verstehen.«

Swintha lauschte dem Knarren der Stiegen, das sich entfernte, und zog die Feder des Kugelschreibers hervor, die sie in den Ärmel ihrer Jacke geschoben hatte. Sie hoffte, dass sie widerstandsfähig genug war, um das Schloss zu entriegeln.

***

An der Grenze gab es keinerlei Probleme. Wäre der Rhein nicht zwischen den beiden Ländern gelegen, man hätte meinen können, man führe von einer Ortschaft in die nächste. Lediglich die zahlreichen Kreisverkehre erinnerten daran, dass man sich jetzt in Frankreich befand. Da der Schnee auch hier die Landschaft mit seiner weißen Decke überzog, floss alles ineinander.

Killian dachte darüber nach, wieso Belledin heute Morgen schon so früh bei BPD aufgekreuzt war. Hatte ihn seine Kombinationsgabe dorthin getrieben oder hatte ihn jemand angerufen? Es hätte auch purer Zufall sein können, aber Killian glaubte eher an die Version des Anrufes. Und er war sich sicher, dass es Bärbel gewesen war. Er fluchte ein »Du bist wirklich zum Kotzen« – und diesmal passte das Zitat auch zur Situation. Auch in Godards Klassiker war der Held von seiner Liebe an die Polizei verkauft worden, nur gedachte Killian nicht, auf dem Asphalt zu verrecken. Er konnte Bärbels Verzweiflung allerdings nachvollziehen. Wieso sollte sie ausgerechnet ihm vertrauen? Hatte sie sich denn jemals auf ihn verlassen können? War nicht er es immer gewesen, der zu ihr geflohen war, um sich unter ihren schützenden Fittichen zu verbergen? Und wenn er dann gestärkt wieder darunter hervorgekrochen war, hatte er sich einfach davongemacht, keinen Gedanken an sie verschwendend, keinen Blick zu ihr zurück. Und jetzt war er so blauäugig zu glauben, dass Bärbel ihm vertrauen würde? An ihrer Stelle hätte er wohl auch noch eine Alternative bemüht.

Aber dass es ausgerechnet Belledin sein musste, war bitter. Wenn der ihm nun tatsächlich an den Fersen klebte, hätte er sich auch noch um ihn zu sorgen. Denn was nun bevorstand, war kein Räuber-und-Gendarm-Spiel, sondern Krieg.

***

Der Audi fegte bereits durch die Kurven zwischen Wasenweiler und Ihringen. Belledin merkte zu spät, dass er auf der mit Neuschnee bedeckten Fahrbahn viel zu schnell in die nächste Biegung schoss. Er versuchte die Geschwindigkeit zu drosseln, indem er rasch in einen niedrigeren Gang schaltete. Der Motor heulte hochtourig auf, Belledin trat unwillkürlich auf die Bremse, der Wagen geriet ins Schlingern, kam von der Fahrbahn ab und schlug mit dem Heck an einen Walnussbaum. Belledin wurde einmal durchgeschüttelt, die Airbags platzten auf und vermittelten ihm das Gefühl eines in der Dose eingepferchten Würstchens.

Er tastete nach seinem Taschenmesser und zerstach damit die beengenden Lebensretter. Dann versuchte er den Wagen zu starten und ihn vom Acker wieder auf die Straße zu bugsieren. Doch das Hinterrad drehte durch, Belledin steckte fest. Er blickte sich nach möglicher Hilfe um, aber der dichte Schneefall schien alle Autos von der Straße verbannt zu haben.

Belledin wollte bereits resigniert zum Handy greifen, da vernahm er das Zweitaktgeräusch eines Traktors. Er sprang aus dem Wagen und spürte erst jetzt, dass sein Knie heftig schmerzte. Als er es befühlte, stellte er fest, dass es dick angeschwollen war. Belledin wusste, dass es das Kreuzband war. Aber er hatte schon einmal einen Zehnkampf mit gerissenem Kreuzband zu Ende gebracht, er würde auch diesmal durchhalten.

Er humpelte durch den Schnee in Richtung des Traktorgeräusches, schrie und fuchtelte dabei mit den Armen. Der Bauer erbarmte sich seiner, nachdem er ihm seine Dienstmarke gezeigt hatte, und zog den Audi aus dem Acker.

Der Wagen fuhr noch, doch Belledin zitterte mit einem Mal am ganzen Leib. Beinahe wäre er seinen alten Kameraden in derselben Kurve ins Grab gefolgt wie sie. Als wäre alles nur eine Frage der Zeit, bis man sich wieder sah. Alles würde einen einholen, es gab kein Entkommen. Was gesät wurde, wollte geerntet werden, der ewige Zwang nach Sinn forderte dies. Erst wenn angerissene Geschichten zu Ende erzählt waren, hatte man das Recht auf inneren Frieden. Und wenn man sich gegen die Dramaturgie sträubte, wurde man vom Schicksal dazu gezwungen. Belledin war sich dessen nun sicher, und so gab es für ihn keine Wahl. Das Knie musste warten, Belledin wollte die Geschichte zu Ende bringen.

***

Swintha gab auf. Die Feder war viel zu schwach, um das Schloss der Handschellen entriegeln zu können. Für einen Moment wollte sie der Verzweiflung nachgeben und in Tränen ausbrechen, aber dann erinnerte sie sich an ihren Literaturlehrer Dr. Wiese. Abgesehen davon, dass er sie immer damit genervt hatte, sie solle ihre Gedichte veröffentlichen, hatte sie auch einiges von ihm gelernt. Das »Scheren-Verbot« hatte ihr bislang am meisten weitergeholfen. So nannte Dr. Wiese den Umstand, wenn man sich in seinen Gedanken beschnitt, anstatt den scheinbar schlechten ersten Gedanken zu nutzen, um mit ihm zu spielen und so zu anderen Assoziationen zu gelangen. »Der erste Gedanke kann immer der Steigbügel für einen genialen Ritt sein«, pflegte Dr. Wiese zu sagen. Swintha hatte sich beim Schreiben daran gehalten. Wie oft hatte sie schon mit simplen Wortspielen begonnen, und am Ende war sie im Besitz messerscharfer Gedanken gewesen.

Also akzeptierte sie die erste Idee mit der Feder des Kugelschreibers und baute darauf ihre Assoziationskette auf. Erst driftete sie ab zur Vogelfeder und sah ganze Schwärme von Zugvögeln, die sie wiederum an den Zug und die Schienen vor ihrem Bahnhof führten. Unweigerlich dachte sie an Bärbel und merkte, wie erneut Tränen in ihr hochstiegen.

Diese Kette führte in die falsche Richtung.

Swintha zwang sich wieder auf Start zurück und war mit einem Sprung bei der Federmatratze. Bingo! Die Matratzenfeder war um einiges stärker, das könnte funktionieren.

Sie begann ein Loch in die abgewetzte Matratze zu pulen und gelobte dem fernen Dr. Wiese, ihm zu Ehren ihre Gedichte an einen Verlag zu schicken, falls sie hier lebend rauskam.

Swintha gelang es, mit den Fingern in der Matratze zu verschwinden und eine Feder zu packen. Sie tastete nach der Aufhängung und merkte, dass sie kräftig ziehen musste, wenn sie die Metallspirale aus ihrer Spannung lösen wollte. Sie leierte einige Male hin und her und hatte Glück, dass die Federn schon einige Jahrzehnte auf dem Buckel hatten. Noch ein entschiedener Ruck, und die Feder sprang schwingend in ihre Hand. Swintha lauschte, aber ihr Entführer schien nichts gehört zu haben.

***

Kant befreite seinen Mercedes vom Schnee. Der Wagen musste startklar sein, falls irgendein unvorhergesehenes Problem auftauchen sollte und er vorzeitig wegmusste.

Geplant hatte er, mit dem Wagen zu verschwinden, in dem Killian die Ware brachte. Wenigstens bis Straßburg, dort gab es einen Kontakt, bei dem er das Fahrzeug wechseln konnte. Vielleicht würde er den Algeriern die Ladung auch mit leichtem Rabatt überlassen. So könnte er wenigstens den Handel mit seinen Financiers sicherstellen und würde selbst keinen großen Verlust erleiden.

Kant war diesbezüglich absolut emotionsfrei. Verlustminimierung war in gewissen Situationen auch Gewinn. Die meisten Spieler vergaßen das, weil sie nicht von ihrer überzogenen Gewinnspanne abweichen wollten. Deswegen stürzten sie auch oft ins Bodenlose. Kant dagegen war nicht getrieben von der Gier des großen Hebels. Er glaubte nicht an das Glück des Wahnsinns-Coups. Für ihn taten es auch regelmäßige Kleinbeträge, die ihre Kraft im Multiplikator bargen.

Der Wagen war vom Schnee befreit, für die griffigen Winterreifen wäre der Neuschnee kein Problem. Kant warf einen Blick auf das Erbstück seines Großvaters und rechnete jeden Augenblick mit der Ankunft Killians.

***

Der VW-Transporter passierte die alte Synagoge Mackenheims und bog in Richtung jüdischer Friedhof. Die Scheibenwischer kämpften auf höchster Taktzahl mit der unaufhörlichen Guerilla der Schneeflocken und ächzten bei jeder Linksbewegung. Killian drückte seine Nase dicht an die Windschutzscheibe und suchte hinter der weißen Wand Orientierung. Er entdeckte die Brücke, über die er musste, und steuerte darauf zu. Dahinter verließ er die asphaltierte Straße, was sich vor allem dadurch bemerkbar machte, dass hier die Schneedecke bereits höher lag.

Der Transporter drehte leicht durch, das Profil der Schlappen war nicht mehr das Beste und wohl eher für Sommerurlaube in der Camargue gedacht. Killian versuchte so wenig wie möglich aufs Gas zu treten, um nicht irgendwo stecken zu bleiben. Im zweiten Gang tuckerte er in den Wald und näherte sich der Forsthütte.

Kant hörte das Geräusch eines Viertakt-Ottomotors und verschanzte sich hinter dem steinernen Torpfosten des Hofeingangs. Durch das Schneetreiben hindurch konnte er die Scheinwerfer des Transporters erkennen, wenige Augenblicke später auch den ganzen Wagen.

Killian steuerte den Transporter vorsichtig neben den Mercedes, stellte den Motor ab und stieg aus. Er wusste, dass er beobachtet wurde, also wartete er geschützt vom Blech des Wagens, bis sich sein Widersacher regen würde.

Kant ließ nicht lange auf sich warten. Er lugte hinter dem Pfosten hervor und rief: »Bring eine Kiste her und mach sie auf!«

Killian blieb in Deckung und rief zurück. »Wo ist Swintha? Ich will erst sehen, ob es ihr gut geht.«

»Mach dir keine Sorgen, ihr geht es hervorragend. Vertrau mir. Bring die Kiste und öffne sie! Wenn meine Ware drin ist, bekommst du die Kleine wieder.

Killian zögerte. Er musste riskieren, aus seiner Deckung herauszukommen und sich abknallen zu lassen. Aber er schätzte seinen Gegner so ein, dass er ihn nicht im Freien erledigen würde, sondern es vorzöge, ihn in der Hütte kaltzumachen. Noch hatte Kant nicht, was er haben wollte. Also schnappte sich Killian einen Karton und trug ihn zu Kant.

Dieser kam nun ganz hinter dem Pfosten hervor. »Aufmachen!«, befahl er.

»Wenn es Koks wäre, dann fiele wenigstens Schnee auf Schnee«, scherzte Killian bitter, während er den Karton öffnete.

Kant verzog keine Miene, sondern trieb Killian mit der Waffe einen Schritt zurück, um sich vom Inhalt der Ware zu überzeugen. »Wieder zumachen und einladen.«

Killian gehorchte nicht, weil er Swintha hinter Kant auftauchen sah. Sie schien Kant und ihn aber aufgrund des ungünstigen Winkels und des Schneegestöbers nicht zu sehen. Offenbar waren ihre Augen auch nicht an die Helligkeit des Tageslichts und des grellen Schnees gewöhnt, sodass sie blindlings in Kants Arme zu laufen drohte.

Kant bemerkte Killians abwesenden Blick und drehte sich kurz um. Er entdeckte Swintha nun ebenfalls.

Killian nutzte den Moment und hechtete auf Kant zu. Aus Kants Waffe, die dieser noch immer fest in Händen hielt, löste sich ein leiser Schuss, der dafür umso lauter eine Fensterscheibe des Forsthauses zerklirren ließ.

Kant drohte die Oberhand zu gewinnen. Er befand sich über Killian und versuchte die Fingerkuppen in dessen Augäpfel zu drücken, während er mit der anderen seinen Griff zu lösen versuchte.

Killian schaffte es, die Hand zur Seite zu schlagen, und rief: »In Deckung, Swintha!«

Swintha gehorchte und verschanzte sich hinter einem Baum, der groß genug war, sie vor möglichen Schüssen zu decken.

Kant hatte unter dem Schnee endlich einen Stein gefunden, den er für mächtig genug hielt, um Killian damit den Schädel zu zertrümmern.

Killian sah den matten Glanz des großen Kiesels und musste sich entscheiden. Er konnte Kant abwerfen, dann wäre dessen Schussarm aber wieder frei. Tat er dies nicht, würde der Stein ihm gegen die Schläfe krachen. Killian entschied sich für das kleinere Übel, warf Kant mit einem Scherenschlag der Beine in den Schnee und rollte sich selbst so schnell er konnte zur Seite, bis er hinter dem Transporter zu liegen kam.

Kant rappelte sich auf und sah sich nach Swintha um. Zwar konnte er mit Killian noch eine Weile Fangen spielen, aber wenn er die Kleine hätte, wäre es um einiges bequemer für ihn. Sie war jedoch nirgends zu sehen.

Diesen Moment der Unentschiedenheit nutzte Killian und stieg auf der anderen Seite schnell durch die Beifahrertür in den Transporter. Er legte sich flach auf die Sitze und fasste nach dem Griff der Fahrertür. Er wollte den Moment abwarten, in dem Kant direkt davorstand, um ihm die Tür ins Gesicht zu schlagen.

Kant umkreiste den Transporter, ließ sich kurz auf die Knie fallen, um nach Killian zu suchen, sprang aber sofort wieder auf, als er nichts entdeckte. Killian musste hinter den Reifen stehen. Kant schlich erst zum Heck des Transporters, entschied sich dann aber, anders herum um den Wagen zu pirschen.

Killian lauschte gespannt den Geräuschen, die die Schritte im Schnee verursachten. Kant näherte sich der Fahrertür. Nur noch einen Meter, dann musste er in der idealen Position für Killians Plan stehen. Aber Kant kam nicht näher. Er wurde abgelenkt. Auch Killian hörte das Motorengeräusch.

Belledins Knie pochte, er musste das Bein mit beiden Händen anheben, wenn er die Kupplung treten wollte. Er kniff die Augen zusammen, um durch das Schneegestöber den Waldweg nicht zu verfehlen. Den vor ihm auftauchenden parkenden VW-Transporter erkannte er zu spät.

Bei diesen Bodenverhältnissen war es unmöglich, den Wagen zu bremsen, Belledin trat dennoch auf das Pedal. Der Audi schlitterte gegen den Transporter und würfelte das Menschenspiel neu: Kant erhielt einen Schlag vom Bug des Transporters und wurde in den Schnee geschleudert. Killian purzelte durch den Transporter, und Belledin bekam den Druck der Sicherheitsgurte zu spüren und schrie laut auf, als sein lädiertes Knie erneut einen heftigen Stoß abbekam.

Kant bemühte sich um Orientierung und bemerkte, dass er seine Waffe irgendwo im Schnee verloren hatte.

Die Walther hatte es ebenso wie Kant selbst in hohem Bogen durch die Luft geschleudert. Da sie allerdings leichter war als Kant, war sie so weit geflogen, dass Swintha sie von ihrer Deckung aus sehen konnte. Es waren nur knappe fünf Meter bis zu der Waffe. Swintha atmete tief durch und lief entschlossen los.

Sie war so auf die Pistole fixiert, dass sie nicht bemerkte, wie Kant ebenfalls auf die Waffe zuschoss. Zwar erreichte sie die Walther vor ihm, er stürzte sich aber sofort auf sie und entriss ihr das Objekt der Macht.

Mit einem Schlag ins Gesicht entledigte er sich Swinthas, setzte zum Schuss an, überlegte es sich aber anders. Er konnte sie noch immer als Geisel gebrauchen. Diesen Trumpf wollte er sich nicht nehmen lassen. Also zerrte er Swintha aus dem Schnee und drückte sie wie einen Schutzschild vor sich, während er sich zu seinem Mercedes vorarbeitete.

Swintha bebte vor Angst und Kälte. Killian hatte sich wieder berappelt und war aus der Heckklappe des Transporters geklettert. Er robbte zu Belledins Wagen, öffnete die Tür und blickte in das benommene Gesicht des Kommissars. Belledin hatte eindeutig Kreislaufprobleme. Killian griff in den Schnee und rieb ihm eine Ladung in den Nacken.

Belledin riss die Augen auf und atmete tief durch. Es tat sichtlich gut.

»Gib mir deine Waffe«, raunte Killian.

Belledin nestelte in seinem Halfter und reichte Killian die Pistole. Auch Belledin arbeitete mit der klassischen Walther. Allerdings hatte er bereits das 99er-Modell, das etwas handlicher als sein Vorgänger schien.

Killian entsicherte die Pistole und pirschte sich wieder hinter den Transporter.

Jetzt erst sah er, dass Kant Swintha bei sich hatte.

Killian hatte schon einige Male mit angesehen, wie Kopfschützen ohne mit der Wimper zu zucken an einer Geisel vorbeischossen, um den Kidnappern den Schädel wegzupusten. Aber er wusste auch um die zahlreichen Fehlversuche. Und er hatte zwar eine sichere Hand, wenn es darum ging, im Chaos klare Fotos zu schießen, aber bei dem Gedanken, möglicherweise seine eigene Tochter abzuknallen, stockte ihm der Atem.

Kant führte Swintha so geschickt und hielt sich selbst in ständiger Bewegung, dass es für Killian unmöglich war, sicher zu zielen.

Aber er wusste, dass Kant Swintha nicht mit ins Auto nehmen würde. Er würde sie nur so lange als Geisel behalten, wie er sie als Schutz benötigte. Sobald er in den Wagen steigen konnte, würde er sie erschießen. Und sei es nur, um den Schockmoment zeitlich für sich zu nutzen.

Kant war bereits am Mercedes und arbeitete sich zur Fahrertür vor, Swintha immer dicht vor sich haltend. Killian wartete auf den Moment, in dem er an den Griff der Fahrertür fasste. Dieser Augenblick konnte Swintha für einen Sekundenbruchteil freigeben.

»Nein!«, zerschnitt ein Schrei die angespannte Stille.

Bärbel hatte ihren Wagen in Mackenheim abgestellt und war zu Fuß durch den Wald gerannt, weil ihre Reifen im Schnee nur noch durchgedreht hatten. Jetzt würde sie selbst gleich durchdrehen. Sie sah zwei Pistolenläufe, die in Richtung ihrer Tochter zielten. In ihr staute sich ein weiterer Schrei des Entsetzens, den sie aber hinunterzwang, um nicht durch ihr Kreischen einen schicksalhaften Schuss auszulösen.

Kant erblickte die erstarrte Bärbel und streckte sie mit einem Schuss nieder. Bärbel kippte in den Schnee.

»Nein! Mama!«, gellte Swinthas Schrei.

Sie wollte sich von Kant losreißen, der hielt sie aber fest im Griff und drückte ihr den Lauf der Walther gegen die Schläfe.

Plötzlich vergaß Killian, dass er eine Waffe in der Hand hielt, und die Walther verschwamm zur Nikon. Er sah Swinthas grüne Augen durch den rieselnden Schnee blitzen, als hätte er sie herangezoomt. Jetzt griff Kant nach der Fahrertür, sein Kopf tauchte für einen Moment hinter Swintha auf, und Killian drückte den Auslöser. In diesem Moment zogen die letzten Zeilen von Goethes »Totentanz« durch sein Hirn:

*Schon trübet der Mond sich schwindenden Scheins,*
*die Glocke, sie donnert ein mächtiges Eins,*
*und unten zerschellt das Gerippe.*

Die Kugel durchschlug Kants Schädel, der Hall des Schusses wurde trocken vom Schnee geschluckt.

## NEUN

Swintha war neben Bärbel auf die Knie gefallen und starrte sie stumm an; Killian war ebenfalls zu ihr geeilt und hatte erleichtert festgestellt, dass Bärbel nur an der Schulter getroffen worden war.

Swinthas Anspannung löste sich in Tränen auf und entlud sich in seinen Armen. Killian empfand einen Moment raren Glückes und war dem Schicksal dankbar, dass es ihn wieder hierhergeführt hatte. Vermutlich hätte er noch ewig weiter so gestanden und wäre das Risiko eingegangen, mit Swintha eingeschneit zu werden, wenn ihn nicht die Sirenen der Polizei aus seiner Seligkeit gerissen hätten.

Es war Wagner, der das Kommando der kleinen Einheit anführte. Er schien es wichtig zu haben.

»Krankenwagen kommt gleich!«, rief er Belledin im Vorbeigehen zu, beorderte zwei Spurensicherer zum Friedhof und verschwand selbst mit zwei anderen in der Mühle.

Belledin schüttelte missmutig den Kopf. Wie schnell Schreibtischhengste doch zu Helden wurden, wenn keine Gefahr mehr bestand. Warum Wagner nun unnötig Pferde bewegte, war Belledin ein Rätsel, aber er ließ ihn gewähren; immerhin war es Wagners erster Fall vor Ort, da durfte er sich ruhig ein wenig wichtig nehmen.

Der Krankenwagen trudelte ein. Belledin hätte sich einen zweiten gewünscht. Es war ihm unangenehm, mit Bärbel im selben Auto abtransportiert zu werden; irgendwie zu intim. Er hatte von Soldaten an der Front gelesen, die sich nicht gekannt hatten und nur durch gemeinsame Verletzungen plötzlich zu Freunden wurden. Er mochte sich nicht vorstellen, ein Freund von Bärbel zu sein. Welten lagen zwischen ihnen, und er wollte, dass es so blieb.

Wagner rettete ihn aus seinen Abgrenzungsängsten. Er war wieder aus der Hütte zurück und sorgte nun mit seiner Allzweckmedizin für die erste ärztliche Versorgung: In der Hand hielt er eine Flasche Mirabell, die schnell zwischen Killian, Swintha, Bärbel und Belledin die Runde machte.

Man redete nichts, selbst Wagner hielt sich zurück. Es herrschte stummes badisches Einverständnis.

»Jetzt könnte ich eine Zigarette gebrauchen«, brach Bärbel das Schweigen und blickte in die Runde. Swintha zuckte mit den Schultern, sie hatte keinen Tabak dabei; Killian verneinte ebenfalls, und Belledin grunzte nur.

Wagner zog eine Zigarettenschachtel hervor. »Die haben wir drin gefunden. Ich dachte, weil es Marlboro Light sind, könnten sie was mit der Kippe zu tun haben, die Killian auf dem Friedhof entdeckt hat.«

Bärbel zog sich eine raus, Wagner gab ihr mit dem Zigarettenanzünder des Transporters Feuer und reichte die Schachtel dann Killian weiter. Der nahm sie und ging ein paar Schritte zur Seite.

Plötzlich zuckte Belledin zusammen; er hatte gehört, wie der Motor seines Audis ansprang. Als er sich umsah, stellte er fest, dass Killian nicht mehr da war.

***

Killian heizte über die Landstraße, so gut es der Neuschnee zuließ.

Er bog auf den Parkplatz des BPD-Gebäudes, stellte den Wagen ab und hastete ins Werk. In der Fabrikhalle folgten alle wie gewohnt dem Diktat der Geschwindigkeit. Nur einer fehlte: der Einpeitscher.

»Wo ist Schätzle?«, fragte Killian einen untersetzten Arbeiter, der sich gerade an einem Zwanzig-Kilo-Paket plackte.

Ein Schulterzucken war die Antwort.

Killian blickte sich in der Halle um. Dann sah er den Zähringer. Er kehrte von einem Fahrer zurück, der eine neue Fracht zum Umladen brachte.

Schätzle erblickte auch Killian, und es bedurfte keiner Worte, um zu begreifen, warum er hier war.

Dennoch tat Schätzle so, als sei er die Ruhe in Person, drehte sich auf dem Absatz um und ging noch mal zu dem Fahrer, so als wolle er ihm noch etwas sagen.

Killian durchquerte die Halle und steuerte auf den Transporter zu. Er sah, wie Schätzle den Fahrer vom Sitz riss und in den Schnee schleuderte. Dann schwang er sich selbst hinter das Lenkrad und startete den Wagen.

Killian sprintete los. Er stieß zwei Arbeiter zur Seite, die gerade ein Paket aus dem Transporter luden, und hechtete in den Laderaum.

Schätzle gab Gas und fegte aus der Halle. Er hatte nicht bemerkt, dass Killian hinten zwischen den Kartons kauerte.

In seiner Panik fuhr er viel zu schnell an, sodass er den Wagen nicht mehr unter Kontrolle hatte. Die hinteren Reifen des Transporters rutschten weg, doch anstatt nur leicht gegenzulenken, riss Schätzle das Steuer so heftig herum, dass der Wagen ins Schleudern kam und gegen einen anderen Transporter, der gerade auf den Hof fuhr, krachte.

Schätzles Kopf schlug mit einem hässlichen Geräusch gegen die Windschutzscheibe, seine Stirn platzte auf.

Killian wurde zwischen den Kartons herumgewirbelt und landete unsanft auf dem Neuschnee. Er hatte Glück, dass ihn der Reifen des anderen Transporters nicht erwischte, und rappelte sich auf. Mit schnellen Schritten war er bei der Fahrertür und riss sie auf.

Schätzle versuchte sich zu orientieren. Benommen blickte er Killian ins Gesicht.

»Häsch a Taschetuch?«, fragte er schließlich.

Killian kramte in seiner Jacke und warf Schätzle ein Päckchen Papiertaschentücher hin. Dieser griff sich gleich zwei und drückte sie gegen die blutende Stirn.

»Warum?«, fragte Killian ruhig.

»Liebe«, antwortete der Zähringer. »Oder Eifersucht, isch doch egal, isch sowieso vorbei. Und weisch was? Ich bin richtig froh, dass es rum isch. Die Yildiz isch tot, da macht nix mehr Sinn …«

»Alles nur wegen Yildiz?«

»Ich wollt de Ambs nit umbringe, hab nur mit ihm rede wolle. Deshalb bin ich ihm nachgfahre, nach Mackeheim, auf den Scheißfriedhof … Ausglacht hat er mich. Er würd bald Millione verdiene, da könnt ich abstinke mit meinem Vorarbeitergehalt, des würd de Yildiz nie reiche, die bräucht was Besseres … und er hätt was Besseres.«

»Und das war das Geschäft mit den Drogen?«

»Irgend so ein verbotenes Zeug … Er wollt mir davon anbiete, ‘s würd ä klare Kopf mache, hat er gsagt, und hat selbscht glei kräftig zuglangt … und dann hat er wieder glacht, immer mehr, über mich, was ich mir einbilde tät … ich wär doch nur ein schleimiger Arschkriecher, der überhaupt froh sein könnt, wenn er eine abkriegt …«

»Und dann?«

»Dann war er auf einmal so dicht von dem Zeug, dass er mitten im Satz eingschlafen isch … und ich war froh, dass endlich Ruh war. Und da hab ich mir dann gedacht, es wär schön, wenn's immer so ruhig wär.«

»Und deshalb haben Sie ihn aus der Hütte gezerrt, über den Friedhof geschleppt und ihn dort in die Rheinaue geworfen.«

»Bingo … Und wie bisch draufgekomme?«

»Marlboro Light, der Zigarettenstummel lag hinter einem Grabstein, das Päckchen in der Hütte.«

Schätzle lächelte bitter.

# ZEHN

Killian schlenderte durch den Duty-free-Shop des Frankfurter Flughafens; die Maschine nach Tel Aviv hatte Verspätung.

Nachdem die Akte Ambs geschlossen und man Bernd auch endlich begraben hatte, waren Bärbel und er mit Swintha im Bahnhof zusammengesessen und hatten die neuen Familienverhältnisse geklärt. Für Swintha war es keine wirkliche Überraschung gewesen, sie hatte Killian schon damals auf dem Dachboden eigenmächtig adoptiert. Da Killians Vaterschaft auch für Bärbel keine Neuigkeit war, war es einzig er selbst, den der neue Umstand emotional durchschüttelte.

Obwohl es noch einige Zeit brauchen würde, bis er und Bärbel sich wieder richtig angenähert hätten, wurde Killian das Gefühl nicht los, dass er nun so etwas wie eine Familie hatte. Immerhin hatte Bärbel sich die Haare bereits leicht getönt, was von einer Färbung freilich weit entfernt lag, wie sie selbst betonte. Dafür war Killian auch artig in ihren Unterricht gekommen und hatte von Tschetschenien erzählt.

Auch bei Hilpert war er gewesen. Wie versprochen hatte er ihm ein paar Einheiten in Klezmermusik erteilt, am Ende waren sie dann allerdings doch wieder bei Gershwin und zwei geleerten Flaschen Weißherbst gelandet.

Killians Blick suchte die Anzeigetafel, der Flieger war noch immer nicht startklar. Wäre doch noch Zeit gewesen, mit Swintha eine Zigarette zu rauchen. Sie hatte ihn mit dem Citroën zum Flughafen gefahren. Er hatte die Fahrt mit seiner neu entdeckten Tochter genossen und sie motiviert, die Recherche über den jüdischen Friedhof in Mackenheim zu vertiefen und selbst noch mal hinauszufahren, um eigene Fotos zu schießen.

Er wusste, dass es für Swintha nicht leicht sein würde, an den Ort des Beinahetodes zurückzukehren. Aber auch er war wieder unterwegs an einen Ort, an dem er schon mehr als einmal sein Leben verwettet hatte. Moshe würde dort auf ihn warten und wiederum seinen eigenen Familienanspruch an ihn stellen. Aber Killian würde wieder kommen. Hier wartete eine Aufgabe auf ihn, die seinem Leben und seiner Fotografie wieder das Licht gab, nach dem er so lange gesucht hatte.

Killian griff nach einer Stange Gauloises, da ertönte neben ihm eine Stimme mit badischem Singsang: »Rauchen kann tödliche Folgen haben.«

Killian blickte auf und sah in das grinsende Gesicht Belledins. Sein linkes Knie war gegipst, und er stützte sich auf zwei Krücken. Im Hintergrund sprühte sich Biggi mit diversen Parfüms ein.

»Karibik«, sagte Belledin schulterzuckend und deutete mit dem Kopf zu Biggi hinüber.

Killian nickte und schürzte anerkennend die Lippen, dann erwiderte er: »Tel Aviv.«

Auch Belledin nickte, er wusste Bescheid.

Sie blickten sich stumm an. Es gab noch vieles zu sagen, was mit Worten nicht möglich war. Zumindest nicht für die diese beiden Männer, die mit Bernd Ambs und dem Asphalt des Spielwegs eine gemeinsame Geschichte verband.

Michael Moritz
**ROTER REGEN**
Broschur, 220 Seiten
ISBN 978-3-89705-758-6

Nach sieben Wochen Dauerregen verfaulen die Trauben des Kaiserstuhls am Stock. Erst als der Sarg eines ermordeten Heilpraktikers ins Grab gelassen wird, durchbrechen die ersten Sonnenstrahlen den grauen Himmel. Hauptkommissar Belledin kann darin keinen Zusammenhang erkennen. Erst als er das Getuschel der Winzer vernimmt, die von einer Regenmaschine erzählen, an der der Tote gebastelt haben soll, horcht er auf. Als er in der Praxis des Tüftlers auch noch rätselhafte Unterlagen entdeckt, droht aus dem einfachen Mord ein Fall von globaler Tragweite zu werden. Dummerweise bleibt es nicht bei dem einen Toten, und dann kommt ihm auch noch der Fotograf Killian in die Quere ...

*Erscheint im September*

www.emons-verlag.de